U0059056

否定的日本

日本想像在兩岸當代文學／文化中的知識考掘學

盧冶——著

目　次

前言 作為「他者之謎」的日本

　　本書是我這兩年在北京大學課堂上與師友之間學術交流以及個人理論閱讀的副產品。分為序論和上下兩輯，序論以近代中國和日本的幾個小說文本為媒介，討論一種進入歷史、反觀自我的方法，上輯主要是以竹內好和柄谷行人為中心，處理他們和中國學人之間思想資源及問題意識的重合與分歧。近年來，中國學界對「竹內魯迅」和日本著名後結構主義批評家柄谷行人的討論恰好達到了某種飽和度，似乎不再有新的話題，而我自己對「東亞」和「日本」問題多年來的關注和閱讀，卻並非源自學界的問題意識，倒是更多根源於少年時期大量閱讀日本文學和漫畫的經驗，以至於在很長一段時間裏讓我很懷疑自己的文化身分。東亞視域似乎是學界討論中日問題的基本共識，但要等到孫歌提出了「為什麼談東亞」，才發現這一共識的基礎其實並不那麼牢靠，其間還存在不少的縫隙。這引起了我對「日本」更進一步的反思。如果說，那些被靜置許久的有關受害、沉默和重寫歷史的重大問題，可以通過「東亞」攪動起來，那麼東亞視域中的「日本」則更加能夠觸動整個亞洲漢文化圈的末梢神經。如果說「為何談東亞」問題的提出是因這一範疇對中國人文學界的有效性確實需要進一步論證，那麼「為何談論日本」，倒是一個十足的偽問題了。且不說我們不可能離開這個日本來談論 19 世紀以降中國革命與現代

性的遺產與負債，細觀今日中國文化語境，從最「通俗」的網路文學、大眾傳媒，到高蹈的學術研究、大學院牆內的文化生活和日益窄化的「純文學」，乃至於「嚴肅」的政治思想、哲學議題，哪裏不是早已滲透了日本的「聲音碼」和「表情符」？

在這裏，我首先要談的是作為「他者之謎」的日本。

日本推理小說家京極夏彥曾經講過一個故事：一天，一隻鶴飛來，一個愛奴人（過去居住在日本北海道、樺太等地區的原住民族）一看到牠就落荒而逃，因為這個民族認為鶴是恐怖的禽鳥，而同樣看到牠的和人（大和民族）卻興高采烈，因為鶴在和人的傳統中是吉兆。

說開來是如此簡單，和人和愛奴人卻認為彼此的舉動是不可思議的謎。儘管實際發生的，就只有「鶴飛來了」這一件事而已。

對東亞近現代史的起點來說，實際上發生的，也就只有「西洋入侵」這個事實而已，然而，圍繞著個事實，卻衍生了那麼多的夢魘與夢幻。中國、日本、朝鮮……無論哪一個民族國家主體，所繼承的都不僅僅是同一個事件的持續性後果，而是大相逕庭的現代視域。當聽說「東洋被入侵」時，不同的主體腦中可能會呈現出「黑船來襲」（日本）、「虎門硝煙」（中國）、「魯迅的幻燈片事件」等完全不同的視覺圖像和文字表述。──然而，這樣單一的歷史事件，只能以隱喻的形式象徵著「整體的」歷史進程。事實上，我們從來無法在同一平臺上、以同一種視鏡去觀察和講述「大東亞戰爭」「第二次世界大戰」、「抗日戰爭」和「支那事變」等等──它們早已被表徵為不同的能指。日本學者木山英雄和丸川哲史都曾指出，日本投入了如此驚人的資源陷入全面戰爭的深

淵，最終也只能名之為「事變」，這一反差的重量是非日本人難於度量的。因此，身為中國人的我們，自然無法簡單地因竹內好曾賦予這一「事變」以革命的光澤而對「竹內魯迅」的價值提出質疑。然而，也許正是因為各自立場不同，對彼此的不斷闡釋才是可能的，也是必要的。當木山英雄研究在淪陷的北京陷入「附逆」悲劇的魯迅之弟、散文家周作人時，他正是以日本人和後來人身分的艱難立場來遙感周彼時彼地尷尬難解之心情的。

同樣，在 20 世紀 30 年代日軍佔領形勢日趨嚴峻的北京，對日本文化有著刻骨之愛和切膚之痛的「知日家」周作人艱難地寫出了系列「日本管窺」散文，然而其在兩國交戰之際試圖雙方向地理解和溝通的文化努力卻遭受到了時代的沉重挫壓。在 1937 年的《管窺之四》中，他終於寫道，「日本人的宗教性格」可以用其常年舉行的神道儀式中抬神輿的青年壯丁「神人合一」的行進狀態為象徵。周的意思是，那終究是與中國人性格完全相異之物——理解「他者」的努力，最終不能不以「不可理解」為句點。與其說真的「不可理解」，不如說是「不允許進一步理解下去」。周從此關上了「日本研究小店」，走上了世人眼中可悲可鄙的「附逆」之路。

無獨有偶，戰後「極右主義」的日本作家三島由紀夫也一直困擾於「抬神輿的壯丁」的神秘。儘管是日本人，三島卻一直為那個彷彿從遠古走來的、有著酩酊的眼神和腳步的強壯、赤裸的男子群體而著迷和困惑：他們在想什麼？映現在他們眼中的天空是怎樣的？三島一生都把這個意象留在視網膜中，他的小說作品，乃至他的政治立場和行動，都是為瞭解開自我與他者、與世界之謎而做的努力。誠如柄谷行人所說，不理解三島的文學作品

和他在戰後 60 年代的一系列政治行動（包括組織青年右翼團體
「楯會」、與「全共鬥」的政治演說、在自衛隊「志願實習」、最
後與楯會成員一起策謀挾持自衛隊官員、發表演說後切腹自殺），
就不可能理解戰後日本的思想和文化形態。周作人一生文名陷於
「附逆」，而三島以切腹為 45 歲生命的終局，在世人眼中，皆為
「不合時宜之時所作的不合時宜之事」，中間橫亙的，不正是「他
者之謎」麼？

　　他者是謎，是自我眼中的一道風景。令周作人和三島陷入某
種「命運」中的「他者」的象徵，不論是作為交戰雙方的國家間
彼此隔膜的證據，還是知識分子與沉默的大眾之間的鴻溝，真正
發生的，也只是「鶴飛來了」（在這裏則是抬神輿的隊伍走來了）
這一件事而已。

　　然而，離開了彼此，我們誰也無法僅在自身脈絡裏清點歷史
的遺產和債務。在「東亞漢文化圈」中，日本和中國都是彼此最
特別的鏡像，無論是竹內好、溝口雄三以中國、亞洲為方法反觀
日本的「西洋之內在化」，還是身為後馬克思主義者的柄谷行人對
「資本制市場經濟、民族、國家」這一「三位一體的圓環」之批
判，都是圍繞著「他者之謎」展開的。

　　第二輯，這個「謎」的引線換成臺灣與大陸「兩岸」，其媒介
則是日本。在「中華帝國」向「現代民族國家」轉型的歷史進程
中，臺灣一直是「中國」內部的一個他者。它既是日本「亞洲主
義」思想的外延地帶，又是中華文明「天下」情結的地理邊境和
想像中心。本輯中，大陸、臺灣、日本，不同的文化主人公在尋
找「東方文明」自我持存的價值時，各自不同的心理軌跡交織纏

夾，投射出迷人而曖昧的映象，如溫庭筠的詞，「照花前後鏡，花面交相映」。這裏的難點是，鏡像不是一個完滿的、客觀的呈像，這其中既有時差（time-leg），也有視差（parallax view）。

本書上輯對溝口雄三批判竹內好的不滿之處，蓋在其沒有認識到視差的存在。而「視差」乃是柄谷行人的主要發現之一，這位後學思想家的創造力，很大部分體現在他的「時空辯證法」之中。在《歷史和反覆》中，柄谷強烈地關注「斷代」問題。他問道：為什麼在日本會有「昭和初年代」、「昭和十年代」這樣固定的說法，而沒有「昭和四十年」？在這些常識化的範疇背後，是什麼機制在運作？日本的「大正時代」與第一次世界大戰是同一時代，然而，儘管日本人對每一段歷史都很熟悉，但有多少人曾把它們放在一起來同時思考呢？正是從這些「時差」與「視差」中，他看到了語言－歷史結構的可替換性，也看到了現代性的歷史中無止境的福禍交替。

從宏觀到微觀，視差隱藏在話語的各個層面。比如，時至今日，全球一體化中民族國家的區域效應仍然強烈地燃燒，東亞各國所感受到的「戰後」之不平等秩序，並不僅僅在國際政治的層面運作。在歐美獲得了「世界級藝術家」殊榮的畫家村上隆對此深有體會：日本的當代藝術在本國並不被視為藝術，除非它們獲得了美國和歐洲的承認——也就是世界的承認。他繼而發出驚人之語：日本並非處於「戰後」，而是「一直在戰敗」。這種失敗文化的精髓，就寄存在日本獨有的動漫御宅族[1]（OTAKU）文化之

---

1 日語「御宅族」（OTAKU）早已作為一個世界公認的詞彙，被收錄入各大英語詞典中（如上海交大出版的英漢大詞典，牛津大學出版的各類牛津詞

中（從宮崎駿的動畫電影到空知英秋風靡亞洲的動畫片《銀魂》，都滲透著這種「失敗」），然而，也正是在這種「自我否定」的文化中，日本才可能不是「美國的附屬物」，而成為「日本」之「日本」。

這個不懂「理論」的藝術家的概括，與半個多世紀前的竹內好對日本的「否定之否定」，不正可謂一脈相承麼？然而與村上的觀點產生共鳴的，想必並不是國內學界中進行竹內好研究的學者們，而恰恰是 80 後、90 後的動漫御宅族。在某種意義上，戰後日本的歷史態度與文化精神的本質，比起專門的思想討論和「純文學」領域，就寄生在「動漫亞文化」裏，棲息在「御宅族」的文化產品和生活形態之中。這種精神通過網際和人際的交流而不斷地播散，形成一種「印象聯盟」，讓不同國家的同一代人有了深刻的共鳴。表面上只是流行的風，而其內在所網結的歷史、哲學和倫理的脈絡之深廣，恐怕早已超出了某些學者的「想像範圍」。正因此，學術研究不應被固定的題材所拴繫，而應隨思想所遷動，這也是本書下輯所要揭示的。

典，其定義為（日本的）電腦迷，網蟲。但這只是較為狹義的定義，實際上，OTAKU 一詞的覆蓋面是很廣的。原指熱衷及博精於動畫、漫畫及電腦遊戲（ACG）的人，而現在一般泛指熱衷於此文化，並對該文化有極深入的瞭解的人，但目前於日本已普遍為各界人士使用而趨於中性，其中也有以自己身為御宅族為傲的人。而對於歐美地區的日本動漫迷來說，這詞語的褒貶感覺因人而異。

如今中國媒體上所說的「宅男」「宅女」指的是家裏蹲，和御宅族無太大關係，純屬非此流人士誤解其字面意思為國語的「宅」，並誤以為是「居住處」的意思從而造成的用詞錯誤。參見（日）東浩紀著，褚炫初譯，《動物化的後現代：御宅族如何影響日本社會》，大鴻藝術股份有限公司，2012 年。

在狹義的政治層面，本輯也涉及到 70 年代以後日本的「文化輸出」戰略，即通過全球化市場分工給東亞各國帶去產業發展，以經濟之蜜療文化之痛。對於改革開放以來的中國而言，某種「文化滲透」在其初始階段（80 年代）潛伏多年，一直處於實有但未命名的狀態，後來，隨著 80、90 後主體的生長，其影響就開始浮出水面，在他們書寫的文學作品中，呈露著鮮明的「日本表情」，而文學也早已與流行文化融為一體。日本動畫片《搞笑漫畫日和》、《銀魂》等在高中和大學青年群體中造成極為廣泛的影響，產生了各種亞文化產品，可謂全球化、東亞、日本文化研究的典例，這裏不僅有在後革命時代如何在「戲仿」中重談革命、價值問題，也有理解日本和中國 80 後、90 後的鑰匙。

本輯中的另一個關鍵字是「戰後」。作為戰勝國，我們很難想像「戰後」一詞對日本人的意義。在此，「視差」再一次顯現出來了。正因如此，表述歷史、表述現實，才是一個似易實難、舉步維艱的過程。現代性自其發生以來，就裹脅了一切個體，即便那些不想與歷史有任何關係的人也是如此。本書中用大量篇幅詳細講述的日本明治、大正到昭和初期的作家群：夏目漱石、菊池寬、森鷗外、志賀直哉等，都與魯迅等中國現代作家一樣，是前所未有地深陷於「當代」和「歷史」中的一代人，是本雅明口中面向過去、倒退著前進的「歷史天使」。他們的作品裏，多的是「故事新編」。今日讀來，人們只覺神秘迷人，古意盎然，卻不知那夢幻背負了時代怎樣的焦慮、困惑和詛咒。那時的人們，深深感受到的自己無法從「內部」認識到激烈變化的時代之全貌，實際上是尼采式的「自由與意志」的問題，也是整個二十世紀的「煩惱的蝴蝶」。

　　還是以三島由紀夫為例：這位戰後的右翼作家，以與同時代
的左翼學者竹內好殊途同歸的方式，對前述「歷史天使」的思考
作出了應答：他最後的小說四部曲《豐饒之海》，借用了佛教的
「輪迴」形式表述歷史，就是由「自由與意志」的悖論出發而構
成的絕妙作品：生於日俄戰爭時代的青年本多繁邦，從 20 歲活到
80 歲，見證了與自己同齡的朋友清顯以 20 年為一個週期、以不
同的身分輪迴轉世了四個時代——大正、戰前的軍國主義時期、
戰中——戰後的「末日」時代，以及戰後經濟騰飛的 60 年代末。
清顯和他的不同轉世，象徵著身在每一個時代內部、代表著時代
而不自知的人，如同魚不知水、人不知風，而冷靜理智的見證人
本多，則代表「整體歷史」之外的旁觀者——也許，只有這樣的
方式，才能夠同時呈現歷史的「內」與「外」、事與理、真與假吧。

　　然而，三島在小說的最後，卻又「質疑」、甚至取消了這個真
實得令人難於直視的「輪迴」。這種自我否定的驚人態度，在中國
現代文學界和研究界並不多見（從某種程度上說，這也正是魯迅、
周作人兄弟的獨異性之所在。）然而，本書上輯中論及的學者和
作家卻多有這種特點：與我們同樣陷入現代歷史迷局的日本，不
斷呼喚出一種批判性的自我否定的向度，並在歷史的因緣際會中
傳輸給我們，這是一個意味深長的現象。

　　整個東亞近現代史都受到日本西洋化過程的牽引，從「脫亞
入歐」、「支那學」的變遷，可以清楚看到「東亞漢文化圈」重心
的翻覆。中國近代化運動的前驅者們取經於日本，而經由日本翻譯
介紹的西學，又在無形中參與了現代白話文的形塑。甚至「現代」
這個詞本身，也已經是被「現代日本」「過濾」了的。而在這樣的

文化政治背景中，竹內好重新將目光轉回中國，在否定「日本西洋化」的同時，將中國「失敗－革命」的模式視為一種理想的自我更新的藍圖，並衍生出一套清晰的「竹內模式」，這裏有一種強烈的自我否定意識。在如今批判的自我和客體已不再有明確界線的後殖民主義語境中，反觀竹內好以民族主義為核心的「方法性的亞洲」中竟似也充滿了後學迷思，令人油然而生顛倒錯位之感。

事實上，無論竹內、木山英雄還是柄谷行人，撇開其代際差異、研究理路和學術背景不談，或多或少都具有某種否定性的思維方式。整體來看，這種反身自噬的特性，在以東亞近現代性為前提的思考範疇中，確實具有某種「日本性」；否定的日本性[2]。

現代以來，日本思想界的知識資源往往具有兩重性，一者來源於西學，一者則是本土化了的佛教和儒學。儘管亞洲漢字文化圈內討論「文」與現代性問題，一向是以儒學為核心向外輻射的，

2　柄谷行人曾說過，日本人從來不需要解構，因為他們本來就從未有過一個中心化的主體。（柄谷行人著，趙京華譯，《日本現代文學的起源》，北京：三聯書店，2003 年，第 237 頁。）這與三島由紀夫的觀點是完全一致的：「諸如希臘思想、基督教、佛教、共產主義、實用主義、存在主義……還有諸如莎士比亞的戲劇、陀思妥耶夫斯基的小說、瓦來裏的詩、拉辛的戲劇、歌德的抒情詩、李白和杜甫的詩、巴爾紮克的小說，還有湯瑪斯曼的小說……不論哪一種，對這種稀有的、無私心的感受性都不疏遠。我之所以把乍看像混亂的無道德的享受，稱為前所未有的，乃是因為我覺得日本文化的未來性，正是從這種極限的坩堝中產生出來的緣故。為什麼呢？因為能夠泰然地忍受這種矛盾和混亂的能力，不是無感覺，而是與此相反的、無私的、銳敏的感受性相結合，在這基礎上，這種能力是什麼東西呢？在世界被縮小、而且思想對立的現代，世界精神之一的試驗性原型，正在日本文化中逐漸被創造出來，這樣說也不會誇張吧。」（參見《小說家的休閒》，三島由紀夫：葉渭渠、唐月梅編，《太陽與鐵》，中國文聯出版社 1999 年，第 236 頁。）我發現幾位日本學者的思維方式裏潛在著的「否定的共性」，可以說是這種「日本特性」的表徵。這種表徵是無法在輕易在學理層面被定性和總結的，如何處理它，也是困擾我許久的一個問題。

但日本江戶時期的儒學是已經佛學化了的，而當孫歌與溝口雄三
為了以彼此為方法而討論明代的心學時，李卓吾等人的話語亦早
已與釋家（不僅僅是禪宗）密不可分。這一點是不能忽略的。竹內
的術語和觀念都受到大乘佛學、特別是禪宗的影響，木山英雄嚴謹
而迂迴的論述中可以看到佛教的「空」「有」辯證思維的痕跡，而
柄谷行人對佛學和宗教的討論更為重要。他的學術方法雖然直接
承襲自西學，但對於康德、黑格爾——馬克思主義的「改裝」痕跡
中卻有日本佛學的影子。然而，佛教話語在他的表述中卻呈現出一
種分裂：一是作為批判性的思維武器為其所用，一是作為「顛倒了
的」神學模式而成為他的批判對象。當然，這裏的佛學，還有被西
學「反彈」回來這一層面（從維特根斯坦到齊澤克，從尼采、福柯
到羅蘭・巴特，都可以找到「佛教語言」）。在風靡中國學界的著
作《日本現代文學的起源》中，柄谷引述並深深贊同尼采的話：

> 我反覆說過佛教具有百倍的冷靜、誠實和客觀性。佛教已
> 經不需要把自己的痛苦、自己的受苦能力通過對罪的解釋
> 使之成為一種禮儀說法——佛教直率地說出自己的所想：
> 「我苦」。[3]

在那一套「禮儀說法」（亦即弗洛德的「文明的罪惡」）之內，
就隱藏著整個現代性的顛倒之謎，隱藏著被後學思想家批判的邏
各斯中心主義。這種話語認為，謎的存在就預示了解答的存在。
斯芬克斯的話因為是多少可理解的，才註定了俄狄浦斯的失敗

---

[3]　柄谷行人著，趙京華譯，《日本現代文學的起源》，北京：三聯書店，2003
　　年，第 105 頁。

——佛學與西學最強烈的共震之處，就在於對這一思維模式的批判之徹底性，在於認識論上對自我與世界之「答案」的「破執」之徹底性。

後學的否定認識論雖然已成為某種「常識」，然而時代卻並不真正接受它的激進性。比如，竹內模式繁複豐富的辯證過程，在某種程度上已經穿透了「文化政治」或「歷史政治」的思考框架，而需要在哲學層面上進一步探明。然而一些研究者儘管也都注意到了竹內話語的哲學特徵，卻被沉重的歷史「肉身」所束縛。同樣，被讀解為虛無主義的齊澤克，以及柄谷行人被視「飛在天上」的烏托邦式的解決方法，其部分原因仍在於人們對「實踐」有一種執著的認識。常見的是「後學們」不停地強調「理論就是實踐」的理念，一邊仍然習慣性地說：我不討論「理論」，我舉個實際的例子[4]……於是，知與行的「合一」，反成為這些「否定性」理論家的痛苦。這就是「現代理論家」的命運：對「現實」的洞見一經產生，就不斷被尼采所謂的重重「禮儀」所覆蓋，「破」與「立」從此因蔓不斷，或者，這也就構成了歷史本身，與「歷史的反覆性」（柄谷語）吧。

最後想說的是，通過文字可以觸摸到人。竹內好是一個瞭解自己限度的思想者，正是在這一點上，他呈現出獨有的力量。從

---

[4]　事實上，即使是「後學理論」內部也存在著很大的差別，拉遠了看，我們可以把齊澤克、柄谷行人、福柯、德里達放在同一平面上，然而湊近來看，齊澤克才是其中最激進的一個，他以四兩撥千鈞之力，幾乎完全顛覆了福柯和柄谷行人理論之內的「縫隙」。而我在本書中對柄谷行人的主要分析，都是把「後學」拉遠，作為一個整體來看的，只有在分析竹內、柄谷的最後部分才分別「走向齊澤克」。

根本上講，這個限度，也就是承認人類的有限性。竹內從來不認為他「客觀」地呈現了魯迅的面貌，我想，正因如此，「竹內魯迅」才是真實的。而柄谷行人講述的則是世界的語言本性。《起源》並不僅僅是以一個已退去的世界之視域來審視當代文化現實的著作，它更關注那些根深蒂固的人類需求和經驗模式。這種思考，首先不是「理論的」，而是感受性的。

真正的理論是詩意的，因為它源於我們的「意識經驗」和感官經驗。假如從理論中抽掉詩意的作法，本身就是對理論的「顛倒」，會引發嚴重的倫理後果，不僅整個 20 世紀「善花結惡果」的歷史負債無法得到真正清理，理論也會逐漸失去「未來的願景」這一永久的動力。詩意不是「去歷史的」，而恰恰是歷史化的。今天，柄谷行人正在成為文化研究學科化過程中里程碑式的人物。然而正如他所說，精神分析一經產生，對它的顛倒也就隨之展開。在柄谷本人的理論和術語成為國內學界一柄解剖文本的犀利武器時，對他的「去歷史化」的「顛倒」也就開始了。我們甚至常常忘記了他是個日本人，他思想底層的支撐物，原是日本文化深處的詩意與失意。

理論最終是想像力的釋放，而具有「文學性」的作家也必然是「思想性」的。就此而言，本書中布朗肖、巴什拉、巴塔耶、羅蘭·巴特、本雅明、德里達，以及庫切和卡內蒂名字，並不僅僅是一種修飾。

感謝佳怡小姐、泰宏先生的耐心和專業，解決了我不少編輯技術問題和書中的錯謬。本書也是國家社會科學基金項目「日本新華僑華人文學三十年」的研究成果之一，在此對國家社會科學基金的支持一併致謝。

序論

進入歷史的方式

壹、題解

雙重失敗：進入歷史之前

　　一個世紀以來，五四精神通常被認為是現代中國求新求變的開始，五四新文化運動創造了新的文體和新的思想：魯迅的小說、胡適的新詩、周作人的散文，開啟了現代文學的大門。然而近二十年來，這一觀點遭遇了越來越多的質疑。特別是哈佛學者王德威「沒有晚清，何來五四」[1]的論斷，更一度成為學界討論的焦點。王認為，從太平天國前後至宣統遜位的一甲子之內，中國文學「推陳出新、千奇百怪」的實驗衝動，較諸五四毫不遜色，而晚清思想的「新舊雜陳、多聲複義」，比起五四為中國的未來敲定的二元化的「啟蒙與救亡」之路來，更是提供了遠為豐富多樣的歷史選擇。然而中國文學和思想在這一階段的成績，卻總是被視為一種「過渡」而遭受冷遇。

　　要言之，王德威只是把中國現代性的起點向前挪了一格而已。放下學術的爭辯不談，引起我思索的是：一個關於「起點」的討論，為什麼總是會引起人們的關注？我想，這並不僅僅是學理上的問題，從更深的層次講，這源於我們內心深處的時間與空

[1]　參見王德威著，《被壓抑的現代性：沒有晚清，何來「五四」？》，《想像中國的方法》，生活・讀書・新知三聯書店，1998 年。

間感如何塑造了對歷史的想像，而想像歷史、想像歷史深處的「他們」的詩意與失意，從某種程度上說，也正是要澆灌我們自己所處時代的塊壘。

比之「五四」、「明治」²、「大正」³……「晚清」這一命名是消極的，它已經先在地包含著貶義。「五四」是一把刀，創造了新生也造成了傷口。而「晚清」卻意味著一個有著正式授權的社會制度走向末路。顯然它不同於「晚明」──之後再也沒有「晚期民國」這類說法。「晚清」所召喚的東西要大於它自己，這勿庸置疑。似乎所有關於二十世紀中國的「傳統」與「現代」的龐然巨物，都可以在它的旗幡下「魂兮歸來」。

當王德威為晚清張目卻襲其舊名之時，這意味著他已經準備好要在這一時代中尋找「詩意－失意」。與其問我們以何種「仲介」進入一個時代，不如問我們又換了何種方式來確認自我。詩意與失意，是他們的，也是我們的；是他們的需要和創造，也是我們的需要和創造。

生活在同一時代不同環境中的人的差別再大，也比不上生活在同一空間而時代不同的人的差別。那麼，我們怎樣才能在這樣大的差別中試圖「感他人之痛」呢？事實上，我們進入晚清的方式，也是在「莫比烏斯帶」（拉康、齊澤克）這類拓撲學的空間

2　明治時期（1868-1912），日本現代化建立和鞏固時期，1868年明治維新推翻江戶幕府政權，建立明治新政府。通過實行政治、經濟、文化改革，向現代民族國家和資本主義制度轉型。

3　大正時期（1912-1926），日本明治時代到昭和之間短暫的過渡期。其突出特色是伴隨著日俄戰爭的勝利，日本開始躋身西方列強，民主主義運動興起，自由思想發展。大正時代文學、文化藝術群星閃耀，風格東西結合、光怪陸離，被稱為「夢幻大正」。

曲率之中。我們確實遇到了他們———一切歷史的遺跡都歷歷在目，然而，我們同時遇到在另一個結構中的自己：全球化時代中的自己。

對近代日本的想像亦然。當我試圖在從明治到大正後期的文本之林中描畫出一個失落與得意、緊張與鬆馳並行的日本之時，卻只有「徒入寶山空手歸」的失落。而這種失落，恰恰是與那些文本所描述的失落相遇時才認識到的。我們都希望「及物」，然而作品不過是一些惰性結構，目的總是遭到它的反彈，被當成了手段返還給我們。

這並不是說，意義不可得。魯迅在 1928 年寫道：

> 我到上海後，所驚異的事情之一是新聞記事的章回小說化。無論怎樣慘事，都要說得趣———海式的有趣。只要是失勢或遭殃的，便總要受奚落———賞玩的奚落。天南遁叟式的迂腐的「之乎者也」之外，又加了吳趼人李伯元式的冷眼旁觀調，而又加了些新添的東西。[4]

這裏閃現的是「痛」的套層結構：魯迅的痛，在於那些寫「痛」的人對真正的「痛」的逃避。但，反身去看，名之為「痛」，就像尼采把「閃電」從「打閃」當中提取出來一樣[5]，設立了一個叫做「痛」的名相，隨即忘卻了「提取」的感覺之現場。

---

[4]　魯迅：《集外集拾遺補編》，《〈某報剪注〉按語》，《魯迅全集》第八卷，人民文學出版社 2005 年，第 241 頁。

[5]　參見（日）柄谷行人著，趙京華譯，《日本現代文學的起源》，生活・讀書・新知三聯書店，2003 年，第 104 頁。
　　參見（日）三島由紀夫著，《我經歷的時代》，《太陽與鐵》，唐月梅譯，中

在日本戰敗之時還是個浪漫主義青年的三島由紀夫，曾在戰時被轟炸的東京體會到「個人的末世觀與整個時代的末日不可思議地結合的感覺」，與其說那是痛楚，不如說是痛楚的狂歡。然而在戰後的廢墟上，在那迅速為「未來」喧騰起來的忙碌的出版社辦公室裏，三島感受到了不可思議的空虛。此後，他終生都在羞辱著自己身上的「浪漫派」。在《我的文學》[6]中，他反思著日本明治以來的文學和自己所經歷的時代：

> 恐怕每個不同時代的青年人的心中都肯定會潛藏著這種被抽象化（即被抽掉了社會政治、經濟因素——引者注）的「時代的苦惱」。同這一切外在的東西分割開來的「時代的苦惱」，只有與時代聯繫在一起才是可知的，而與時代一起最早消失的東西也是這種苦惱。……這是從時代這個大自然中誕生出來的一隻黑色的不吉利的蝴蝶。

不論是描述「大自然」的背景——將「苦惱」歸於政治、經濟因素的自然主義和社會主義，還是將死了的蝴蝶抽象出來做成標本——所謂的浪漫派，結果都無望成功。作為時代闡釋者的作家總是失敗的，「只有讓一隻活生生的黑蝴蝶的翅膀投影在文學作品上。」[7]

晚清亦然。在譴責小說中尋找痛與恥，在狎邪小說中尋找愛情、慾望與隱秘的尊嚴，都是可以做到的，然而，正像博爾赫斯

國文聯出版社，2000 年。

[6]　同上。

[7]　同上，第 10 頁。

在《想像的動物學》中描述的那隻叫做「躲在背後」的動物[8]一樣，「時代的苦惱」總是在你轉身之際，比你更快地「躲在你背後」；我們想像那一代人、幾代人的痛苦，不是那些已經言說出來的、高昂的、激切的陳辭，那些詩詞歌賦、婉轉低吟，而是別的東西。就像我們自身的痛苦一樣，悄悄地潛伏在「日常」之中「凝視」著我們，偶爾，「日常生活」會猛然撕裂開來，三叉神經痛一樣忽然發作。而在痛苦發作的瞬間，我們又怎有能力去認知它呢？

　　大多數時候，連明確的痛感亦不可得，正如魯迅和三島各自言說的苦惱一樣，更加恐怖的乃是無可附麗之痛。在大正時期芥川龍之介的短篇小說《孤獨地獄》（1916）中，主人公以佛教的「孤獨地獄」向友人筆述自己的境遇：這種地獄並不是死後托生的境地，它的存在方式，或者說，它的懲罰方式，就是你找不到它。它沒有確定的地點，也沒有一個開始和結尾，教人無從祭奠，也無從撻伐。但是，山林河澤，青樓妓館，無論你躲到哪裏，它無處不在[9]。這個地獄既是心理的，也是存在的、倫理的、歷史的，從國族象徵的層面上說，它是近代以來遭受「西洋入侵」的東亞各國共通的境遇。

　　魯迅難以忍受晚清譴責小說、「黑幕小說」的「惡之快感」，但，那種鋪天蓋地呈現在眼前的「惡」，是否也是應對這個作為自

---

[8]　參見（意）伊塔洛・卡爾維諾，《蒙塔萊：〈也許有一天清晨〉》，見《為什麼讀經典》，黃燦然、李桂蜜譯，譯林出版社，2006 年。

[9]　參見高慧勤、魏大海主編，《芥川龍之介全集》第 1 卷，山東文藝出版社，2005 年，第 45 頁。

在之「痛」的一種方式？它是否似有若無地指出了「他人即地獄」（薩特語）的問題：是否不讓他人受苦，自己就無法活下去？

因此，魯迅的譴責既錯又對，而錯誤的理由也正是他的正確之處：他要找的「痛」，並不是實體之痛，而是「躲在背後」的東西，然而迷障了他的眼的，卻是那「尋找」的動作：「躲在背後」本來就在這裏，它就是那些在吳趼人、曾樸、劉鶚等晚清文人的小說裏排布得密密匝匝、失之油滑、近乎可笑的「怪現狀」。它從來只是面孔，只在你要與之對視時才轉過臉去。

因此，失敗總是雙重的：無論是我們在他們身上尋找晚清的意義，還是他們在言語結構中重新組裝自己的生活經驗，都是一種總的失敗。而所有知識化努力的失敗，其下一個情節總是更加難以啟齒的，那就是對知識本身的懷疑。然而，這種懷疑，無論在小說和理論中，從根本上是不被允許的：小說是妥協的產物，而理論則總是會吐出「知識分子的堅固自我」，劫火燒之尤不失。

我在這裏強調的，不是後馬克思主義令人厭惡的衍生物──作為一切發言之「前提」的「政治正確」，而是強調，我們需要時時刻刻看到這種雙重性，以及它奇妙的結構。只有在「失敗」的前提下，我們才能繼續問那個關乎自我和社會的問題：使個人感到自己與國家有聯繫的，究竟是什麼？

對此，我極力要說明的是，當試圖建立起對某段歷史的想像時，我們總會遇到一些糾纏不清的問題，而問題的緣起，往往就在實體論和非實體論的顛倒。比如，當我們以「失落」來定名時，許多資訊已經漏掉了。魯迅在譴責「時代之惡」的小說裏讀出了一種「惡的狂歡」──的確，在「藏在背後」的某個寫作的「主

體」，似乎樂於見到「黑白顛倒」「民不聊生」的時代，彷彿「亂世」真是可喜可賀的。一切「新事物」都是對舊價值的破壞，一切「新事物」也都製造了新的方便之門。那麼，我們總要問，由誰來憤怒、歎息、羞恥[10]？是作者還是讀者？當事人還是旁觀者？他們還是我們？

　　這是必須要回答的問題，但，倘若對答案過於「征實」，我們就跌入了執著於「作品與時代」之關係的陷阱── 像上文三島說的，不是試圖一口吞下「時代」這個大自然，就是試圖捕捉黑色的蝴蝶。我們忘記了，Who、What、Why：這幾個「W」只是一個引子罷了。「我」不一定要落實到「誰」，它最終只是一種心造之物，幻化成各種實體的影像。無須借用佛家的說法，我們也能夠明白「我執」的某些含義：假如「我們」不那麼自視為寶貴，我們也就不會那麼失落。

　　經過現代批評體式的漫長淘洗，「歷史」「黑暗」「流蔽」這樣的詞，已經喚不起我們在聽到它時的原初情境。符號有它的外貌，與人體一樣，有性亦有識。因此，我們要從能夠恢復我們自身的體驗入手去聯想歷史，就像我們對疼痛和羞恥的覺察是當下的。

　　由此而言，晚清首先是一個下降的動作，一種低頭的姿態，而五四則被設定成抬起頭來、看著前方。離開了這種感受性的認知，我們就無法進入「東亞現代性」開始的現場。出於這個原因，

---

[10] 在恥（shame）的「邊界」會遇到罪（guilt）。通常，恥被認為是倫理和政治層面的，而罪感則是宗教性的。在法理後果的判斷上，恥似乎小於罪，而在「法外」之「情」的層面上，「不知羞恥」似乎比「罪」是更為嚴重的問題。如果我們視「律法」為基礎性命令，那麼「恥」必須容有遊動的、論辯的空間。「罪與罰」中的「罪」與恥。

我將大量的空間花費在對「詞」的探討之上。我的感覺是，我們對晚清的「想像界」[11]式的痛苦與其小說這一「象徵界」中所展現的痛苦必須分開來看。作品並不「影射」時代，它是抽象的「時代苦惱」之外的另一個實體，而小說並不「反映」現實之痛，而是在「現實」的洞中之影上，創造了另一種痛的感知模式。當我們為《老殘遊記》中所描述的亂世百姓之苦而痛苦時，我們下意識地明白，這種閱讀感受是在「小說的痛苦」中運作的。當馬拉美說世上一切存在都是為了寫書時，他是在說寫書才使存在顯現出來。只有擺脫了作品與時代的冤孽交纏，我們才找到了連接二者的真正可能性。

「時代」的構型

　　也許王德威可以認同斯蒂文森的話，「想像力，想像力總是顯現於一個時代的結尾」[12]。事實上，它與「我們如何理解我們理解世界的方法」這一問題的浮沉有關。在「一般」、「平庸」的「中間」時代，得以顯現的是「我們理解世界的方法」這一層面，而

---

[11] 拉康在其精神分析視域中將存在分為三個階段：實在界（前語言階段）、想像界（進入語言：他者開始影響自我）和象徵界（徹底的語言──世界階段）。齊澤克以其對拉康的再解讀進一步明確了三個「界」的共時含義（儘管在拉康那裏已經如是），徹底擺脫了精神分析的「個案性」，除了將之發揮得「無所不能」之外，更強調三個「界」在文本和社會層面的運作。本文傾向於齊澤克的解讀。晚清的「想像界」，即當我們運用「晚清」這個詞時所不自覺進入的一系列狀況描述和聯想定式。

[12] 參見（英）弗蘭克‧克默德著，劉建華譯，《結尾的意義》，遼寧教育出版社，牛津大學出版社，2000 年，第 94-96 頁。

在一些特定的時刻，我們需要退後觀看，將後者變成小主語。比如，當「人類」這一字眼大量出現在某一時代的文學作品中時，通常意味著這個時代走向了它的結尾：時間本身顯現了出來。正如亞里斯多德所說，時間不會存在，假如沒有人計算它[13]。就此可以提問：我們在不同的生存壓力下，是如何構思出不同的危機、過渡、開端和結尾來的？

五四新文化運動中的周氏兄弟，都曾經將自己定義為「過渡時代」的人。彼時，尚且充滿啟蒙熱情的周作人寫道：

> 我們是永遠在於過渡時代。在無論何時，現在只是一個交點，為過去與未來相遇之處，我們對於二者都不能有什麼爭向。不能有世界而無傳統，亦不能有生命而無活動。……在道德的世界上，我們自己是那光明使者，那宇宙的順程即實現在我們身上。在一個短時間內，如我們願意，我們可以用了光明去照我們路程的黑暗。正如在古代火炬競走——這在路克勒丟思看來似是一切生活的象徵——裏一樣，我們手裏持炬，沿著道路奔向前去。不久就要有人從後面來，追上我們。我們所有的技巧，便在怎樣的將那光明固定的炬火遞在他的手內，我們自己就隱沒到黑暗裏去。（《藹里斯的話》，1924 年）

然而如何定義「過渡」？同一時代的「西方」，愛爾蘭的夢幻詩人葉芝曾這樣形容過「過渡期」：「過渡」，是對立面的多樣式湧

---

[13] 同上，第 1 頁。

入，它是一個旋轉體：舊的東西向頂端縮小，新的東西向底端擴展，這乃是過去和未來彙聚在一起時的形象表達。這也是一種「變化中的永恆」的標誌──兩個時期之間的過渡，其自身成了一個時代。[14]

「晚清」是一個王朝的尾聲，但歷史中的他們和作為研究者的「我們」，卻要為這一「結尾」設置一個開頭。對此，人們不僅在營造「詩意」，也營造「失意」，它有三層：一，舊物已失，新物未到；二，舊物總是已失；三，新來的將是熟悉的東西，歷史「倒戈而來」，正如退潮的「空」讓人想到漲潮的時刻。（這正是《孽海花》這類晚清小說帶給我們的印象圖景。）

這三層都已是「常識」，然而重要的是「已經」。「傳統」甫一出現，就已失去：人們總是已經在回溯，在懷舊、追憶中重構。這種「後學觀念」已經得到了我們的認同。但是，那個傳統難道不正是為了遺失才被我們所創造嗎？在作為「世情小說與豔情小說之合流」的《花月痕》與《青樓夢》這類晚清作品中，盛世時大觀園的佳人被時代所迫，變作妓子優伶，然而「所寫雖是妓女，卻全不涉淫邪」，「主人公之間對詩聯句、行酒令、談論詩文，高雅之致。作者甚至對女主人公的高潔、眼光、境界有一種近乎偏執與病態的強調與突出。」[15]

---

[14] 同上，第 94-96 頁。另參見（愛爾蘭）葉芝，《幻象：生命的闡釋》，西蒙譯，作家出版社，2006 年。

[15] 馬嬡嬡：課堂討論，未刊行。

如果說這些作品中有著對士大夫傳統的詩意的悵惘，那也可以說這正是它的幸福——它把遺失作為一種認知重建為詩意。再往上數，在晚明時代，「士」的傳統就已經成為被懷念的對象。

然而儘管每一個時代都有它的「失落」，對於我們來說，真正的失落仍然是最近二百年的事。不論是「晚清」，還是「明治」，都意味著一種前所未有的自覺與自決：第一次，全世界都在與「過去」告別，傳統成了一個共時性的題目；「世界」成了一個真正的主語，而「東方」則成了激烈想要回歸它的謂項。

詹姆遜（Fredric Jameson）說，第三世界國家的文學表達，總難免具有民族寓言的屬性，比如魯迅所遭遇的「幻燈片事件」[16]。這個論斷中，其實包含著比狹義的「意識形態」討論遠為豐富的理論內涵。在此，本文將打破「國族」的絕對界限，以一批「晚清」「民國」「明治」「大正」的小說文本為例，來考察三島由紀夫所謂的「必然失敗」的文學作品如何「投映」了時代的苦惱——那只活生生的、黑色的不祥的蝴蝶，「主語」，又如何在時代、國族、城市、浮世之間變換，並引發了「謂項」——禮、才、士、妓、匠……的復仇、迷失與回歸。

---

[16]　參見詹姆遜文集（第 3 卷）：《文化研究和政治意識》，人民大學出版社，2006 年。

一、失落的主語：以《平山冷燕》[17]為鏡

如何以小說來參議一個時代的盛衰？答案可能是：當一部小說是一個穩定的主謂句時。

主語立名相，謂項是以運動的方式來說明它。主體要確立自己，必須有謂項的破壞來作證。當謂項的破壞最終都被主語吞掉後，它就成就了主語。在一個青黃不接的「過渡」時代，一個亟待穩定價值的空間裏，謂項總是顯得過多——它們爭先恐後地試圖說明主語，卻往往在回歸主語的路上迷失，成為了「冗餘」或「缺口」（齊澤克）。相對的，如果一個時代如果具有相對穩定的價值系統，那麼就必然會存在這樣的文學作品——明末清初的才子佳人小說《平山冷燕》。

很明顯，這小說作者是以「詩詞傳統中對世界的工整分類」為前提進行寫作的，小說的主體情節，乃是平如衡、山黛、冷絳雪、燕白頷兩對才子佳人之間、比他們次等的文人墨客之間的「才藝大比拼」。這是一種典型的「類型化」書寫。正因為對「遊戲規則」諳熟於心，小說的「藝術性」在彼時和後世評論家眼中都不足取，然而它在當時的廣為流行和今天閱讀時仍然能體會到的輕鬆快感，卻是毋庸置疑的。這種快感並不僅僅建立在「大團圓」的結局和妙趣橫生的「詩文擂臺」的基礎上，從更深層的意義上

17　（清）佚名著，平山冷燕，馮偉民校點，人民文學出版社，2006 年。此版本是 1658 年由天花藏主人作序的新刻版。

說，它來自於與我們——閱讀主體之間的一種心照不宣：小說講述的是一個關於「盛世」的烏托邦。

在中國唐代以降的詩詞表意系統中，盛世是「地」之盛世，必以「天」為證，不僅要在星象上彰顯，也需要在人世找到精確的對應物。因此，平、山、冷、燕四人之才乃是「天縱」，既非父母所生，亦非後天培育所能得致（四人降生前皆有瑞相，如山黛父母夢吞搖光星等），才，乃是天對地的印證和嘉許，然而有趣的是，這種印證和嘉許既來自於「天」，它就有著超越「地上」的皇朝權力的危險趨勢。

因此，整部小說真正的主人公決非兩對情人，而是「天下－盛世」。它所提供的娛樂性資訊：兩對情人之間情感和命運上的因緣誤會，之所以有趣迷人，正是因為其內在的敘事動機，乃是共同體強烈的自我描述的欲望：如何讓「才」成為對「盛世」最有力的說明。整部作品中，皇帝喜愛四位才子佳人之才，顯然不為國體大計，不過通篇令他們吟詩作賦以頌聖罷了。但將這種情節的作品理解為對所謂「盛世」可有可無的文化裝點卻是一個巨大的誤會：所謂「盛世」並不在這類小說之外存在，毋寧說，作為想像共同體的「盛世」，其主要的存在方式，是在一個可以被小說這樣的文學敘事體加以呈現的「價值系統」。

換句話說，之所以以「選才」為盛世的謂項，正因為「才」有狂性，有危險性，它才可能在「破壞」主語的意義上最終確立主語，這就是小說「正、反、合」的之義：一方面，盛世是以「才」的充滿和全面覆蓋來表徵的，才，被定義為不分性別、年齡、身分的至高無上的尊嚴，皇帝賜十歲才女山黛金如意等珍寶，謂將

來長後，任何無才之人若要強娶汝，皆可以此如意擊之。另一方面，盛世就意味著萬事萬物各安其位。性別、年齡、身分的穩定，是最重要的「盛世」結構。

正因為小說的主語是盛世，謂語是「選才」，平、山、冷、燕四人的「男才女貌」，才是真正的才貌均等。在外相和內相──精神和肉體上，他們就是「盛世」天下的表徵。整部小說以「才」和「秩序」的動態的博弈展開，構成了最堅固、最穩定的敘事結構：山黛以十歲稚齡與德高望重的大儒鬥詩考文，大獲全勝（性別、年齡），出身低微的冷絳雪初入山府，與宰相論禮、與同齡人山黛較詩，不相伯仲（年齡，身分）；平民燕白頷、平如衡欲與名滿天下的山黛考較詩文（性別、身分），山、冷二人分別假扮侍妾出迎，雙方平分秋色，然而在氣勢上，「男方」卻輸了。（「只是侍妾就平手，遑論小姐？」）

於是，本該是最激烈的衝突──君臣、父子、男女的博弈，卻沒有構成「真正的」衝突，而在幾位才子佳人身上達到了完全的協和。究其本，起作用的正是對「才」的定義。當皇帝問年僅十歲的山黛，她於閨中是否有老師時，她的回答意味深長：

> 閨中弱女，職在蘋蘩，安敢越禮延師以眩名？除父前問字而外，實無執業傳經之事。但六經具在，坐臥求之有餘，臣妾山黛，又未嘗無師。

皇帝感慨於彼小小年紀，居然如此「應對詳明」。而當山黛之父、宰相山顯仁謙虛回答：「兒女家庭瑣語，上瀆聖聰，蒙陛下不

加譴責，實出萬幸；乃複天語獎賞，令臣父女銜感無地！」天子大悅，當下賜宴。

我們看到，一方面，「才氣」被定義為是無所不降的、彌散性的氣場，不以年齡、性別、身分地位為轉移，因此，四才子無不恃才傲物，只以「真才」識人論物，若認定對方為「真才」，則絕無嫉妒之心，以禮以情相待，若驗證為假才，則將人視為糞土，更造俚詞戲之。另一方面，所謂「才氣」，就是能夠確立和明辨年齡、性別、身分、地位與「禮」之間的關係。平民之女冷絳雪被人施計販賣，以書記侍妾的身分初來山黛之父山顯仁的相府，站著不拜，理由是未敢斷定自己應行何種之禮。與山顯仁大婦辨「禮」的過程，就是當動態的個人與靜態的「禮制」發生衝突時，應該如何處理的範式。在我看來，這一段與全篇的「鬥才」段落一樣，都彰顯出「才」的重要功能：所謂儒家之「禮」本身有著複雜脈絡，不僅從今世的後設立場來說，在古人看來亦然。因而，對小說的作者來說，所謂真才，就體現在將那並非那麼明晰的「禮制」糅圓撮扁，從斷裂中創造出一個光滑的圓來，讓它作為「盛世」中的既存之物，彷彿是天地自然的存在，同時，在這「靜」的存在與個人發生衝突時，不論何種情況下，都能將「禮」的「自我」編織進去。

正像王勃王子安著名的《滕王閣序》那華麗整齊的駢體文所昭示的：盛世的根本表徵不是任何具體的對象，它就是「穩固」這個詞本身。在這個空洞的主語下，任何事物都在一個整齊恢宏而精雕細刻的結構中有其恰當的位置，這就是「賦」——在漢代發達的這一文體的意義之所在。（反過來說，「漢」成為中國歷史上的第一個擁有完整的「盛世」想像的朝代，並非偶然）。

　　《平》作中，山黛的《五色雲賦》亦然。事實上，這篇小說主謂結構的施展，就是「大賦」式的，不僅要辨清複雜國家與個人的動態關係中的每一個位置，才氣亦對任何事物的任何狀態的精確把握，同時，無論多麼小的事，都是那個更大的「天」的顯現。且看山黛詩《立秋日，賦得梧桐一葉落》：

> 萬物安然夏，梧心獨感秋。全飛猶未敢，不下又難留。乍減玉階色，聊從金氣遊。正如衰盛際，先有一人愁。

　　事實上，隨舉小說全部詩詞的內容，都體現了這樣的意向——對於「盛世」來說，沒有一種狀況是不能解釋的。在這一意義上，盛世也就是「禮樂之世」。而「才」既以「禮」為內容，無論如何盈滿，如何跨越身分、性別、年齡，它的「真相」卻只有一個：它就是身分、性別、年齡，它就是「禮」。作為謂項的「才」，最終就只是一個假動作——它從沒有「說明」主語，它就是主語。

　　如此一番，對於我們回看「晚清」，回看「現代性」發生的現場，有何意義呢？我要說的，正是在任何時代價值系統的終極點——「幸福」的定義。

　　從上述分析可知，在《平山冷燕》的價值系統中，能夠最終使「自我」安適其位的就是幸福。我們不能忘記，《平山冷燕》寫於清初，假託於先朝，作者亦被認為是失意文人。因此，這篇「頂格」寫的（這是一個從頂部開始，以頂部為主體，以圓滿為結局的一「頂」到底的小說，從來沒有下降的趨勢。）小說，是對盛世的呼喚，用魯迅的話說，可以看作是對「作奴隸的強烈渴望」，是中國歷史上「想作奴隸而不得」的時期。

　　然而，《平山冷燕》的態度和語氣本身，就像是在對魯迅式的嘲諷提出的挑釁：當奴隸有什麼不好？「站著的人」魯迅並非不能理解這一點。如果假設價值系統的設立總是關於「幸福」的，那麼且不論幸福觀如何千差萬別，它自身就是它的目的。在《平山冷燕》裏，幸福不但由無條件的「頌聖」所保障，尊嚴也是如此。遊戲的雙方都知曉規則，並且明白「你呈給我的正是我想要的」。在這種情況下，能夠創造「名相」（靜）、掩蓋名相的創造（動），使自然之禮圓融無跡的，方是真才。

　　儘管主語和謂項原是一物，但，就像日本傳統能劇的演員必須戴著面具表演一樣，演出者不能撕下面具。當山黛表示她只是一介女流，不應有「師」，而以《六經》為「師」時，她就展現了她的「才」之狂傲的最高合法性：才氣就體現在誰能將頌聖的意境絲絲入扣地表達出來，所以，「真」才子必然「愛才」。在四人之間，只有互相稱羨，嫉妒陷害等一切齷齪行為只存在於「假才子」那裏，而且，一切「假才子」的破壞都是為了成就真才子的團圓。最後，盛世就是才氣——謂項最終回歸了主語，圓滿的謂項與主語的關係，是相互為食，不留剩餘。

　　但是，我們已經知道，魯迅之「尊嚴」的謂項是對任何名相的一再否定。這意味著，在「西方」破壞了東方「自足圓滿」的盛世想像之後，「東方」主體失落的，並不是一個繁華世界，或者對繁華世界的想像能力（實際上，它獲得了驚人的提升，這正是王德威在《被壓抑的現代性》裏要表達的），而是使「謂項」圓滿地回歸這個世界的能力。

二、謂項的造反：混亂・自由

　　從《平山冷燕》那裏，我們得知，盛世，至少對盛世的想像，是一個將萬事萬物賦予有力的闡釋的時代，是謂項的破壞力最終能夠得到修復、並且回歸主語的時代。帶著這樣的印象，我們來看晚清。

　　彷彿一夜之間，「天搖星動，人間有事發生」——盛世小說的開端所表徵的自然與命運的穩定結構被某種力量動搖，進而鬆散、瓦解、失效。一方面，用來說明時代的謂項徒然增多，另一方面，主語卻再也消化不了。它成了「亂世」，其動搖與變幻擾亂了謂項——偶然不再與「命運」聯結，它變成了真正的偶然。在文學作品中，那些不再具有說服力的因素推動著情節的發展。「開中國政治小說之先河」（夏志清語）[18]、魯迅所謂「晚清四大譴責小說之一」、劉鶚的《老殘遊記》（1903）通篇顯示出個體正義的無力感是如何化為眼淚潮湧而出，在瞬間就淹沒了微末的濟世之行。在世情小說《劫餘灰》（1908）裏，當吳趼人希望回歸女性「傳統」的道德價值——貞潔、寬容、忍耐、清廉、孝順……時，他發現，倘若不設置大量的偶然，很難在這種情況下讓人物合理地得到幸福。設置偶然的巧合、提供情節發展的噱頭，是小說敘事的必須，但，一切偶然性在「盛世」小說中一定會回到必然，不管結局是悲劇抑或大團圓，偶然性和戲劇性總能給讀者帶來「合

18　參見王德威，《想像中國的方法》，生活・讀書・新知三聯書店，1998 年，第 63 頁。

情合理」的心理享受。然而，如今這些偶然卻無法再被編進「命運」的結構中。《劫餘灰》的女主人公落難至死，神魂已飛散，後又活轉來，尋到佛教廟堂（出世者的空間又一次作為中轉站），尼姑施以因果之辭，使她安然「等待」，最終在不具有任何期待的延遲當中（近二十年後），她意外地得到了幸福。看起來，這只是一個濫俗的情節套，一個莎士比亞《皆大歡喜》式的結局，謂項（主人公所經歷的折磨和考驗）最終勉強地回歸了主語（傳統道德），但，這顯然是一個已被拉伸得不自然的延長句。仍然是惡人破壞使故事得以啟動：一個家族裏的表叔出賣了未婚的夫妻雙方，造成了雙方家族幾十年的痛苦。惡人由於善人的寬容（寬容亦是善的謂項）而未受懲罰（有限的懲罰來自於他的其他惡行），但是，相比於《平山冷燕》中的惡人——屬「陰」的小人完全為了支撐盛世——「陽」的結構而活（宋信等人「還要作亂，但見他二人勢大，又反來巴結」），吳趼人這裏卻無奈地呈現了表叔「惡之價值觀」的堅硬難化，在親友的善意和得勢之時，他不曾改悔也不曾害怕，只是為惡再添了一把柴（騙哥哥說他的女婿已死，讓全家在失子的絕念中痛苦了二十年）。在這裏，惡至少具有了與善同等的力量：它不願依附於對方、也不曾回歸於對方，在善的覆蓋力與包容力中，它溜掉了。

　　即是說，在「盛世的」《平山冷燕》裏，惡與善彼此抵消，歸於和諧，而在「亂世的」《劫餘灰》中，惡與善各自為政。幸福仍是美德的結果，卻已是劫後之「灰」。它缺少命運強大的宣言，早已不再理直氣壯。吳趼人想說的是，時代乃到了大劫之時，勢必連灰燼也不會剩下的。曾經，在社會主流的文學敘事中有著這樣

的暗示：只要遵守美德價值的規範，哪怕路程曲折，也終將幸福。
這種幸福消解了「悲劇」：犧牲總有回報，付出必有抵償，英雄的
後代親屬和讀者，收穫了沉甸甸的道德訓誡。在《平山冷燕》裏，
所有的偶然都是必然，而如今，在晚清，美德價值與幸福的主謂
關係卻被撕裂了。在另一篇小說《禽海石》（符霖，1906）裏，主
人公忍著厭惡與不耐、勸服自己百般細心地與迂腐不堪的封建之
「禮」周旋遊鬥，只為成全一己幸福，（在細心籌畫個人幸福、與
一切阻礙鬥智鬥勇的情節的趣味與耐性上，晚清小說中無人能出
《禽海石》之右）在終於勝出之際，「義和拳匪」之亂卻使美夢落
空——「禮」已經不是幸福的保障，而是幸福的隱患。但，《禽海
石》與吳趼人的作品一樣揭示了「禮」在謂項功能中的失落——它
僅僅成為一些身體上卑躬屈膝的局促感、一些老人頭腦中「頑固
不化」的句子，它成了一根雖然仍舊尖銳（在與戰爭這樣無理的
災難相遇後，能夠輕易地摧毀個人的幸福）、卻是一根小孩子動動
腦筋就可以輕易踩碎的刺。倘若沒有「天災人禍」，禮教自身早已
「不成氣候」。

　　如果說，「鬥禮」正說明瞭「禮」之刺還深埋在符霖筆下年輕
的秦如華的肉中，以致其痛癢不知搔處，而在著名詩僧蘇曼殊的
任俠、佛理與世情的抗辯之中，刺體早已浮露，是否拔出它，只
在當事人一念之間。在蘇氏縱橫現實與幻想、家國與愛情、入世
與出世之間的短篇小說中，偶然成為真正的偶然，無關乎神意、
天命和世界的結構，一個人的無理的惡便造成了毀滅，這種毀滅
成了小說真正的亮點，而那些力挽狂瀾的方外之士甫一出現，故
事的力量就衰竭了。

　　可以說，對「開頭」與「結尾」的強調，總是在共同體的價值系統發生劇烈變化的時刻。一個穩定的價值系統允許局部的衝突和調整——我們已經看到，《平山冷燕》寫作的年代，一個通常意義上被認為是劇烈變化的時期，一個失意文人的想像性寄託的結構卻依然明晰而堅定——因為基礎性的東西並沒有決定性的變化。然而，在晚清，一個「真正的結尾」（或者說，從「現代」到來的意義上，一個真正的開始），人們甚至不能在最根本的問題上達成一致。即使是劉鶚和曾樸這樣創作力強盛的專業作家，也不能將他們的抱負通統組織進他們自己的文字中。當李伯元嘲笑他筆下的人物不論新舊，只要照照「文明鏡」就能看到變形的面孔時，曾樸仍然堅持認為那只是凡俗「肉眼」而已。[19]吳趼人堅持浮世萬古皆同，劉鶚卻讓黃龍子等大演易經新變，以為現世的堅實作哲學的抗辯。在「現代性」發生的現場，時間已被掘鬆，而空間則在不斷的重新確認中（交通工具的新舊交雜），於是大量「魔星」出動：時代給了小說中的人物以新的遊走空間。對於《孽海花》中傅彩雲這樣的人物，這不啻是一個快樂的時代。這位前名

---

[19] 參見《孽海花》第二十九回：卻說吾人以肉眼對著社會，好像一個混沌世界，熙熙攘攘，不知為著何事這般忙碌。記得從前不曉得哪一個皇帝南巡時節，在金山上望著揚子江心多少船，問個和尚，共是幾船？和尚回說，只有兩船：一為名，一為利。我想這個和尚，一定是個肉眼。人類自有靈魂，即有感覺；自有社會，即有歷史。那歷史上的方面最多，有名譽的，有痛苦的。名譽的歷史，自然興興頭頭，誇著說著，雖傳下幾千年，祖宗的名譽，子孫還不會忘記。即如吾們老祖黃帝，當日戰勝蚩尤，驅除苗族的偉績，豈不是永遠紀念呢！至那痛苦的歷史，當時接觸靈魂，沒有一個不感覺，張拳怒目，誓報國仇。就是過了幾百年，隔了幾百代，總有一班人牢牢記著，不能甘心的。」（清）曾樸著，《孽海花》，上海古籍出版社，1980年，第257頁。

妓在丈夫死後，剛剛過了「四七」便想要離開家庭，重操舊業。
在家族的老太太和丈夫的朋友面前，她理直氣壯、擲地有聲地
說出下面一番話：

> 陸大人說我沒天良，其實我正為了天良發現，纔一點不裝
> 假，老老實實求太太放我走。我說這句話，彷彿有意和陸
> 大人別扭似的，其實不相干，陸大人千萬別多心！老爺一
> 向待我的恩義，我是個人，豈有不知；半路裏丟我死了，
> 十多年的情分，怎麼說不悲傷呢！剛纔太太說在七裏悲
> 傷，願意守，這都是真話，也是真情。在那時候，我何嘗
> 不想給老爺掙口氣、圖一個好名兒呢！可是天生就我這一
> 副愛熱鬧、尋快活的壞脾氣，事到臨頭，自個兒也做不了
> 主。老爺在的時候，我盡管不好，我一顆心，還給老爺的
> 柔情蜜意管束住了不少；現在沒人能管我，我自個兒又管
> 不了，若硬把我留在這裏，保不定要鬧出不好聽的笑話，
> 到那一步田地，我更要對不住老爺了！再者我的手頭散漫
> 慣的，從小沒學過做人的道理，到了老爺這裏，又由著我
> 的性兒成千累萬地花。如今老爺一死，進款是少了，太太
> 縱然賢惠，我怎麼能隨隨便便地要？但是我闊綽的手一時
> 縮不回，只怕老爺留下來這點子死產業，供給不上我的揮
> 霍，所以我徹底一想，與其裝著假幌子糊弄下去，結果還
> 是替老爺傷體面、害子孫，不如直截了當讓我走路，好歹
> 死活不幹姓金的事，至多我一個人背著個沒天良的罪名，
> 我覺得天良上倒安穩得多呢！趁今天太太、少爺和老爺的

好友都在這裏，我把心裏的話全都說明瞭，我是斬釘截鐵
地走定的了。要不然，就請你們把我弄死，倒也爽快。[20]

　　彩雲是真誠的，她的真誠，乃因為大量的「生活形式」（阿格
妮斯‧赫勒語）已經發生變化。在《馬克思主義與形式》裏，詹
姆遜說：

> 事實上，歷史自由隨客觀條件自身擴張和收縮，但似乎從
> 來沒有比在這些過渡時期中有更大的自由。在這些過渡時
> 期裏，生活方式還沒有一個時代風尚的那種拘謹，那時不
> 附帶任何相應的義務就突然產生了從舊時期向即將取而代
> 之的那個時期的過渡。[21]

　　家庭、社會和國家，在保持其倫理力量時，才能持存。而當
「分配正義」發生了極大的失衡時，幸福與道德的關係在現代社
會出現了變化——幸福的概念原來是客觀的，現在變成了主觀
的。晚清以降，人們生產著更大規模的意義，任何一部小說中都
擠滿了「是與不是」的判斷。與此同時，甚至連最「講究天工地
整」的中國古典詩詞，也不能與主語構成互食關係。（如馬媛媛所
說，晚清小說《花月痕》的詩詞與文本之間構成了一種緊張的、
對抗的關係，而回頭來看，《平山冷燕》中的詩詞卻沒有一句沒有
構成最終的「和解」。）然而，那些新出現的觀點正意味著「謂項
的造反」，它們都施展著破壞力，卻沒有一項能擔得起那個時代的

20　（清）曾樸著，孽海花【M】，上海古籍出版社，1980 年，第 231 頁。
21　（美）弗雷德里克‧詹姆遜著，錢佼汝、李自修譯，《語言的牢籠：馬克
　　思主義與形式》，百花洲文藝出版社，2010 年。

「主語」。許多原來只能為賓的東西，如今反客為主；一些「飛來之石」成為主語。浮世、國族、城市、官場，名相之間的黏合力不同，變演出來的句子亦大相逕庭：王德威呼喚人們注意的晚清科幻小說在它出發的地方就已經失敗，因為它要別尋一塊土地，而不是「先朝」。這意味著人們對最想回到的地方已不具備闡釋力。曾經，宮殿是人世間最遠的距離（權力意味著權力者自身總是能免於危難），在《平山冷燕》中，宰相府離皇宮很近，卻要飛馬遞書，一板一眼，細緻入微，而在《孽海花》裏，皇宮內院早已降落塵世：並不是說，在現實中可以自由出入，而是，如今不需要在文本中專門為皇宮與塵世的轉換設置「通道」。嘉慶年間以吳語方言書寫的狎邪小說《何典》（1879）針對「亂世」發明瞭一種新的應對方式，以幽默的暗示驅逐對時代的恐懼，而在蘇曼殊「俠義江湖」的建構中、在李伯元新舊城市明暗難辨的風月綺夢中，閃露出一種新的、現代的「悲劇」：章回體的剛性框架依然頑固地持存著，但「且聽下回分解」的「意料中的戲劇性」卻不在是小說閱讀的快感來源。

在這時，一個新的主語──「城市」大獲全勝。在晚清，「城市」顯示了與明代市井傳奇的代表「三言二拍」完全不同的意義。它表明，現實主義的「日常生活」浮出水面，既取代了意外、懸念和驚喜，也取代了「帝國盛世」下富於教誨意義的「市井夢想」。

任何時代都存在犬儒、功利、實用主義，但是，有無「語言」派給它們、是否將它們編織進一個分類系統中，乃是一個重要的分辨指標。「日常生活」一旦佔據了小說敘事的主位，它就不再尋常了：它必須引導人們面對「非戲劇性」的日常之後果──「死亡」。

　　希臘意義上的古典悲劇，意味著對人類身心能量的大幅度、一次性的消耗，這種消耗的補償是恐懼、憐憫、道德訓誡，是自在與自為的激烈搏鬥。而在現代悲劇中，消耗是遵循自然時序的熵過程。沒有被賦予意義成了悲劇的核心。《何典》直接描述了人的腸道部位——鬼所居住的地方，連接著上頭「人界」的下水。「鬼人」們在此處煞有介事地過著端嚴的生活。那些散發臭氣的赤裸裸的雙關語，在羞恥與無奈之間建立了最短通道；在「遁世叟」們的「遊戲筆墨與警世菩心」中，處處是德性、情愛、偶然的碎片，卻少有教訓可供總結。消耗，真正成為了一種可恥的消極狀態。在黃世仲的《廿載繁華夢》中，與其說主人公和他的妻妾是惡棍，不如說他們只是利己主義者。在這裏，彌漫的不是吳趼人《痛史》和《二十年目睹之怪現狀》的「痛」和「恥」，那些醜陋的東西在「繁華夢」中消融掉了，這是一部近於半鋪直敘和寡淡的小說，它要說的就是「不過如此」。它提供了一種遏制自身的範式，並以此稀釋了痛苦。人生的不穩定性、財富的不穩定性與敘述之間，在我們認為應該會急轉的地方，應該會掉落的地方，卻依然走得很穩。主人公不過失掉了他的財富，他的妻妾各有各的打算，衰敗就此到來，卻也並非毫無退路——這「繁華夢」，透露著最不堪的「日常」的本質。

　　在這樣一個世界裏，苦難也變成了另一種東西。誠如布萊希特所言：這個人的苦難之所以吸引我是因為它們不必要。——無意義的不公與無意義的自由一樣會激怒我們。

　　就此而言，令《老殘遊記》中還有著一顆俠義之心的老殘感到憤怒的，並非酷吏的魚肉百姓和道統家的好心辦壞事，而是這個使

後者得以大行其道的任意和不可判定的世界。同樣，老殘的朋友、
隱者黃龍子談玄論世，與《孽海花》中大量的論世之藍圖一樣，都
是「無力烏托邦衝動」之一種，不管他們是否指望美德、報負與雄
心會得到報酬或行之有效，但是，它至少要成為某種見證，即我們
對世界賦予意義的行為仍然在進行。然而，經常的樣態卻有兩種，
一種是李伯元式的玩世不恭，一是韓邦慶《海上花列傳》（1894）
式的：在物欲與情欲中沉溺的人們生活在「雖然不好，亦無不可」
的「非基礎性」的自由中。如同蘇曼殊所言：「歌哭無端」。

三、謂項的統理之一：國家與士

　　晚清是論政之世，然而政治小說並非部部都以「國族」為切要。
大部分譴責小說作者是「職業」作家，《孽海花》與《老殘遊記》
之受到重視，不僅在於它們文筆優美，更在於這優美乃是具足「士」
之莊嚴自矜的明證。如上文所敘，「士」與「才」經常是「盛世」
的謂項，如今，盛世退卻（或進步為）國家。以此為經緯的小說中
總會有「別樣」的風景（比如，在雲遊的人身上維繫著新的「國家」
謂項的運算式）。由此我們可以理解，在二作中存在的「風景」的
詩意屬性——那風景乃是為說明這「國家」而被「看見」的。
　　《孽海花》是晚清小說中少有的、完全以國家為其主語的作
品，它以「綴段珠花式」結構斷續連載，綿延數年而初衷未改。
以敘事學的讀法來說，找到「國家」在書中想幹什麼，也就找到
了小說的入口。

　　國家，是倫理性要求與動物性要求的混合物。慾望的主題，有時並不是個人的主題，而是國家的主題：每個國家的意識形態各各不同，只有充饑的慾望相同。國家要繁衍，國家慾望的根本是生殖慾望，表現為饑餓的執著，在這一意義上，失落甚至就是「饑餓」的另一體征。尋求認同、佔有某一地位只是國家的溫和狀態，只是第一步。國家的信仰乃是食物與生殖的雙面一體。

　　從前，國家何等風光，謂項各歸其位，如今，它需要統理，卻又無從統理。在《孽海花》中，各路英雄施展其才，卻是八仙「落」海，國家發現，它自身也在漫長的寫作跨度中發生變化。主語的自反，意味著謂項彼此之間往往狼狽不堪的衝突。《孽》中一個重要的寓言性情節是：朝廷樑柱龔老夫子家中庭園內的白鶴像被風刮走，遂貼一尋鶴文，以諷喻國事：眾生讀後爭論不休：

　　　　韻高道：「好一篇模仿後漢戴文讓的『失父零丁』！不但字寫得好，文章也做得古拙有趣。」

　　　　直蜚道：「龔老夫子不常寫隸書，寫出來倒是梁鵠派的縱姿崛強，不似中郎派的雍容俯仰，真是字如其人。」

　　　　韻高嘆道：「當此內憂外患接踵而來，老夫子系天下人望，我倒可惜他多此一段閒情逸致！」

　　　　「兩位老師是朝廷柱石，蒼生霖雨，現在一個談災變，一個說夢佔，這些頹唐憤慨的議論，該是不得志的文士在草廬吟嘯中發的，身為臺輔，手執斧柯，像兩位老師一樣，怎麼好說這樣諮嗟嘆息的風涼話呢！依門生愚見，國事越

是艱難，越要打起全副精神，挽救這個危局。第一不講空
言，要定辦法。」

　　這段對話充分反映了現代社會知識者的處境：他們為了在社
會的異化之中反戈一擊而充分地脫離了社會，他們的社會實踐必
須借助於一種言語活動的替換來參與。就像「中世紀的巫婆只能
通過一種儀式和以一種幻覺為代價才能減輕人類的不幸。」[22]有趣
的是，當所有以其高貴的品德而負載過重的年輕士人都在官場摸
爬中不知不覺進入委頓狀態（奉如被時髦的新黨嘲笑，金雯青在
外交事務中的迂氣……），或表現出與時代的錯位之時（章直蜚和
聞韻高在湖邊議論戰事，彷彿有理有條，而消息忽傳，額局已決），
當「士」試圖犧牲自身以饗國家，國家卻再也消化不了時，一個
放蕩的女人卻以其健康的活力，成為了病症的輕瀉劑。

　　吳趼人「劫餘灰」的命名，已使對一位女子的讚歌先在地成
為一曲悼詞，而曾樸筆下的傅彩雲卻是從這灰中新生的鳳凰。與
同時代的狎邪小說《九尾龜》和《九尾狐》中無行的妓女相比，
彩雲並不在品德和智能上有任何更高尚的造化修為，她同樣與戲
子偷情並死不悔改，不論男人如何「恩義不薄」。所不同的僅是小
說的主語：當《九尾狐》大罵「婊子無情，戲子無義」之時，《孽
海花》像清初孔尚任的《桃花扇》一樣以國族的眼光來讚賞「婊
子」：正是她，收集和保留著那些越來越不被重視的東西——那些
新詞所生成的「現場」。然而彩雲與《桃花扇》裏貞婦式的妓女李

---

[22] 參見《羅蘭‧巴特文藝批評文集》，中國人民大學出版社，懷宇譯，2010
年，第 139 頁。

香君不同，她是一個現代的存在：並不像曾經激進的丈夫一樣，
隨著時間的推移慢慢落後，也從未曾打算「順從」新的社會。她
與時代亦步亦趨：她收集男人的實踐活動。在那個交通開始在小
說中顯示出前所未有的時間與空間之功能的時代，她得以輕易地
「聞達天下」。丈夫雯青出使外國，彩雲也想像傳聞中的大使夫人
一樣，幹一番令「國際男人」都側目的大事。她以智慧和經驗，
一早發現在船上認識的俄羅斯照相技師畢葉不是善類，而她的丈
夫卻屢次上當。然而，當讀者期待彩雲能像她的家庭教師、俄國
無政府主義的奇女子夏雅麗那樣阻止畢葉的陰謀，或幹出其它轟
轟烈烈的外交奇事來，彩雲卻只是發揮了她「放誕美人」的本色，
不斷為新的戀愛分心出力而已。雯青死後，彩雲早年闖出的名號
沒有為「國家」帶來什麼，而是為她後來「重操舊業」鋪了路，
但，在她與她丈夫相伴而獲得的個人歷史的資業上，卻組織起了
在「國家」的軀體上汲營生命與自我的最「高貴」的一批人。

　　《孽海花》裏的男人，不分派系和代際，都是為「家國大事」
而生的。然而，開了酒樓將這「八方之客」聚攏在一起的彩雲所
收集的，卻是他們「肉體」的現場。小說從中途開始，就已經在
書寫這些「國家的男人們」如何在無止歇的宦遊途中撲跌，漸漸
變老，而彩雲卻成為後來在白先勇小說中「永遠不老的尹雪豔」
的原型，另一種意義上的吸血鬼。彩雲的目的不是當代男子出
頭的巾幗英雄，亦不遵循為生存而出賣「肉體」的「婊子悲劇」，
更不是李香君這等在男子的家國夢失落時最後的詩意之女神。
彩雲在這小說中的慾望動力，與女巫相類：像埋藏寶藏一樣收藏
歷史。

　　對彩雲身體話語的組織，可以說是《孽海花》的主語「國家」最大的滿足：在士子們高談闊論之時，不管有多少俯仰撲跌的醜態，有多少不得要領的「救國良方」，在彩雲的遊曳之中，國家的食欲卻活躍而正常，這是一個真正的國際大舞臺，從康梁變法、日本的暗殺到孫文的起義，聞聲生變，每一個變數都可能通向國家的未來。

　　在彩雲身上投射的活動的想像是一種既合法又令人難於忍受的東西，她美麗而放浪，與男性東亞病夫的形象——當時中國在歐洲視域中迅速滋長、集聚起來的群體象徵大相徑庭。她參與了冒險活動，而恰恰是由於她本身對政治一無所知也不感興趣，她的存在反而成就了神秘性東方主義的政治。與她的「女人的」一己小智的歪打正著比起來，金雯青的一本正經的研究與工作只換得了災難與笑話。

　　傅彩雲這樣現代中國文學中的新女性形象，並非孤例。吳趼人就曾為清末上海明伎胡寶玉寫傳，將胡寫成一個與傅彩雲一樣的「女巫」，一個傳奇女子。據夏曉虹考證，《胡寶玉》是有意與梁啟超的大傳《李鴻章》成偶的[23]。一個國族風雲人物與一個「蕩婦淫娃」在何種意義上可以通約？她們在亂世中是超人，是掌控者，永遠新鮮、出人意表，男性的、國族的能量在她們身上聚集，而她們並不交換出去——她們違反新興的現代性的商品邏輯，她們自身沒有損耗。吳趼人開篇即說，上海赫赫有名的三胡（另兩位是畫家與富豪）之中，唯寶玉尚存，雖已垂垂老矣，仍可以「笑

---

[23] 參見夏曉虹，《吳趼人與梁啟超關係鉤沉》，載《安徽師範大學學報（人文社會科學版）》，2002 年第 6 期。

到最後」而自矜。「寶玉之所藉以著名者何？曰放蕩。雖然，上海之淫娃，放蕩過於寶玉者，豈無其人，而不能一一都著者，以無寶玉之權術也。且寶玉非欲藉權術以著其名也，欲以自立耳。能自立即著，是否君子貴自立。」

可以說，這種女性形象的出現，意味著國家希望在一種新的性別的交換中確認自己：妓女脫離常規，社會消費她──老招數了，在宋、明的小說中已屢見不鮮，然而，我們看到了她身上新的功能：曾經的「士」從她身上認出了自己，在這一意義上，彩雲、寶玉毋寧說就是國家的謂項──「士」的轉義：她們得以活躍的部分正是他們萎靡的部分。在這一點上，曾樸不經意的安排更像是詹姆遜所謂的「國族寓言」：通過夢兆，金雯青知道彩雲可能是因他年少輕狂而自盡的妓女的轉世，此番是要向他討債的。小說後來一直在提醒讀者：是她的前世資助他赴考的──知識分子本來就是巫婆在現代社會的存在形式。國家通過謂項：彩雲與雯青的「前世今生」得以繁衍：儘管「國家」已不是「天下」，卻有一根刺，無論轉世幾何，即使性別更改，始終縶在肉中：這就是在「晚清」這一歷史「結尾」、「現代」開始的現場：國族所下的繁衍指令。

四、謂項的統理之二：旅行與家國

（一）「國」與「家」旅行的兩種精神向度

　　旅行——空間位移的迷人之處，是因為它是離開「家」在「國」中行走的過程。旅行的緣起，它的路線、起止、沿途的風景，使個人與社會，自我與世界擁有了一個互相指認的座標。旅行的規模、遠近與頻繁程度，意味著國家意義上的普遍的流動性，在多大程度上突破了自然與文化的「障礙」。在大部分晚清小說中，自然障礙仍然是推動故事情節的主要動力之一：青年男女出家門是危險的：前現代的交通的不便、失聯、偶然性和人們流動的需要出現了齟齬，這成了負載舊價值觀的理由：旅者要回家，家是安全的。這不能不讓人聯想到一個世紀以後的 80 年代中國：「後」現代的中國正在形成的現場，先鋒小說家餘華那充滿無預期之危險和冷酷能量的《十八歲出門遠行》。

　　在所有關於旅行的故事中，人物流動的精神意向始終存在著著兩種方式——雲遊和家庭。一些人是為了尋找家，而不是為了與陌生和驚喜相遇而旅行。他儘管一生行走各處，到達某地後做的第一件事卻是創辦他的家庭。無論在起點、中點和終點中，哪怕他只是孤身一人，也始終攜帶著「家庭」之刺：他可以隨時用一種家的集團氛圍包裹自己：有時是回「家」的急切心情、有時是路遇同鄉頻繁應酬、有時是各處安房買妾。他們的「家用網路」

天南海北，因而可以處處為「家」。當代讀者在閱讀晚清中國小說時，時常會驚訝於中國官員在流動遷任中每到一處皆能營家造庭的能力。然而，在旅途上還有另一些人是完全沒有「家」之意識的：蘇曼殊本人和曾樸筆下的老殘都是一日國不安則一日無「家」的典型。前文提到，以「國家」為主語時，雲遊的人實際上攜帶著一種新的支撐「國家」的謂項功能。《老殘遊記》開篇講，老殘「不中用」了，只好雲遊度日，狎邪小說《九尾龜》開篇也講，才子章秋谷是天生「才情與麗質」，難自棄，切願外出雲遊。對後者而言，「才情」與「國家」雙方相互背離，漸行漸遠，而前者則不同：老殘是一個頑強的冒險主義者，他自由地選擇他的社會關係，從而使最廣泛的社會經驗得到刻畫。哪怕他鄉遇故知，風水盡相宜，他也絕不會長期耽溺在這一時一地的人際關係中。然而，重要的是他的慧眼識人——他的「眼光」總是「正確」，這意味著雲遊者的目光仍然維繫著大量的（儘管不是系統的）道德標準。因而，老殘在「現代」這個無價值的世界中所顯示出的個人選擇的自由，反而正是「秩序」的表徵。這是一種近似於日本物語的國族敘事特徵——「貴種流出」（山口昌男語）的方式：正是被流放的人暗自將帝國難於籠絡的邊界創造為它整體的精神領域。

　　老殘這樣的雲遊者所攜帶的正是「傳統」之刺（而金雯青的複雜，則在於「家國」之刺同樣在他身上深埋著）。那些緊張故事間作為喘息的聽戲、看景的「閒筆」，不僅時時處於「家國」之刺的「肉痛」之中，也正因為這種疼痛而格外地「詩意」。我們不必去想像真實的白妞唱曲會是怎生模樣，因為白妞的聲音乃是老殘

的聲音，在如詩如畫的描寫中，可以聽到的乃是《平山冷燕》的輝煌盛世的餘響。風景本身是一個可大可小的「名相」。（有些故事就是從風景中冒出來的）。在老殘眼中，與其說「天意」失去了它的地位，不如說它以它的缺席掠奪了在他眼前展開的風景的部分意義。

（二）「武」之失落：螫刺與復仇之旅

　　日本有著借鑒於中國的流動官制，也帶來了相近的文學敍事。同時，官制本身的區別也帶來了完全異質的故事類型。從老殘的無家的、始終攜帶「國家」之刺的雲遊當中，我想到了日本武士道傳統所衍生的一種獨特的故事類型：復仇之旅。

　　德川幕府以來，武士復仇的傳統漸漸成型。元祿 14 年（1701 年）發生的著名的「忠臣藏事件」[24]被改編成戲劇和小說，成為日本武士道的象徵故事。在這類事件中，復仇的武士，不論是否成功，要兩全國家律法和武士對家主的忠義，結局往往是一死。後來，「國家為避免極端事件的發生，逐漸採取了調和的態度：武士在自身或其侍奉的家主受到任何侮辱、或遭無理殺害都應為尊嚴而決鬥或復仇，而死者的親族在理由充分的情況下，可以向官家

---

[24] 事件大致經過：在京都參加奉答之儀的赤穗藩主淺野內匠頭長矩，於松之廊下用腰刀砍傷高家吉良上野介義央。事件發生後，令德川五代將軍綱吉非常憤怒，獨斷的裁定即日淺野內匠頭切腹，因而內匠頭於下午五時在田村右京太夫邸切腹。這就是元祿赤穗事件的開端。隨後，以大石內藏助為首的 47 名武士家臣誓為家主復仇，不惜拋家棄子，長期掩飾潛伏，歷經曲折最終完成了復仇，然復仇亦犯國法，將軍裁定義士以最高規格的士禮切腹而死。

提出復仇申請，得到批准後即可尋找四處躲藏的仇家，踏上復仇之旅。

　　如果說，我們可以將中國「士」傳統大致定位在「文」的失落，那麼日本的失落也許就是「武」的失落。由武士道的價值體系出「復仇之旅」的故事，在明治維新到大正時期的新的歷史小說中發生了有趣的變化。芥川龍之介、森鷗外、菊池寬等許多作家都對傳統的「復仇之旅」進行了故事新編。顯然，在日本閉鎖的國門被「西洋」敲開後，在「近代」來臨之際，在武士道的器體系完全崩解之際，重寫武士復仇之旅富有難於言傳的意味。

　　復仇之旅所負載的文化傳奇特徵，止是它的魅力所在：一天不完成任務，就一天沒有「歸家」之感。在這裏，武士作為復仇的主体，與日本歷史中另一個被神話化的身分──忍者[25]（にんじゃ）──發生了部分的重叠：不論是在同一個地方待上幾個月還是幾年，不論在旅途中如何轉換身分、從事怎樣的行業，甚至娶妻生子，甚至死亡也不是終點──一切都是為了完成復仇大計，也就是說，復仇者始終攜帶著「命令的螫刺」，他應該永遠在「路上」。

　　在森鷗外的短篇《護持院空地的復仇》（1913）中，忠心護衛主家財產而受到無賴青年的襲擊、奄奄一息的金庫管理員老人再三囑咐兒子為他復仇。命令已經下達，並停留於接收者的體內，

---

[25]　忍者（NINJA，にんじゃ）是日本自江戶時代開始出現的一种特殊職業身份。忍者們接受忍術的訓練，主要從事間諜活動。像武士一樣，也遵循一套自己引以為榮的專門規範。

成為一根螯刺[26]。於是獵手隊伍在得到公家的許可並得到了盤費的情況下，開始展開漫漫的捕獵之旅。這個隊伍由主人──柔弱的兒子、主動請纓的堅定的同輩親屬和不請自來的僕人組成（死者的女兒和妻子被排除在外，只能到別處去幫傭，充當探聽消息的「後勤」）。小說的主體在機械地描述復仇者的路線：在何處坐船到何處，停留幾天，這一地圖畫遍了日本全境。整個運動的過程，這個茫茫無跡的、充滿絕望與不定的旅行，乃是一個儲存的過程，復仇者作為容器，盛裝著命令，在他們孤獨的行旅中，命令彷彿覆蓋了他們走過的地理。旅行、風景、復仇、家國，勾聯出一幅奇特詭異的地圖。

然而，讀者從一開始就會感覺到，這個整齊的隊伍，由於他們接受命令的「部位」不同，將發生某種內部的變異。我們不斷地預期這個團隊中會出現「變節者」，最後，預感成真：兒子開始動搖，並最終脫離了復仇隊伍，不知所蹤。復仇最後由死者的弟弟、女兒和毫不相干的僕人光榮完成。

鷗外並沒有譴責或同情變節者的意思。正像後結構主義學者柄谷行人對鷗外歷史小說的評價一樣，在這裏，鷗外的人物是不具有所謂「心理深度」的人。他們不具有「內面」。只能把他們作為運動著的能量本身、作為「因緣和合」的各種條件、作為某種結構性的位置來理解。在這裏，在復仇路上成為變節者的兒子與其他堅定的復仇者的唯一區別是，變節者處於命令的中心，他是嫡子，是「復仇的命令」刺入最深的人（可以回想繁衍與國家的

---

[26]　參見卡內蒂，《群眾與權力》，馮文光等譯，中央編譯出版社，2003 年，第 213-216 頁。

關係），而那些堅定的復仇者反而是與被害人沒有直接關係的不請自來的人和在社會、家庭中皆處於處於邊緣地位的女人。

　　鷗外用「壓抑透了」（三島由紀夫語）的筆墨，淡然地寫出了這種悖論性的故事。從中可以燭照出的恰恰是既是文官又是武官的文豪森鷗外自身在全盤西化的日本中所處的尷尬的「中心」位置——早年留學德國，精通醫學、法律，終生位居高官並在文壇上聲名顯赫。歷任陸軍軍醫總監、陸軍省醫務局長、帝室博物館館長、美術院院長等職務的鷗外，攜帶著「新日本」官僚體系這一命令的螫刺，也攜帶著「大家族嫡子」的繁衍之使命[27]。他的早期作品《舞姬》反映了自己痛苦的感情經歷：一位貴族日本青年與德國女郎相戀，最後在家庭阻撓與名利誘惑卜拋棄了她。晚年，鷗外一邊出任榮耀顯赫的帝國文化官僚，一邊用春秋筆法寫著筆意枯淡、寓意曖昧的史傳和短篇歷史小說。可以說，鷗外是一個從內到外擔負著責任的人，一個無法為自己而活的人。他著名的遺囑——「死是結束一切的重大事件，餘深信一切官威權力亦不能反抗它。餘切望作為一個石見國人森林太郎死去……」[28]透露出，他在死亡到來時才宣佈卸下了「意義」的重擔。

　　然而，鷗外充滿陰冷絕望的文學力量，正在於對「意義」的懷疑：對此可以參照「官方」對復仇之旅的態度：復仇行為是「半官方的」，在鷗外的故事中，莊嚴的復仇之旅因地方官府公事公

---

[27]　森鷗外的官員生涯中發生的事故和承受的壓力極其對思想和創作的影響，是日本國文學研究者的重要課題，也引發了後世許多作家的關注，如松本清張等人都據此寫過小說和傳記。

[28]　森鷗外，《舞姬》附錄，浙江文藝出版社，1988 年，隋玉林譯。

辦、不置可否的態度而顯得有些舉重若輕,有時幾乎到了「滑稽」的邊緣。對此,芥川龍之介類似題材的短篇《復仇之旅》(1920)直接運用了反諷的筆法,而鷗外的「反諷」卻是一種「散點透視」的客觀結果。小說暗示:讓不請自來的復仇者堅定起來並不是血海深仇,而是一種無時不在的「意義的孤獨感」,一種深刻的懷疑:武士道也許並不存在。

正因如此,與受害者沒有直接關係的人才發求以近乎偏執的態度堅持完成復仇,這種態度是一種反彈的結果:它超越了「嫡子」的血緣關係(如上兩節的分析,血緣這一「謂項」在那個時代已經說明不了「主語」了),直接與「道」──與「傳統」對話。

在這裏,我們看到了「現代性」殘酷的內核:只有當它到來之際,「傳統」才誕生,作為一個被質疑的存在而誕生。

儘管在小說的結尾,堅定的人們得到了報償:公家的表彰接踵而來,但,真正難於抓住的仍然是官僚式的辦事態度與閃耀在復仇者身上的「武士的尊嚴」之間的對比。鷗外以「史筆」幾近枯燥地描畫人物旅途的地理名稱,而令人不寒而慄的「態度的對比」,就像旅人身後投下的一道陰影。

在此,值得注意的是二戰後崛起的作家三島由紀夫對於森鷗外的推崇。三島的文學創作在起步時受保田與重郎、佐藤春夫、伊東靜雄等「戰時浪漫派」影響很深,而戰後對森鷗外作品的閱讀卻使他清醒了過來。力圖表現自我的苦惱與抽象的「時代之苦惱」的三島從鷗外那裏讀出了:個人與時代的深刻的、內在的、血肉的聯繫,既不是在浪漫派的空虛熱情中、也不是在實證主義的「科學觀」中實現的。

　　在明治維新的結尾、大正時代的開端，日本社會發生了兩個標誌性的重要事件：乃木希典大將的明治天皇徇死事件（1912）與幸德秋水的大逆事件（1910-1911）[29]。前者作為「武士道」的餘韻、後者作為「民主和社會革命」，分別給予了「身上紮著傳統和現代的螯刺」的森鷗外以沉重的衝擊。鷗外的文學行動，是攜帶著「命令螯刺」的痛感的產物。這些刺既來自家族也來自自身，既來自回憶也來自於現實，既出於忠誠，也出於懷疑，既是傳統又是現代的——無論如何，他早先未能拔出它，如今也不可能在「事後」拔出它們。隨著夢幻般短暫的「民主」的大正時代的到來，鷗外突然開始了某種「反抗裝置」的文學行為，那就是晚年的一系列短篇歷史小說。

　　這些小說裏，充滿了三島所謂的「時代苦惱」的蝴蝶之影，當你追逐，它就飛離，不斷地在作品中變化：在《高瀨舟》（1916）裏變成了知足與不知的辯論，在《寒山拾得》（1916）裏是迂腐的官僚（身在「時代」中不能自明的「常人」的象徵），即使遇到珍妙的出世之佛法，也是有眼不識泰山，使化身為下等沙彌的文殊菩薩和普賢菩薩當著他的面逃跑了；在《佐橋甚五郎》（1913）裏則回到了「武士道」誕生的歷史情境中——日本戰國時代末期，

---

[29]　乃木希典（1849.12.25-1912.9.13），日本陸軍大將，對外侵略擴張政策的忠實推行者，裕仁天皇的導師，1912 年明治天皇病逝後，同其妻剖腹殉節，成為日本武士道精神的典型代表。
　　幸德秋水（1871-1911）是日本明治時期社會主義者。1901 年和片山潛等人創建日本第一個社會主義政黨——社會民主黨。1910 年，日本明治政府鎮壓民主運動，炮製了一個所謂圖謀暗殺天皇的「大逆事件」，幸德秋水被捕入獄，1911 年被處死，年僅 40 歲。森鷗外、夏目漱石、芥川龍之介等作家，都作有映射此事件的作品。

靈活機變、殘忍與與此格格不入的「道統」在亂世豪傑豐臣秀吉身上鏡子一般反射出來，秀吉看到了自己矛盾重重的姿影，卻沒有一個更高的「主語」來統籌這些「謂項」卻不能附麗於任何判斷之上；《魚玄機》（1916）中寫中國唐代才女魚玄機在終於「明白」了男女之情時，行為發生了「突變」──她的老師、知音柳永在與她往來的詩詞中看到了這種令人背脊發涼的轉變：那曾經以單純的「才情」聞名於世的魚玄機，像蛇蛻一樣在詩中剝落了，「情欲」在她身上醞釀出某種未知的東西。小說的結尾，她謀殺了情敵並被判死刑，而在遠處──作為「實在界」的現實中，幸德秋水的死刑場，正靜靜地佇立在那裏。

　　「反抗」與「復仇」不是孤立的。它乃是時代的螫刺，刺在個體的肉中、融在血液中。從這一角度來認識鷗外的作品，可以想像「現代性」的「入侵」是以怎樣的方式衝擊了那些「就在現場」的人們的。那正是「歷史」（れきし）在被「歷史」（history）一詞替代之時的那個時刻。正如梅洛─龐蒂所說：「『真實世界』並不存在，如果它存在，它也是不可接受的、不可回想的。假如它是可回想的，它也是無用的、多餘的。真實世界包含『真實的人』，一個追求真實性的人，但這樣的人卻具有奇怪的動機，如在他身上隱藏著另一個人，即復仇：……」「我們在剷除真實世界的同時，也在剷除表像世界……」「還剩下什麼呢？還剩下軀體，它們是力量，僅僅是力量。」（《眼與心》，頁 217-220）

　　現代，從「明治」來到了「大正」。在芥川龍之介題材相似的小說《復仇之旅》（1920）中，鷗外的隱忍的反抗被攤開來，徹底暴露在光天化日之下：同樣為父報仇的年輕的求馬（又是一個兒

子）最先熄滅了復仇的心，與在花街柳巷認識的妓女殉情而死。
求馬的友人、又是一個「不請自來」的年輕人找到了敵人，卻因
對方的一句虛招「你認錯人了，冒失鬼」而有了片刻猶豫，被對
方乘隙一刀砍死，最後只剩下年長的甚太夫歷盡辛苦，與敵人約
好決鬥，對方信誓旦旦，期至卻背約。甚太夫在焦急不幸身染痢
疾，甚至臨終還受到到了敵人派來的使者的欺騙。小說結尾，復
仇者全部死絕，而他們狡猾又幸運的死敵，卻以僧人的姿態，堂
而皇之地來到死者的墳前祭拜。

　　在鷗外的立場上雖不能確信其存在，依然感到某種悵惘的珍
惜的價值謂項——忠勇、信義、果敢，在同時代的後生芥川那裏
卻一路踉蹌跌落：旅途的付出沒有得到補償，復仇之旅變成了徹
底的苦笑之旅。芥川的作品寄寓著（同樣是同時代的）西方人卡
夫卡的冷靜與殘酷，一種在懷舊與告別的邊緣衍生出來的滑稽
感，一種一經產生便與本然的願望相分離的氣息——這就是現代
的痛苦。

　　芥川是在大正時代的日本，那充滿了西洋風情的都市化氛圍
中寫作的。在柄谷行人所謂「日本在日俄戰爭與甲午海戰的勝利
中失去了面對鷗歐洲與中國的緊張感」的時代，這種悵惘的敷衍
為一種新型「怪談體」，直可謂「鬼氣森森」。

　　「復仇」最終是關於「他者——時代之謎」的。對自我來說，
他人只在「述行」[30]（這是列維納斯和齊澤克的關鍵詞）中存在。

---

[30] 述行是源自語言學的概念，指創造一句言語行為的過程中，創造本身所具
有的意義。述行是通過行動本身來實踐和證明自我。它沒有「真實」與否，
只指完成它所指的行為。

我們回到小說中，可以觀察到的並非真實的他人，而唯有他人是
「如何被呈現的」這一點。有一些人只有面孔登記在我們這裏，有
一些人則是名字。同樣，真正難於捕捉的蝴蝶，是鷗外時代的「日
常」之物。那個日常尚未完全客體化為在新歷史主義被創造、打
磨出來的的「日常生活」。現代性來了，然而，它同時轉化為日常
性的支撐之物。所有這一切都是普通的，鷗外認識到了這種恒常，
因而顯得高深莫測：當你期待謂項是一個深度時，它只是虛空。

（三）「近代的冷光」：「不動」的六宮公主

　　芥川龍之介是大正時期的年輕作家，他一生的小說大都是雜
糅了中今中外的物語、怪談、歷史與宗教典籍的精緻而怪異的短
篇，許多作品幾乎是原封不動地從日本中世的文學典籍中剪下來
的。不僅日本古典作品，芥川自如地運用中、日、西的文本進行
「改編」。然而，芥川像森鷗外一樣，是那種直接書寫「無法書寫
的時代本身」的「元作家」：無論是日本的《今昔物語》、中國的
《剪燈新話》還是聖經故事，既不能在西方現代小說框架內被定
義，也難於被日本傳統的故事形式──「物語」所捕捉。
　　芥川的「故事新編」，產生於時代的結構性意識，深深地影響
了魯迅十幾年後的小說集《故事新編》。《往生繪卷》、《蜘蛛絲》、
《孤獨地獄》、《地獄變》等短制名篇，均是以佛教淨土真宗的「往
生」和悟道為中心的作品。在幾可等同於佛教文學的日本中世文
學中，這樣的題材是相當普遍的。芥川對傳統故事的改編不像魯
迅一般「大刀闊斧」地加入現代內容，而是不動聲色地調整原作

的節奏和語調，表面上仍然是一種傳統歷史主義的表達，然而注入的卻是現代性的「精魂」，也可以說是近代性的主體正在「轉變」的表徵。不明究理的人認為「芥川氏有抄襲之嫌」，對此，芥川辯護道：

> 《今昔物語》中的人物就像所有傳說中的人物一樣，心理並不複雜。他們的心理只有陰影極少的原色的排列。不過，我們今天的心理中，多半也有著與他們心理共鳴的顏色。銀座當然已經不是朱雀大路。可是，如果窺視一下如今摩登小夥和摩登女郎的心靈，無聊是無聊了些，但仍然同《今昔物語》中的年輕武士和年輕女官是一樣的。[31]

取材自《今昔物語》的《六宮公主》，是芥川小說中最美的一篇。其母本原題《六宮女公子之夫出家》，講一位中上層官吏的女兒，家道中落、父母雙亡後，毫無生存能力的她只有與奶媽，奶媽為她介紹了一個官家男子，生活暫時無憂。然而，男子需隨家族遠赴外地，公主只有順依天命，苦苦等待。數年後，男子歸來尋訪公主，卻正在一間破廟中趕上窮困潦倒的公主死去的一刻。男子痛悔，遂披髮入山。

除了在一些細微之處增加枝葉外，芥川幾乎「照搬」了這個故事。然而，正是那些微妙之處，改變了作品的意義結構，使「六宮公主」成為一篇卡夫卡式的現代童話。川端康成曾說，這

31　參見高慧勤、魏大海主編，《芥川龍之介全集》第四卷（評論）之《關於〈今昔物語〉》，山東文藝出版社，2005 年。

是中世王朝常見的故事，而芥川為這個故事，打上了「近代的冷光」。

分析這道「冷光」的含義，或者可以在「國族寓言」的意義上，窺見日本在「現代發生」的現場飛翔的那隻苦惱的蝴蝶。

從題目即可看出，芥川的重心，由「公主之夫」轉移到「公主」。原本的故事展現的是男子的徹悟與誠心，如今，它要說的是那個「總是已經」（always already）的時態維度。公主周身的一切元素都在變動：奶媽積極奔走，牽線搭橋，男子來了又去，家道一落，僕人散去……唯有公主一人歸然不動。

公主的「不動」，並非不隨境遷的超然境界，而是一種根本的、被拋於此世的被動性。這少女的結局早已在「六宮公主的父親，也是一位公主所生。因為性格古板，不合時宜，所以，官也只做到兵部大輔，再也沒能高升。」這小說的第一句中就預定好了。公主每日彈琴唱曲，曲中沒有希冀，也沒追求，只是聊以度日罷了。男人來了，她只有委身，男人走了，她只有歎息。甚至於臨死時，公主見到了中陰時期天堂與地獄同時現前的混亂景象。依照佛教淨土宗的觀點，死者在此時，唯有與生者共同努力，一心念佛，不被眼前的景象所轉，才能往生淨土。然而無論旁邊的和尚如何喝斥她，她也只是念著「蓮花也沒有了，現在是一片黑暗」。

前後不過相差五十年，東西方的文學中出現了許多無救贖的臨終場景。包法利夫人死時，聽到窗外沙啞的聲音唱著：天氣熱得小姑娘／做夢也在想情郎。……那天颱風好厲害／吹得短裙飄起來！伊凡‧伊裏奇死時，旁人說：過去了，他在心裏跟

著重複：死過去了，再也不會有死了。饑餓藝術家死時的留言是：我只能忍饑挨餓，供人觀瞻，因為沒有合適的食物嘛！祥林嫂死時，還在過年的人們並不確定她是否死了。在時代風俗遭到致命的腐蝕之時，芥川、托爾斯泰、福樓拜、卡夫卡和魯迅們用心血描述的這些時刻，同樣與宗教相關，也同樣屬於「現代」。萬法唯心而造，而無論生前還是死後，公主都深深地迷失在她所看到的東西裏——「看」，在東西方的宗教中，都是原罪的依憑。

罪可以通過懺悔來洗刷，恥卻不能。正如陀斯妥耶夫斯基所說，現在的文學努力哪怕在心裏想想也是罪過。因為失去了宗教那自我淨化的過濾系統，罪就變成了無法消化的、堅硬的恥。

在「恥」的原始生成場所，總有一個下意識遮擋的動作。同時，「恥」意味一個最小時間單位內的認知，是主體發現自己與周圍世界不再和諧的瞬間。因此，它同地既是一個動作又是對它的認識，既是「體言」又是「用言」（日語中，名詞性為「體言」，動詞性為「用言」，來自於佛教的「能」與「所」，「體」與「用」）公平地講，這動作和認識，可能是對自己的拒絕，也可能是對他人的拒絕。然而，一切詞都是在凸凹不平的時空中產生的。它是一種雙重銘寫，是關於在「我」之內又多於「我」的他性的處理。它更想說的是，為什麼他們不覺得羞恥？

儘管符號「恥」在歷史中遭遇了不同的因緣遷變，但它的原始意義仍然在其外貌上殘留著。做一個簡單的說文解字，恥，是耳＋止。過去，是耳＋心，即「我的心對所聽到的不好的東西的拒絕」。在《何典》序言裏，「羞恥」叫做「鴨尿（讀如死）臭（讀

如脆）」，它的來歷是：「鴨性好潔，偶一遺尿，必赴水塘浴之。恐污其羽，又恐被人知也。故鴨一名羞恥。」

在西方，恥（shame）變成了卡夫卡的地洞和薩特的牆，在東方，則有了嘮叨的祥林嫂和無法決斷的六宮公主。就連聖僧也替公主不恥：她死後，靈魂夜夜在院中歎息，僧說，那是個沒出息的女魂，不知天堂，也不知地獄。

六宮公主的故事無關於「婦女解放」，而是更根本的、時代的痛楚——現代的人們，失去了宗教性的、為生死賦予的穩定的價值話語。於是乎，人被拋到這個世界上，從出生到長大，被施以文化和社會的魔法，便成為一件莫名之事。在芥川筆下，這一根本的被動性在一瞬間裸露了出來，彷彿表皮被揭開的血淋淋的肉體，忍受不了一絲輕風的吹拂。

接下來，一切都處於平淡無奇的形象中：現代小說中的普通人與日常的麻木戰鬥，沒有終止與結局——芥川所預言的，不是戰爭，而是今天。

一切風景，一切對於這宿命，既無救贖也無反抗，公主每日的狀態只是空茫無思罷了。然而，唯有一次，公主做了選擇，這是公主唯一的一次「動」——當奶媽見男子不歸，眼看家裏衣食無繼，想給公主再介紹一位怙主時，公主卻搖了搖頭。她說：

「我什麼也不要。活也罷，死也罷，反正都一樣……」

就在公主進行了這一「選擇」的同一時刻（同一個月夜），那男子在遙遠的官任上，與父親給許配的嬌妻雙雙對酌。

「什麼聲音？」男子吃了一驚，抬眼望著月光朗照下的屋簷。這時，不知為何，公主的面影忽然鮮明地浮上心頭。

「是栗子掉下來了呀。」常陸的妻子這樣回答，一面笨拙地斟酒。

這是一段堪為神來之筆的段落。公主並沒有為男子「守節」，然而，這栗子掉落的聲音，卻彷彿與公主最終邁向衰亡相關的那個選擇有了它自己的聲音一樣，它並沒有大肆渲染「因果報應」的戲劇性氛圍，只是與公主有著這一點「因緣」的男子，彷彿若有所感罷了。如此而已。

這正是現代性的本質。什麼東西來了呢？不能確定，無法確定。當芥川「門口有人咳一聲也要膽戰心驚」之時，幾乎同時代的卡夫卡在《地洞》中同樣如此。

芥川加重了原著中「自然」的色彩，然而他深知，風景不是自然，它就是語言，正如公主的命運早已是「語之偈」。芥川說，人生如波德賴爾的一行詩，或不及一行詩。從這種世界觀出發，他的「風景」並不從屬於人物，也不能從中尋求意義。如同日本傳統的插花藝術的時空搭配一樣，看似閒筆的自然風物，並非命運的隱喻，而是與那些瞬間的選擇、長久的歎息一樣，共同形成了走向死亡的因緣之「場」。於微細之中，不可思議的瞬間因緣，一念之差中的電火石火、驚心動魄。

那些細微的變動，使這個原本簡單的教諭故事被侵染上了「近代」的冷光，然而，這裏沒有英雄也沒有面向的必然性戰鬥，甚至沒有行動。在古典物語「背後」凝視的，正是魯迅對芥川的評語：「現代的不安感」。論芥川還是鷗外，無論是復仇還是等待，都充斥著有家難回、欲離難離的不安，在這種不安中，有著恐怖的詩意。這些披著歷史外衣的小說，既是逃避又是面對，傳

統之於現代，不是舊瓶與新酒，而是腐殖性的土壤中突然躥生出的蘑菇。

五、主語還是飾詞：浮世・危機・無常

（一）當城市成為主語

　　相比於國家的左右支拙，中日兩國的現代小說中以城市作為主語時是左右逢源的。有些時候，城市甚至把國家作為了它的謂項：國家要自強，就要像城市那樣，永遠精力旺盛地，踏著齷齪之物前進。城市無限擴大的生產性是一個恐怖的新神話：一方面，它只能靠土地的血液滋養自己，另一方面，它常常忘記了土地之根。在文學作品中，「地母」經常作為神秘的他者，在城市的內部忽然閃現。

1.城市的消耗：青樓之一種

　　在晚清，以青樓妓館為題材的狹邪和世情小說中有兩個方向，一是如前述《花月痕》等作品一樣對「士」傳統的偏執狂式的懷戀，一是「士」傳統與現代的、工業性的「風化業」的相遇。我們已經熟知，現代性的一大特徵乃是社會管理的發達與實用主義的盛行。資本主義是對人類繁衍慾望的現代異化版，機器使非生物性的東西成倍地增長。吳趼人在《四大金剛奇書》中對名妓胡寶玉的讚揚，蓋因她兼有「士」之風與「現代職業妓女」的機械性特徵。

韓邦慶的《海上花列傳》也屬於後者。這部以吳語方言和文言寫成的奇特小說，因受到幾十年後的上海才女張愛玲的追捧（並將它譯成白話文和英文）而得到當世文人學者的矚目。它對晚清上海的花街柳巷──「長三堂子」、「書寓生活」的迷戀式描述，呈現出一種「黃昏」的光景：日夜交替，百鬼夜行，妓館的「半公共空間」，乃是個人與社會、道德與慾望的明暗之處。這也是上述的「現代市民社會」與「名士」相遇的地方：前者為了生存而「工作」，而「士」則是這樣一種散漫者；美與美德應如園中的花草一樣自然生長，只是偶爾與我的勞動有關。然而，在韓邦慶這裏，士的散漫悠閒之風逐漸瓦解了，妓女和嫖客都成為「職業性的」，男人們逛妓館成為一種社交性的任務，大部分妓女不但不會吟風弄月，略通詩文的人甚至會被嘲笑冷落。風化業成為在現代管理性社會的雛形中，逐漸被結構、成長起來的新興職業，在妓女的「職業守則」中，傳統價值已經粒子化，變成「職業條例」中的一部分而被定量、定性。

這種新的遊戲的形成，讓人聯想到《平山冷燕》圍繞著「盛世」「才」和「禮」所展開的遊戲。那時，「禮」包裹了「才」，才學、技術──人們賴以生存的職業，總是被道德反身定義的。而《海上花》裏，職業包裹、抵償、風化、沙化了道德。妓女同樣是需要具有「職業道德」和「傳統女性」的貞淑的，只是這時，主謂關係發生了變化：「道德」成為謂項，道德被商標化。與此同時，「士」不再瀟灑地遊蕩於世，他身上也很少再維繫社會對「自由」的理想投射和不安感。在《九尾龜》裏，自謂嫖客聖手的才子章秋谷，曾大談風月經、勸不諳世事的黃毛小子知難而退，並

自謂風月之要,「第一是功架」,而此功架怎可能仍是李漁、張岱之功架?

　　然而,在冰冷的新職業系統中,仍然閃光的正是「消耗」:風化業,作為一套異常複雜的職業文化,最終是為了賦予生活以「消耗性的」意義。不論中日:在晚清、明治、大正時代,風月小說中的男人們是異常辛苦的:不知多少夜飯、台酒,也不知要費多少算計籌量。在寫盡了「東洋人的悲哀」的永井荷風(1879-1959)的小說中,嫖妓「就像將軍需要戰爭」。

　　文化是使生活值得過的東西,這同時意味著,它是進行自我消耗和破壞的一種方式。在日本「中世」的平安時代,女人終身在方寸房間之內、在屏風之中生活,很少能在一般男子面前露臉。美就是露出屏風、牛車的頭髮和衣角,詩歌的傳遞。男人看見的這些就代表「女人」。立刻就可以想像這個女人應該是什麼地位、應該如何美。男人的愛情就產生於此,而精力和時光也就消耗在這性的想像上。對於文化的這一特徵的反映,沒有比風化業更典型的了:在這裏,人們消耗著錢財、性能力和時間,故意毀壞對家庭和社會道德的忠誠。這也是為什麼,在小說的描寫中,妓女的房間總是有太多的東西:消耗必須有物質感——精緻和靡麗一定要在局促中才能施展它的魅力。張愛玲說,在《海上花》裏,男人們去妓院不是去解決「性」問題,而是為尋找「愛情」。這並非晚清時代獨有。問題在於,新的時代如何定義「愛情」?如果它至少應是「性」的某種「剩餘」,那麼它究竟附麗於何種表徵?「海上花」正如其名,作者真正要說的是,這種「剩餘」是存在的,要去執意尋找則必不可得。

　　《海上花列傳》並不是能令人「移情」的言情小說[32]，然而，正因如此，感情也硬化成職業一樣充滿物質性的東西，人們吃夜飯，吸鴉片，物質的消耗，也正是感情的消耗。

　　晚清的消耗是一種創造：一種對時代之「無意義」的創造，當經歷了「五四」的茅盾譴責晚清小說是「流水帳」時，他所沒有覺察的正是這一層：在茅盾的時代，新的「消耗」方式已經開始了，那就是「革命與愛情」的辯證。

2. 城市的「他者」：青樓之二

　　日本的永井荷風是在中國的韓邦慶之後近半個世紀內，書寫城市風化業題材最出色的作家。五四作家周作人曾經對永井筆下「東洋人的悲哀」深感共鳴。他創造了關於「東亞現代性」之詩意與失意的另一種呈現方式。永井與森鷗外一樣，同樣受到了幸德秋水大逆事件的打擊，而喪失了「社會改良」的熱情，這是他的小說和散文中那些如絲如縷的城市悵惘的「歷史前因」。在大正時代的日本小說家中，沒有人比諳熟於江戶文化傳統的永井更能傷感、細緻地書寫關於城市和母體懷念的小說、描摹傳統與現代城市的時空變遷，也沒有人比永井更為強烈地意識到時代的「過渡」性質：這個出身世家、通漢學、無官無職、終身像古老中國夢中的「士」一樣瀟灑生活的人，強烈地感覺到了，自己就生活在時針「滴」與「答」之間的縫隙中。

---

[32] 臺灣導演侯孝賢的電影《海上花》成功地體現了小說「非移情」的本質，這也符合張愛玲對小說的解讀。

　　永井的魅力，在於將城市最重要的謂項──國家、男女、傳統與現代以迷宮的情勢佈局其中。他的作品以花街柳巷為底稿，城市的改變被一層一層地塗抹上去，而明治以降東京地理形貌的迅速改變，與永井筆下的男人從少年到成年的變化是平行的。《隅田川》、《繻東趣譚》、《花街的風波》、《梅雨前後》、《兩個妻子》、《舞女》勾畫出一幅完整的「成長」精神分析譜系。這成長橫跨了江戶末期的幽雅的街巷和現代東京那新生的、醜陋的現代化「均質空間」。在依然有著過去的流風餘響的東京，到處是年老的嫖客和他當了妓女的女兒的久別重逢、維繫著過去時代記憶的老作家或說書人、花街幫閒、一落到底絕不回頭的浪蕩子，對他們來說，渴求之物早已不再是性，而是「浪蕩」的生活本身。

　　永井筆下的男孩一旦告別兩小無猜，便將全部的人生價值投入在花街生活進退取捨的計算之上。風化業是成人炫耀人世經驗積澱的最佳去處。永井的花街因之不是放縱情欲的地方，而是馴化情欲的地方。這裏的情欲是在金錢與身分交織的網路中被分配的，「算計考量」是成長後的男女雙方必備的素質。不管怎樣浪蕩、貪財的女人，男人都可以忍受，因為為生存而浪蕩、貪財乃是「女人淪落」的合法理由。惟有那些在「風流簿」上找不到形容的女子、那些無法被衡量的情欲，才是真正值得羞恥或帶來危險的東西。易言之，永井所無法忍受的是「天生水性揚花」的女人。他最早的成名作《地獄之花》描寫的是「女人進入花街之前」的故事：地獄之花必然天性純良，金錢只是她的偽裝。甚至於，金錢越是影響她，她就越是一朵「出淤泥而不染

的花」。一旦連金錢也對她不起作用，她就成了真正的墮落與危險之物。

在晚期小說《舞女》中，男主人公對妻子的妹妹——一個從鄉下來到城裏投靠姐姐的淫蕩少女束手無策，他憤憤地想：「這女人的秘密和井一樣深不可測」，可謂一語道破作者心中事。義大利作家卡爾維諾著名的寓言體小說《看不見的城市》裏有這樣一篇：每一個男人夜夢都夢到奔跑著的漂亮女人，白天，他們在自己夢中女人消失的地方立在一堵牆，這些牆圍成了城市。城市，是男人圍堵女人的地方，也是圍堵不得的場所，它本身就是「失落」的證據。社會的恥感是需要流通、不斷在「他者」的流通中消解的，在永井的「城市盡頭」，它卻失去了獵物，傳遞不出去，因而凝固成「他者之謎」。

永井荷風是一個陷入「他者之謎」中難於自拔的人。或許正是這一點，深深地吸引了鄰國的年輕作家周作人。在抗日戰爭膠著之中的北京「苦住」的中年周作人，念念不忘永井幾十年前在《江戶藝術論》（1913，大正二年）中所說的「東洋人的悲哀」：

> 我反省自己是什麼呢，我非威耳哈侖（Verhaeren）似的比利時人而是日本人也，生來就和他們的運命及境遇迥異的東洋人也。戀愛的至情不必說了，凡對於異性之性欲的感覺悉視為最大的罪惡，我輩即奉戴著此法制者也。……嗚呼，我愛浮世繪。苦海十年為親賣身的遊女的繪姿使我泣。憑倚竹窗茫然看著流水的藝妓的姿態使我喜。賣宵夜面的紙燈寂寞地停留的河邊的夜景使我醉。雨夜啼月的杜鵑，

> 陣雨中散落的秋天的木葉，落花飄風的鐘聲，途中日暮的
> 山路的雪，凡是無常無告無望的，使人無端嗟歎此世只是
> 一夢的，這樣的一切東西，於我都是可親，於我都是可懷。

引了永井的文章，周接著道：

> 荷風寫此文時在大正二年（一九一三）正月，已發如此慨
> 歎，二十年後的今日不知更怎麼說，近幾年的政局正是明
> 治維新的平反，「幕府」復活，不過是一階級而非一家系的，
> 豈非建久以來七百餘年的征夷大將軍的威力太大，六十年
> 的尊王攘夷的努力絲毫不能動搖，反而自己沒落了麼？以
> 上是日本的好例，我們中國又如何呢？……[33]

　　1935 年，在西洋入侵後有了不同命運的中日兩國陷入另一種
膠著局面，在這個不能不分裂的「東洋」背景下，恐怕沒有比不
斷念著永井的「東西異夢」的周作人，更加能深刻地體會到「時
代的苦惱」吧。

---

[33] 周作人，〈關於命運〉（1935 年 4 月 21 日刊《大公報》），周作人散文全集
　　（6）（一九三一～一九三五），鐘叔河編訂，第 560-562 頁。

（二）浮世與國家：《廣陵潮》[34]的家族、身體與繁衍

　　永井荷風筆下的說書藝人、作家，是在風化業小說中夢想舊價值的人，他們不停地說和寫，試圖與「傳統」建立一條隱密的通道，這是比起中國晚清「海上花」「繁華夢」的作者們的「觀望式譫妄」更加危險的位置。那些寫「夢」人也許不常夢見自己，但又不願忘掉自己，在被魯迅譏諷的「冷眼旁觀調」裏就散發著這種味道不佳的「難自棄」的情緒。而永井不但在小說中設置「作家」，他本人也人人力力地站在「現場」。他自己去花街觀察，與妓女相好，同時將二人關係的另一種版本投射在寫作裏。他營造了一種感情的現象學，製造著關於軀體和物的各種經歷。在某種意義上，懷舊，就是對暖窩的回憶，就是對熱的回憶。「實在界」是清冷的，傳統卻是一種熱乎乎的東西。

　　然而，當懷舊的永井向江戶的城市文學大師「致敬」時，他深深感受到了傳統的失落。在新改造的花街中，所失去的是正是曾經有著佛教關懷的「浮世」。這種關懷的形而上教訓是：無論怎樣熱鬧，對人生是不能認真的。然而，永井的老作家們卻嚴肅地寫作和幻想，這特別像芥川龍之介和森鷗外筆下用力過猛的復仇

---

[34] 李涵秋《廣陵潮》，原題《過渡鏡》，是民國文學的「三潮」（廣陵潮、人海潮、歇浦潮）之一，屬「鴛鴦蝴蝶流派」文學，以「中法戰爭」（1884年）到「五四運動」的揚州為背景，以秀才雲麟與表妹淑儀、妻子柳氏、情人紅珠的愛情婚姻糾葛為中心線索，展現清末以來七十年間的稗官野史，細數中下層社會的民間風情巷習俗。

者，永井的男孩子所終生追尋的城市的盡頭最終只有牆，而沒有任何女性－他者的秘密。永井的城市是真正的現代城市。

　　轉回來談晚清，可以很容易談到「危機」這個詞。這個現代概念與佛教的「無常」有著可通約之處，事實上，它們各有各的宗教母胎。在佛教中，無常是恒定的，沒有「開端」與「結尾」。人只是暫寄天地之間，依附於一個「四大假合」的身體罷了。「無常觀」的世俗形態是「浮世主義」：「浮世」乃是此生的羊水。在17世紀日本江戶文學的標誌——小說家井原西鶴和戲劇家近松門左衛門的「町人文學」中，這種佛教的浮世觀乃是隱藏在熱鬧的市井小民的商業故事背後的支撐物，是現世人生的「陰刻」。如果說，30年代上海的張愛玲在《傾城之戀》、《封鎖》、《金鎖記》等小說中表露出來的那種浮世觀，乃因現代戰爭帶來的「末世觀」的導入而捲曲起來，歸於機會犬儒，那麼井原與近松的佛教的「浮世」則是共時體——人生在任何時代都是一場幻夢，而「夢」乃是真實的：它就是我們的生活和肉體。

　　這種徹底的浮世觀在最優秀的文學作品中具有與「悲劇」等同的強大的安撫能力，它是對所有「消耗」的一種根本的抵償：所有的歷時，必將在某個地方、某個特殊的時刻展現為共時。而「危機」卻有著基督教的氛圍，它有「始」有「終」，這意味著它是一種「無因論」。然而，現代危機的特徵則是，結尾不再是終止形，它是開放的。結尾就是危機，它無處不在。

　　19世紀末的中國與日本，漸漸熔鑄成了新的「浮世觀」，它乃是「危機」與「無常」的疊加。吳趼人詩曰：「世途多幻境，因果話前緣。別夢三千里，繁華二十年。人間原地獄，滄海又桑田。

最憐羅綺地，回首已荒煙。」而梁啟超深信中國處於深刻的文化危機之中，這樣才可能調和科學和宗教。在晚清，你可以接觸到不同的關於「危機」的概念。想像的共同體，要依靠重建價值和自我認同來建構一個民族國家，首先要想像的是「衰敗」。對於衰敗的信念與復興國家的信念是同一事件的兩面。當然，中國，乃至亞洲的「衰敗」是一種事實，然而，衰敗仍然需要依靠象徵來重構事實。而無法還原為一場戰爭失敗了、一座園林燒毀了。中國有著其歷史性的象徵傳統。那些著名的戰役、工朝的建立，標誌著開頭和結尾。但是，晚清的衰敗是由一種向未來敞開的荒無感建立起來的，那就是線性時間：現在的衰敗不知要將我們帶往何方？

　　然而，與通常的理解不同，在晚清小說「浮世付夢」的闡釋學中，「浮世」並未因與現代性的相撞而上升為「主語」。比如「四大譴責小說家」之一的李伯元的《文明小史》（1903-1906），可稱現代犬儒主義的菁華。開場亮相的柳知府倒是難得的好官，好心吃虧，卸了任，連個送萬民傘的也沒有，然而他「也不在意」，從此旋出我們的視線，這樣一個有些脾氣的老好人柳知府，再加上第八、九回中仗義救士子、只為宣揚上帝之愛的鄉下洋教士，已經是李伯元視域中道德述行的最高標準了。此後，只能見到一片齷齪的「眾生瘦相」。魯迅厭惡「黑幕小說」的原因或許就在這裏：在齷齪的背後沒有「浮世」，沒有「家國」，也沒有其它的支撐之物——沒有與「惡」相「對衝」的力量。在巴爾紮克的小說中，與「資本社會」對衝的乃是個人奮鬥，而李伯元的故事卻奇怪地懸在空中。唯一有力量的是「作者」自以為洞察世事的白得。

文明小史的「反動性」在於它的犬儒主義沒有任何「希臘式」的懷疑氣息。它幾乎認同所有關於現世生活的手段。理解一切就是原諒一切。對於魯迅來說，可恥的與其說是腐敗官場的人性之鄙，毋寧說是這種態度。

只有少數作品能將它嘴上說個不停的「浮世觀」貫徹到底，而將情欲家國、俠義江湖通統甩作謂項。倒是到了「民國」時期，蘇曼殊的俠情小說和李涵秋（1873-1923）的《廣陵潮》（1909-1919 連載）在某種程度上達成了對主語的「回歸」。

《廣陵潮》是別富意味的民國鴛蝴小說，從它身上，可以看到「民國」與「晚清」的命名確各有其神魂所在。它有著連環套式的意義結構，以身體和家族書寫國家與浮世，而國家正是浮世的「小主語」。不同於《孽海花》雖有蒼涼天海之空闊，卻只寫家國、不寫浮世，亦不同於李伯元只寫政治乃為生存之不二法門、不寫浮世，李涵秋的作品雖俗套佛道因果，並不高明，將天南海北各路人等攢壓在一處的努力亦不無勉強，然而，揚州幾大家族父子幾代的冤孽糾纏之後，卻真有「國家」呼之欲出，作為家族繁衍的隱在動力，而轉過身來，國家卻正是浮世。

人在獨處之時，與在群體中的形態是各異的。比如，在我所見的晚清小說中，幾乎很少描述人物獨處的場景，五四時期鬱達夫、郭沫若的「自白體」、「心理性的人」還未出現，而鴛蝴派之中尚彌漫著的大家族的熱鬧擁擠的暖氣，到了幾十年後的巴金的《家》那裏卻變成了一片蕭索的陰寒與空曠。

在晚清與五四之間，正是「民國」。在李涵秋這裏，對身體受難的描述已經不再是「晚清」式的。小說對「身體」處理的頻

繁程度，如同李伯元《文明小史》處理官場動勢一樣令人目不暇接：大量地描述出生場景和死亡場景，對人物身體和感情的處理，甚至有悖於我們的常識經驗：幼兒小慮被人殘暴砍死，一個報復的玩笑讓新婚少婦出恭之時被蛇入體而奇死，幫會夥計的兇手自剖腹而死；少年花仙因不諳情事而自覺受辱，竟吞茶杯碎片慘死，無論情死、冤死、病終、意外之死，逼人直視，細緻入微，然而其落筆雖重，渲染卻輕，明在痛苦現場，並不作「藏閃」的功夫，卻不見滴血一般，比例失衡，令人難以忍受。小說書寫浮世若夢，人命危脆，其生死頻換的速度與密度，與蘇曼殊有類。然而，人類生殖系統的強力和「無理性」，使我們對死亡根本來不及震驚和側目：無數次的婦女分娩總是在死亡之後接踵而至，以至我們的人物無法在一個孩子的暴死、一個丈夫的死亡的哀痛中耽擱太久，生老病死細密編織在一起，正如這幾個不大不小的家族從未因戰禍、仇恨、欺騙和愛欲這些通常的分裂因數而離散一樣。

在家族的婚姻中，很少有真正的幸福，主人公李雲麟姐弟就是被父親「引狼入室」，將利欲薰心的同窗一家為其看管店鋪，結果在李父病歿後，家產為其奪走，雲麟之姐雲若亦被迫嫁給仇人之子。同樣，心高氣傲、誓要嫁給書香人士的美娘糊裏糊途地嫁了昏饋老朽的伍老先生，新婚之夜的絕望難忍，卻只落成鬧劇一場。而雲麟的親姨娘、嬌生慣養的二姑娘卻嫁了另有所愛、心性不定的丈夫，自然半生辛苦。其間更兼惡妾施計害人，令家族不得安寧、蠢夫遇惡友、身陷縲絏等等不堪之事，愛別離、怨憎會、求不得之苦，令人生身處火宅。

　　然而，在李涵秋這裏，這些悲歡離合的情節卻無一能夠掀起決絕的風浪，那些被命運播弄的子一輩，都並未面臨「家庭」走出、等待著與社會中其它因素結合的真正的危險。

　　佛教的因果報應情節並不總是在「勸善懲惡」的道德層面被利用，它應用於死亡驅力的轉換。「浮世主義」總要把「死亡」挪到前臺。

　　小說雖然總是關乎死亡，但真正以死亡為主題的小說卻少見，因為人類唯一的結局卻並不是「可經驗」的東西。然而，一些特別的小說卻把死亡的絕對權威轉化成我們能與之分享、共謀的東西。惡夫與毒婦們也沒有受到敘述者強烈的譴責，（對於作者來說，真正的因果是「自然」到來的，作者不為情節而就因果，這是他描寫的精妙之處。惡人也能改過，而且就在要行更大之惡時懸崖勒馬，這樣的情節在李寫來卻是水到渠成，一無牽強。其原因不在於他們得知了「惡報不爽」，而在於他們終究是一個大家庭賴以參與社會生活的重要成員。在小說的敘事動力中，現代意義的民族國家，與其說是政治抒情、道德譴責和社會革命的憑據，不若說是「浮世」的惰性存在。浮世中的生死的確是一個巨大的幻覺，然而幻覺卻是不會輕易消失的，小說中的人物正是在這樣的認知下，才有不該決絕時忽然的決絕──被拐幼兒小虎被走投無路的強人暴砍而死，瑞花的奇死和王老三的「剖腹」之舉，花仙吞瓷器碎片而死……；該決絕時不曾決絕──誤嫁老朽迂夫的年輕美娘悲絕不已，而參加婚宴的姐妹、前來打點的親屬們卻只對這一場悲劇的「封建婚姻」略略表示了「同情」。這是一個象徵著全書意蘊的段落：眾人一邊說笑，一邊議論，一邊在抓明礬等

等揚州婚習中，將那些關於個人、幸福、自由、感受的不滿與憤怒的氣息輕輕驅散了。此時，一對僕從在後房偷情乃至失火，驚慌失措的老新郎的醜態使羞憤大哭的美娘也笑了出來。

從晚清到五四，充滿了對「封建包辦婚姻悲劇」的撻伐之聲，即使是在魯迅那些沒有濫情氣息的社會小說裏，如上述這樣的故事恐怕也很難像李涵秋那樣輕飄飄收場的，哪怕不是憤激，至少也會加以嘲諷——然而，在李的筆下，美娘的憤怒和絕望（同時，它們並沒有被忽略）就這樣輕輕被甩開了，然後日子也就這麼過下來。

李涵秋如任一書寫社會風俗的寫匠一樣，將地方風習的種種素材攛掇連綴，難免有匆忙草率之處。然而，他的難得之處，就在於將它們歸置在浮世、國家與家庭之辯證的名目下。那個「大寫的」國家不是被擱在「背景」之中，而是在「人世孽緣」經緯編織的現場得到了延續，並在每一個個體的忍耐、屈服和釋然之中重新獲得了尊嚴。家庭也是如此。「習俗和傳統就流淌在我們的血液之中，它們構成了我們的肉體、心智、神經以及道德觀念——它們也構成了社會秩序中平凡生活的魅力：以及它的歡笑和痛苦，褒獎和懲處。」（約翰‧奧尼爾語）無論善與惡，所有的人物都共通地認同於家庭內部的姻屬關係，縱然動輒釀成關乎生死的大禍，仍然在家庭之內存活下去。仇人與愛人並在一處，報應亦不遠離，卻比我們的期待總是延遲或提前一些，就是不到「那個」點子上，如張愛玲所說，「唱得荒腔走板」。

在李的家族書寫之外，也有橘人這樣的「新派人物」，然而，他的婚姻新學，不過是為掩蓋自己當了烏龜丈夫的羞恥罷了。李

涵秋引而不發的一句觀點，正是：任何國體新論，其根本的動力是國家的生殖慾望。國家的存續，蓋在家族的繁衍，而由生死驅力所編織出的國家，是帶著新死者與初生者的腥膻之氣的。與此同時，正是最生物性的繁殖造成了因緣之奇崛。小說的開端以鄉下人黃媽進城「打工」為引，事實上，後來家族最重要的繼承人雲麟的出生，正是義僕黃媽當年偷聽壁角、阻止了惡人欲殺嬰奪家產的陰謀。然而這一情節卻被大量更華麗的情節覆蓋了。

　　《廣陵潮》的結尾，也來了一個和尚，說了一段玄佛之事，治了黃媽的病，卻未向雲麟道明黃媽的因緣。那番道理，卻令雲麟聽了，「不覺肅然起敬說：『原來人世所做的事業，就是天地所造的文章。不經道長說破，小子凡夫肉眼，哪裏理會到此。』」最終，是浮世以它的意義挽救了家國的繁衍驅力所透露的無意義，雲麟才真正豁達，天地文章如此，而能不驚不怖，因此安心矣。

結語　《高野聖僧》──時代，這隻苦惱的蝴蝶

　　深山中，年輕的僧人繼續走在向高野山朝拜的路上，卻強烈地想要回轉：從此不思解脫，不問修行，只想跟昨夜留宿的茅屋裏那位女施主在一起，相守一輩子。這時，那女子的老僕役從遠處走來了，手裏拎著一尾活魚。原來，那是此前曾與僧人偶遇的馬夫，被女子誘惑而變成了馬，又被老頭牽到山下換得一條魚，「帶回去給小姐下酒喝」。

多年以後，已經得道的聖僧對旅伴講起了這段往事：當我逃過這一劫，逃到山下的村子裏時，下起了瓢潑大雨。那尾魚，想必因這雨，可以活著抵達那座孤零零的宅子吧！

這是日本近代唯美主義作家泉鏡花[35]最著名的短篇小說《高野聖僧》（1900）的結尾。在從 1912 到 1926 年的「大正夢幻」的時代，沒有哪個日本作家沒有受到過泉鏡花的影響。芥川龍之介說，鏡花的筆致兼備絢爛與蒼古，幾乎可以說是日語的極致。他為明治大正文藝開闢了浪漫主義的大道，濃豔勝似巫山雨意，壯烈賽過易水風光。

鏡花的父親是佛像雕金師，母親出身能劇（日本一種傳統樂劇）世家。他從小就被母親收藏的附有彩色插圖的草雙紙（江戶時期的通俗文藝小說）裏的故事所吸引。這樣的出身背景和經歷，在明治、大正時期的作家中是相當典型的：手工藝，戲劇和講故事，有著共同的、前現代的特徵。在非比喻的意義上，手工藝本身就與男女之性相聯，因為那是一種關於緩慢、溫暖、精心捉摸的技藝，那更近於愛撫的方式。正如加斯東·巴什拉所說，「對火石加工的人喜愛火石，對女人的愛無異於對石頭的愛。」手藝人對技藝的熱愛，就像對心愛的女人一樣。」而資本主義的工業化進程、普及化的現代教育所製造出的「普遍國民」，必然導致個人的、經驗性的手工藝的失落。因此，手工藝的衰落，是在現代與傳統決別的故事中一個重要的象徵情節。當《老殘遊記》像描寫精緻瓷器一樣描寫了白妞的出場、描寫了老殘對濟南雙股泉的好

35　尾崎紅葉、幸田露伴和相繼的泉鏡花的時代，是日本文學史上的「紅露時代」，可以說是傳統主義的最後一波浪潮。

奇時，我們可以看到，在老殘的時代，帝國的顏色雖已斑駁剝落，卻仍然有它的「功架」。山河並不曾失其開闊之象──傳統中國的神奇，就寄寓在衰老帝國那仍然藏世的手藝人與疏朗的風景中。

　　在 19 世紀中葉，日本浮世繪畫家、印刷技師、刀工、建築工的衰落，不僅是工業現代性侵襲的結果：它們也意味著佛教傳統的衰落。自 6、7 世紀的飛鳥、奈良時代起，佛教傳入日本，與本土的神道教混合並統攝之，這些職業也依附於佛教而代代相傳。到了明治維新「祭政一致」，在神佛分離、排佛毀釋的浪潮中，全國的寺院都受到了衝擊。自 7 世紀傳下來的奈良興福寺五重塔曾以十五兩的價格被標賣，激發幸田露伴寫作小說《五重塔》。同時，雕金師等職業匠師窮愁潦倒，成為名副其實的沒落階層，他們的故事也「淪落」為都市怪談和短篇小說。明治才女樋口一葉的小說《埋沒》，幸田露伴的《風流佛》，以及夏目漱石與魯迅《野草》齊名的短篇集《夢十夜》中的「第七夜」，都是以手藝人在時代頹敗之際「庖丁解牛」式的悟道為題材的、散發著古舊氣息的故事。像所有生於時代劇變中的人一樣，這些作家將祖先的能量彙集在筆尖，佛像上的金妝化成了瑰麗的文體，在神秘的微光中審判人們的善惡，傳達對過去的鄉愁，是背水一戰，也是倒戈一擊。

　　在明治以降的日本，幸田露伴（1867-1947）和泉鏡花的古典主義小說寫盡了這種淒美的失落。在幸田露伴的名作《風流佛》（1889）、《五重塔》（1891）中，挽歌與佛理的參辯達到了登峰造極的地步：末代藝人以一件完美、純粹而不再被需要的最終作品給傳統的時代劃上句點。完成這作品是需要代價的：總是有一個女人與孤獨的藝人相伴，接下來，他失去了她──不論逃走、婚

嫁、被典送⋯⋯了，隨著唯一的精神寄託的失去，手藝人便集會
完成那後無來者的、最終、最完美的藝術品：或許，這就是黑格
爾意義上的無用美學，也是弗洛德「用精神分析的力氣」做成的
藝術品。

　　就在這「失落」的現場，「拯救」方式之一，就是上路尋找
──求藝之「道」、禪佛之道、救世之道[36]。在藝人們男人氣十足
的道路上，也許會再次遇到女人並再次失掉她，正是這一次的「失」
將成全他們，他們將以「匠」的精神，道成肉身，「足心是佛」，
摒除雜念，全神貫注。從此，只餘精神之鄉的「國家」最完滿的
自我確證。

　　就此而言，《高野聖僧》可以說是一部關於「尋找」的完美作
品。如果說，清初的遊戲式的才子佳人小說《平山冷燕》，完美地
呈現了一個關於「盛世」的烏托邦想像的話，那麼泉鏡花的《高
野聖僧》，可以說在第三世界關於「失落」的「國族寓言」的宿命
中，完美地呈現了這個「寓言」本身的作品。在永井荷風那裏，
再也找不到傳統的這個「現代」，被表述為一種對無法理解的女
性、無法理解的他者、社會的幽愁黯恨，和一種無法認同於西方
的「東洋的悲哀」，而在泉鏡花這裏，卻有著對「他者」的尊重，
以及佛教式的詳和的態度，它終於活生生地捉住了三島由紀夫的

---

[36] 加藤周一在《日本文學史序說》裏評露伴對佛典的親近：「榮枯盛衰難測，
不論正邪均無常住。由此感慨出發，通往超越歷史的一切的佛教立場的道
路就不遠了。雖然沒有任何證據可以清楚地證明露伴採取了佛教的立場，
但是在他的作品裏卻反覆執拗地出現要在現世和歷史的彼方尋求什麼的
欲望。為了表現出這種欲望面對佛典特別親近，掌握了佛教的語彙，也僅
是掌握而已。」唐月梅、葉渭渠譯，《日本文學史序說》，開明出版社，1995
年，第 293 頁。

「時代苦惱的蝴蝶」，而沒有將它處理成標本，正因如此，它只能以怪談的形式呈現出來。

一個男子在求「道」的過程中，在深山的森林裏歷盡「奇觀化」的磨難。有人說這正是彼時日本國族問題的症候式的表達。當然，我們完全可以用精神分析的方法細細剖析它：這座山就是母親的子宮。男性要求「道」——真理，而不能不返回到前俄狄浦斯階段……等等。它同樣可以解作胃部遭受種種磨難的理論。關於男人－獵物－食物的消化直覺的神話故事。同時，由於這一旅程是作為一個得道高僧年輕時的經歷被講述出來的——第一人稱的「我」在旅行的火車上遇到一位行腳僧，當晚又與他同在旅館打尖。我看這位僧人似乎頗有些不同尋常之處，便請他講講故事。於是僧人講到自己年輕時候的這段「山中奇遇」。就此可以說，故事的展開就是「道」的本質。

它是「聖杯尋找」的故事，是「旅行與家」的故事，是……或者可以說，它是超越一切故事的「元故事」。它的魅力，就像它所講述的那個女子的魅力一樣：這是在深山中居住的、有一個少年癡呆的丈夫和一個老家人的神秘而美麗的女人，有著隨心所欲地使路過並迷戀她的男子變化成動物的能力。朝拜高野山的僧人也險些被她迷惑，後來，僧人從女子的老僕那裏得知，「小姐」不過是山裏人的女兒，從小稍稍怪異，由於善良和與世隔絕的生活，漸漸地有了一些不同罷了。

鏡花所喜愛的，正是這種來自於普通人生活的「特異性」。而小說的精緻之處在於，這種在習慣中形成的似有若無的能力，與女子的行為方式完全一致：她的挑逗和誘惑，用若即若離和聖潔

高貴來形容都不恰當。如果聖僧是知識——分類、命名、秩序的
代表，那麼這名女性就是反秩序的——你無以命名她的誘惑，她
兼具神性與魔性，但更是普通人：有出身，有來歷，也有著為秩
序所承認的婚姻。她是在「秩序」內部的岩縫中抽長出來的一枝
異端的花。

　　月光下，女子與僧人一起到瀑布前。這一段描寫絕非一般的
「女惑男」的情節，因為僧人眼中儘管看到了世上最美麗而無以
言傳的女性身體，他受到吸引，卻並沒有如同女性主義批評家所
譴責的那樣，把女子客體化為神秘的「他者」客體。在她的肉體
純粹的美面前，僧人確信她並沒有「誘惑」任何人，但是，她與
這瀑布一起，令他深深感到困惑。是她的語言復活了她的肉體。
她彷彿要說：情欲正一種難以駕馭的東西。一旦接近，就會有粉
身碎骨、喪失神智的危險。或是被變成動物的男人，或是眼前這
男女瀑布——它被山崖撕裂、分成兩半，仍然在互相撕咬、擊打。
在這段堪稱日本語「轟華絢爛」的段落中，傳達的不是感官的快
感，而是沒有主語的「謂項」奔湧流動的狂歡。

　　「天人合一」還有一個「合」相，還有一道意圖「彌合」的
裂隙。而鏡花小說的啟發是，人就是他周圍的環境，如同水天一
色。當僧人面對月光下瀑布裏的女子時，他所感受到的戰慄，沒
有誘惑而又誘惑了他的東西，正是從「主體」中轉過身來的那個
「自然」本身。

　　任何理論擊中這個故事，理論就軟下來鬆脫了。也許只有堪
稱理論家寶庫的本雅明最貼近它：所謂「得道」，與死亡一樣是關
於終極的話語，它賦予了故事以最終的權威。當年那個年輕、熱

誠的僧人，正是汲取了女子賦予他的奇妙經驗而獲得這種權威的，正如手工藝人的作品中聚集著幾代人的智慧一樣。與當年的「不思議」的對抗，如今，高野聖僧的「平靜」和「飄然」，正是對出山前「驚奇」「恐懼」的致敬。

在修道的路上，她是一個障礙，同時也是「修道」本身。這位母親－妻子－聖女－妖，是一切女子的原型，一切的男人「經過」她，就要發生變化。她是旅途之中永遠的「家」，結合了家與路的危險與溫暖。誰能經受得住這種誘惑呢？而他離開了她，是因為她放過了他，於是也就成就了他的道。

像手工藝一樣精緻的故事，也烙印著鏡花衰落的家庭「背景」。也許，唯有失敗，才是是進入一個可望不可得的時代最好的方式。正如我們要進入晚清，卻看到一群人言空說夢，「乃至無有少法可得」。不過是心中失落，欲有所得而不可得。與誰言不可得？為何總是「已經」失落？無有附麗之處的時代，不獨明治，大正，晚清。

上篇　否定的辯證法

貳、主體與行動：竹內好的辯證法

　　竹內好（Takeuchi Yoshimi，1910-1977）是二戰後日本重要的知識分子。1944 年的著作《魯迅論》奠定了日本魯迅研究的典範，戰後，年輕的竹內更成為日本在現代中國方面最具發言權的中國學學者，並深深地影響了溝口雄三（Mizoguchi Yuuzou）、柄谷行人（Kojin Karatani）等崛起於全球化時代的重要思想家。2005 年，包括〈魯迅〉、〈何謂近代──以日本和中國為例〉（1948，最初發表的標題為〈中國的近代與日本的近代──以魯迅為線索〉，以下正文簡稱〈何謂近代〉）等名篇在內的竹內好文集《近代的超克》[1]（以下正文簡稱《超克》）在中國大陸出版，掀起了一股不大不小的「竹內熱潮」。一時間，「竹內魯迅」、竹內式的中國革命敘述和日本近代批判，伴隨著「回心」與「轉向」等經典的竹內術語，成為中日兩國學者持續思考國族文化政治和東亞現代性問題的前沿陣地。

　　竹內這一代思想者是經由二戰而穎悟的。彼時，這位畢業於東京大學文學部支那文學科的年輕人在「大東亞戰爭」中起伏跌宕的個人遭際，成為他後來陸續以魯迅、中國革命、亞洲為「方法」對日本的近代化進行持續性批判的緣起。〈魯迅〉的姐妹篇〈何

---

[1]　本文所引竹內文章均轉引自此版本。

謂近代〉闡明了他的基本觀點：日本「脫亞入歐」的近代主義是一種徹底的墮落，而一衣帶水的中國則相反：它在苦難和失敗中摸索出一條與歐洲不同的近代化道路，以歐洲（也包括日本）的入侵為自我否定的媒介，通過「回心」而脫離傳統的囹圄，創造出新的現代自我。竹內懷著極大的熱情褒贊的魯迅、孫文，就是這種革命的、主體性的中國意識的代表。

　　這就是後來被稱為「竹內模式」的觀念框架。它最值得深思的地方，並非褒中貶日的政治立場，而是其所蘊含的鮮明的辯證思維，是在「魯迅」、「東洋」、「西洋」這些「名相」之後運作著的「自我否定」的認識論態度，即所謂的「竹內好悖論」（孫歌語）。在〈何謂近代〉一文中，它是通過「歐洲－東洋」「前進－後退」這一樸素的關係式來展開的。它是竹內在各種具象的政治和文化語境中進行價值論斷的基礎和依據，它的運用可以說是一個不斷轉喻的過程：談魯迅，是在談他的「歷史」觀念，是在談他的理想中的中國，是在他憧憬中的日本……通過它，竹內不僅在政治哲學的意義上將「魯迅」、「孫文」、「歐洲」、「近代」等名詞加以範疇化和思想化，從中開闢出廣闊的批判視野，也化解了在現實的政治立場和文化立場之間的牴牾。竹內曾支持日本發動戰爭而備受後人非議，然而無論是他否定日本脫亞入歐的近代化舉措，還是對「大東亞戰爭」的頌揚，都是出於「反對現代性物化」這一目標。竹內所肯定的，並非戰爭、中國、魯迅本身，而是任何變化著的事件和行動中「自我否定」的動能。

　　事易時移，在政治思想運動全面退潮的全球化資本主義時代，竹內的許多觀點或者已經「陳舊」，而這套「否定的辯證法」

卻如礁石般裸露出來。一些西方學者也注意到了竹內的哲學思辯，如理查‧卡利奇曼（Richard Calichman）、克里斯丁‧烏爾（Christian Uhl）就以「主體之根本消極性」等哲學議題來分析竹內的思想[2]。事實上，從後現代主義的後設視野之中回望，竹內多年來引發爭議的觀點其實是非常「明晰」的：時刻警惕自我的固化、時刻避免儲存「過去的自己」，「以知道來表達不知道」，在竹內而言乃是真正的「主體性」之姿，亦是「竹內魯迅」的「無物之陣」的意義。他試圖用此觀點來解讀東亞漢文化圈內的現代性命題——政治與文學、啟蒙與救亡、東洋與西洋、中國與日本的關係，並打碎籠罩在這些概念上的（常常是僵硬的、世俗的和庸常的）圖解迷霧，並啟動一種嶄新的政治和文化態度。種種跡象表明，竹內的思想方法，很大程度上來自於飛鳥時代（600-710）以來即滲入日本本土的佛教式辯證思維。竹內的「回心」「轉向」「無」等概念，受到京都學派西田幾多郎禪學的深刻影響，而佛學的破「我執」，後來亦發展為西方後現代主義的核心議題之一。因之，對於幾十年後才開始邁入後學門檻的中國大陸學者而言，竹內的言說自有另一重親切感，可以說是一種「歷史與反覆」（柄谷行人語）式的、意味深長的現象。

　　以 20 世紀初西方的「語言學轉向」為肇始，西學思潮與古老的東方哲學在現代「重疊」，實非偶然。竹內思想風行時期的 20 世紀 60 年代，正是激進的政治氣候席捲全球的時代：「破壞不了

---

[2]　轉引自慕唯仁（Viren Murthy），〈全球資本主義與政治的自我否定邏輯：竹內好和汪暉的魯迅論〉，《區域：亞洲研究論叢》第二輯，清華大學出版社 2012 年 10 月第一版，第 343-344 頁。

資本主義的街壘，就破壞它的語法」──不論是 1968 年的「歐洲風暴」、日本的「反安保運動」還是中國的「文化大革命」，儘管有著各自的歷史語境脈絡，在總體上都可以看成是冷戰結構中全球資本運動所遭遇的反彈效應，是全球化現象的「區域性顯影」。在這樣的歷史語境中，竹內的民族主義議題也自然地與後殖民主義相接駁。我贊同慕唯仁的觀點，即不論是竹內好的哲學思辯方法、其「中國和日本」議題的展開方式，還是結構主義向後結構主義的轉向，都是同一種歷史動力──資本主義現代性的地殼運動的後果[3]。然而追溯這一脈絡並非本文的議題。此處想做的，是回到竹內「否定的辯證法」本身。

　　竹內辯證法的意義，也是其「將亞洲作為方法」的獨特之處，在於它對時代的考察，既不同於馬克思主義的社會歷史批評，亦不同於將時代之苦惱抽象出來的唯美主義般的哲學研究，而是一種介於兩者之間的「中道」。一如對竹內而言，魯迅和孫文既不是（至少不僅僅是）在實證意義上加以比附考量的對象，亦非藝術家的神交、感受性的、一廂情願的理想的偶像崇拜，而是兩者相互間的投影，同樣，彼時中日文壇皆爭論不休的「文學」與「政治」的關係，也只有經由這非實證非想像的中間路徑方能切實把握。要言之，兼具文人之敏感與思想之穿透力的竹內，早已看透了名與實、現象與本質的關係。他的「否定式」，是超越於不斷變化的政治立場和文學現象的、認識論意義上的方法，其生命力不在於「立」，而在於「破」。舉例來說，為方便討論全球化中的身

---

[3]　同上，第 345 頁。

分認同問題，學者張旭東設立了「歷史政治」和「文化政治」兩個平臺[4]，他主張，在文化政治的平臺上討論竹內會有更大的意義。我認為這個框架是有效的，它大致可以把諸如「竹內魯迅是一種政治性誤讀」「竹內好對大東亞戰爭的態度」等論題劃歸到「歷史政治」的框架內，而將竹內從感性經驗出發、在文學和思想的邊緣解讀東洋現代性的研究置於「文化政治」的核心。然而，對於研究竹內而言，這兩個框架小是權宜之計。可以說，竹內所引發的問題實際上跨越了「歷史政治」和「文化政治」的相對領域，讓我們根本無法離開「歷史政治」的範疇而僅在「文化政治」的範疇內去討論他的戰爭態度，同樣，竹內語境內的「歐洲」、「東洋」、「日本」，也並非那些一跨入歷史政治領域就顯得一目了然的概念。竹內的價值判斷之所以很容易引發歧義，其要便在這裏。莫如說，正是因為竹內的辯證法有著「歷史政治」和「文化政治」所無法涵蓋的意義，它才值得我們在幾十年後的今天繼續探究。究其根本，我們需要清楚，竹內所討論的「名相」是認識論的還是存在論的？他是在什麼意義上討論「主體」和「客體」的？

常有研究者認為，竹內模式必須與具體的、「有血有肉」的歷史情境、特別是二戰中的情境聯結起來[5]，而它本身並不是最重要的。當然這一模式隱藏著經歷了戰爭的一代學者重要的戰爭歷史記憶：關於所謂「大東亞戰爭」的「理想意圖」悲劇性失敗。如

4　參見張旭東，《全球化時代的文化認同》，北京大學出版社，2005 年。
5　參見慕唯仁，〈全球資本主義與政治的自我否定邏輯：竹內好和汪暉的魯迅論〉；丸川哲史，〈與魯迅相遇、竹內〈魯迅〉的產生〉，《區域：亞洲研究論叢》第二輯，清華大學出版社，2012 年 10 月第一版，第 345 頁；第 394 頁。

木山英雄所說，日本投入了如此驚人的資源陷入全面戰爭的深淵，最終也只能名之為「事變」，這是那一代人的致命傷[6]。然而這些歷史情境本身過於沉重的荷載，常常會讓我們忽略竹內辯證法自身的徹底性和超越性，這意味著它不僅適用於探討戰前和戰中的東亞問題，也直接關係著 80 年代政治運動退潮之際溝口雄三、柄谷行人對竹內的批判和應答。此外，我們不能忘記，所謂「具體的歷史情境」本身，其實亦如上述「歷史政治」和「文化政治」的框架一樣，只是主體實踐的一個平臺。誠然唯有建立名相的框架才能思考，然而人們往往視方便為究竟，將平臺滯固為所謂的「真理」和「現實」。竹內正是看透了這一點，才主張在不斷否定的過程中恢復概念本身的方便義，於每一個瞬間捕捉那無法停留的真實之面影。從某種意義上說，正是對於在竹內公式中不斷滑動的概念的固滯化解讀、以及對於竹內為抵抗固化而設置的相對抽象的修辭策略的「鑿實」，才使許多竹內討論與竹內批判陷入了誤區或僵局。

最後，竹內的表述看起來重疊糾葛，常常引發解讀和表述中的困難和爭議的葛藤，究其因，一方面在於佛教式辯證法縈回往復的修辭特點，另一方面也是由於竹內僅僅是借力打力式地運用佛學和西學、並無意建立起一個完整的、操作性的哲學思辨系統。因此，要「撬動」被一個辯證公式層層隱藏起來的歷史問題，或許恰恰需要從其外部找到一個支點。而在今天的理論語境中，將西方當紅學者、「哲學界的搖滾歌手」斯拉沃熱・齊澤克（Slavoj

---

[6]　參見（日）木山英雄，《北京苦住庵記──日中戰爭時代的周作人》，趙京華譯，生活・讀書・新知三聯書店 2008 年，第 5 頁

Zizek）論述中的黑格爾和康得辯證法，特別是「否定之否定」部分的相關論述用於說明竹內的東亞現代性身分認同問題，或許是一個具有雙重意義的選擇[7]。作為經歷了「冷戰之熱」的中歐（斯洛文尼亞）學者，齊澤克哲學的理論背景自與竹內的「東亞情境」有著異曲同工之妙，而他反覆表述的哲學觀點，恰恰也是竹內一直依賴卻又難以從自身的「外部」加以反觀的東西，即，關於「主體」的意指性表述的根本問題。

綜上，本文將結合齊澤克的拉康與黑格爾來討論竹內好辯證法，分別從種屬關係、視點、情緒等角度，變換重心，不斷重複說明竹內「關係式」的基本埋念：無論歐洲還是東洋，無它，只是本體性空無。

---

[7] 詹姆遜在其著作《馬克思主義與形式》（Marxism and Form）裏，稱黑格爾的哲學正是西方過渡時期的哲學。這一過渡時期，正是啟蒙理性的時刻，在「兩個世界之間懸而未決的時刻」，黑格爾體系的前提，即是主客體相適應的原則、我和非我、精神和物質、自我和世界相協調的可能性原則。這是黑格爾的智力創造。因為，前人對客觀世界與精神世界的同一僅作了抽象的證實，而黑格爾作了具體的證實，開始證明實現這種同一性的方式的多樣性。在此意義上，竹內好對「近代」和「歐洲」的思考，恰可與黑格爾相側應。參見（美）弗雷德里克・詹姆遜，《語言的牢籠：馬克思主義與形式》，錢佼汝、李自修譯，百花洲文藝出版社，2010 年。

一、種與屬：「前進的歐洲──後退的東洋」

（一）基本結構

對於竹內敍境中的西洋入侵、東洋「生成」的狀況，可以做一組「身體反應」式的譬喻：沙粒侵入蚌的瞬間，蚌感到痛苦並分泌眼淚。作為結果，產生了珍珠──「主體中的他性」。

在此意義上，主體的自我生成，必然是蘊含著緊張和痛苦的「自我的否定」。

這一基本敍境中，值得注意的是「生長點」：產生「自覺」的瞬間。就東洋的近代而言，在沙粒接觸蚌肉的那一刻，自我生成的可能性就開始了。這是「為了主體的確立而進行殊死搏鬥的瞬間」。正是這個「點」支撐了竹內關於「傳統」（A）與「近代」（B）之關係的論述。在竹內「歷史」的空間構型中，這一點既是 A 與 B 之間的鴻溝，又同時是 B 的生長之點：「所謂瞬間，與其說意味著作為極限狀態的不具有延伸性的歷史上之一點，不如說是歷史從那裏湧現的點」（《超克》，頁 189）只有通過這個突起物，傳統才「顯現」為傳統，「近代」才顯現為繼承基礎上的新生事物。

這個「點」，不僅是竹內用來區隔前近代與近代的時間基點，他更同時對它進行了空間化──肉體化的處理：這個「歷史從中噴湧」的瞬間，在某種意義上，近似於某種超越論式的「場」（柄谷行人語）。通過它，竹內找到了聯結集體與個人的思考方式。因

此，在轉喻的意義上，這一點同時也就是「竹內魯迅」———「歷史」的「新人」。

在〈魯迅〉裏，竹內寫道：

> 一般來說，魯迅被看作具有中國特色的文學者。所謂中國特色，我想通常是指傳統而言的；但如果理解為其中亦包括反傳統的內容，並且把否定中國特色也作為中國特色，那麼對於這種說法，我是沒有異議的。（《超克》，頁9。）

按照竹內的想法，魯迅之所以與前現代的先覺者不同，蓋因後者無法創造「歷史」，而魯迅則同時是新舊的分界、鴻溝，又在新的時代之內。只有在「近代」這個符號視域之內，魯迅才顯現了他的「舊」——對傳統的繼承。這是一個視覺性的、在拓撲學意義上更方便被理解的空間結構。

主體對這一點是否具有自覺的認識，就形成了竹內全部價值判斷的倫理基礎。這關聯著主體是否具有切膚之痛、是否具有能忍受夢醒之苦的能力。在竹內看來，站在「愛排場的學者」和「青年」之間、自稱「歷史中間物」的魯迅是具有這種能力的、真正的自我否定式的主體。

作為回答，在〈何謂近代〉中，竹內劃分了具有生產性的和總是已僵死的、無根的兩組橫亙文化、語言、精神、個人的基本序列。在「生」的區域內，有著歐洲、中國、辛亥革命、魯迅、孫文……；在「死」的區域裏，則是幾乎全部的日本（不論是前近代、明治維新、「戰後」、還是「昭和六十年代」……）。他們的差別，也就是「回心」與「轉向」的差別。

　　在此基礎上，他批判了拒絕痛苦、也就不具有主體自我之可能性、「什麼也不是」的日本，而這文化的特徵，正是一種不斷追尋著客體化客體、並以「主體性」自居的「優等生文化」，這種被日本社會所肯定、褒揚的優秀，即竹內所謂的「墮落」。

　　顯然，這裏需要補充的定語是作為「什麼」的歐洲？在何種意義上的「中國」？「俄國」？……

　　這些專有名詞是在「前進的歐洲－後退的東洋」這一關係式中滑動的，要理解它們，必須考察竹內辯證法的基本結構。

　　在齊澤克那裏，同樣有一個作為哲學構想的基本支撐體的「點」（Bolt）：一個既在「外」又在「內」的東西，一個剩餘，突起，螺旋狀的（出）入口……在齊氏浩繁的著述中，關於它的表述和它衍生的變體極為多樣，此處不再贅述。齊澤克的「點」當然與竹內的「點」有著本體論語境上的差異，至少在其哲學範疇的覆蓋能力上就不同，但在辯證法的功能上卻有部分重合：它們同樣都使作為「屬」的一個整體結構得以成立。從本質上說，辯證方法的價值就在於它的先在規定性：它在其原始條件的結構內是事先決定的。在竹內好這裏，這個結構即被表述為：歐洲－東洋（前進－後退）。

　　這是一個不均衡的二元對抗體。在黑格爾的「種與屬的關係」中，一個屬最終只有兩個種，特定的差別最終是屬與其種之間的差別。如，性差別不單單是人類這一屬之下的男女兩個種之間的差別，而是一個代表屬本身的術語（男人）和另一個在某個特殊時刻代表屬內差別的術語（女人）之間的差別。因此，從辯證分析的角度看，即使在我們看上去有許多「種」的時候，我們也必

須始終尋找那個賦予「屬」生命的獨特的種，而任何二元對抗體的兩極之間，真正本質性的差別只有一個，即這個種和所有其他種之間不等質、「不可能」的差別。

在這一意義上，辯證法，也就是由這種「不等質」的對抗所產生的能量位差的顯現，或曰，它本身只是能量的運行軌跡。就竹內力圖表述的邏輯而言，歐洲與東洋的對立，一方面是實證意義上的力量的不均，一方面是哲學層面的種與屬的根本性對抗。作為整體，它只能在歐洲（特殊種）這一面才能得以成立。換句話說，「東洋」之所以能「看」：看到「歷史」，看到「歐洲」，看到（作為自身的）「東洋」，是因為它已經置身在名為「歐洲」「近代」裝置之中。正是：「所有一切都是歐洲的。」

因此，竹內所謂「前進－後退」一方面在其內部是二元性的，另一方面，由竹內的那一「點」所支撐，它整體作為「屬」出現。恰如賽義德所描述的「東方學」（Orientalism）中，「東方」常常被定位為女人。從同樣的意義上說，竹內的關係式本身是「男人」，而其「內部」的後退的東洋，則作為某一特殊時刻（即竹內的「瞬間」）代表了其「種」的女人。

歐洲的「東方學」或「東方主義」，已經受到後學理論廣泛批判，由此理解竹內好所發現的、帶有倫理屈辱性的這個關係式，似乎是不言自明的。然而問題在於，如果竹內關係式內部的「歐洲」本身，即是一個固化的、「侵略性的男人」、「他者」的形象，那麼他的文章中又為何彌漫著謳歌「歐洲」、甚至將之置於與魯迅同構的語義位置上的意味？這個關係式中的「歐洲」，究竟是什麼呢？

　　答案是：它只能在康得「實體成為主體」意義上被呈現。齊澤克指出，相對於傳統的二元論，康得提出了補充分裂：本體自在和這個自在在現象領域內出現的方式之間的分裂。這就意味著，「實體成為主體」：本體假借共同體的面目出現。如果我們要直接接近本體領域，那麼本體域就會喪失自由等真正的特性。本體自身分裂為自在和這種自在對我們有限主體呈現的方式[8]。

　　因此，在關係式中的歐洲，作為「普遍屬」的「歐洲對東洋－歐洲性」的動勢，在其自身特定種類（東洋）中，遭遇自身的缺席———一個空集合。在關係式內部的歐洲與東洋，並無質的區別，只是闡述和被闡述項。因此，否定之否定的實質，「不過是最純粹的重複：在第一次運動中，某一姿態成功了又失敗了；然後，在第二次中，相同的姿態又被重複。理性（Reason）只不過是理解（Understanding）的重複，只不過是拿掉了理解中的過剩的超感知的、非理性的超越（Beyond），就好比耶穌並不與亞當對立，只不過是第二個亞當。」[9]

　　同樣，竹內的「前進－後退」，既非線性時間、亦非空間意義上的「前與後」，而是一種禪宗問答式的「賓主易位」，歐洲作為「話頭」興起，佔據了主位，在回答之中並無新的資訊傳遞，因為它本身只是「回答」，「東洋」可能做的，只是在闡述和被闡述之間的互換。（「話頭」是一種起興，它形成了一個場，使回答不能超脫出其視域。）

8　（斯洛文尼亞）齊澤克著，應奇等譯，《敏感的主體——政治本體論的缺席中心》，江蘇人民出版社，2006 年，第 83-84 頁。
9　同上。

　　所謂東洋的自我意識，實為「是－不是」的同義反覆，當東洋意識到他「是」東洋的同時時，他已經「不是了」。在西方哲學而言，這是自由與意志命題──主體意識本身的悖論。這是齊澤克所謂「符號性委任的不可能性」的意義：對事物的命名（委任）與其被委任的這一狀態，永遠不在一個平面上。這就是黑格爾的「世界之夜」[10]。在東方哲學中，「人不知風，魚不識水」，即可解釋清楚。這一素樸的佛教辯證法，被竹內「翻譯」成摻雜了西學認識的「近代解讀」，就變成了這樣的倫理性指認：日本人沒有「自己是奴隸」的意識，在這個意義上才「是」奴隸。

　　面對「東洋是……」這一主謂句，我們在期待一個謂項及其肯定內容，我們期待著一個深度，一個差異，然而，我們最終得到的卻是 Void──虛空「恰恰當其謂項失敗時，我們遇到了認同──不能被謂項捕獲的多餘物，自我認同乃是謂項的不可能性。

　　這個悖論的關鍵在於內容與形式的張力，蘊藏在「命題之形式」中：等待與主體不同的謂項（對主體的符號性委任），卻因得到的回答是同義反覆而落空。這裏包含了一個最小時刻的短暫性──否定之否定，只因這短暫的剎那，A＝A 的命題才經過曲折而成立。因此，在竹內試圖釐清「文學與政治」的關係時，便竭力表達魯迅「不是文學家、政治家、歷史家、革命家」，而正因如此

---

[10] 同上，第 28-29 頁。關於符號性委任與空白，可嘗試去想，父親不是作為父親或其他與他人關係中的「人」，而是作為一個「獨立的人」時，他是怎樣的？齊澤克恰好回答了這個問題：不是在「既是父親又是兒子」這組關係上，因為不能同時又是父親又是兒子，而是在主體的「自為的存在」的空白與符號性委任之間的矛盾。作為自我相關的空白。事實上，這也正是「視差」，正是「世界之夜」，是符號性委任的實際不可能性。

他才「是」，原因就在這裏。這個短暫性，在竹內那裏，表現為歷史湧現之「瞬間」點。

（二）運動－主體；凝固－對象化

竹內意識到，「種」與「屬」在時空範疇中存在著基本差異與衝突：

> 歐洲與東洋是對立的概念，這如同近代的與封建的是對立概念一樣。本來，在這兩對概念之間，大概存在著時間與空間範疇上的差異。（《超克》，頁 188）

對此，竹內稱這是自己把握能力以外的事。而這卻不妨礙他將它們拉平，進行普遍意義的價值判斷。那麼，確認這種「歐洲──東洋」的種屬關係結構，對解釋竹內的價值判斷有何意義？為什麼在竹內的價值體系中，日本一無是處，作為敵人的歐洲值得敬佩，而中國革命在失敗意義上才是革命？

如上文所述，竹內的價值判斷正是從作為種屬關係的「歐洲──東洋」中推演出來的。在文章中，竹內的具體描述如下：

> 對於「東洋」，是遭遇到「異質性」的入侵並有了抵抗──「自我－主體」生成的可能性；另一方面，從趨進完成的「世界史」來看，東洋及其抵抗早已是世界史內在的要素之一；而也就是在此時，「世界史」本身分裂了。就像此前

歐洲從封建統治中分裂一樣，產生了某種「非 A」之物，而東洋的抵抗，在這一新的層面上又產生了新的意義。

在此，竹內描述了三個「歐洲」之種的分裂的形象：俄國、歐洲殖民地、東洋。

> 在歐洲這一自我實現運動中，到了 19 世紀的後期，發生了質的變化。……以內在化了的異質性的因素為媒介，世界史本身的矛盾露出水面。人們開始自覺到，導引出進步的矛盾同時也是妨礙進步的矛盾。(《超克》，頁 184-185)

也是在這一層意義上，作為症候，存在著「歐洲對東洋的鄉愁」之類的東西：

> 東方主義者總是存在的，但只是到了所謂世紀末危機之際，才在歐洲如此明顯地出現了東方主義者。(《超克》，頁 185)

可以看到，在竹內的論述中，作為「歷史」進程的近代，事實上存在著幾個方向的運動：即，作為「屬」──世界史運動方向的歐洲的自我生成（由於缺乏對歐洲的瞭解，竹內聲稱他只能猜想）與內部的分裂、作為「種」的東洋的抵抗、以及在「歐洲──東洋」這一總的「屬」和「東洋」之間的位差呈現，以及在我看來最為複雜的（關聯著視點問題）：「中國──日本」之間的關係。

這關於世界史的幾大版塊、一多線頭的空間進程，可以在竹內「液體 A 和 B」的比喻中進行闡明：

> 歐洲是液體 B，它是不斷進取的象徵，有著浮士德式的自
> 我持存的願望。而這樣的存在對於東洋──液體 A 來說，
> 是不合適的：「如果液體 A 存在著意識，那麼它不會達成
> 自己和液體 B 混合在一起的觀念。如果它是東洋的話，它
> 只會感到自己的喪失吧。」（超克，頁 188）

那麼，如果 A 沒有感覺到喪失，它實際上只是接受了一個
虛像：

> 這樣的思維形式如同一般的意識一樣，也反射於後退的東
> 洋。但是所反射的是一個虛像，沒有生產性。（《超克》，頁
> 192）

這是竹內日本批判的核心論點。在後面的「重複與發展」一
節中，他正是以此批判日本作家：

> 如果有發展則應當產生矛盾，可是這樣的矛盾卻幾乎不見
> 於歷史，也不見於個人。所以，我們只好認為，彷彿是發
> 展的東西，其實並非是發展，而是循環重複，是從假定的
> 本體發射出來的影子。（《超克》，頁 193）

可以明確的是，A 和 B 作為液體沒有質的差別，但卻有著一
個對於「觀看－觀念」的根本意識上的差別。這正是由於，在前
述辯證法的結構中，有著種屬關係的位差。歐洲，是（絕對）運
動本身，它就是「前進」，因此，是不會產生實體性的名為「前進」
的東西的。

　　如果液體 A 不在撞擊下對歷史瞬間產生反應，則「歐洲＝運動」便只有滲透到 B 當中凝固下來——客體化為某種實體。這就是「墮落」的現象。就此竹內列舉了日本盲目吸收西洋文化的現象性後果：西洋，是作為「文明—西式蛋糕，文化－西式公寓，文化—西式炒鍋」(《超克》，頁 191。) 而在日本「凝固」下來的。於是，日本「發展」的邏輯程式只能是一種「被動地等待」的完全顛倒的程式：

> 提出文化是什麼，精神是什麼的問題，浮現出有關的表像，然後去尋找與其表像相當的東西（找不到的話則撤銷），這種方法已是預先設想到有實體性的東西存在於外界，認定那就是所給予的前提，它提示出精神的走向。這恐怕與歐洲式的運動方向是正相反的吧。運動的方向是相反的，一個是前進的另一個是後退的，這種關係就是如此建立起來的。(《超克》，頁 193)

　　進一步說，作為特殊時刻的「種」的日本，如果不能在瞬間產生「搏鬥」，實現「賓主易位」，就只能繼續在關係圖式的「後退」本位中向外觀看，這時，它將不能理解歐洲並非實體，而是「運動」[11]。也就是說，將「前進」、「後退」都作為實體化的東西而分別孤立起來。這成為「奴隸」之自卑與優越之混合的批判前提。

---

[11]　在日語的語境中，竹內的所謂「運動」（うんどう）原具此哲學意味。日語將名詞性詞稱為「體言」，將動詞性詞稱為「用言」，這也是從佛教的「緣起性空」承襲而來。

　　竹內最終要說的就是：主體＝自我否定＝運動＝尊嚴。主體是不斷移動的「空位」、「空白」，也是運動本身。得以顯現的只有它的幅度。在竹內看來，在靜止的狀態下吸入任何理念和技術都不過是堆積垃圾而已。因為一旦停下來，原本作為運動之勢能的東西就會在原地轉化，成為死掉的觀念、學問、文化的鱗屑。因此，運動不能理解為主體的「定語」。一旦被解釋成「運動著的主體」，也就成了竹內所謂客體化──不具有「生產性」的觀念實體。

　　「客體化」，是竹內對他身處於中的日本，乃至「傳統日本」的看法。在竹內看來，自詡為「優等生文化」的日本，從近代以來就只是等待著被給予、被充滿的被動性的「非－存在」。與此同時，受到肯定的歐洲、魯迅、抵抗之一面的俄國卻有著主體，這一主體性與前述「歐洲」一樣，是在「抵抗」（作為運動）、「絕望」（作為狀態）的意義上所生成的運動本身。而對主體的「認識」，則永遠是一種對運動的回溯性的追認（即符號性委任）：革命（抵抗）因被認識到失敗而成為革命。我們可以就此理解，竹內高度讚揚的，是魯迅、孫文乃至中國在失敗＝革命意義上的「自為存在」。不論竹內對這些人物或國家在知識與經驗上的理解有無偏頗，他都是由於「前進－後退」這一種屬關係結構將他們歸為同類的，在這一不斷錯動的關係式中，同樣是相對性地產生了對歐洲、中國（竹內魯迅）的主體肯定和對日本這一「非—主體」的否定。正是：主體的生命在於「運動」。

　　對於歐洲來說，浮士德希望永遠持續的進取的瞬間，對於東洋來說，則是決定性的主體是否能夠生成的「否定之否定」的決

戰場：主體之勝利的前提，首先是一種失敗：東洋在成其為東洋的同時，即「不」成其為東洋。如果將「歐洲」和「東洋」作為觀念實體穩妥地接受下來，即意味著日本的墮落。竹內痛徹地批判說，「日本什麼都不是」，因為它接受著「西洋化」的垃圾而試圖確立自我──它從不會說「我不是」。

二、主體的「不可能」性：竹內好、溝口雄三、柄谷行人的視點問題

本節的任務是從視點角度，將上述關係式重述一遍。其緣起，在於竹內的後輩學者、中國學研究者溝口雄三（1932-2010）以反思中國的文化革命為基點，對竹內好所展開的批判。溝口是戰中及戰後成長起來的研究者，自言自己一代人盲目崇拜「革命中國」，對中國的歷史和現狀缺少批判性的思考，一個重要的原因是受到竹內學說的鼓動。竹內對革命中國的褒揚、對墮落日本的批判，使反安保運動中日本的青年學者一味沉浸在對中國的理想化想像中。他們隔著「竹簾」遙望中國，往往由憧憬而至狂熱。而歷史走向了另一極端：文革結束於其邏輯的反身自噬，亞洲「四小龍」不無反諷意味的「經濟騰飛」，使得左翼思潮處於前所未有的低落境地。在這樣一種尷尬局面中，溝口重新展開了對竹內中國學的批判。他認為，竹內將中國模式作為亞洲思想的未來而加以美化，並沒有看到中國自身的歷史脈絡，「竹內中國」，只是蔓

生於日本近代國家運動中的各種反自我意識的投影而已。因此，溝口強調客觀地、真實地觀看中國[12]。

　　然而，本文認為，由於忽視視點的作用、將「種屬關係」理解成一般的「二元對立」，溝口對竹內展開的批判其實「投錯了信」。

　　關於東洋與西洋的關係，即蚌與珍珠的關係，誠如竹內所說，「遭遇到異質的客體，自我才得以確立」（《超克》，頁 184）。如上文所敘，在這裏，既是成為問題的，又是他所依賴的，是一個視點問題──「看」與主體、非－主體的關係。

　　「前進－後退」，乃是一個「表述的難題」：我們怎樣才能在山中看到山的全體？如果鏡像能幫助我們映照出自我（如中國與日本或可作為「東洋的一分子」相互觀看），但身處「近代」的人們如何能看到「東洋被西洋入侵」這一事相本身？

　　答案是，一方面，必須設定一個虛擬的觀察點（東洋這只「蚌」需要被自我所發現、被西方「看到」），另一方面因此，竹內在將這一關係式祭出後，又指出它是不合適的，「單是這種假定第三種視野的做法本身，就是歐洲式的思維方式，是歐洲前進中的產物。」（《超克》，頁 188）因為它必然是後設性和回溯性的，它本身也正是那個「生長點」──歷史從中泉湧而出的點──的產物之一。然而，這一虛擬的觀察點，卻是使這一結構顯形的重要支撐物。

　　「蚌病成珠」，是一個關於主體生成的敘述，也就是一個從「自在」到「自為」、從存在論到認識論、從自由論到意志論的轉移。它的成立必然與「看」相關：是否當「沉睡的蚌」因疼痛而

---

[12]　參見（日）溝口雄三，《作為方法的中國》，孫軍悅譯，生活‧讀書‧新知三聯書店，2011 年。

「覺醒」、「抵抗」之時，侵略之沙就已經成為了「珍珠」，而如果沒有「沙」的入侵，蚌是否能夠自覺為「蚌」？且看竹內的分析：

（1）在「前進－後退」的關係式裏，竹內描述日本的墮落：

> 對於這一墮落，處在墮落方向上的主觀精神，理所當然地意識不到它的墮落性格。（本文：因在「內部」，不能自明），只有在歐洲的東洋觀念（已經凝固為實體）投射過來時，這兩者之間的差異才會上升到意識層面，也就是說，分裂為鏡像關係的兩個觀念實體的「自我與他者」。但是這種差別意識卻不能直接推進到自我認識的層面，從而發現這種差異意味著在對方的進步過程中自己的墮落。為什麼呢？因為在這裏沒有發生抵抗，即沒有想保存自己的慾望（自己本身並不存在）。沒有抵抗，說明日本並不具有東洋的性格，同時，它沒有自我保存的慾望這一點，又說明日本不具有歐洲性格。就是說，日本什麼都不是。（《超克》，頁196）

竹內這一段層層進逼的邏輯推衍，具體講述了奴隸以奴隸的意識去「看」的不可能性，它也正是竹內對魯迅那著名的「聰明人、奴才與傻子」的寓言的理解。由於無法把作為整體的「種」的「前進－後退」作為對抗項考慮進去，日本看不到自己的真正的墮落。而，竹內之「可以看到」，因為他是站在那個虛擬點上將「種」與「屬」加以對照，而不是在上引的分裂為客體化的自／他關係中去看的。因此，「奴才」這一命名只能是凝視者從外部強加的結果。這是一個「他者之謎」，它的悖論性是上述的「世界之

夜」──對奴隸的命名和奴隸的實存永不能同時出現，而凝視則
是造成它的原因。

（2）另一方面，在客體化的自／他關係圖中，處於這一盲視
區域中的日本本身，也正在向外觀看。在「在場外觀看的看客與
奮力奔跑的選手」這一節中，竹內認為，日本沒有自性，又要偽
裝成有自性，並以它的標準觀看「落後」的中國等其他「東亞」。
而日本的這種「述行」行為，就是它的奴隸性。

這是關於「看」的套層結構：不可能回看竹內視點的日本，
只能看到客體化實存的自己、中國（東洋諸國）和歐洲，並排列
座次。

（3）在歐洲這一方，抵抗，往往作為歐洲的「自我」所看不
到的、進而又構成了歐洲之一部分的「背面」出現的：

> 歐洲雖然包容了東洋，但看上去它也感覺到有些不能包容
> 進來的部分是保存在它的外部的。這就是使歐洲感到不安
> 的根源。我覺得似乎東洋之持續不斷的抵抗刺激了這種不
> 安。（《超克》，頁 185）

用文字來闡述一個視覺觀點是困難的。為理解竹內對視點的
理解，謹援引一例：卡爾維諾在評述蒙塔萊的詩[13]時，曾提到，博
爾赫斯在《想像的動物學》中引述了某地方傳說中的一種動物「躲
在背後」。它永遠躲在你背後，跟著你到處轉：你轉身，但無論轉
得多快，躲在背後「總是比你更快地躲在你背後」；你永遠不知道

---

[13] 參見（意）伊塔洛・卡爾維諾《蒙塔萊：〈也許有一天清晨〉》，見《為什
　　麼讀經典》，黃燦然、李桂蜜譯，譯林出版社，2006 年。

它是什麼樣的，但它永遠在那裏。卡爾維諾說，蒙塔萊詩中的男子竟能轉身看到躲在背後那東西的樣子：而它比任何動物更可怕，它竟是虛空。

至言之，與（1）（2）（3）相關的，不正是自我、認識與時態的糾葛嗎？視點問題不是虛設的，它關係著知識與行動之間的根本錯位。它的來源，則是我們生理上的知覺局限。「人永遠受後腦欠一雙眼睛之苦，他對知識的態度只能是有疑問的，因為他永遠無法確定他背後是什麼」（《為什麼讀經典》，頁249）

竹內的理論是基於他的經驗模式，因此是基礎性的，其根源在於人類知覺有限性的問題[14]。竹內雖然意識到自己所在的位置只能是歐洲式的，他力圖把自己正在凝視這一述行的事實包括進去，（隱在地，竹內好的這個位置，只能是他的構圖中魯迅的位置。）但在顯現上，卻變成了「自己能力之外的東西」。

正是在此處，溝口雄三對竹內展開了批判。在溝口看來，竹內對中國的憧憬和對日本的全盤否定近於主觀臆斷，是一種沒有探究中國「真相」慾望的「日本主體論」。他指出，中國人同樣如此：那些於70年代後期開始來到日本學習的中國人，深深為日本的近代化轉身之迅速之成功而感到羨慕，他們遺憾於本國現代化過程中的種種失誤與阻礙，絲毫不去思考日本在近代化的過程中經歷了什麼[15]。

---

[14]　依佛法而言，肉眼所見性境，見近不見遠，見此不見彼，見著不見微，見通不見塞，見明不見暗，見現在不見過去未來。

[15]　參見（日）溝口雄三著，《作為方法的中國》，孫軍悅譯，生活·讀書·新知三聯書店，2011年，第8頁。

「我們的中國研究基本上都是從『憧憬』出發的。這種憧
憬的對象是在各種日本內部的自我意識——即和日本近代
百年歷史相關的種種『反』或者『非日本意識』——的對
立面所形成的一種反自我意識的投影，所以從一開始便是
主觀的。」（《作為方法的中國》，頁 5-6）「日本和中國的主
體都是自我一元性的，沒有把對方當做一個客體來認識，
所以也無法客觀地來對待自身的客體性。我們可以把這種
主體看做是無法進行國際性交流的、內向的、主觀臆斷的
主體。」（《作為方法的中國》，頁 31）

因此，「我們沒能在歷史上把中國的近代客觀化，與此同時，
也沒能在歷史上將日本的近代客觀化。這種傾向的理論根據便是
上述竹內好的〈中國的近代與日本的近代〉一文。」（《作為方法
的中國》，頁 7）。

溝口論述中有兩個基本元素，關涉著上述辯證法中「看」與
「主體」定位之間的因果聯繫。具體而言，第一，在「看」的問
題上，無論是竹內式的「我們」，還是中國學生式的「他們」，問
題在於太「主觀」，沒有交流，沒有「看」對方的慾望，不去看
「對方」和「自己」「真實」的模樣；第二，在「主體」問題上，
溝口理所當然地把「主體」表述為「客觀實在」，竹內的判斷因
而是「主觀的，不能把近代「施以客觀化」，無法在客觀的、歷史
的角度解讀下述問題——即，無論是日本、或中國各自的近代，
如何以各自的前近代為基體、又如何藉著這個基體表現出相對的
獨特性；換言之，中日二國如何各自背負固有的過去，又因為這

個「過去」之繼承（儘管是否定性的繼承），「現在」如何受其制約等問題。

對溝口來說，不存在實體和主體的轉化、「自在到自為」的問題，中國、日本，歐洲……在歷史／風土上，從來是各自獨異的，即使在歷史進程中相互遭遇，影響它們自身的也只能在其內部的「歷史」中追根溯源。溝口解釋，同理，為什麼歐洲有自信？因為歐洲意識到了它與亞洲的相異性。在主體多元性這一點上，沒有高低上下之分，因為相異，我們是平等的。而竹內在「前進後退」的軸線上，將「後退」的東洋（中國）的失敗轉化為勝利，將「非－歐洲」作為歐洲的反命題，顯然是一種弱國心態的標誌。

據此，溝口提出的解決方案是，就中日關係而言，中國和日本要瞭解對方的「自在」，就要擺脫主觀臆斷，去看對方的「客觀存在」。就日本的「中國研究」的更新來說，就必須在排除那個「歐洲」的情況下，以「白心」回到「事實」的「近代」、中國的歷史中去。具體而言，他要建立一種「總體性」地把握客體的「中國」研究，比如，要處理「革命」還是「中國」？（這是針對日本文革研究的「長期誤區」而言的），答案是，應該處理「革命、不革命、反革命」都包括在內的「中國」。

溝口洋洋數卷的中國研究，正是對其觀點身體力行的實踐。如孫歌所說，溝口從明代開始細細疏整，延至中國近代乃至現代的革命，擬欲為中國思想史建立一條長線歷史敘述[16]，這種巨細無

16　參見孫歌，〈中國如何成為方法〉，《中國學》季刊試刊號，世界中國學論壇組織委員會、上海社會科學院，2010 年。

遺、追本溯源的方式，恰如汪暉的學術巨制《現代中國思想的興起》，試圖條分縷析，找到漢文化圈內民族主體的「真實」。

溝口如何開掘他的中國學研究是另外一個問題，本文關注的是，就溝口借批判竹內好作為「更新」中國學研究的合理化依據這一點來說，溝口的努力其實也是一種調整視角的努力（儘管是無意識的），溝口的口氣則是一種多元文化主義的聲調。文化多元主義的基礎是存在論的「自在」：在我們從來沒有互相看過的時候，我們就有了飽滿的「自在」，我們的「自在就是自為」（實體就是主體？）然而，在今天，我們需要相互交流，我們要看對方。

關於「看」和「不看」的兩極，同時在溝口這裏呈現出來。溝口的潛臺詞是：竹內沒有看到中國，也沒有看到日本，只看到了自己，而我溝口則要呈現全方位的「客觀」。

這就是溝口的盲區所在。事實上，當他不再滿足於世界＝人的「前部視野」之時，其知識與行為之間的悖論就出現了。卡爾維諾說，汽車倒後鏡的發明，是領先二十世紀一次根本性的人類學革命：

> 汽車時代的人，對存在於他背後的世界感到放心，因為他擁有一隻可以回望的眼睛。我特別指汽車倒後鏡，而非一般的鏡，是因為在普通鏡中我們背後的世界被視做我們自身的毗鄰物或伴隨物。普通鏡證實的是觀察者的存在，相對之下，世界只是附帶的背景。

這種鏡扮演一個功能，就是使自我客體化，連帶隨時降臨的危險，而這正是納喀索斯神話的要點，也即沉進自我，並導致自我和世界的喪失。

而本世紀這項偉大的發明，卻是日常使用的鏡子被置於這樣一個位置，竟把自我排斥在視野外。汽車時代的人，可被視作一種新的生物物種，與其說是因為汽車的鏡子本身，不如說是因為這種排斥自我的鏡子——他的眼睛看見一條路，這條路不斷遞進，在他面前的變短，在背後的變長。換句話說，他可以一望就見到兩個相反的視野，而不必受到自身影像的妨礙，彷彿他什麼也不是，只是一隻盤旋在整個世界上空的眼睛。(《為什麼讀經典》)

當溝口認為，考察近代，完全可以在離開歐洲視點的情況下，看兩國各自對「前近代」的繼承之時，他並沒有錯。然而，溝口的整體性視角正是「第二隻眼」的發展主義的幻覺，他忘記了把自己的凝視包括進去。而突顯了「凝視」這個問題的，是竹內。

竹內並沒有否認自己是在「憧憬」，然而，即使是幻想，其結構要在互相著迷的情況下才能建立。凝視是相互的。溝口認為歐洲的自信來自於自身的獨異，而在他對歐洲的論述中，恰恰就有「亞洲的注視」。

歐洲之所以不會用「非亞洲」這種表達方式來形容自己，恐怕不僅僅是因為他們從一開始就認為歐洲和亞洲互不相同是理所當然的事實，更因為他們在感覺上過於自我滿足以至於根本就不會把亞洲看做為哪怕是眾多標準中的一個來反省自己。然而圍堵亞洲卻通過歐洲的視線來反觀自我，包括價值在內，自問自己到底是不是歐洲式的，或者到底是不是非歐洲式的。這充分顯示了近代以降以歐洲為

　　　　中心來把握世界史的一元化的視角是如何深深地侵蝕了亞
　　　　洲的內部。(《作為方法的中國》，頁 26)

　　在這段論述中，溝口其實高估了歐洲。他完全無視上述竹內
憑直覺把握到的歐洲對「背後」的不安。後者真正需要的不是東
洋，而是東洋的目光。在這裏，是溝口，而不是竹內，才顯示出
真正的「弱國心態」。

　　與溝口利用「視點」而又無視「視點」的態度相反，竹內所發
現的，恰恰是「看」作為問題的呈現。相對於溝口，竹內辯證法所
顯示的邏輯是，不是先有主體才有「看」，而是「看」造就了主體。

　　在這一點上，竹內的工作與賽義德清理東方學的工作在意義
上有相通之處。賽義德對東方，至少對遠東的中國和日本缺乏知
識的瞭解，這是他經常為人詬病的地方。然而，他貢獻恰恰不在
於知識，而在於呈現「視差」[17]。

　　那些看起來好像是竹內和賽義德「能力」之外的「實存」、那
些在溝口的研究中得到「充分考察」的實存，其隱含的問題是：
它也在回望。拉康會用「大他者的凝視」來表達卡爾維諾的虛空
的注視。歐洲如果轉向去「看」東洋，它只能看到「虛空」。「躲
在背後」是一種述行：虛空不是「無」，它是「看」。正是在竹內
不斷地提示自己知識和能力的有限性之時，他意識到了，實體的
凝視（gaze）在客體化的圖系中，與自己的凝視不能對接。而溝口
卻要找到中國的中國性、日本的日本性，並且在實踐上猛厲地進入

---

[17]　參見（美）愛德華・薩義德，《文化與帝國主義》，李琨譯，生活・讀書・
　　新知三聯書店，2003 年。

其「歷史」的內部，然而，不論「自在」的中日如何，在溝口展開他的中國學研究之時，它們已是一種「自為」。在溝口的敘境中客觀呈現出來的中國和日本，不僅完全無法釐清「歐洲知識」的命名和重重知識框架的疊加，這兩塊大地本身也只是凝視的反打。所謂「客觀實在」，怎麼可能在忽略「看」的前提下成立呢？「實在」早已經包含了我們的凝視，而感知性的主體總是已經在避開其眼睛的那一點被人凝視 ──當我們想在鏡中捕捉「正在凝視著鏡子的自己」時，我們要關注整體的鏡像，就無法同時捕捉到目光，反之亦然。這個僵局，在溝口那裏，就呈現為對竹內的批判。

竹內的論斷確實與許多人對中國的認識和體驗大相徑庭。但，這並不是謬誤，而是「視差」。別忘了，竹內的表述是在與學院派、與當時的環境的對抗中產生出來的，它並不外在於「體驗性的事實」，易言之，它就是竹內的「體驗」。同時，竹內的論斷僅僅為了他的體驗服務，而把能力之外的東西交給歷史學家去管理，這是有深意的：他表示自己並不能負責解讀「中國人」的實際經驗問題，與其說這是他在為自己知識的薄弱加以辯護，不如說，「中國人的實際經驗」本身只有在「視差」之中，在互相迷戀的凝視之中才能生成。

竹內是一個瞭解自己限度的思想者，正是在這一點上，他呈現出獨有的力量。從根本上講，這個限度，也就是承認人類的有限性。

竹內突顯了視差，但不能處理它，只能將它呈現為「能力之外」，而成為文本之阿喀琉斯腳踵。正面去「處理」了這一問題的是活躍於當代的後結構主義者柄谷行人（Kojin Karatani，1941-）。在《日本現代文學的起源》、《歷史與反覆》等著作中，柄谷運用

一系列的可替換性結構，充分印證了卡爾維諾的觀點──視差只能是「存在－知識」的位差：

> 生物在移動和聚合連續不斷的視野時，成功地建構了一個前後連貫的圓形世界，但這永遠只是一個歸納模式，其證據永遠無法確定。（《為什麼讀經典》，頁 249）

柄谷的前半句是溝口雄三式的：歐洲不是繞不過去的障礙；後半句則是福柯的：它是另一套知識框架。與溝口處理前現代日本的方式不同，柄谷大方地使用西方理論來闡述，在「兒童的發現」之前、在明治維新戲劇改良之前、在「風景的發現」之前的那個日本，那是松尾芭蕉和井原西鶴的日本。這個日本並不是「自然」，它只是語言──不僅在此處──戰後民主主義時期的日本，就是語言性和文化性的了，在彼處──江戶時代乃至更早以前的「傳統」中，也早已是語言，而非「實存」。正如在後結構主義的思辨中，維特根斯坦的語言哲學與禪宗的「賓主易位」相映生輝，以直覺的方式令後現代主義者感到親切的竹內，在後現代主義者的柄谷那裏獲得了肯定的「回答」。

三、情感與謬誤：（比想像）更抽象、更堅固的辯證法

這一節是再次確認，溝口的批判是如何證明瞭竹內辯證法的基礎作用和整合功能的，並力圖表明，竹內好的辯證法實際運作的層面，比人們通常讀解的層面要更「抽象」。

（一）驅除「謬誤」：溝口的「循環鏡像」

溝口雄三將竹內的日本批判論稱為「被虐型」（《作為方法的中國》，頁7）的。這一嘲諷看上去十分貼切，因為竹內憤激之語的確俯拾皆是：

> 日本文化難道不是在傳統中未曾有過獨立的經驗嗎？難道不是因此而無法在實際感受上體驗獨立這一狀態嗎？把外面進來的東西作為一種痛苦，在抵抗之中來接受它，這種經驗難道不是一次也沒有過嗎？（《超克》，頁218）

他甚至認為，在「近代」中顯影出來的日本的「奴性結構」古已有之：日本從來就是「奴才」。為何如此，竹內沒有講明，（竹內回避的還有「生產力」等問題，小森陽一曾就這一點正面肯定了日本的近代化。而在竹內看來，「經濟基礎」的優秀正是墮落者所持的理由之一。）如此一竿打翻「一島人」，當然成為溝口的批判口實。

然而，與其說溝口反對竹內的「受虐」，不如說溝口實際上想說，竹內並未看到日本也有「痛苦」。在表現日本近代、特別是「鹿鳴館時代」的文化產品中，有許多為近代日本的脫亞入歐、「全盤西化」辯護的情節，即，表面上的「全盤西化」，正是「日本」內心在「緊張搏鬥」中的痛苦選擇。同樣，中國也存在著比竹內的「憧憬模式」遠為複雜的情況，因而，將之賦予高度價值實在諷刺。竹內難道完全無視人們抉擇的痛苦嗎？

　　對此，竹內可能的回應是：首先，這是「歷史的緊張」、「主
體的搏鬥」，在被賦予所指方面所引起的歧義。竹內的「痛苦」當
然不是實在論意義上的「被侵略人民的痛苦」這類東西，但，也
並不完全等同於溝口的「客觀」。如前所述，竹內的辯證法運作的
層面是非實在論的，與溝口的話語層有錯位。儘管竹內價值「目
標」的選擇的確具有極強的個人意義上的偶然性，並且是高度風
格化的，他甚至把江戶時期的日本也納入「墮落」的文化類型，
並因此貶抑其「時代的象徵」井原西鶴、近松門左衛門等文藝家。
這種否定的徹底性的確有武斷的成分[18]。

　　這些風格化、情緒性的斷言，似乎可以很輕易地去除：與之
相反的例證比比皆是，更何況溝口進行了大規模的歷史勘探，如
一一鑿實對照，要指出竹內的「漏洞」是很容易的。但，就在溝
口的「實證主義」中，竹內的幽靈也總是會籠罩上來，它反身指
向溝口自身以「文革」為界的「前近代」與「近代」的鬥爭。在
溝口那裏存在的，恰恰是把「竹內」作為「傳統」進行繼承問題。

---

[18] 此外，竹內也並不具有後學式的「語言學」意識，如他將「言文一致」視
　　為正面的革命意義，並且覺得日本文化的「轉向」也體現在言文一致上，
　　由於缺乏魯迅這樣內部自我否定的點而失敗了——二葉亭四迷和森鷗外
　　都沒有把「言文一致」堅持到底。而在後學理論家柄谷行人那裏，這恰恰
　　是二葉和森鷗外沒有被「徹底」歐洲化——現代化（內在化）的典型例證。
　　90 年代初，柄谷寫道：「真正對『現代』抱有懷疑，就不能不質疑『作
　　家』『自我』『表現』等裝置及其不證自明性。」（參見柄谷行人著：《日
　　本現代文學的起源》趙京華譯，北京：三聯書店，2003 年，第 9 頁。）
　　而日本的『近代的超克』是缺乏這種懷疑的。」就此而言，可以說竹內並
　　沒有像他那具有徹底性的辯證法本身那樣「徹底地」反思「近代」。而柄
　　谷對言文一致的否定，又恰恰是在與竹內意義上的「抵抗」相一致的觀念
　　中闡發的，此一「錯位」，不能不說是一個富於意味的症候。

　　溝口的思考當然是在左派失敗、文革的「真」面目浮出水面的思想背景下突顯出來的，但，他開宗明義指出的是經濟進步區域所襯托出的中國的衰敗。溝口的立場具有「超越左與右」的特性，這一點毋庸諱言。重要的是，溝口對日本中國學的「竹內」問題的檢討依據，本身就是竹內式的：由於竹內隱含的歐洲中心主義態度，在其影響下的日本中國學研究，又具有了優等生文化「向中國學習」的傾向。而「現在」，即文革結束後，日本學又因經濟的自信而回到「無須學習」的「戰前回歸型」。

　　溝口認為，竹內式的中國研究者並不曾深入探討中國的歷史，而只是膚淺地隨中國政策風向的「消息」而動。譬如洋務運動的歷史位置問題，一旦「中國重新評價洋務運動，（日本人，本文注）就以為洋務問題解決了；中國給李鴻章恢復名譽，日本也恢復名譽；中國出現了封建社會超穩定論即停滯論，日本也可能把中國封建社會作為停滯結構的社會來研究。總之，說依賴或許有些過分，但這樣一種『友好』相處的形式，正是因為我們的中國近現代思想研究直到『文革』為止一直陷入一種錯覺之中──其實在向別人學習卻以為自己不是，而且至今仍然沒有察覺。」（《作為方法的中國》，頁 80）

　　顯然，溝口將竹內割裂開了：在批判竹內「憧憬」模式的後果時，就運用竹內邏輯。這似乎表明，竹內的主要思想是對的，只是「憧憬模式」太主觀臆斷，將它拿掉就好了。然而，如前述，這是溝口從出發點就誤解了竹內辯證法的結果。要害在於：在竹內那裏，「理想中國」、歐洲、魯迅，都不是實體性存在。竹內反覆表明，魯迅是「我」用來想「我」的問題時抓住的稻草。而在

溝口那裏，歐洲、中國、魯迅，是實體也是主體。這樣，他便與竹內所說的「將學問對象化為學問」的學院派批評家站到了同一個相位上。

於是，我們可以反過來考察溝口這一代人對竹內的追隨，是否在出發點上就站到了竹內的對立面？進一步說，將「憧憬模式」實體化——將竹內中國當作樣板固置下來，本身就是竹內所要批判的。當溝口力圖反省時，他沒有把自己的誤讀作為源頭，而將竹內的辯證法當成了標靶[19]。竹內在開篇就提到了前現代對現代的繼承問題。為此，他設定了「點」。對於一定要追究「前現代」（傳統）要如何繼承，現代要如何顯現的溝口來說，文革就是這一分界線，當溝口「批判地繼承」竹內之時，他在實際上取消了竹內的辯證法。與此同時，他卻完全落入竹內的殼中。

那麼，那些「個人風格」可以從竹內辯證法思想中被批判地驅除嗎？也可以問，辯證法可以和「主觀性」割裂嗎？

一提到辯證法，我們總會將其作為一種科學的、不包含感性色彩的東西。然而，恰恰是辯證法才最適於情緒表達。事實上，辯證法就是情緒。當溝口要回到「客觀的、相對的」層面上，或曰，他的框架內的「歷史」的層面上，竹內的確是過於「浪漫」、「主觀」、「不現實」和「反歷史」了。溝口是對的。但，一旦急於認同他，真正的問題就浮現出來。如果試著把竹內那些謬誤的價值判斷從他的辯證法上去除，我們就失去了整個竹內。同時，

---

[19] 對此回答還可以有一個更簡單的回應：任何思想在流通中的命運就是成為其簡化圖式。這種低級的誤讀在精神分析學中最為明顯，如隨意指認高樓大廈為男根能指。

一旦把竹內的謬誤從日本的現實中減去，日本也就失掉了現實[20]。
（視野的球面局限是我們的根本基礎。）

（二）主體是閃電

　　溝口鬼打牆一樣的循環鏡像，恰恰證實了竹內辯證法的超越性和穿透力。我們已知，要害在於對「歐洲」「東洋」「日本」這些概念進行界定的本體論層面，竹內要談的並非客體化的實體「歐洲」，而是運動本身。溝口認為，竹內在抵抗的面具下隱含著歐洲中心主義的追求慾望。然而，第一，竹內從來不打算抵抗歐洲──運動，第二，竹內從來不打算追求歐洲──實體。所謂「歐洲」「日本」「中國」，不過是運動在不同位相上的能量之光，如同閃電在瞬間顯現。正是這種在本體論層面的洞察，有效地顛覆了東方主式的認知模式。

---

[20] 同樣的邏輯也適用於溝口。一旦將竹內裂開，取其辯證法的「精華」而忽視其「歷史謬誤」，而對溝口忽視其文化多元主義而取其歷史研究的「客觀」部分，就會再一次掉入陷阱。

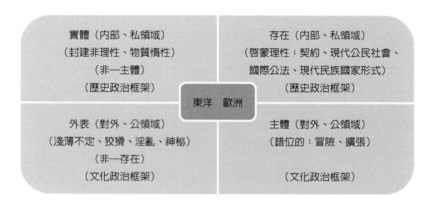

東方學的意識形態對等物矩陣

在這個東方主義的框架內的「東洋」，才是「非─歐洲」的次等物。當歐洲顯示出其存在之時，東洋只是「前主體」的惰性實體，當歐洲以其主體性──冒險、擴張──來顯示其力量和尊嚴時，東洋呈現出的則是它神秘的外表。

然而，這裏的負面的、陰性的東方，卻不能等同於竹內意義上的日本批判。毋寧說，竹內以更加徹底的顛覆解構了東方主義：首先，如上述，他拒絕將歐洲實體化。在這裏，必須認識到，竹內的態度中也存在著裂縫。如同女人陷入到對「工作中的男人」的幻想中一樣（當男人投入公共事務中時，他才值得女人愛），竹內面對擴張的歐洲也表露出迷戀[21]。

---

[21]　竹內也經常在「實在論」中談論問題。他認為丸山真男的說法很有啟發性：中國的華夷思想很堅固，因為是自己的，所以頑強地妨礙了國家理性的形成。而日本的則是從中國借來的，本身很弱，可以迅速轉換。但竹內覺得，丸山的問題在於他把「落後當作落後」處理，而沒有作為主體性──質量高的近代化的基礎。這些，看上去與溝口的論述方式並沒有本質區別。

　　然而，真正的革命性在於，他同時與這種幻想搏鬥：通過使歐洲的主體僅僅在瞬間中顯現，他撕破了上述東方主義模型中作為「主體」和「存在」的「歐洲」的穩定結構。「我」顯現為「我」，是一次又一次，在「掙扎搏鬥中」，而不是一經生成就完成。在搏鬥之外，在關係式之外，歐洲並不存在。在竹內敘述中，歐洲兩次顯現為「歐洲」：一次是在與封建的前現代母胎之鬥爭（緊張）之時，一次是在遭遇了東洋（中國、俄國）抵抗之時[22]。第一次造就了「存在」，第二次造就了「主體」。每一次都是日光的遭遇，每一次的「看」都是瞬間性的。其次，「日本」是本體論空無。在上述圖式當中，作為實體的東洋，還保留了它封建意義的穩定價值，而竹內的否定將這種實體的「殘餘」也取消了。張口等待西來文化的餵養、不具有生產性的日本從來沒有「顯現」出其存在。沒有「閃電」，日本只是一片虛空。

（二）歐洲：東洋的幻肢？

　　蚌與珍珠的譬喻又當何存？

　　從前，東方有一隻睡獅／有一隻蚌，牠將要覺醒／牠將被侵入，在這裏，真正難以破除的是前半句：什麼使睡獅和蚌被看到？

---

[22] 這一點讓我想起劉禾（Lydia H. Liu）在《帝國的話語政治》中，以衍指符號「夷—babarian」的生成過程，指出了如同「受虐」一般不可理喻地堅稱「夷」字傷害了自己的英國人，其根源在於，他們在「夷」字中看到了他們賦予東方人的「barbarian」的鏡像，即「文明」的扭曲鏡像。而他們的暴怒反應就是隱藏了這一鏡像遭遇的「症候」。

只有在沃倫斯坦（Immanuel Wallerstein）的世界圖式中。隱藏了凝視的這個得以顯現的睡獅與蚌，才是真正的幻覺。

　　因此，「難道蚌不應該感到痛苦嗎？」痛苦──由「他性」而導致的主體之痛感是否會消失？然而，倘若失去了「他性」──珍珠，蚌又是否會恢復到原來的「蚌」？還是一經遭遇「歐洲」，便永遠有一種缺失性的「幻肢痛」？……類似的問題會是溝口提出的，而不是竹內意義上的「痛苦」。幻肢痛，是一種實體性的「喪失」，換句話說，它建立在實在論基礎上。而竹內要回答的正好相反：作為「實體」的蚌是空無。當溝口說，竹內使中國在「非－歐洲」的意義上，將它的缺失轉化為勝利，他把這種「缺失」當作了肢體的真實的缺失。這種痛苦要在哪個層面上還原呢？只有當竹內的痛苦作為閃電劃破天空的瞬間之時，他才找到了有效的、勾聯個人與集體的方式。而沙子──歐洲性，不過是運動──歐洲的歐洲性之例外假定。進一步而言，在竹內那裏，命名歐洲，不過是一種「以妄止妄」的權且方便。運動──歐洲，只是非－無罷了。

　　然而，在溝口那裏，在「永遠的大多數」那裏，蚌，作為實體的幻覺，仍堅固地存在著。因此，看上去，的確有一個從沙粒到珍珠的消化過程，主體中的他性，由異物感到成為肢體感，成為己身的等級序列。要破除它殊為不易──會消失的，就不會是幻覺。竹內激烈地否定：日本什麼都不是！什麼都沒有！不是為了告訴人們，中國「是」什麼或「有」什麼東西。「我是」，永遠是對別人（歐洲）來說我是什麼。謂項後面是他者，而主語，正是竹內要破除的幻覺。溝口怎樣也不會理解，在竹內那裏，作為

樣板的中國是一種「本體性空無」——「無」獲得「物」的唯一形式，只能顯現為「非－歐洲」。如果要問，非歐洲的中國，與歐洲的不同在哪裏？那麼，兩道閃電的不同在哪裏？

態度偏激的竹內想要闡明的，正是偏激這種態度。當那些主觀「謬誤」作為態度的支撐而存在時，在某種意義上等同於魯迅的「一個也不饒恕」。這個態度是什麼呢？就是一再的否定。「否定之否定的 matrix 不是一種喪失和喪失的恢復，而是一種從狀態 A 到狀態 B 過渡的過程」[23]。在否定中，一再被銘寫的是「本體性空無」本身，爭奪的是「賓士」之位。

當竹內啟用「生產性」和「死亡」這樣的極限形容進行價值判斷時，他尋找的正是「起源」意義上的價值回歸。在這裏，柄谷行人將與他站到一起。日本的「死」，也就是柄谷行人說的：當杜尚的「泉」不再是對馬桶的移置而是藝術本身之時[24]。

這是真正的倫理——道德之批判。憤激和偏執意味著，竹內好、魯迅都感到了羞恥。羞恥本身是一種「我他結構」，它首先是替人羞恥。在魯迅與竹內好這裏，「恥」就是否定性態度，它關聯著「奴隸」的不可能性。奴隸只為覺醒者存在。他者之謎的謎底是，他者是空無。（正是這一點，讓溝口對文革的「真面目」無法忍受吧！）。在這個意義上，「恥」出現在這個事件與其命名之間

[23]　（斯洛文尼亞）齊澤克著，應奇等譯，《敏感的主體——政治本體論的缺席中心》，江蘇人民出版社，2006 年，第 81 頁。
[24]　（日）柄谷行人：《日本現代文學的起源》，趙京華譯，生活·讀書·新知三聯書店，2003 年。《中文版作者序》，第 2 頁。

的空隙中，作為聯繫兩者的一種短路。鐵屋寓言裏彌漫著「恥」
的粒子。

四、竹內好與三島由紀夫：全面反撲與偏移

　　日本是完全被動的，「只是等待著」，因而不會產生富有個性
的抵抗類型。無限地向外敞開，這就是竹內絕望地定義的「奴才」
的文化。日本的被動性，往往呈現為對「新事物」的不斷追求。
竹內反對把現實、文學、革命……所有的一切客體化，所有這些
反抗正是一種「全面主動」的述行。竹內寫道：

> 如果要求真的獨立，必須豁出自己的生命，為此，也要豁
> 出去緊抓住所有的抵抗契機。甚至東條所表現出來的那種
> 似是而非的微弱抵抗意識，也必須加以利用而不是否定
> 它。不過，這樣做需要有承受「被叫醒」之痛苦的能力，
> 而不可把這種痛苦的犧牲強加於人。（《超克》，頁219）

　　這段也許是對「東京審判」中存在問題的批判，包含著對戰
爭之認識的複雜問題。竹內在這裏對「日本」提出的希望，是由
等待被給予的全面被動向全面主動轉化。具體而言，竹內的「主
動」意識，在於太平洋戰爭經驗這一事實。

　　要正面進入這一經驗內部幾乎是不可能的，然而，它卻關聯
著竹內辯證法的「感性層面」，也是最深的心理學－哲學動因。在
此，齊澤克對斯皮爾伯格的電影《太陽帝國》（Empire of the Sun，

1987）一個細節的解讀恰好可以從外面撬動它：中日戰爭中的上海，英國男孩吉姆旁觀著中國人在戰亂中的痛苦生活，開始，這種痛苦還像電影銀幕中一樣，是屬於他者的，然而，它很快就波及到他自身。與父母失散的男孩為了避免被無名的惶恐、無助和「無法解釋所發生的一切」的痛苦所淹沒，唯一的辦法是把絕對的無能轉化為全能：對一切負責！這裏，作為「實在界全面入侵標記」的，是吉姆一家躲避的旅館被日本軍的炮彈擊中。在吉姆看來，這恰恰是「實在界的應答」。為了牢牢抓住現實感，吉姆立即決定為這場災難負責。他用袖珍火炬回應海上日本軍艦的信號、按摩一個死去的老婦人的眼皮……所有這些「幼稚」的舉動卻似乎得到了「實在界」的進一步回應：吉姆確信，日本人的進攻是由他發錯信號所致，老婦人也因他的努力而眼皮跳動、死而復生。

回到竹內好在太平洋戰爭中的經歷。竹內好於 1943 年年底作為「文化士兵」被派遣到中國，被安排在相對安全和封閉的崗位上。他的戰時經歷與後來的思想之定式有著密不可分的關係。對此，我們可以他的著作和大量「竹內好研究」中看到戰爭作為「實在界」對於竹內之意義的曖昧性。

然而，竹內畢竟不是天真幼稚的吉姆。他在對戰爭進行「全面回應」的幻覺之中搖擺不定。戰後，竹內（對歐洲、對學院派、對支那學家……）的種種「應答」中那些激烈的言辭，與其說是對應於具體的論戰對象，不如說更像是拉康意義上的歇斯底里（Hysteria）。在拉康看來，精神分析學所定義的女性症狀歇斯底里，實際上具有革命性。它是一種慾望，但同時是對慾望的偏移。

因為它的述行特徵是激進的、誘惑的和全面否定的：「我要求你拒絕我的要求，因為這個不是那個！」[25]

看上去，竹內要的是歐洲式的進取——我要那些主體、那些存在的謂項（見上文中的東方主義圖式），然而，說著連「東條英機微弱的反抗」也要抓住的竹內，真正所要的卻是歇斯底里的態度，是任何時候都偏離客體化的預定位置的輕顫，要的是顯現為主體、存在的「瞬間」。

魯迅也同樣。與其說他否定一切，不如說，一切（文學、政治、哲學）的結構……是可替換的，因為「這個不是那個」。

這就是「全面行動」及其掙扎在竹內那裏的顯現。事實上，這並非竹內一人的事。與戰爭——實在界若即若離，同樣也是彼時年輕的三島由紀夫（Mishima Yukio，1925-1970）的戰爭體驗：三島由於體弱而混過了檢查、避免上戰場。而「戰爭」與身體的關聯從此成為三島生命的思考重心。這正好應和了柄谷行人對戰後三島由紀夫的自殺的表述：三島的自殺，是對作為「虛空」的那個日本文化的保護[26]。

被視為極右的三島，其真正的目的乃是殺死玉音放送之後的天皇，卻可笑地被右翼拿來利用。在我看來，三島成熟期全部的作品，乃至三島的生活本身（鍛鍊身體、寫作、結婚、盾會……），都是一種建立在假設性地得到了「實在界之應答」之上的全面行動的觀念。全面行動是一種對「大他者」的主動、徹底的反撲，

---

[25] （斯洛文尼亞）齊澤克著，胡大平等譯，《快感大轉移——婦女和因果性六論》江蘇人民出版社，2004年，第193頁。

[26] 參見（日）柄谷行人，《歷史與反覆》，王成譯，中央編譯出版社2011年。

是以超人之意志對生活的掌控。然而，與此同時，三島一次又一次在他的掌控裏看到了虛空的諷刺[27]。只有回到竹內好提示的問題，才可能理解三島的行動及站在日本戰後直到七十年代對「戰爭」傳統的繼承。

離題的結語

　　已經可以很容易地回答，竹內好的「全面行動」、「自我否定」，是「應然邏輯」（現實對理想的無限接近而永不能到達）嗎？

　　回答這一問題，也就是回答「竹內魯迅」的意義何在，即，竹內對魯迅的「無物之陣」，和抵抗——絕望之所指的回答。從竹內好全部著力的方向上看，他反對「應然邏輯」，然而，竹內自身從未擺脫它的陰影。竹內好的不斷鬥爭、不斷警惕自我客體化，乃至「竹內魯迅」，還並不是究極意義上的「絕望」。不斷鬥爭著的他，實際上就只停在了這裏。在這個層面上，還能存在著對絕

---

[27] 三島生活和寫作的主題正是關於人如何在他所做的事情中實現自我和守護自我的故事，而自我是「空無」的發現和再印證，就是他的全部情節。因此，三島在日本文學中搭建了最壯麗的空中樓閣。在「四部曲」長篇小說《豐饒之海》中，主人公松枝清顯每到二十歲就死去，一次又一次的轉世輪迴，以不同的人生，經歷了日本近代以來的歷史。清顯的朋友本多，從少年到老年，一次又一次見證了清顯的轉世，仿佛實在界確實應答了我們。然而最後一次轉世卻使本多產生了根本的疑惑：轉世者似乎是一個「冒牌貨」——錯位出現了。當他去尋訪第一世松枝清顯的少女戀人，如今已是老年尼姑的女子以驗證時，對方堅稱，從未有過松枝這個人，你大概記錯了吧？

在寫下「下午的陽光」在庭院中，一切空無所有之後，三島帶領盾會成員衝入自衛隊，暴動不成，切腹。

望的讚揚，對絕望的肯定。在這一點上，以結構的構成性虛無來確認主體──這樣的確認已經將主體本體化，儘管是一種純否定的方式。

> 黑格爾的主體除了單邊的自我感知的運動以外一無所有，這種把自己定位在獨一無二的地位上的傲慢必然會轉過來反對自己，並最終以自我否定來結束自己的生命。（齊澤克）

正是通過一個「點」的設置，視角轉換了，失敗變成了勝利。儘管，這並不是溝口所稱的那種轉化，但它確實表明一種絕望以外的態度：除了「絕望」，我一無所懼。它同時意味著，勝利早已（Always Already）到來。

竹內沒有將自己所站的地方表述為「勝利」。這其實是所有非宗教的理論止步的地方──它只能被表述為「空白」。

參、鬥爭的現場：沿著柄谷行人的價值光譜

　　柄谷行人（Karatani Kojin，1941-）是日本當代具有國際聲譽的思想家，與戰前的小林秀雄、戰後的吉本隆明並列為「日本現代三大文藝批評家」。他將保羅・德曼、詹姆遜等人的解構主義語言學方法嫻熟地運用於讀解日本的近現代處境，並進而納入對整個現代世界體系的理論觀照之中。著名的「橫斷性」方法更使他成為日本最具代表性的後結構主義者。寫於 1970 年代、出版於 1980 年的《日本現代文學的起源》（講談社）（正文中簡稱《起源》）曾再版 25 次以上，被譽為全球後結構主義的代表作品之一。這並不是一部學院派式的文學史專著，而是理論批評隨筆的結集，它所講述的是作為「裝置」的「日本現代文學」的形構過程：通過探討「風景」、「內心」、「自白」、「病態」、「兒童」及「敘述方法」等，從同代的「起源」處反身批判神學式的起源論，提示現代文學與現代民族國家的共生關係。

　　2003 年，《起源》在中國大陸翻譯出版後[1]，引起學界巨人的反響。彼時，正在為詹姆遜等西方批評家的「後學」所陶醉的中國思想界，比起消化日本的歷史處境來說，似乎更願「拿來」柄

---

[1]　即趙京華譯，《日本現代文學的起源》，生活・讀書・新知三聯書店 2003 年第 1 版。本文所引譯文均出自此版本。

谷的「方法論」來澆灌自己的塊壘。柄谷的術語模式具有很強的批判力度，如「風景」「顛倒」「內面」等，一旦運用嫻熟，即可以用來分析任何一種文化現象。而這種操作上的「便利」，反過來也常常使人忽略其自身的理論訴求和日本的政治文化處境。

《起源》總體上的政治訴求，乃是柄谷在序章中闡述的 Nation 之辯——「資本制＝國家＝民族三位一體之圓環」的形成過程。後馬克思主義者柄谷認為，在馬克思論述的生產四環節中，「流通」最能彰顯消費社會下日本馬克思主義的形態。要打破「圓環」，必須從流通環節入手。而打破這一圓環，即是他的另外三部著作《馬克思，其可能性的中心》、《康得與馬克思》和《走向世界共和國》的論述核心。這一理論的價值目標顯然是「馬克思主義」的，就其批判對象而言則直接受到佩里・安德森（Perry Anderson）「民族國家共同體」的影響，採用的分析方法則是遠承尼采、近至福柯、保羅・德曼和詹姆遜的話語理論資源。作為運用西學的東亞知識分子，柄谷對西方現代性的普適性所提出的質疑，已經比三十年前竹內好暢想「第三條路」時更具有自我的顛覆性。在一系列著作中，柄谷對日本 30 年代「凝聚著明治維新以來日本諸種話語的矛盾」的「近代的超克」論進行了應答。他寫道：「真正對『現代』抱有懷疑，就不能不質疑『作家』『自我』『表現』等裝置及其不證自明性。」而日本的『近代的超克』是缺乏這種懷疑的。」（《起源》，頁 9）。

「後學」家皆將現實視為一種語言結構，從共時性和歷時性的經緯出發，可發現遙遠事物的內在關聯，讀解出現實隱喻性的一面。自索緒爾以來，這種解讀方式的穿透力一直持續到今天。

柄谷將這種方法發揮為「橫斷性」，其商標式做法，是從問題的斜角或死角切入，研究人們對「時間」的分類方法，從而找到歷史的結構性相似和差異。從某種意義上說，柄谷引發和終結問題的方式乃是「詩性」——感受性的——他發現的是一種被「常識」所遮蔽的結構，比如日本有「昭和初年」「昭和十年」的提法，卻沒有「昭和四十年」，這種常識性的「盲區」，其背後的話語機制是什麼[2]？這種對「現實」的符號性敏感，可謂柄谷理論大廈的基礎。從《起源》裏日本作家的文學論爭到資本主義國家體系，從武田泰淳的葬禮到司馬遷的《史記》，從哥白尼的太陽系到疾病的隱喻，從三島由紀夫到黑格爾，從佛教到馬克思主義視域中「商品」的秘密，事件本身都是話語的面具，它們之於歷史，如同星星之於星座。

　　柄谷的犀利方法令初次接觸者為之震動，但其方法所指向的政治思想抱負——解開資本主義三位一體的「圓環」，在一些研究者眼中卻未免失之天真。在這裏，我們看到的並非原理性的哲學與政治實踐之間的微妙罅隙，而是以政治哲學為視窗來解釋世界的人們對「實踐」一詞反諷性的、悲哀的懷疑。然而，理論並非生來是要被實現的，實現也就是它的死亡。政治哲學本身的價值或許在於其解釋現實的天真之處，它最無力的地方卻也是它成立的基礎。

　　就柄谷而言，他的理論訴求是倫理性的。

2　參見柄谷行人，《歷史與反覆》，王成譯，中央編譯出版社 2011 年，第48 頁。

　　與通常所認為的相反，後結構主義，特別是其解構主義脈絡
不但同樣具有倫理的可能，甚至於其語言批判的徹底性，原本就
是與倫理性密切相聯的。在西方批評界，倫理批評的范式起源於
康得的道德哲學，其中歐洲學派則與後結構主義的批評脈絡合
流，並衍生了從列維納斯（Emmanuel Lévinas）到德里達（Derrida）、
從西伯斯（Siebers）到羅森布拉特（Rosenblatt）的各種關於他者
性（alterity）、他性及現象學觀點[3]。柄谷行人的「內面的人」和「自
白制度」等範疇的發現，即是關於他者性的分析。可以說，後學
的核心議題，如反對本質「歷史化」、「問題化」並不意味著價值
的「懸置」，而正是出於倫理批評的訴求。無論是柄谷還是他的思
想同儕德里達、福柯、詹姆遜，亦或特里・伊格爾頓（Terry
Eagleton），都把其批判的歸宿落腳在廣義的（道德）價值層面。
柄谷在《起源》中潛在對話的層面，在總體上是他的「資本主義
話語機制」的圓環，在具體的歷史情境，則是日本的大東亞戰爭
與戰後的文化現實。他把目光聚焦於歷史形成的動機和模式，並
思考怎樣的因要為怎樣的果負責？

　　值得注意的是，在柄谷的思想結構中，這種倫理性不僅來自
於西方，也來自於日本本土之佛教思想的影響。然而，在柄谷的
論述中卻有作為思想資源的佛教觀念（與後學視野和方法相通）
和作為批判和分析客體的作為政治神學和話語裝置的「佛教」之
間的勃谿。在《歷史與反覆》中，柄谷對戰後無賴派作家阪口安
吾的分析闡述了這種「表」與「理」的悖反性：看似拋棄了佛教

3　參見（英）朱利安・沃爾弗雷斯編著，《21 世紀批評述介》之「倫理批
　評」，張瓊、張沖譯，南京大學出版社，2009 年。

的阪口其實是真正「佛教」的[4]。在《起源》、《歷史與反覆》、《世界史的構造》中，柄谷一邊考察作為政治神學的佛教和基督教如何形塑現代世界，另一方面則充分發揮佛法「破執」的理論，「空性」與「大悲」不二，「應機」即為「真如」。柄谷的思想中「歷史與反覆」的觀點，既來自於馬克思，亦與佛教的輪迴觀有關。作為後馬克思主義者，柄谷強調，馬克思所謂的歷史的週期性反覆，不僅發生在經濟層面（即資本主義的經濟危機），也發生在政治和文化層面。在這裏，柄谷發掘馬克思未被顛倒的結構意識，將黑格爾－馬克思的線索再作梳理。這個觀點在論文集《歷史與反覆》和暢想未來的新著《世界史的構造》中得到了集中的體現，而在《起源》中那些令人耳目一新的術語的背後，也是這種歷史的反覆性觀念在起作用。

　　正因為柄谷發現，現代性的歷史中具有一種以 60 年為週期的反覆性，他才將日本昭和時代的處境和明治時代拿來比較，而追溯現代性「起源」的意義，也恰好在於他寫作的「70 年代」。作為一位政治經濟學出身的左派學者，柄谷行人當然志不在文學研究。在《起源》中文版序言裏，他開宗明義地講，「在目前的日本社會狀況下，我大概不會來寫這樣一本書的。如今，已經沒有必要刻意批判這個『現代文學』了，因為人們幾乎不再對文學抱以特別的關切。」（《起源》，頁 1）彼時，《起源》以「文學」為主題，乃是因為在思考這一議題的年代，「文學」還作為歷史與「現實」的某種掩蔽物而發揮著其「起源學說」的作用。而在「序言」寫作之

---

[4]　參見柄谷行人，《歷史與反覆》之「佛教與法西斯主義」，王成譯，中央編譯出版社 2011 年。

時，遮罩機制仍然在運轉，卻不再表徵於「文學」之上。易言之，《起源》並非「作品＋背景」的文學史，竹內好在《魯迅論》中對「文學」概念的「破」與「立」，歸根結底仍是在以民族主義之「政治性」的前提條件下，而柄谷則強調無本質性的「文學」存在，只有在特定的歷史條件中，問題以「文學」的症候形態顯露出來。《起源》中作為共同體想像之症候被探討的「文學」，本就有其或隱或顯的「價值波長」，但，其「標準」卻並非「文學」的或「政治」的。竹內好視文學為一種自我否定，並近乎神經質地反覆強調這個公式，而柄谷則直接將竹內欲讓世人理解的命題運用為一種方法。文學還是政治，在他的「後」學語境中早已不是問題，通過對「起源」現場的回顧，重新解析坪內逍遙的《小說神髓》、夏目漱石的《文學論》、以及對日本現代文學界「何謂文學」的討論等，他實質上提出了一套新的分類系統：將原屬於「文學」與「政治」概念中的謂項因數打散、重組，鍛造出一個新的價值場域。

　　然而值得注意的是，作為一種觀察世界的眼光，柄谷的橫斷方法不僅來自後學和馬克思主義理論訓練，也來自文學閱讀。在《起源》中，寥寥數語即可以感受到柄谷對日本作家作品及其脈絡的熟稔，特別是對志賀直哉和芥川龍之介的精要分析。在《歷史與反覆》中可以發現，三島由紀夫不僅是柄谷驗證「昭和年代」與「明治年代」之歷史反覆性的對象，三島本人對此的自覺意識，特別是他在四部曲小說《豐饒之海》裏詳細闡述的自由與意志論，甚至可能早於西學而對柄谷理論體系的形塑構成了影響[5]。《起源》

5　這位作家在他最後的小說四部曲《豐饒之海》中以著名的「輪迴」形式，
　　就是由這種悖論出發而構思成的絕妙作品：生於日俄戰爭時代的青年本多

中對「風景」「疾病」的討論，都內置了歷史之中的自由與意志這個現代性問題。可以說，因此，對這些作家作品的分析，是不能與柄谷的方法完全剝離的。

綜合以上觀察，本文同時從作為「裝置」的文學和作為思想資源的文學出發、亦從後學的倫理學和基本佛學世界觀的角度出發，從《起源》這部以反文學史和非文學史的方式所寫出的獨特著作中，揣摩主體在歷史符號場域中的話語位置，為本書各章節中出現的那些名字排列出一個「光譜」。

這些名字構成了明治以來日本文學、文化和思想史的主脈，毋庸置疑，這一光譜乃在日本現代性國家之生成場的起伏波動、上下連屬的結構性位置之中才能得以顯影。形象地講，我們可以將「光譜」的正向與負向視為童話中的「正派」和「反派」。當然，這裏並不涉及直接的價值判斷，但它又的的確確與此相關。鮑德里亞曾說，當詢問後結構主義在幹什麼時，我們需要在兩個不同的問題下對待它。首先，需要問它在努力保護我們免於什麼樣的傷害，其次，就是它在創造著什麼，它運用自己的術語和表達要召喚的是什麼。如果以此來回看柄谷行人的理論與「現實」的關係，答案就昭然若揭了：

繁邦，從 20 歲到 80 歲，見證了與自己同齡的朋友清顯以 20 年為一個週期、以不同的身份輪回轉世的四個時代──大正、戰爭中的昭和，以及戰後 70 年代，清顯和他的不同轉世，象徵著身在每個時代內部、代表著時代而不自知的人，如同魚不知水、人不知風，而冷靜理智的見證人本多，則代表「整體歷史」之外的旁觀者。也許，只有這樣的方式，才能夠同時呈現歷史的「內」與「外」、事與理、真與假吧。

　　2012 年，柄谷參加了一系列日本反核遊行，並發表公開演講，稱：

> 在大眾媒體方面，福島事故已經處理妥當，應該直接著手經濟復興，這樣的意見很強烈。毫無疑問，事實並非如此。在福島，什麼情況都還沒有解決。但是，當局和媒體都做出了一副好像已經解決了的樣子。⋯⋯但是，並非如此。福島核電站事故完全沒有得到處理。今後也無法及時得到處理。勿寧說，今後，遭到放射能輻射的受害者的病狀會逐漸清晰的顯現出來。此外，福島的居民只怕要永遠離開他們生活過的家鄉了。也就是說，即使我們想要忘記，或者即使真的忘記了，核電站的陰影仍舊會執拗地保留著，永遠地持續著。這正是核電站的可怕之處。有人也許會說，即使這樣，人們還是會順從地聽從政府和企業的話吧？如果是這樣的話，那麼日本人則客觀上，物質上地終結了。[6]

　　縱覽柄谷的理論著作，可知柄谷並非作為一個「日本公民」，而是作為後結構主義的批評家而對現實民生表示這番關切的。對柄谷來說，光譜負向的主體（而不是個體），在某種程度上便是上述發言中可能會「遺忘」的主體。這些主體，作為現代以來歷史的參與者和闡釋者，無時不處於時代的結構意識中並催動意識的變化與發生，然而他們自身卻遺忘了這種結構。核電站事故與《起

6　參見《柄谷行人：在「9.11 反核遊行上的演講」》（2011.9.11），載「人文與社會」網站：http://wen.org.cn/modules/article/view.article.php?article=3420，2012.7.16。

源》中講述的明治 41 年七里濱中學生乘船遇難事件[7]有著「顛倒」
了的同構性。後者只是常見的中學生魯莽行為（系學生想射殺海
鳥聚餐而擅自乘船引起），卻由一首悼歌的流傳而可為「可嘉又可
憐」的半神話、半英雄的故事，故事中的學生也成了「英靈」。這
是由教會學校的基督教聖歌所構築的「徹頭徹尾的文學事件」，這
個事件使人完全忘卻了「事實」層面，而引發事件的社會和心理
原因及相關責任等，更彷彿已經是另一個世界的事。

　　對柄谷來說，圍繞著福島核電站事故，真正在進行的（或者
用拉康的話來說，在「實在界」運行著的），也只是「在福島，什
麼情況都還沒有解決」這一事實而已。但是「當局和媒體都做出
了一副好像已經解決了的樣子。」在使民眾相信「沒有什麼事情」
的「樣子」中，必然有著「文學」的身影。

　　柄谷對「世界的符號本質」的洞察，在社會層面的訴求正是
倫理的。柄谷的術語——顛倒，乃是「價值」的顛倒[8]：一些無關
之事被重新塑造，而重要之事則被遺忘。這其實與社會學批評家
齊格蒙・鮑曼（Zygmunt Bauman）對二戰中「大屠殺」中的主體，

---

[7]　在《起源》第四章「所謂病之意義」中，柄谷由「七裏浜事件」是如何從
　　一開始就具有被「文學化」和「神話化」的結構性顛倒開始，闡明瞭在對
　　結核病的浪漫化的文學作品中包藏著話語的倒錯」。

[8]　參見《起源》第一章「風景之發現」中國木田獨步小說《難忘的人們》中
　　對那些「不認識卻難忘」的大眾的發現。柄谷認為對他者的發現正是對「風
　　景」的發現：「在《難忘的人們》中，從前看似重要的人被忘記了，無關
　　緊要的人卻成為『難忘的』了。這與風景畫中的背景取代了宗教的、歷史
　　的主題是一樣的。……昭和時代（1926-1989），柳田國男稱之為『常民』
　　的，決不是 common people，而是經過了上述的價值顛倒而看得到的風景。」
　　（《起源》，頁 23）

或以按鈕程式造成了成千上萬真實的肉體之死的原子彈發射者[9]具有同構性位置[10]：在事實上，毒氣室的施害者只是按下了按鈕而已。這裏並不存在「心理性的變態因素」，其主體的責任，是在現代性的政治經濟、文化的生產、消費的程式結構中體現出來的。然而，漢娜‧阿倫特（Hannah Arendt）和鮑曼的社會倫理學方法尚未更多地涉及語言學問題。而柄谷的語言學觀點則表明，包括戰爭在內的現代性歷史後果，是從語言（觀察結構）的變化就開始了。正是在社會生活的各領域所具有的話語同構性，形成了主流意識形態，從而主導了歷史的方向。

　　從佛教話語的角度來說，佛教視「佛」為覺者，眾生與佛在心性上等無差別，卻是不識本性的「迷」者。同樣，在這光譜裏所展示的，是只有在後設立場中才能加以判斷的、「迷」與「悟」的主體趨向：光譜正向，則自明愈多，趨向「負」則我執愈重。趨於「正」向的人與事件，身在山中而多能見山，對於自己所處的時代的語言結構之變化更多自覺，並基於這種違和感進行了或隱或顯、或激烈或平和、或有意或無意的自我鬥爭。《起源》中述及的森鷗外的充滿幽隱思考的歷史小說、芥川龍之介的「無情節的小說」，夏目漱石的「漢學」，均是對不透明的時代所做出的不透明的應對。當然，需要不斷強調的是，這「悟」與「迷」只是就其在話語場中的相對位置而言。芥川的悟與谷崎的迷在雙方的

---

[9]　參見（英）齊格蒙‧鮑曼著，《現代性與大屠殺》，楊渝東、史建華譯，譯林出版社，2002 年。

[10]　也可參見齊澤克關於「超我罪惡、自我罪惡、本我罪惡」的相關解釋。（斯洛文尼亞）斯拉沃熱‧齊澤克著，胡大平等譯，《快感大轉移──婦女和因果性六論》，江蘇人民出版社，2004 年。

論爭是相對的，「師長」內村鑑三的「癡」與「學生」志賀直哉的「悟」亦然，柳田國男的民俗學亦存在「國家性」與「反現代性」之雙重維度——眾人皆在時代迷局之內，無人自外於歷史，都在為「人生」這個莫名其妙的「此在」提供虛構想像、尋找合法性依據，眾生的存在本身或許就是「執」的結果，所謂的「悟」只是在某一個點上「非固著」而已。

而迷者，則忘記了「起源」的非自然性。與「疾病」的鬥爭、「風景」和「兒童」的發現，乃至私小說的「自白」與「懺悔」、前武士群體向基督教和馬克思主義的轉向等等，均是不自覺地在已經顛倒了的視覺裝置中看待現實。這些思考、寫作著的個主體的思想構型、看待和解釋世界的方式，直接和間接地影響著後來的歷史。主體的「執迷」，與柄谷的「圓環」密切相關。

其中的「蝴蝶效應」是如何發生的？亦即，此因怎樣催熟彼果，本文將在具體論述「光譜負向」時詳加注析，此處暫且可以說，這些作品和事件身具有一種富有孕育性的「性狀」，這種「性狀」，又是在一個更大的「顛倒」結構中生成的。當然，在光譜「負向」國木田獨步那裏並不存在個人的道德問題，德富蘆花亦未在其作品愛情主題的表像下包藏著帝國主義的禍心。（有趣的是，許多嫻熟運動「柄谷行人的解剖刀」的研究者都喜歡這樣解讀）。柄谷是在其呈現世界的方式中發現了某種「陰暗」之物。在闡述袒露內心隱私、書寫自我「真實」的私小說「自白制度」的建立，時，柄谷總結道：

　　　「時代之下」即充滿抑鬱情結的陰暗心性。談論「愛」正
　　　是從持有這種陰暗心性的人們那裏開始的。……為什麼總

是失敗者自白而支配者不自白呢？原因在於自白是另一種
扭曲了的權力意志。自白決非悔過，自白是以柔弱的姿態
試圖獲得「主體」即支配力量。(《起源》，頁 79-80)

又如，國木田獨步寫於 1898 年的小說《難忘的人們》，在柄谷
看來是與日本江戶文學（即「傳統」）徹底告別的真正顯示了「現
代性」的「價值顛倒」的代表作品。這篇作品講的是無名文學家大
津向一位在客店中偶爾相識的人講述他對「難忘的人們」的理解。
而大津所講述的，乃是他在瀨戶內海旅行時一瞥之下看到的幾位漁
民。在這裏，這些難忘的人，顯然不是作為「人」，而是作為「風
景」被看待的。當主人公感到人生的孤獨時，浮現在眼前的，竟是
與他毫不相識的「他者」，他感到自己與他們都是天涯行路人。

他人之謎，是主體也是外在的「世界」之謎，同時是二者的
關係之謎：他們的快感從何而來？為什麼他們像動物一樣生活？
許多作者是出於對神秘他者的困惑而提筆的。森鷗外曾經為自己
不具有西方人的「自我意識」而痛苦（後者認為日本人不怕死乃
是出於野蠻人的劣根性），國木田獨步則因他人的不透明的內心世
界而感到憤怒。在小說中，主體對他人的困惑被自然地轉換成價
值判斷，同時也構造了自我倫理的合法性。

顯然，對柄谷來說，「文學」等級的分叉口就在隨之而來的寫
作述行：作者們是如何處理與判斷自己的困惑的？

對於獨步式的一廂情願的浪漫主義表達，柄谷寫道：

風景是和孤獨的內心狀態緊密聯繫在一起的。這個人物對
無所謂的他人感到了「**無我無他**」的一體感，但也以說他

對眼前的他者表現的是冷淡。換言之，只有在對周圍外部
的東西沒有關心的「內在的人」（inner man）那裏，風景才
能得以發現。（《起源》，頁 15。黑體字為本文所加）

　　同樣，在「七里濱事件」被神話化的背後、德富蘆花對結核
病的浪漫表達之中、在田山花袋對「隱私」的自白之中，都有著
某種「淫靡的倒錯。」（《起源》，頁 93）這星星點點的種種，都
可以說是難於察覺的「陰暗」，對照佛教思維，乃是一種對「我相」
的造作。這些「陰暗」乃是「種子」，種子自身是「中性」的，本
身不是「惡」，而是可能導致「惡」的因[11]。最難判斷的，是剛剛
過去的歷史。在「近代」的形成過程中，人們對剛剛逝去的傳統
的激烈爭論，構成了新的話語場。德國諺語說，誰播種風誰收割
風暴，隱晦的心理導致意想不到的行為：在太平洋戰爭之前，「現
代國族」已成為一種強勢話語，壓制了另一些人、另一些歷史的
可能性。這種話語在社會各領域運作，創造了時代之「氛圍」，並
在這氛圍中彼此應和，並最終建築了資本制＝國家＝民族三位一
體堅固的圓環。歷史總是「無心插柳柳成蔭」。就像產生原子彈的
並非僅僅是碳、氫和氧一樣，超自然的現代性悲劇都是在將歷史
自然化的基礎上產生出來的。

---

[11] 羅蘭‧巴特的符號學則將之表述為一種「支配話語」。參見巴特 1977
至 1978 年在法蘭西學院課堂上的講稿《中性》。巴特同時在「傲慢」這一
詞條下表述支配話語，在其能指下，可彙聚一切「構成恐嚇、壓服、支配、
斷言、倨傲的話語（言語）『舉動』：它們仰仗權威，仰仗為獨斷的真理或
者照顧他人欲望的索求提供保障。」張祖建譯《中性》，中國人民大學出
版社，2010 年，第 242 頁。

　　柄谷像一個推理小說中重返犯罪現場的偵探，變換重心，反覆論述，在「國家起源」的現場，人們是如何播撒罪之「種子」的。在其主體的情感和倫理的「相狀」上，在光譜的正負雙向上可進行大致的歸納。

　　光譜正向：破除人／法我執，相、種子──中觀唯識論，因無所住而生其心──任意性、可替換性結構、恢復詞與物，一千座平臺；無常；打碎主體的鬥爭，同體大悲、善。

　　光譜反向：顛倒夢想──著相；詞與物的分離；對象化、鞏固主體、屈服、流暢的痛苦、冷漠、專斷等陰暗心理。

　　本文將沿著這條光譜，在正趨向和負趨向上進行具體的理論探討和文本分析，以細化、展開上文觀點。其間，將貫穿「方法和文本」兩種讀法，借重柄谷所借重的西學與佛學，穿過柄谷、所引文本和研究者自身的三重門來審視「自我客體化」所帶來的問題。在此補充二點，一是文中超出《起源》論述範圍的文本細讀之必要：《起源》的直接讀者是日本本國知識人，主要針對左派的誤區，然不經意間，也為日本文學研究者提供了一套與其「文學史常識」相異的文學譜系。就中國讀者而言，在「元理論」層面上將它讀成後學理論的「操作手冊」是最「正常」的讀法，這也顯示了柄谷理論的有效性所在。然而，所有的文本都具有索引功能：倘若沿著柄谷的光譜，具體解讀這些作家作品，會讀出多於或少於「方法」的感受──那些拿不到「中國故事」當中的東西。其二，關於佛教理論：本文只是在借喻的意義上援引佛學術語，作一種浮泛的比量，而不觸及學理層面的深入辨析。在具體問題中間或涉及到文本自身的佛教元

素和日本歷史上的佛教脈絡。而與正統「佛學」在事與理上皆殊異。

需要一再強調的是，後學理論的「反邏各斯」態度，並非在中性的、永遠歷史化的掩蓋之下取消道德問題。這其實也正是黑格爾的命題，「正是因為罪行沒有本體論的一致性，才必須要與罪行進行鬥爭。」（齊澤克，《意識形態的崇高客體》，頁 79）柄谷行人「批判的歸宿」，乃至其對「資本、國家、民族」封閉式循環的厭惡，乃是落實在道德層面，而這個道德也就是我們的本體生存——我們必須要建立的是對生存本身的恥感。

一、題解「起源」

（一）起源的「顛倒」

在本質上，《起源》乃是與神學式的起源論作鬥爭。這個鬥爭的現場，是柄谷陸續寫作的 20 世紀 60 到 70 年代之日本的政治、歷史文化場域——新左翼運動在反對政府「日美安全保障協議」的運動失敗後退潮，曾經熱情高漲的青年一代只有沉迷於「文學」之中；鬥爭的方式，是「返回」並不遙遠的「現代」的歷史情境，討論這個被視為「自然」的文學「生成」情境，去觀察「國家」與「文學」是如何「因緣和合的」。鬥爭的鋒芒所指，卻並不是那一套「近代日本民族國家」的知識系統本身，而是對它的真理化、

客觀化、透明化的運動，這一運動直到今天，仍以不同的形態在社會各領域無聲地運轉。

起源論即有始論，如上帝說「要有光」，而有始論必定也是無因論——「始」之前與「終」之後，是上帝不透明的絕對禁令，是無邊的黑暗。持有「起源觀」的人，一方面相信真理世界需要通過實在世界顯映出來，另一方面也把真理視為一種「實存」。起源觀乃是循環論證式的，它要解釋人生——這一有起點、有終點，卻無法解釋其原由的「線段」。然而，無論是「要有光」，還是「宇宙大爆炸」和達爾文式的「進化論」，最終卻只能將「世界」局限在一個莫名的「開頭」與「結尾」之間。這些「起源論」的共同特點是：它們「起源」於對存在起點的解釋衝動，並把「解釋」現實當成了「現實」本身。

起源問題的「神學性」，可以通過這樣一個「哲學腦筋急轉彎」來說明。

結論：世界上沒有無所不能的神。

理由：假設有，那麼他就會造出一塊他自己也舉不起來的石頭；而如果一塊石他自己也舉不起來的話，他又怎能稱為無所不能呢？

這個看似無懈可擊的三段論是以「唯物主義」的面目出現的。然而它本身恰恰是「有神論的」。這種科學普遍主義的幻覺，與上帝的「要有光」在邏輯上是同構的。彷彿蛇自嚙其尾，看上去有「破」有「立」的論證，只是自我循環而已。用柄谷的話來講，就是「透明」。柄谷認為，當明治時代的散文家國木田獨步以透明的心理描寫來建立起「心中的大眾」，建立起一個有自我深度的

「內面的人」時，也正是以所謂的完全「客觀」來覆蓋和隱蔽了「我」的邊界。看似客觀的「無主體」的、存在主義的心理描寫，其後運作的卻是「我」，正如「無所不能的神」的自噬邏輯，只有在它的假設體內部才是無懈可擊的。實際上，這也就是康得對「萬有宇宙」提出的問題：不論在具體問題上如何改換角度，人只要還在把宇宙設定為一個無所不包的時空體系，還在以整體和部分的概念來定位自身和宇宙的關係，就會永遠陷入這種語言的邏輯悖論中。

依此而言，柄谷的回溯「起源」，不是創立一個歷史的絕對起點。他講述「風景」、「內面」、「自白制度」，實際上講述了現代日本歷史的「緣起性空」。佛教原本並非是一種「宗教」，其三法印──諸行無常、諸法無我、涅槃寂靜，只信因緣，不信主宰。一切是因緣和合，沒有一個作為開始的「起源」。

斯芬克斯的話因為是多少可理解的，才註定了俄狄浦斯的失敗。所謂邏各斯中心主義的設想，就是認為謎的存在預示了解答的存在。「起源論」對於人生，不過如同為鐘錶設置「滴」與「答」，為了在短暫的一生中依附一個開頭和結尾，主體竭盡全力為「中間」賦予意義。然而，無論「滴、答」還是它們所製造出來的「中間」，只是「謂項能夠包容主語」的幻覺罷了[12]。

---

[12] 「幻覺」之引起誤解，在於它似乎不涉及「痛感」，無論如何，我們不能取消「身體」和「實存」。但在佛教來看，這正是最大的幻覺。二十世紀西方哲學的「語言學轉向」、現象學與闡釋學的種種糾葛，其或「沈默」或「尖叫」的核心，亦都在此。佛教認為「客觀」世界乃是幻覺，從現象學來說亦可以解釋：與其說「杯子」是客體，不如說，只有以眼識、耳識、鼻識、等被感知到的「杯子」。而「感知」亦並非客觀。因此，一般的理論討論總是在終極價值的場域之內，以沈默來表示尊敬的形態存在的。在

最大的幻覺是實體，是「我」亦是世界。在《金剛經》裏，「我相」的建立，也就是「人相，眾生相，壽者相」的建立。比如武者小路實篤、有島武郎等人於 1910 年左右創立的人道主義（或稱「新理想主義」）的文學流派——白樺派的文學作品，大多能「發現」下等民眾的疾苦，具有打動人心的力量，但，作為一個整體（如志賀直哉就是白樺派中的「異數」），白樺派對社會階層和人生痛苦的一套解讀，乃是建立一個抽象的歸著點上。我們要先創造出「感動」的對象，被感動的自我——所有引發「感動」的條件，才能使「感動」得以成立。正如今天的流行歌曲中形塑的情感方式是無法與古代的歌吟相比較一樣：「感動」、乃至「感動」的條件本身都發生了變化。而白樺派的人間主義，人性的樸素之美，既無法與日本古典主義的文學如《古事記》、《古今和歌集》中的人情物理相通，又如何是普遍和永恆的呢？

佛教的「相」，用柄谷的話來說即是「顛倒」。

如柄谷所說，問題不在於精神分析的方法本身，而是精神分析一產生，對它的顛倒同時就開始了。

所謂顛倒，即是自 17 世紀的哲學家笛卡爾以來的現代性透視法。現代以來的許多哲學家、作家都對此有深刻的洞察。作為一種批判性的世界觀，謹舉幾例。

此意義上，理論家齊澤克的重要性，在於他不但沒有在一般理論家止步的「終極問題」上沈默，反而認為，如果不把「終極問題」也理論化，並且作為所有理論的根本「屬」來運作，那麼一切理論討論就總會遇到它自身扭曲的尷尬點。齊澤克「知其不可而為之」，他認為，拉康的真正貢獻就在這裏。而本文認為，正是在這裏，齊澤克與拉康「最接近佛教對『真如空性』的根本認識。但由於「空性」是不能說明的，齊澤克的探討很容易被歸於犬儒主義。

南非作家庫切在其小說《凶年紀事》[13]中的一段話：

> 一隻鳥會想：我飛不了了。一隻狗會想：我走不動了。只
> 有人會想：這是一隻斷了腿的狗，這是一隻折了翅膀的鳥。

在這裏，庫切「責備」的是「人」自認為是「萬物靈長」的思維方式。「人」在這裏為事物作判斷的方式，便不是從「感受」出發，而是從「知識結構」出發，而這種知識結構卻遮蓋了自身視野的有限性。庫切的「人」，亦是康得的「萬有宇宙」。

海外學者王德威在論文《從「頭」談起——魯迅、沈從文與砍頭》[14]中曾詳細比較了對魯迅與沈從文一系列短篇小說中的斷頭意象。最後，王的結論是抑魯揚沈的，理由是魯迅的砍頭是「一」，是單點透視，而沈從文則是「多」，是散點透視。沈從文的小說（如《黃昏》的視角豐富性，蘊含著倫理的包容性，「沒有象徵內爍的邏輯，惟見文字左右連屬的寓意」而魯迅的「一」則充斥著啟蒙主義的獨斷味道。

四處漂泊、最後入英籍的德語作家卡內蒂（Elias Canetti，1905-）認為，像許多瀕危物種一樣，許多人格正在滅絕。[15]他本

---

[13] （南非）庫切著，文敏譯，《凶年紀事》，浙江文藝出版社，2008 年

[14] 見王德威，《想像中國的方法》，生活·讀書·新知三聯書店，1998 年，第 135-146 頁。

[15] 「人為構成本來就是如此豐富，要是構成一個人的某種成份被徹底地趕到了極端上的話，這人看上去就會如此。恰像不少動物那樣，性格看來也面臨著絕種的威脅。其實世界上密集著性格，要想看見它們，僅需發明它們。無論是惡毒的還是古怪的，它們最好別從地球表面上消失不見。」（英）卡內蒂，《耳證人》，沙儒彬、羅丹霞譯，生活·讀書·新知三聯書店，1989 年。

人在一本奇怪的小書中「創造」出五十種奇妙的人格，並自我檢驗，在許多時候發現自己至少具備其中二十種人格。這「五十種人格」，其實是五十種自我造作的方法。從文學的角度看，它打破了一般文學作品中對人物「性格」的定型化理解。這些人格是如此的熟悉，但又無法用我們已經「濫熟」的那套解讀人物的方式去捕捉。並非因為我們的性格有多奇妙，而是因為解讀的方法太貧乏。它早已失去了這些方法建構之初的感性，我的理解是，卡內蒂「人格的滅絕」不是在「現實」中滅絕，而是在我們的表達和書寫呈現上滅絕了。

　　庫切的「鳥」、沈從文的「頭顱」、卡內蒂的「瀕危人格」，在某種意義上說與柄谷在《起源》中始終借重的尼采——福柯對所謂「話語統識」的批判形成了共鳴。它們同樣都是上述「腦筋急轉彎」「康得的萬有宇宙」的批判。這種統識，是從一個不透明的點出發對萬事萬物進行統籌，不僅對「外部」世界分類，還要對身體進行意義的等級切割。

　　這種「顛倒」極難察覺，因為「自我」的堅固正顯現在它的多變性之上，我們所執著之物，亦包括「破執」本身。佛教徒極力克服「著於法相」，克服對「佛法」的迷戀，甚至必須克服「克服」本身，直到「煩惱盡斷，斷相亦無」。因此，後現代主義的哲學家破「我執」的方式，亦應隨著對手的遷變而不斷改裝。一旦事易時移，方法亦應遷移，否則便如膠柱鼓瑟、刻舟求劍。正如柄谷行人在《起源》序言中提到的：杜尚的《泉》如今成了真正的「藝術品」，它喪失了批判性的存在本體意義，也就失去了生機。

（二）顛倒的「起源」

誠如拉康所言，在本體的哲學意義上，人們總是在逃避「實在界的僵局」。僵局的產生，歸根結底在於我們莫名地出生於世間──產生「我相」這一根本的被動性，以及無法相對「自他人我」皆空這一事實。

安德列・紀德曾說：「你永遠不知為了活下去，我們要創造多少意義。」齊澤克說：「為了與創傷打交道，我們才使用象徵。」意義乃產生於對人生「終極被動性」的撫慰，而破除「意義」，意味著面對這一「被動性」本身。這種對「僵局」的逃避慾望，在光譜的正向逐漸減弱，在負向則逐漸增強。

柄谷引用尼采的話對佛教與基督教加以對比（見《起源》「所謂病之意義」一章），尼采說：

> 我反覆說過佛教具有百倍的冷靜、誠實和客觀性。佛教已經不需要把自己的痛苦、自己的受苦能力通過對罪的解釋使之成為一種禮儀說法──佛教直率地說出自己的所想：「我苦」。（《起源》，頁 105）

那一套為掩蓋「我苦」的直心表達而被發明出來的「禮儀說法」，就是光譜負向柄谷所批判的主體位置。相對的，光譜正向的主體，則直言「我苦」。當「負向」的德富蘆花以神話化了的結核病作為其戀愛小說織就感人情節時[16]，「正向」的歌人正岡子規

---

[16] 這是柄谷行人最常為人引用的例證。在《起源》「所謂病之意義」一

（1867-1902）則在幾乎寫於同一時期的《六尺病床》中毫不掩飾地「對所謂結核進行『寫生』，將痛苦當作痛苦、醜惡當作醜惡承認下來」（《起源》，頁99）。子規正是因結核病而死去的。他對疾病保持這種「直心」，同時意味著在話語「場」中與各種「人我相」戰鬥。

倫理與善惡相關，而善惡卻是最易混淆的問題。或有人問，難道白樺派的作品不是在為底層說話，其出發點不是「善」的嗎？

這一點在柄谷借福柯的理論反駁基督教的「不可姦淫」的論述中有著清晰的表達：

> 在視姦淫之「心」而非其「事」為問題這一點上，基督教有著無以類比的倒錯性。如果人們有這樣的意識，那就是在不斷地窺視色情。（《起源》，頁72）

有趣的是，大乘佛教在這裏顯示了將「顛倒」再次擺正位置的力量。在流傳甚廣的禪宗故事中有這樣一則：

> 師徒二人見一少婦因無法渡河而發愁，師背起少婦過河。
> 徒問師犯淫戒之事，師言：我已放下她，汝為何還不放下？

表面上，這裏顯示了「心」高於「事」的等級位差，然而，本故事顯示，小和尚的「顛倒」恰恰與上述基督教的「不可姦淫」

章中，柄谷「揭發」了蘆花著名的小說《不如歸》（1898年）如何掩蓋了軍國主義的國家意識形態。這種對作為隱喻的疾病的「文學性」制度與共同體、國家機器密切關聯的發現，在後結構主義的美國和歐洲分支都是極為重要的。於此可參照福柯的《不正常的人》、《臨床醫學的誕生》和桑塔格《疾病的隱喻》。

處於同樣的「內面」之中。佛教徒誦經之前要念「開經偈」贊釋迦牟尼佛，如在《金剛經》等經卷的開經偈中，常用這樣兩句「頓忘人我解真空，般若味重重」。這裏的「頓忘人我」，指的是放下「人我執」與「法我執」。白樺派的作品亦是善意的文學、真誠的文學，然而，菩薩著於「我」相，則「不名菩薩」。這就是說，現代透視法的建構，使行善的我（主體），受苦的他者，和傳遞的「善意」，都成為堅固的實存，也就成為「起源論」。

以「我」為執，即便是善，卻更是對善的執著，囚著於「相」，其善亦是「有漏」之善，漏盡則禍至。從自然科學到人文科學，從藝術到文學，在近代日本社會的各個領域，都可以找到這「有漏之善」的蹤跡。誠如柄谷所說，追隨「國家」者與追隨「內面」者，只是相互補充的兩個方面。

語言或話語系統自身，在以儒學為中心的東亞漢文化圈中，通常表義為「文」[17]。後殖民主義批評學者將「文」與現代性的關係置於文化研究的重要主題──現代民族國家之建立──的討論核心，其意義就在這裏：語言，最終正是「國家」的假謂項。

而在光譜正向，漱石、鷗外、志賀直哉也有掙扎與退守，他們的作品、思想及個人在時代中的處境亦千差萬別，殊途同歸之處卻在於，他們為主語所設立的謂項是純破壞性的。回歸主語的路途上，處處是斷崖決壁，在不斷尋找意義故鄉的過程中，漱石們發現，不但沒有任何可以讓杯子安心站立的桌面，甚至杯子亦無從談起。謂項最終讓主語不成立，作品的建立，也是一系列失

---

[17] 參見林少陽，《「文」與日本的現代性》，中央編譯出版社，2004 年、

敗的展開。這種失敗是根本性的，它十分接近藏傳佛教對死亡中
陰的一個階段「失去參考框架」的描述[18]──「我」所依賴的各種
體系的「脫域」，直接指向「我」的存在之謎語。在這一意義上，
這些作品就是在不斷試圖客體化的那個「我」進行戰鬥的一種文
字剩餘。

（三）恢復「詞與物」：重拾「詩意」

　　柄谷行人並沒有運用這個概念。後結構主義，無論其主題領
域如何，就其產生的背景和主體而言，往往要在「政治」層面發
言，不論是「文化政治」還是「歷史政治」。特別是對佩里・安德
森這一脈以解析民族國家為訴求的學者來說。「詩意」，如同已經
被質疑的「文學性」一樣，似乎是被後學「懸置」了的詞彙。

　　然而，在《起源》中，柄谷卻百般強調「科學主義話語」的
「顛倒」及其所帶來的傷害。同時，弗雷德里克・詹姆遜在《重
疊的現代性鏡像》中高度評價了《起源》對科學主義話語的分析。
詹姆遜認為，《起源》的意義不在於它提供的「後學方法」，而在
於這種方法所寄生的「日本」這個場域[19]。比如夏目漱石這個名字，
對於異國讀者來說，不管是否熟悉這位作家，重要的是他在《起

---

[18]　我們此生所做的每一件事都是在建立參考點，而佛教認為，死亡中陰（人
　　斷氣後四十九日之內）使一切參考系突然變得毫無用處，如同拿掉了字母
　　表上的 W 就無法說出「我」字。我們無法回憶起來，因為它本就不在「我」
　　之中。與此同時，「另一個世界」的譜系開始展開。
[19]　詹姆遜《重疊的現代性鏡像》，林少陽譯，為詹姆遜為《起源》英文版（1993）
　　所作的序言，原題為 In the Mirror of Alternate Modernities，轉引自《起源》
　　第 232 頁。

源》裏，勾聯起的是一種文學狀況和多元的文學形式問題，在這裏，「詩意」就是一個能指所關聯的時空場域，是時間的跨度與空間的幅度，是「狀況」，而不是結論。

後結構主義的倫理訴求中，要恢復的正是「詩意」。

從語言學的角度上講，現代性最突出的問題就是「使詞脫離物」。現代科學主義話語在描述世界時已經傷害了、甚至喪失了過去曾經保存的資訊，那就是符號本身的物質性「詩意」。

在本雅明《講故事的人》[20]和加斯東·巴什拉《火的精神分析》[21]中，明確地指出了現代性是如何對「符號－詩意」構成傷害的：

> 講故事的人仍盡忠於「天真詩」的時代。在那時，地球腹地中的石頭和神聖天空中的星辰仍在關懷著人們。而如今，新發現和未被發現的星體沒有一個能在占星術中起作用，而許許多多的石塊都被磅稱過，分析過，但沒有一塊石頭會再對我們訴說什麼。（本雅明）

原始人用兩塊乾木片摩擦生火，是理性主義解釋的千篇一律的說法。然而，用來解釋人是怎樣想像出這種方法的客觀理由是不充分的。人們甚至經常無意闡述這種首先發現的心理。在為數甚少的致力作出解釋的作者中，大多數都指出森林起火是夏天

---

20 參見（德）本雅明著，漢娜·阿倫特編，張旭東、王斑譯，《啟迪——本雅明文選》，北京：三聯書店，2008 年。
21 加斯東·巴什拉著，杜小真、顧嘉琛譯，《火的精神分析》，岳麓出版社，2005 年。

樹枝摩擦所致。他們所採用的正是那種我們要批評的回返的理性
主義。

> ……「關於火，有那麼多的事情可講！」第一件事就是：「火
> 是兩塊木片之子。」……關於原始之火要講的第二件事情
> 是「火一旦燃起，它是怎樣吞噬了自己的父親和母親，即
> 它從中迸發出來的那兩塊木片的。」俄狄增斯情結從不曾
> 得到更好、更完整的表白：如果你未點燃，慘痛的失敗會
> 使你痛心疾首，火將留在你身上。如果你燃起火，斯芬克
> 斯會吞食你，愛情僅是一種可傳遞的火，火僅是一種使人
> 驚訝的愛情。(《火的精神分析》，頁 15)(加斯東・巴什拉)

　　這種詩意的「風格」，個人的、主觀的、非科學的「副產品」，
而是理論的真正訴求：回到詞與物的意義氤氳蒸騰的現場，正像
獵手抓住獵物的手在它的身體上形成一個凹陷，一個詞最先是在
這樣的意義上成立的。

　　是以詩意不能從討論現代性的框架、系統、公式中排除，恰
恰相反，「現代性」不是要離開詞而談感受(這怎麼可能呢)，而
是恢復詞的感受性。這是其倫理學的核心要素。科學主義的「實
證」的思索，實則不過是從一種隱喻進入另一種。巴什拉對火的
分析，卻不是在比喻的意義上進行的。事實上，我們時代的悲哀
在於所有的價值都是一種隱喻。數學公式的外形的最初產生是攜
帶著詩意和形象的資訊的，然而現在，我們怎樣也無法從中讀出
詩意來。巴什拉的分析表明，火曾經是被人類作為實體被看待的。
同樣，我們也應該將理論看作實體來反對抽象的「實體論」。辯證

法不是一套客觀、中性的架構，我們不能把每個思想家的情緒性風格化因素剔除出來，在某種意義上，「風格」不是辯證法的「多餘」：辯證法就是情緒，它乃是能量的位差。

　　然而，科學主義將辯證法本質化了。柄谷行人在《起源》「內面之發現」一章裏，首先就在巴什拉提示的這條路徑上思考：客觀性由什麼來證明？曾經，由（視覺）經驗來證明。由「觀」而「念」，人以視覺作為認知世界的主要資訊器官，百分之八十的資訊來自視覺。而哥白尼和伽利略，則由「背向」經驗的另外一種觀察方法來證明。以太陽為中心的思考方法和以視覺為中心的方法不同。一是經驗的，一是數學的，一是形象的、一是抽象的。毋庸諱言，經驗並不可靠，而整個二十世紀的歷史告訴我們，數學亦並非究竟。它不過是另一套知識，另一種語言。它的普適性乃建立在假設的基礎上，並不比「經驗」進步。用洛倫茨的話來說，「物理和化學一般被稱為『精密科學』，這實際上是對其他自然科學的中傷。……科學的本質在於『測定可以測量的事物，以及使不可測量的東西成為可測定的』」[22]它們只有對境上的「適」與「不適」，但沒有根本上的真實與虛假。然而，這種「超越論性質」的數學方法，不僅不認為自身只是「方法」之一種，而大有以此為世界代言之勢。柄谷的提示也就是巴什拉的警告：現代性希望使價值純化，排除最初的經驗性的東西，將之定義為「原始性」。而忘記和逃避觀察方法本身的虛構性，會導致在觀察方法之

---

[22]　（奧）康拉德・洛倫茨著，徐筱春譯，《文明人類的八大罪孽》，安徽文藝出版社，2000 年，第 135 頁。

間建立等級差序,「在形象的壓抑中有著超越論的起源」。這是理
性普遍主義營構的表徵。

在許多時候,想像的確比所謂「實證」更為有力。巴什拉說,
火堆喚起的就是詩意。它在現代生活中不符合任何實證的觀察。
有時,其他感覺的需要優於視覺的需要,在蘭波和諾瓦利斯那裏,
小藍花可能是紅色的。「對於原始人來說,思想是一種聚精會神的
遐想,對於受過教育的人來說,遐想是一種鬆弛的思想,『有生氣』
的概念對兩者是相反的。」(《火的精神分析》,頁 23)

科學主義對「形象」的壓抑,也就是對「符號」的物質性本
身的壓抑。因此,聲音中心主義是普適主義的方法論。而對「符號」
的釋放,表面上是承認多樣性差異,實際上是承認符號的物質性
力量,它可以表現為文化在地性、表現為強調作品類型的多樣性、
表現為前「成長」的混沌狀態,但它並非簡單的文化多元主義。

柄谷所謂「超越論式的場」,從語言學的倫理層面來說,就是
為了對使詞與物相分離的話語結構,這實際上也就是恢復理論之
詩意,而恢復詩意意味著重返「詞與物生成的現場」,而重拾符號
的物質力量,也就是反對聲音中心主義,這正是柄谷所借重的另
兩位法國理論家──德勒茲和瓜塔里要採用一種「飛起來」的哲
學散文的方式進行理論探討的「用意」所在(而不僅僅是法國哲
學傳統的「風格化」問題)。德勒茲的哲學著作如《塊莖》、《千座
平臺》、《反俄狄浦斯》……並非是一種故弄玄虛的寫作風格,不
是隱喻,也不是比喻,而正是在延續了巴什拉「精神分析」的精
髓後產生的:這種風格所要抵制的,就是使「詞與物」分離的現
代性操作。因為,與科學主義的話語對抗,必須從「語言」層面

這一基礎上摒棄對方的語言。後學思想家的詩性風格，正是其「歷史化」的另一側面。後現代理論的積極的方向，不是在事物上加上代表複數的「S」以示政治正確，而是要對事物的性質進行真摯的體驗。

易言之，庫切－柄谷行人－福柯－德勒茲－巴什拉－尼采－佛教：要打破的就是「非詩意」的自我造作，哪怕其經常是以「詩意」的表相出現的。同樣，要理解柄谷行人的烏托邦式的馬克思主義的政治訴求：「打破資本＝國家＝三位一體的圓環」與《起源》主體部分的文化政治運作，亦應該以「感性」的方式來進入[23]。

二、光譜正向的「戰鬥」

（一）養子：可替換的「歷史」

在光譜正向的夏目漱石、志賀直哉、芥川龍之介、森鷗外等人，以其個人的經驗、文本類型的多樣性和文本內的非中心主義，在執著於我相的「顛倒」的現代文學主流之外構成了別樣的風景。

---

[23] 從尊重自己的感受切入，也是柄谷在《馬克思，其可能性的中心》中討論夏目漱石和武田泰淳的精彩之處。如果減去了詩意，也就失掉了理性。理性主義就變成了令人難以容忍的機械主義。科學主義的這一套分離方式，將兒童抽象出來，將風景抽象出來，在器物層面上就是徹底改變了傳統的生產方式，這實際上是以教育和審美為症候的「羊吃人」。在這裏，理論批判「落到了實處」，在這裏，我們就看到了蓋爾納《民族與民族主義》的觀點：現代教育創造了現代人，將他們從原有的地區傳統生產方式中驅趕出來。

　　隨著光譜由正趨負，一種「流暢的痛苦」也隨之顯影。比如自然主義「私小說」中闡述內心痛苦的心理描寫，實際上通過「自白制度」的發明回避了真正難以面對的「實在界之僵局」。然而，在漱石、芥川、鷗外──光譜正向的人們的內心，痛苦決不是流暢而自然的。一個自我圓滿的故事裏，一定有一個污點、一個缺口、一片揮之不去的陰影。

　　柄谷指出，夏目漱石和芥川龍之介都是「抱養」的孩子：漱石是養子，直到成年才發現自己的「身世」，而芥川則是過繼之子，一生都在與兩個女人（養母和親生母親）的愛恨糾葛中渡過。与此相似的是，「小說之神」志賀直哉則將現實中與父親關係投射到小說中的「亂倫情結」之中（即長篇小說《暗夜行路》）；明治到大正時代的另一位重要作家森鷗外亦有著「身分」的困擾：出身世家，早年留學歐洲時與德國女郎的情史為家族所阻止，不能不以森鷗外之名在自己反感的官僚體系中宦途一生，最後，他在流傳於世的著名遺囑中寫道：願以石見人森林太郎之名死去（「石見人森林太郎トシテ死セント欲ス」）。

　　這些個人生命的經歷本身不能說明什麼，但柄谷認為，就主體對事件的呈現和表述而言，他們自己切身地感受到，所謂「身世」、血緣，這些常人視為自然而然的透明之物，實際上是一種語言結構。這裏有一種深刻的悖論：出身不可選擇，而存在的「名」卻是一種「可替換」之物。

　　柄谷認為，這幾位作家在命運中發現了索緒爾的「能指的任意性」和維特根斯坦的語言──本體命題：為什麼我在此而不在彼？（《起源》，頁7）

在這裏，「我」的身世是語言，而「我」不過是語言所表達出的效果。柄谷深刻地指出，這些主體認識到這一點，他們的文學乃是對這一「語言結構」自身的體現。他們的小說，是從他們的理論（即對「出生」的認知）派生出來的。而這種發現既屬於個人的命運，亦是歷史的結構性之顯影。柄谷從他們的觀點和作品中，讀解出了歷史的複遝性。相應的，這些作家主體從自我獨特的生命體驗出發，就不像光譜負向的主體一樣輕易被「現代的透視法」所迷惑——「養子」，作為一種自我發現的意識，與光譜負向的「流暢的痛苦」拉開了距離。芥川、鷗外、志賀、漱石這幾位作家在「人生而於世」這一根本的被動性悲劇和自身被賦予的「血緣——語言」之命運中找到了「破除我執」的路徑，亦是寫作本身。對他們來說，寫作與「身世」同樣具有對本真性懷疑的意義。他們的體內同樣深埋著伴隨終生的「命運螫刺」，某種與時代異質性的東西，在漱石那裏是絕望，在志賀則是疑惑，在芥川那裏則是「疲勞」。

1.夏目漱石：蜈蚣的困惑

少年時深通漢文學、青年時期留學英國，由於受到「英國文學」的衝擊而對「漢文學」產生了懷疑，寫出理論著作《文學論》，中年時期突然爆發創作熱情，在短短十年內寫出十幾部煌煌巨著——這是中日主流日本文學史對日本的「現代文學之父」夏目漱石的文學道路的概括[24]。柄谷在《起源》和《馬克思主義，其可能

---

[24] 如：（日）加藤周一《日本文學史序說》，葉渭渠、唐月梅譯，開明出版社1995年；李光澤，葛慶霞《日本文學史》，大連理工大學出版社2007年；

性的中心》中的描述似與此並無分別，他僅「補充」了一點：在這裏，值得注目的，是漱石的痛苦。

> 我想與其他寫生文不同，漱石的寫生文是與通過機智和悲劇的淨化所難以癒合的「苦惱」聯結在一起的。這是一種所謂精神心理式的東西。（《起源》，頁192）

痛苦，正是這一飽含情感色彩的輕輕點染，就改變了常規文學史敘述的全部意義結構。柄谷要問的是：在英國留學和寫作《文學論》的漱石那裏所發生的轉折，究竟是什麼？

一個關於蜈蚣走路的老「段子」，或可對理解當時的漱石的心境有所啟發：問：「你怎麼走得這樣好？」於是，蜈蚣不會走了。

這實在是一個的可怕事件，它與存在論相關，在某種意義上關乎生死。就此而言，上述文學史所描述的「漱石的轉變」，並無法突顯漱石在留英後和回國之初「幾近崩潰」的真正意義。

文學史上常將漱石與魯迅並論。在魯迅那裏，「文學」的發生，在轉喻的意義上，也就是中國現代文學的緣起。在漱石這裏，對「見山不是山」的瞬間之想像性再現，對漱石創作「因緣」的追溯，也就成為柄谷重回「日本現代文學生成現場」繞不過去的段落。因此，柄谷對漱石留學生涯的追溯，與後學家弗雷德里克‧詹姆遜對魯迅「幻燈片事件」的探討[25]一樣，同時是關乎個人與國

（日）西鄉信綱等《日本文學史—日本文學的傳統和創造》，佩珊譯，人民文學出版社1978年；（日）吉田精一《現代日本文學史》（原版），上海人民出版社，1976年；（日）成瀨正勝、中村光夫、長谷川泉、三好行雄《近代日本文學史》明治書院，1966年。

[25] 詹姆遜在《處於跨國資本主義時代的第三世界文學》這篇著名論文中闡明

族的。然而，柄谷與詹姆遜解讀魯迅一樣，並不是在「個人是象徵性的時代縮影」的意義上來分析漱石的。而實證主義的文學史卻會將漱石的思想危機解釋為其深厚的漢文學修養與對英國文學抱持的期待發生衝突、失落、留學的經歷和日本本土的變化帶來了困惑的「外因」等等。很明顯，這本身就是透視法。

那麼，還有何種方式將個人與時代勾聯起來？

柄谷做了一個類似心理分析的推論。他指出，在漱石的「內部」，疑惑是基於更根本的因素，那就是漱石的「養子」身分。這使漱石與「將血緣關係視作理所當然的親生子之不同」，使他對人生——我們為何被拋到此世——產生了「根本性的疑問」。那麼，更進一步的是，這一親緣問題，為何最終以「英國文學」與「漢文學」的形態出現？事實上，對於身處「風景發現之現場」的漱石，「文學」不是骨骼，而是面孔。我們要問的正是這副面孔：「文學」在漱石那裏，何以作為「問題」產生？

在漱石的留學中發生的「英國文學」與「日本國文學」的對立，與文學史家探討的方式有著根本的不同。漱石的苦惱在於，「英國文學」與「日本文學」並非先進與落後的差異，而是根本上就不具有能以不言自明的「文學」概念進行比較的異質性。因此，需要厘清的不是「英國」還是「日本」，而是何謂「文學」。

柄谷對索緒爾和漱石關係的討論有助於我們理解漱石疑問的「根本性」：索緒爾發現，符號的委任是任意的，同時也就是禁

瞭「第三世界的文學是以民族寓言的特徵方式表徵的」，而魯迅在其回憶散文《藤野先生》中提到的留日期間遭遇的「幻燈片事件」，則是支援這一論斷的重要事例。參見《當代電影》1989 年 06 期，張京媛譯。

令。狗被強制性地讀作「gou」,與此同時,狗不能是「guo」,這
就是制度。而漱石的養子身分,使他在家庭那「自然」的不可分
割的血緣話語中發現到這種任意性[26]。人生,本身是一個語言過
程:鑒於我們在起源上是「第二性」的,是「被動的」──我們
被拋到此世,被迫接受文化的馴養和社會的改造,而這種改造往
往無法回答我們本源的困惑。為了遺忘這種困惑,我們建立起不
同的參考框架,以確立自己的相對位置。家庭提供了最便利的框
架。我們接受各種身分的「符號性委任」,我們視這種委任為天經
地義、理所當然。於是,人們安住於「我的父親,我的母親」,我
的「××」……等關係式當中,至於「我的父親」在其符號性之
外的意義上還可能是什麼,則更是無須思考的。

　　然而,漱石的養子身分使他無法「安住」於這種委任。被視為
難以割捨的「血緣」成為疑問,恰如後來「文學」的傳統也成為了
疑問。這種認識論上的疑問一旦產生,便再也不能回到心安理得的
狀態。問題之所以在「文學」中出現,是因為漱石發現到所謂親情、
血緣,實證意義和存在意義上牢不可破的東西,從根本上是一種語
言禁令。誠如佛教唯識論的「萬法唯識」與「現象學」的相通之處:
桌子之存在,不是一個客觀真理。唯一可以「感知」桌子的,是我
們的「六根」:你能觸到它、嗅到它、看到它、聽到它咯吱作響。
在這個意義上,我們認為「桌子」實有。我們感知自己的存在也
是如此。就像我們只有靠文本才能進入歷史,我們進入現實也只

26　在這裏顯然存在著實證體驗到理論體驗的「穿越」,事實上,在柄谷那裏,
　　這兩者是不分層的,應該注意。如同拉康將「勢」賦予陰莖有一個不對等
　　的結構。

有靠「六根」的「識」。而我們的感覺並不是準確的，至少不是唯一的，要使它獲得唯一性，只能以「狗＝gou」這種強制性的禁令為基礎，像電腦的原理一樣，一層一層推演出「自然」的程式。

養子身分，事實上使漱石將「父子關係」從關係式系統中強拉出來，看看在不處於符號狀態下，「人」的存在還可能是什麼？

答案是恐怖的：什麼也不是。在漱石的擬自敘傳小說《路邊草》（《道草》，1915）中，主人公從國外留學回來，在街上遇到了多年不見的養父島田。然而，主人公在心裏稱這位父親為「不帶帽子的人」指代他。對他來說，不論是「島田」還是「不帶帽子的人」，都只是一個權且的命名，無論他從哪種名相切入去回憶、思索和想像這個養父，無論是試圖憎恨還是試圖原諒，他都無法切入到這個人內心的真實想法。

可以說，親人的概念被漱石「解構」了。因此，柄谷寫道：「敏感的漱石發現了家庭所掩蓋的『起源』。這使得《路邊草》的視點，成為令人毛骨悚然之作。」（《起源》，頁192）

此外，這部小說裏，充滿了知識分子的主人公對他人的不耐，這種不耐煩、厭惡令他痛苦，而真正的「毛骨悚然」之處，則是對這樣一個「知識分子」的自我的覺察，他看到了，更加令他痛苦的不是「他人的愚蠢」，而是他自己，作為「有學問的人」、「弟弟」、「丈夫」、「父親」「兒子」的種種「面具」之後的自我的「真相」。面具令他痛苦，然而，在剝除了面具之後，自我沒有得到自在和「本真」，而是失去了參考系，便一無所有。

問題在於：那個只能在結構性的「關係」中得到確認的「知識分子」自我，卻總想從一切關係中「獨立」出來，獲得一個統

籌一切關係的「身體」。這就是上文所引庫切的「我的翅膀斷了」的統籌意識和魯迅的斷頭意象：要把姐弟、夫妻、父子通統歸於「知識分子」主語的謂項。

所謂「自我的戰鬥」，就在這裏：漱石的主人公時刻意識到這一自我客體化的執著的升起，卻又無法認同它。在姐弟、夫妻、父子的關係中，這個似是而非的「身體」一次又一次地遭遇到劇烈的衝撞。他有時沉淪下去，有時又尚有一絲清明，就這樣浮浮沉沉，屢戰屢敗。然而，這種「套層」一般的自省精神卻最終沒有開放向無限——自由，它仍然不停地在「有學問的人」上面打轉，這「最後一層」不斷將他彈回第一層。

無論如何，如果漱石與讀者可以安於這樣的認識——「知識分子」是一個頑固的核心的存在（透視法的存在），那麼與他人（無足輕重的愚人）的衝突之不可避免，就是能夠忍受的。在現代浮世繪漫畫大師杉浦日向子所著的《百物語》[27]中，有這樣一個故事：一個軟弱無能的男人受夠了妻子的責罵和世人的嘲笑，到山裏想讓狼吃掉，狼卻也不屑於吃他，給了他一根眉毛，讓他在街角舉著看路人。於是男人發現，原來世間人包括他的妻子在內都是各種醜陋的動物和妖怪所變，唯有他與樹下一個乞丐是人。於是他釋然了，乖乖跟著妻子回家。由此可見，「我相」，我執的建立，為人生的一切痛苦提供了最基礎的安慰。然而，正是在這裏，《路邊草》並不提供這種安慰。它所透露出來的是令人「不堪忍受」的東西，不但是這個知識分子的「主體」的頑固不化，同時，他

27　（日）杉浦日向子，《百物語》，劉瑋譯，南海出版公司，2008 年。

所有其他身分──弟弟，丈夫，父親，兒子……的「我執」，都堅硬無比。然而，所有這些「符號性委任」，不僅無法在一個連續的平面上同時出現，一旦他想理出一個頭緒，卻完全不得要領。當養父島田想要與主人公恢復父子關係時，這個一直採取逃避主義的兒子出於責任與愧疚，回憶起作為「父親」的島田對幼年的他的種種關懷，試圖令自己心中升起感動，鼓起勁負擔責任。他眼前閃出種種畫面，卻怎麼也無法確認當年承受關愛時自己的心情。自己在回憶中也變成了「他者」。

以知識分子為主體，為腦，也就意味著上文敘及的王德威對魯迅小說中「身體統籌」的不滿：以我為主體，安排世間的一切。然而，一旦像漱石一樣認識到，主體性認同的建立原來是由「任意－禁令」而生的，「不安」之旅就開始了。於是，在漱石的作品中，不斷地發出「不可能的主體」無聲的喊叫。「毛骨悚然」，正是剝掉表皮、露出血淋淋的、任何將表層身體認同為「我」的主體所無法容忍的第二層真皮層（而不是骨頭）時那吱吱作響的聲音。那是人生賴以支撐的基礎性參照系坍塌的聲音。

（二）所謂類型：歷史的「可替換性」

漱石的「蜈蚣的痛苦」的意義在於它本身即是一種話語結構，既作用於個人又作用於時代。這種方式不是上述實證主義的「象徵性的縮影」，而是保羅・德曼（Paul de Man）的精髓：轉喻的結構。[28]

---

[28] 參見保羅・德曼《閱讀的寓言》對盧梭的分析。

　　如上所敘，漱石的發現與索緒爾的發現相類：語言系統先在地決定了人生。人生乃是在一種制度當中建立的。不論是父母還是東方／西方文學，其根源是任意的，可替換的。而「認同」則是制度的固置。所謂「意識」，即成立於禁止替換本該替換之物上，結合的任意性，同時也是結合的排他性。只有存在於這種制度中，人才能成為「人」。因此，當漱石以「漢文學」表達「可替換性的世界」之時，他就與尼采和福柯站到了一起。

　　易言之，漱石的「形式主義」是一種共時性的思維，或者王德威對沈從文的描述一般：在語義結構之間「左右聯屬」的思維。就漱石而言，這種思維首先表徵為對文學史的質疑：漱石對西方的「小說」和「文學」概念充滿了抵制情緒。然而這種情緒並非出於「非西方」的、自卑主義的次等思想。毋寧說，漱石對「等級制度」毫不在意。他關注「僅在作品上表現出來的特性」，即，不是為了在二元對立的結構中，以對西洋文學的普遍性（西歐中心主義）的質疑來建立起「日本文學」的特殊性，而是在「自我認同（identity）」中發現兩者之結構性的一致。

　　作為對疑惑的表達與緩和的方案，漱石在《文學論》中以（F＋f.）作為基本認識單位。這是齊澤克和德勒茲為之著迷的拓撲學[29]的模型關係──「場」的空間概念。它的成立是在點、線、面的關係動態中被建構的。在其中，元素之間的位置關係是由力運動

---

[29] 拓撲學是數學的一個分支，研究幾何圖形在連續改變形狀時還能保持不變的一些特性。它只考慮物體的位置關係而不考慮其距離和大小。拉康和齊澤克均喜歡用拓撲學圖形闡述精神分析和意識形態理論，而柄谷、德曼等人同樣從拓撲和建築學上汲取靈感。

的能量位差而顯示出的差異，而不是靜止不動的圖式。也就是說，致力於闡明作者、紙上的符號、讀者、語境等幾個關係的動力形式。這裏的「力」，是胡塞爾的現象學概念，意指「指向性」本身。這種「場」在其能量和範疇的覆蓋面上，恰恰可以與「語音中心主義」的超越論相抗衡。它與後者唯一的區別，在於時刻保持著對自身位置的「注視」，而不是隱藏起這種注視（就像《路邊草》中那個從來不放鬆的對自我的非心理性的監察一樣。之所以強調其「非心理性」，是因為與用山花袋式的透視法的「心理自白」有著本質的區別。）

　　柄谷說漱石只能是「理論性」的，原因其實就在保持著對注視的自覺。在《起源》的另一處，柄谷談到敘述者與幽默的關係。「如果沒有『作者的心理態度』的話」，後者不能產生。「出現敘述者也便是『文』的出現」（《起源，》頁177）換言之，幽默乃是對自身正在注視這一局內視點的自覺。它可以表現為幽默，也可以表現為平路跌跤一般的驚嚇。在漱石著名的「三部曲」小說──《三四郎》、《從此以後》、《門》中，在平靜得甚至寡淡的日常生活描寫中，處處可以發現「自我的斷崖」，與輕風一樣掠過的非幽默非嘲諷的東西。幽默與「透視法」之間有一種嘲諷性的異質場。如柄谷所說，對「た」型語尾──站在某一點上回顧過去的虛擬態度的拒絕，也就是對透視法的「我」的拒絕。「像《草枕》這樣的小說也可以作『非情節』來讀，情節如何無所謂的。」（《起源》，頁193）

　　即，你可以將《草枕》讀作情節性的通俗小說，同樣也可以作為非情節性的心理小說來讀──創作的認識論，同樣幫助讀者建立了「讀法」的多樣性。

　　柄谷說漱石的創作不過是「理論」的派生，亦指漱石有意識地「恢復類型」的努力。類型是在「場」之中，作為不同質的要素而存在的，它潛在的對話者是日俄戰爭後，在日本顯現的「純」與「不純」的文學之分[30]，也即現代性裝置對類型削足適履的線性排列，如在高濱虛子那裏，存在著進化式的圖式：寫生文是作為對俳句的發展而存在的。即，日本原有的文學類型被視為「前現代」的類型，是「現代小說」的鋪墊。而漱石對「類型」的恢復（就如同喬伊絲他們所做的工作）是江戶文學諸類型的恢復。他試圖「把所有被現代小說中性化了的類型或書面語奪過來」，也就是把豐富從抽象中拯救出來。

　　在這個意義上，漱石強調「偶然性」：歷史的可替換性，並不與其「只發生過一次」的現實相矛盾。他將其時在日本文學界爭論不休的浪漫主義和自然主義思潮視為共時性的「兩個要素」，而不是線性發展上的次第關係。同時在創作上和理論上，漱石既不是自然主義也不是反自然主義的，他只是拒絕使用將二者所共同依據的「小說」之戲劇性。相反，他創作了各種各樣的「類型」，這些類型，仍是「是法平等，無有高下」，而並非「正統文學史」按照「進化論」所歸納的那樣：「一路發展到頂峰的是《明暗》。

　　然而，在這裏，柄谷提醒我們注意的是：漱石是完全的現代人。他不具備那種懷舊的前現代的鄉愁（在本文看來，這種鄉愁

---

[30] 柄谷指出，在日俄戰爭後的日本文壇占支配地位的是法國的小說觀念。18世紀的英國「小說」還並沒有被當作「文學」而接受。這正是「客觀性」乃是一種人為安排的佐證。

的代表是被稱為後來的谷崎潤一郎「惡魔派」之肇端的永井荷風）：

> 「漱石所要恢復的乃是『政治小說』式的文學形式，他與試圖拒絕參與到明治 20 年代以後國家體制的建立或『現代小說』之建立中去的自由民權派殘餘勢力相彷彿。」在這個意義上，漱石在日本乃是少有的現代主義者，也因此是抵抗現代主義形式的。」（《起源》，頁 190）

柄谷在這裏展現的「悖論」恰恰是竹內魯迅「否定之否定」的邏輯。魯迅是個「舊」人，因而他才是現代歷史的開拓者，漱石是個真正的「新」人，因此，他才能發現「前現代的諸類型」如何在現代性內部發揮其「舊」的作用。然而，「日本的現代主義則總是以回避『鬥爭』的形式出現，今天的現代主義也是如此。」（《起源》，頁 190）

在這裏，一方面，可以清楚看到柄谷的批判鋒芒乃是其「當下」，另一方面，也避免了在二元式的「相反」的意義上定位漱石、定位批判的認識論指向。對他來說，文學類型的恢復不會是美學上的問題，也不會是被現代所壓抑掉的東西之恢復。如果我們簡單地認為，僅僅對於「多樣性」數量的恢復就足以構成對線性發展論的反叛的話，那麼在今天大行其道的「多元文化主義」不早已實現了我們的理想嗎？[31]

---

[31] 這種「恢復」意味著什麼？在這裏，可以看到王德威在「被壓抑的現代性」中力圖表達的東西。同時，也可能在竹內好的「生產性」所開啟的方向上看：將表現為「前進—後退」的東西放在外部來理解。柄谷對漱石的文學

　　在這裏，漱石真正具有柄谷意義上的批判性的地方在於，他的痛苦從來沒有因為其「文學論」的理論建設或對類型的「恢復」而消解。毋寧說，以筆者對漱石小說的閱讀體驗來說，漱石的一生創作乃是對上述同一根本性事件的重複。（這一點與志賀直哉驚人地相似）誠如柄谷所言，漱石的追問是：為什麼我在此而不在彼？當漱石思考共時性時，他從未拋棄對歷時性的、只發生一次的歷史的追問。

　　這與多元文化主義有輕微但致命的不同。多元文化主義以為在「世界」後面加上代表複數的「s」就可以解決問題，而漱石的一生表明，「場」並不是空間（共時），而是將「時間」也包容進去的東西。這一點，也正是「後結構主義」與「結構主義」的分野（即使是在「後」學理論中，由於裝置調整的問題，也會出現認識上的差異[32]。

工作的如下評價可以讓人直接想到王力抬「晚清」的訴求：「對於漱石，可以說所謂『漢文學』意味著現代諸種制度建立起來以前的某種時代氣氛，或者明治維新的某種可塑性。明治 10 年前後受到廣泛閱讀的自由民權派的『政治小說』乃是用漢文腔調而非口語所寫。」（《起源》，頁 32）

[32] 仍可以王德威為參照。在論文集《想像中國的方法》中，王提出了著名的「沒有晚清，何來五四」的論斷，指出晚清時文化的「多聲部」提供了多樣性的歷史選擇的可能，因此，「想像中國的方法」，應以豐富的晚清、而非在思想方向上趨於選擇的單一和獨斷的「五四」為起點。——可替換性的「無所住而生其心」可能正是王德威所要表達的意思，但是，他難免引起人們對他仍然很像是「線性決定論」的批判，似乎他不過是將中國現代性的砝碼往前提了一格到「晚清」。然而，這種批判，一方面忽略了王的對話性語境，作為方法的王與作為方法的柄谷，已經喪失了其致命的批判力量。另一方面，王的理論中也存在著裝置的不完善。這裏的「問題」在哪裏？恰恰在於論述框架中缺少一個負責轉換整個結構的「點」的設置，這個「點」就是齊澤克的增補點。這個結構就是那個拓撲學的「莫比烏斯帶」。由於缺少了它，使得王德威不能很好地實現他的意圖。

　　在柄谷的光譜中，最具有活力／抵抗性／革命性／自省性的是漱石式的，漱石是一個「在內又在外」的人。與線性的聲音語言相對抗的是放射狀態。換句話說，漱石從沒有「安住」於任何類型的掩蔽之下。這是柄谷所說《礦工》或《行人》所具有的「栩栩如生的休謨式懷疑」的意義所在。在作品間表現為「破綻」的東西，事實上意味著沒有「斷裂」的存在：沒有「自我」，何來「斷裂」，又何來「統一」？作為「破綻」的東西正是抵抗的形式。

（三）因無所住而生其心：志賀直哉之一

　　如果說「漱石」之成為「漱石」的緣起在於「身分」的根本性疑問，那麼被譽為白樺派主將的志賀直哉在光譜中地位的「緣起」則是與內村鑑三在師徒關係中的對抗。有趣的是，這種症候性的「對抗」在志賀的作品中，恰恰把在漱石那裏既是真實身世又是小說情節的「養子」經歷再次「情節化」了（在現實中，志賀亦與父親長期不合）：志賀唯一的長篇小說《暗夜行路》中的男主人公謙作，也在家庭這一人生最「基礎」的層面遭遇到了「可替換性」的困惑：他乃是母親與祖父亂倫所生。他在長大成人、面臨自己的婚擇時才知曉這一點。他試圖在文學寫作中殺出一條血路以逼退人生這一不能由他負責的悲劇，然而結果卻仍然是苦悶。當他終於遇到了合意的女子並結了婚，又發現了女子的失節。在思考這兩大悲劇的因果之時，謙作發現顧慮的結果只會導致雙重的不幸。最終，他在大自然裏找到了心的安寧。

　　值得注意的是，在小說的「楔子──本書主人公的童年」中，謙作的第一人稱的「我」回憶著童年，然而，志賀所書寫的卻並非僅僅是「成年人對童年的總結」。這一部分的真正主體是兩個：一個是那個在「童年」現場的孩子──一種破碎的敘述，即，不是用成年人的知識系統去整理和回顧懵懂無知的時代，而是採取「童年」時的視點和成年相結合的方式。主體在「前語言階段」時的所見所聞，在精神分析學中的「鏡像階段」，對父母奇怪態度的描述，都是出於一個尚未習得語言──社會習俗的孩子的「客觀敘述」。這是一種體驗式的敘述。一個孩子在零亂的幼年生活中所預感的相同的事情，可能是什麼呢？回首這段「童年記憶」，沒有任何「事情」是足以在某一特定的意義上被功能化的。這些碎片，彷彿可以集合為一個「事情」，而又彼此呈現異質、疏離的狀態，根本無法統合。用柄谷的話來解讀，這正是「心情」的 feel，不是笛卡爾的「我思」（think.）：

> 「志賀被視為私小說家的典型，可是在其他私小說作家那裏卻沒有這個稱為『心情』那樣的東西（本文作者：因為是寫「我」，也是「我」在寫，故而已經是「透明的」，是中性的，是純主觀或曰純客觀的）。對其他人來說，私小說只涉及心理上的自我。但志賀的主體因只從屬於『It』而存在，故反而彷彿主體不存在似的。」（《起源》，頁 90）

　　這與那個作為成年人主體的「我」所具有的語言性──社會性思考形成了一種「同時在場」的效果。這種並置再一次說明瞭意義的後設性──謙作後天對「亂倫制度」的習得，讓所有痛苦

的意義一股腦兒地湧入了作為「語言之空穴」的童年。可以說，對志賀進行機械的精神分析解讀（俄狄甫斯情結、閹割焦慮等等）之所以無效，乃在於忽略了這種回溯性結構（齊澤克語）的意義。即使在主人公最終發現了身世之事實時，「意義」——母親的冷漠與愛、父親的厭惡與疏離，也並未能返達這一童年圖景。在踮起腳回溯的過程中，意義就失落在行為的深淵裏。兩個並置的主體，可以感覺到「愛」與憎惡、冷漠的並存，卻又不能將這些蝴蝶樣的情緒捕捉、釘死在牆上。在這種迷離和茫然中，一個結論，一個不祥的預言卻已如一個腐爛的果實一樣擺在那裏：謙作虛擬還是個孩子的自己的預感——在今後的人生中，也許會「不斷地遭遇到相同的事情」。

童年，作為楔子，是「從此以後」的總參考框架。謙作今後的人生，彷彿就是對這個楔子一次又一次的刷新，彷彿一層層塗抹的油畫般層疊的意義：痛苦、悲哀、恐怖與溫暖。然而，這幅名為「童年」的畫作，那「打底」的鉛筆稿，卻又從未被「後來」的成長、成熟的認知的油彩所徹底覆蓋。主人公所經歷的一切都具有「輕」與「重」的雙重性（在漱石那裏也常常如此）：求親的挫折、世人的冷漠、對藝妓在母親與知己的依戀中難於溝通的心情，既是沉重的，又彷彿可以揮手即去。無論如何，向青梅竹馬的家庭求婚，卻被對方的家庭虛以委蛇地拒絕。

然而，謙作，或者說志賀，並沒有將社會和他人本質化為「骯髒黑暗」。謙作在婚戀中遭遇的輕蔑，在其他白樺派作家那裏可以確鑿地表現為對金錢社會的控訴，在志賀這裏卻是「雖然這樣，但也不能說，社會就是這個樣子的呢……」

　　這種態度，與漱石在《路邊草》中不斷自我更新、自我否定的方向完全一致。每當謙作思考他生活中的悲劇時，他發現，這其中道德、情感責任的關係，都在逼迫他走向武斷的道路。謙作一再歎息「雖然這樣，但是並不能就此認為……」這看上去像是無望的慨歎，或怯弱的忍耐主義，然而它其實正是主體的「戰鬥」。謙作對他人的隨興主義態度，源於出生這一「根本被動性」，他無法愛也不能恨。在這一點上，志賀將痛苦轉化為一種真正的寬容，這與他的老師內村鑑三（1861-1930）輕鬆的決絕[33]形成了鮮明的對比。

（四）同體大悲：志賀直哉

　　志賀與夏目漱石的痛苦，在於意義的不確定。這個「確定」，就是《起源》「所謂自白制度」一章中內村鑑三信仰「一神教」時的篤定心情。如果將《路邊草》與《暗夜行路》的意義固置在「知識分子的不合時宜」之上，那麼就這可以在光譜的負向找到其精確對應物：內村鑑三、私小說的先驅田山花袋與島崎藤村。

　　明治時期，武士已經成為主體身分曖昧不清、可有可無的存在。在「武士」尋找自身的存在理由之時，他們找到的卻是西來的基督教：

> 從新渡戶稻造的《武士道》開始，把武士道與基督教直接連
> 接起來而觀之的做法並非偶然。因為他們正依靠自己為基督
> 教徒才使其「武士」地位得以維持下來。（《起源》，頁78）

---

[33] 柄谷對內村和志賀的分析，參見《起源》「第三章：所謂自白制度」。

　　然而，正是這一批轉向基督教的「前武士」，那些在 20 世紀 30 年代具有基督教背景的人，不久之後就紛紛轉向了宣揚私隱、進行公開的「自白」的自然主義。柄谷發現，這種表面的「轉向」，其實是一個同樣的「顛倒」的邏輯自然發展的結果。他所做的工作，就是揭發其背後所壓抑的「語言的肉體」這一內在的語法結構。關於這一點，本文將在下一節討論光譜的負向時具體論述。此處暫且可以說，當內村鑒三終於得以借由信奉一神的基督來擺脫多神教所帶來的不安，而安然自在地進行「基督教式的反抗」時，志賀卻從中看到了「詞與物」相分離的事實——使肉體集約化的專制主義的存在。對此，柄谷寫道：

> 如果「現代文學」出發於一個主體、主觀、意識，那麼，志賀的抵抗正是針對這個現代文學而始於對「一個主觀」的懷疑。（《起源》，頁 85）

　　柄谷對《暗夜》的分析，以及對志賀直哉在「位相」上的考察恰可以在上文所敘述的庫切的「斷腿狗」與「折翅鳥」、乃至王德威的「斷頭」討論同構的位置上加以認知：在志賀的作品中，沒有提供任何確定的位置可供讀者投射「善」，也無法以「善」為主語，為它羅織一個完整的謂項。志賀直哉的反抗，正是對庫切的「斷腿狗」與「折翅鳥」所體現的「中樞統識」的反抗。可以說，《暗夜行路》的童年場景，是在體驗上表達「我飛不了了」。而不是在認識上表達「我折了翅膀」。

　　值得注意的是，志賀的這個體驗的主體是對內村鑒三所引導的、後來成為日本文學話語主流趨向的顛倒，它是在與內村格鬥

的這個因緣之中歷史地生成的。如果忽略這一隱含的對抗性前提，則無法理解，僅僅依靠一部長篇和數部似隨筆非隨筆、似小說非小說的文集的志賀、在作品中大量描寫動物的情態和「無關緊要」事件的志賀，如何被譽為「小說之神」。這意味著志賀在文壇上的奇特存在，儘管對志賀的誤讀是主流（正如將夏目漱石印在日元上與柄谷對漱石的解讀不能同日而語），人們無疑感受到了志賀作品的「力量」。志賀被認為是「白樺派」主將，然而，比照「白樺派」的主流作品，是不難看出差別的。如果先在地接受了其他白樺派作家如有島武郎的透視方法，則志賀的作品就會顯得有些怪異（後文將舉有島的作品為例）。志賀直哉有一種平淡又玄妙的魅力，彷彿是在天地間隨意取材——短篇集《牽牛花》[34]中輯錄的作品，其題材和內容比之漱石豐富多樣的作品類型都更加隨性，絲毫不具有「統一性」。《清兵衛與葫蘆》寫了少年清兵衛是如何狂熱地喜愛收集、整理葫蘆，其愛好卻受到父親與老師的阻撓。所有理好的葫蘆全部被砸碎。然而，他被沒收的一個葫蘆被校工賣給古董商，得了天價，而此時，曾受到重大打擊的清兵衛早已將興趣轉到其他方面了。這是一個小小的關於挫折、錯位的故事，是一個雖有著擦肩而過的沉重，最終卻流於輕風般無關緊要的事件。《夥計的神》亦然：一個下等夥計很想吃壽司，因手頭的錢不夠而被壽司鋪主人看出，一個年輕的議員看在眼裏，決定借買夥計店裏的東西，請他吃一次壽司。這一次無意的善心引來了雙方內心似是而非的感動、慌張、猜疑。

---

[34]　（日）志賀直哉：《牽牛花》，樓適夷譯，湖南人民出版社，1981 年 8 月。

　　或者有人將題材讀解為一種典型的日本風格。然而志賀的視角和敘述方法的徹底顛覆性，是具有其歷史性考量的。這在志賀著名的歷史虛擬小說《赤西曆太》（1917）中體現得尤為明顯：

　　武士赤西是個臥底，其任務是通風報信，顛覆殘暴家主的統治。赤西是個中年醜男子，為人性直堅定而無迂氣，他與在另一家族中當臥底的同事以棋友的方式保持聯絡。在任務行將結束時，赤西需要一個犯錯誤的藉口來脫離敵人家族：做一件使武士丟臉面的事，使任何人都會自然地認為他是因無地自容而逃走。朋友建議他給一個美人侍女寫情信，明知無緣的事，必遭拒絕，這種羞辱已經足夠了。然而，意外地，侍女竟答應了赤西。赤西感到利用了最寶貴的東西——人的感情。掙扎之後，赤西還是不辱其使命，拒絕了侍女而逃走。人們以赤西的情信當作笑柄，侍女小關卻「整個人萎靡了」，因她完全不知赤西的內心，卻覺得必有隱情，只有死忍屈辱。家主的同黨卻對赤西的逃亡起了疑心，小關被看管。亂世之後，二人戀情如何，不可知之。

　　與志賀其他小說一樣，本篇「情節性」的要素是極其簡單的。然而，結構的安排卻極為巧妙，要理解作品，用來分析的主語甚至不能是「人」。在這裏，我們看到的是「轉變」、模仿和偽裝之間眼花繚亂的遷變。而當我們用結構主義敘事學的捕蝶網以為手到擒來時，我們碰到了小關與赤西閃電一樣劃過的「像是」疼痛之物和赤西的透明的「道德之牆」：他發現家主雖為暴君，而他在家族中遇到的其它各色人等卻都是好人。然而，赤西卻輕飄飄地穿過了這不可承受之重，讓我們的捕獲再一次落空。

　　此外，志賀的作品裏多有動物，他詳細地描寫人如何與動物「周旋」：朋友如何打獵、如何觀察動物、家人如何捉了鳥，如何伺養，又如何在偶然的情況下放掉；借住在年輕夫婦的農場裏，看到半夜偷雞的野貓被捕殺，等等[35]。這種描述，使人很容易將志賀理解為一個冰心式的「有愛心」的作家。然而，志賀並非什麼素食主義者，亦不為動物被殘忍地殺害而哀號，他似乎只是「寫生」，而另一方面，在這種「寫生」中同樣沒有自然主義式的「被壓抑的不動聲色。」因此，志賀並不對於所描述的一切感到冷漠，也沒有在看到殺戮場景之時隱藏著興奮和恐怖的「快感」。只能說，在志賀的作品中，沒有提供任何確定的位置可供讀者投射「善」，也無法以「善」為主語，為它羅織一個完整的謂項。貓兒偷了雞，被農家夫婦關在箱子裏沉水，這個過程是驚心動魄的，很是淒慘，但志賀同時從多個主體出發，讓人既無法同情，亦無法原諒。就像謙作一再的歎息「雖然這樣，但是並不能就此認為……」

　　這些作品即使是「結構性的」（如《葫蘆》只寫了一個單一的事件）也完全不具有透視性。事實上，我們看到的甚至不是一個個確定的人──夥計和他的議員「神」、清兵衛和老師都不是一種主體意義上的「人物類型」，而是一些動勢，一些轉瞬即逝的悲哀、喜悅、痛苦的速寫，只有在相逆之力當中，在夥計與議員、清兵衛與葫蘆、「我」與貓的能量的位差當中，才會顯現出作為人的「物質性」。這就是「波粒二相性」的謎，如同波濤，如同雷聲和閃電。正如在西方近代美術史「後期印象主義」的「點彩派」

---

[35]　參見《志賀直哉小說集》。

繪畫中，喬治·修拉等畫家的作品突顯了作為材質的顏料的顆粒一樣（如《大碗島的星期天下午》、《歐蘭菲林的運河》），其根本的奧秘在於，人的材質與周圍環境的材質並無質的區別。材質從「人」身上漫溢出來，與空氣、橋、街燈與房屋融為一體──正如佛言：無我，無他，無眾生，無壽者。

事實上，以繪畫為參照，會發現志賀的這種散點透視的寫法並不新奇，而與曾極大地影響了塞尚、梵古的日本江戶時期的浮世繪作品十分類似。如《東海道四十八景》、《菖蒲花》等，在後者中，菖蒲花的視角既部分地佔據了草中蟲的視點，同時又抵消了這一視點──草蟲無法在那種「機位」下看到天空。這意味著視野的有限性，同時也體現了它的豐富性。這種視點，也可以在著名義大利作家布扎蒂的短篇小說《一個夜晚》中得到側應：

> 一個美好的夜晚！屋裏的人說。屋外，卻是一個殺戮的世界：昆蟲與鳥類的血腥殘忍的爭鬥。

「屋內」與「屋外」並不是「類比」關係。它們是在同一個世界共存的。如同佛教對「六道輪回」的描述，並不是在死後劃分出一個專供人受苦的地獄，而是「六道雜處」：六道眾生分享同一個空間，甚至於一個人心中就同時擁有「六道」。在這一意義上，「善」乃是對無常的體悟，是「同體大悲」，比之「萬有宇宙」將人作為世界中心的啟蒙式的透視法，同體大悲，乃是另外一種宇宙觀，它並不在自我之外設定宇宙，並將自我與宇宙的關係視為一種精神超越式的強弱對比（如人如何戰勝自然），而是「我之外沒有宇宙」。

　　柄谷引用了市川浩的「身體之場的多向度」和梅洛—龐蒂的「幼兒的人格轉移」(《起源》，頁 86-87) 來解析志賀的作品，他指出，志賀的散點透視就是對「精神／肉體」兩分法的反撥，而這一點，與佛教的「我苦」在精神上是完全一致的。如上文所敘，柄谷高度關注尼采讚揚佛教的話。在分析志賀直哉對內村鑑三式的「基督教」的「背叛」時，柄谷正是引用尼采的話來對佛教與基督教加以對比的[36]。這裏不妨再強調一次：

> 我反覆說過佛教具有百倍的冷靜、誠實和客觀性。佛教已經不需要把自己的痛苦、自己的受苦能力通過對罪的解釋使之成為一種禮儀說法——佛教直率地說出自己的所想：「我苦」。(《起源》，頁 105)

　　佛教的「我苦」，正是庫切的「我飛不了了」。而基督教的懺罪方式，在福柯那裏，毋寧說也正是庫切所批判的「人」的思維方式：這是一隻折了翅膀的鳥。尼采這裏的意思，即「想像的主體」乃是一種人工性的「造作」。在這一意義上，柄谷說，「志賀則是在自白之中與自白這一制度進行著格鬥。」

　　志賀的全部作品是建立在「我苦」這一認知之上。在志賀的小說裏，對於描述一隻貓的慘死或一個人心愛之物的失去，他只是單純地在他所能體知的範圍內感知的「苦」而已。除了苦之外，

---

[36] 當然，柄谷極為謹慎地將尼采眼中的佛教也進行了「歷史化」，《起源》英文版補記說明瞭佛教在日本的變遷情。「包括禪宗派的鈴木大拙，現代日本的佛教都是以西洋哲學為媒介的」，當然，尼采所看到的佛教是德國的、經過再解釋的佛教學，然而，正因為尼采像漱石一樣並不被「知識性的制度」所迷惑，他對佛教基本特點的觀察才堪稱精闢。

還有其他一些閃過的東西，志賀「寫生」下來。對此是無須以一個「裝置」加以說明的。這並不是說，對志賀的作品不能加以社會歷史的分析。而是，我們必須時刻注意，不能在簡單的「比喻」的意義上進行「詞物相分」的分析：志賀不是以動物來比喻人，而是發現了人與動物之間的真正「關聯」：我與動物是沒有界限的。不僅如此，人與人也不在主體的意義上有絕對的邊界。這同樣是梅格－龐蒂的意思。這類似於一種原始時代的人與動物相互轉變的思維方式。正如巴什拉所揭示的，不要區分人與火的絕對界限，不要將火的元素與「火」分開。同時，也是抗拒康得所提出的「補充分裂」——本體自在與自在在實在世界中的存在方式的分裂。轉化，漫溢，模糊主客體的界限，在「我」之外沒有作為客體的「他者」存在，是與「超越論式的場」相近似的一種方式，它同樣構成了在現代性建構中的日本「裝置」相異的方式。因此，柄谷寫道：「志賀受到了對私小說持否定態度的芥川龍之介和小林秀雄，甚至馬克思主義作家們的敬畏。」（《起源》，頁 91）在志賀的作品裏，找不到可以確定的「我」，也找不到一個貫穿性的對善與惡的看法。能夠把握的唯有「無常」。即使是最「細小」的作品也是這一態度的產物。恢復人與自然聯通的最初的感覺，這正是「同體大悲」。

三、光譜負向的「顚倒夢想」

> 「遠離顛倒夢想。究竟涅槃。」
>
> ──《心經》

（一）劈開混沌：我相、人相、眾生相、壽者相

　　《莊子》中有一個著名的「劈開混沌」的故事：南海之帝叫
儵，北海之帝叫忽。二人到中央之帝混沌那裏去玩。混沌招待他
們很熱情，他們就想著報答，就為混沌鑿七竅，使混沌變得能看
能聽能說。他們認為這樣才能使得混沌變得更正常，更聰明。於
是就每天鑿一竅，七天後，鑿完七竅，混沌卻死了。

　　這個道家故事，顯然與「後學」的消解自我和佛法的「諸法
無我」都頗為投契。本文第一部分談到，柄谷認為最沒有力量的
就是真正成為了「藝術品」的杜尚的《泉》。使《泉》藝術品化、
使文學「學科化」，與使混沌開七竅具有同等的危險。這意味著主
客之分、主體的上帝化的隱匿和深度的發現。不論現代性有幾幅
面孔，將具體的、鑲嵌在曲度空間中的人與物抽取到一個平面上，
在現代工業生產條件下，在「現代民族國家」的新的社會空間中，
在「公民」的意義上將「兒童」在教育體系中重新分配，在國家
地理上歸劃新發現的「風景」，在現代醫學體制的功能話語中治療
新發明的「疾病」、歸根結底都是這樣一個「劈開混沌」、使「七

竅」歷然分明的過程。為什麼柄谷這樣的後結構主義者，會認為「言文一致」對於以民族國家呈現的「日本」而言具有根本性意義？對這一問題的回答，必然聯繫著視點問題。當歌德說「東方有一隻睡獅」時，他實際上說出了被賽義德所揭發的「東方主義」所創造的「幻覺真理」。真正的幻覺，不在於這一判斷已先在地將「東方」次等化，乃在於這個出現在人們視野地平線上的「睡獅」本身。就如「風景」一般，這一說法一經提出，就變成了自然本身。歌德的「睡獅」，在日語的語言學層面，也就是「た」語尾的出現。柄谷認為，這個語尾徹底改變了觀念形構，把「誰在看」的問題中性化了（《起源》，頁 66）。它意味著隱藏敘述者，如同電影的秘密在於隱藏攝影機。

柄谷認為，言文一致的功能在於它取消了文字的物質性，創造了堅固的實體性之幻覺：「現代小說的敘述方法一方面將政治中性化，另一方面又創造出『自我表現』這一虛構。」（《起源》，頁 66）也就是同時創造出了「主觀」與「客觀」：有一個自然存在的「客體」日本、天真的兒童、有著悲歡離合的大眾、壯麗的武藏野……在那裏，等待主體去發現、去拯救、去讚美、愛護和為之奮鬥；而「自我表現」的內面——「自白」制度，乃是對「最客觀的主觀性」的創造，則旨在說明這種主觀乃是「個體」——主體的自由之顯現。於是，「我相」「人相」「眾生相」「壽者相」，同時在一片虛無之地中拔地而起。呼應著西歐中心主義的「東方學」，日本的言文一致積極地創造了作為「實體」的普遍主義的近代性。語音中心主義對民族國家的想像性建構具有基礎性意義，在柄谷看來，「言文一致」在現代民族國家的建構中是根本

性的，它是黑格爾「種屬關係」中那個賦予「屬」以生命的獨特的「種」。

因此，疾病、風景、內面的人、兒童都是其某一特殊時刻的屬性的顯現。在這一意義上，我們可以以「風景」論來談論「兒童的發明」和內面的人，也可以用「人和病菌的鬥爭」來談論「內在的人與風景的對立」。而作為「屬」的言文一致，同時也能夠作為它本身的「種」，在同等相位上與其他「種」放在同一相位上討論。……不論名相為何，聯結它們的方式就是「轉義」，其根本的特徵乃是「非─聯結」。下文將簡略概括，作為「屬」的言文一致，是如何在各社會領域中「劈開混沌」的。

1. 明暗交接處：谷崎潤一郎

在柄谷的光譜中心的明暗交接之處，正是谷崎潤一郎。芥川龍之介與谷崎潤一郎關於「沒有情節的小說之論爭」，是日本現代文學史上一個著名的事件。柄谷在《起源》的第六章「結構力──兩個論爭」裏，將之與明治 20 年森鷗外和坪內逍遙的「無『理想』的論爭（這裏的「理想」，主要指作品的內容、主題）」並置在一起，作為討論西方的「顛倒」透視法如何滲入到日本現代歷史形塑中的重要事件。這場論爭的緣起，在於芥川對日本文學界高呼學習西方小說的「深度」、「結構力」和「具有情節性」的熱潮發出的質疑。在西方小說觀念映襯下，日本的各種傳統文學體裁（如「物語」）都成了沒有「深度」、「結構」和「情節性」的「前現代」的遺物。而芥川在《文藝的，過於文藝的》（1927）等雜文中反撥了這個傾向，他認為所謂情節與藝術價值無關。（《起源》，頁 155）

　　芥川的觀點，引起了文壇好友谷崎潤一郎的反駁，從而蔓生成你來我往的文學論爭。谷崎認為，小說情節即事件的組合方式、結構和建築美學，不能說「沒有藝術價值」。

　　就此，柄谷指出，二者共用的「能指」──「情節」之所指，其實有著微妙的差異。因此，解讀者不能陷入論爭的「名相」，而應將之作為時代之「症候」加以解讀。易言之，這場論爭表面上是以西方為媒介，實際上卻表現出不同於西方的異質性，其盲點就在於對西方式文學概念之解讀的錯位。對此，柄谷的診斷不是直接回答，而是問另一個問題：導致二人的「對立意識」的東西是什麼？

　　從內容上看，芥川所談論的，乃是劈開混沌後的透視法「裝置」問題，而谷崎對情節的理解則近於機械性的「數的堆砌」。谷崎所反對的既有「私小說」，亦有江戶時代的章回體人情本。如上文所敘，這些文學形式的特徵即是不具有「西方式的堅實的、肉體性的結構」。對此，柄谷略帶嘲諷地寫道，具有「堂堂結構力」的谷崎其實與芥川相近，他的那些長篇小說也並不具備他所嚮往的西方小說的「結構性」，相反，他與其論敵都分享著日本本土的「物語性」的裝置。而谷崎之未能看穿「透視法」亦是一種裝置，是一個頗難回應的問題。這一問題，恰恰應該在「生物學」的意義上加以體察。

　　也是在這一節中，柄谷以芥川論繪畫為引子，提出「知覺與視覺」的問題：「帶有心理學條件的『視覺形象』，與在物理的眼球上所描繪的帶有機械性條件的『視網膜形象』之間的重大區別。」（《起源》，頁140）

　　視點問題源自人類視野的有限性特徵，是一個生物性的基本事實。當柄谷說古典時代的知覺是一個整體時（《起源》，頁53-54），他提出的正是一種在承認視覺有限性的前提下的總體知覺。所謂「觀念」，是以視覺為前提的「觀」而「念」，它意味著在知覺──眼、耳、鼻、舌、身、意等「六根」中劃分等級，以視覺覆蓋其他知覺，以視網膜的球面局限性「冒充」無限空間的普遍性。從實體層面上講，這正是「透視法」發明並逐漸「完善」的奧秘。柄谷特別指出西方繪畫的發展過程，正是為說明笛卡爾以來的透視法之建立。而 19 世紀後期至 20 世紀的現代主義繪畫中的立體派與表現主義，是在「反透視法」的裝置內部向古典時代致敬。他們力圖恢復這樣的認知：眼球是一個球面，因此，視野不是機械的。然而，這種「自反」式的、現代性中的反透視法，如同漱石、志賀、鷗外的抗爭一般，再也無法回到「前透視法」的天真無邪的狀態。

　　因此，被谷崎誤解的那種情節結構方式是「視覺性」的，而谷崎自身的創作卻如同西方中世紀的宗教繪畫一樣不具有「標準」的沒影點。谷崎所說的「情節」，不是西方小說的「情節」，而正是『物語』。誠如柄谷的洞見，谷崎是清楚地把「色情受虐狂」和規範性的「戀母情節」作為公式來重複使用的。從《春琴抄》到《鍵》，從《吉野葛》到《刈蘆》，乃至《少將滋干的母親》、《瘋癲老人日記》，沒有比谷崎更狂熱而冷靜地揮霍佛洛德的作家了。甚至於《細雪》這種包裹在謹慎的福樓拜語調之中的作品亦然。他談著完全不同的事，但他的每個音節都一如往昔：對於在自己的體驗中和對西方「精神分析」的瞭解中重合的部分進行反覆、

過度的使用，其嚴肅性到了自己也覺得滑稽的地步。《瘋癲老人日記》可以說是一次對這種公式的「大賦」式的鋪展。谷崎以作品注解其人生，他是把自己的人生附著在這一公式上加以實踐的。谷崎的「惡魔性」可以說是西方遇到了東方的「短路」，這同樣可以用來解釋谷崎的散文集《陰翳禮贊》，它同時是東方學的揮霍又是對東方學的消解。

谷崎身上同時顯現出本質主義的認知和對本質主義的顛覆。一方面，他所採用的「公式化的觀念性構架」，並沒有像自然主義的田山花袋們那樣，把肉體（性）作為自然的東西來接受，當柄谷說谷崎的這種「物語」與私小說的非等質化空間都與西方式的現代性裝置不同時，其意指就在這裏。然而另一方面，谷崎也並不具有志賀直哉等人的時代的不安感。

因此，芥川與谷崎對「情節」之理解的錯位就在於，後者將「結構意識」認為是西方小說所獨有，而「物語」所沒有的。誠如柄谷所言，物語只是「類型」，「與『結構意識』無關」。一方面，谷崎之所以只看到芥川小說中的「物語性」卻忽視了自己的「物語」氣味，是由於「深度」的不同，而深度則是特定的作圖法造成的非本質的差異。

值得注意的是，柄谷指出，物語不是「審美」意義上的文學類型，它與「透視法」一樣，是國家形成的意義結構，因此，柳田國男的民俗學絕不是革命性的力量。柄谷引用山口昌男對古代神話、物語故事的分析，指出日本物語一個重要的情節核乃是「貴種流出」，或稱「王子出走」。（如平安時代的貴公子在原業平為主人公的《伊勢物語》）山口準確地把握到，正是那被流放的「貴種」，

那不得志的邊緣貴族，才是王國精神性領域的主宰，這個「多餘」王族卻支撐了秩序的全面邏輯。

而柄谷進一步把這個「民俗學」本身也作為「王子出走」看待：

> 柳田民俗學不可能僅僅是「反權力」的，……神話象徵論層面上的「馴服」反秩序＝混沌裝置組合起來，果真如此，則應該說柳田的民俗學也便存在於這個裝置之中了。在此意義上，可以說「私小說式的作品」和「物語」都不可能是顛覆現代文學制度的東西，相反是存在於對補充和啟動這一制度的裝置之中的。（《起源》頁 164-165）

可見，混沌不等於「前近代」，那些處於「前現代」中的混沌狀態，亦絕非理想的「天真未泯」。因此，在討論柳田國男的田野調查之時，柄谷並未將柳田的人類學視為「反對現代性」的方式：「貴種流出」的物語情節早已在其邊緣與中心的輻輳關係上使「萬世一系」的日本國體形式得以形成。對這一物語的重新發現，在某種意義上是對於正在消化現代性的日本的新的輔助。[37]而在芥川和谷崎的論爭中，物語與情節概念在不知不覺間的「越界」，使論爭實際上陷入鬼打牆一般的僵局之中。

---

[37] 同上文提到的「言文一致」一樣，物語同樣可以從黑格爾的「種屬關係」上得到闡釋：作為「屬」的「物語」也就是在知識分化成各學科領域之後，使其在各自的位相上為「國家」服務的動力機制，而作為「文學類型」的物語則是這一「屬」在特殊場合的「種」的顯現。因此，像討論「文學」一樣，柄谷時而在「種」、時而在「屬」的層面討論「物語」。志賀的《暗夜行路》也是物語性的，它同樣含有「貴種流出」這一神話的變體。正如志賀自己意識到的那樣「一個不斷的重複」，然而，無法將自己完全放逐，而又無法回到「中心」，卻是志賀最具力量的部分。

　　事實上，混沌之所謂顯現為「混沌」，乃是就「劈開」後的形態而言的。「混沌」只是一個託名，一個相對的表徵，它只有在否定之否定的意義上才能成立。也就是龍樹菩薩在《七十空性論》之「五頌」中所謂「已生則不生／未生亦不生／生時亦不生／即生未生故」。這裏的「劈開」，相當於禪宗問答的「話頭」和「先機」。它表明，所謂「行動」只有在「奇數」中才能發生：道生一。在柄谷這裏，劈開，始有「現代」發生。對此一悲劇的挽救性的應答，並不意味著回到「混沌」的狀態，而仍然要用莊子的話方能「托開」：莊生夢蝶。

2. 人我執：兒童的發現

　　現代以來「兒童的發現」，最初由日本開始，經由「五四」健將周作人、豐子愷、葉紹鈞、冰心等人傳播，也成為中國新文學思潮中重要的一支。它的對立面是所謂前現代的封建專制系統中對兒童的壓抑。人們彷彿一夜間驚訝地發現，自古以來，竟沒有專門的兒童之文學！

　　然而，柄谷指出，「兒童」乃是一顆「現代心」的造物（《起源》第五章「兒童之發現」）。它是在現代教育制度的話語系統中被發明出來的。

　　推而廣之，「兒童」的發明亦等於對人生階段的嶄新劃分。當今我們熟悉的兒童，具有「幼年期」的一切心理特徵，到了「青春期」，他們會有各種不成熟、躁動的身心反應，對此，家長應該善加引導等等。倘若有不符合這些特徵的情況，可以視情況歸於「早熟」或各種「病症」。這就是現代教育的命名體系所創造的「兒

童」。對這樣的「兒童」進行描寫，便產生了「兒童文學」這一專門的題材，同時，過去的文學「對兒童的忽視」也被「發現」了。

　　柄谷以伯傑和福柯的理論來指出上述這種已成為「常識」的心理學的歷史性：

　　「值得注意的是在（文藝復興）這些天才人物那裏，看不到浪漫派式的天才所具有的青年期（Youth）乃至成熟（maturation）的問題，儘管後來他們可能被如此這般地裝飾打扮起來。」所謂「青年期」這個概念也是將孩子和大人區分開來之後才會出現的。「為了孩子而特別製作的遊戲以及文學也是不曾有過的。」（《起源》，頁 115）

　　這一點，在中國「前現代」的教育方式中也可以很清楚地看出來。儘管童年和成年時代在生活和文化各層面均有其標誌性的禮節（如垂髫、戴冠等），這種禮節有時也會涉及到對心理層面的要求，然而並沒有形成針對「童年」、「少年」、「青年」的所謂「內面的制度」。

　　在這一意義上，柳田國男的田野調查具有一種反彈的向度。面對現代性對人的分割，「他要觀察的是『孩子和大人』還未分割開來以前的身姿」，在「前現代」時期，「遊戲與勞動的分割與大人與孩子的分割密不可分。」（《起源》，頁 117）[38]

---

[38] 柳田厭惡兒童文學乃至「文學」。他的「常民」與知識人的「大眾」概念無緣。正是這樣的柳田使周作人著迷，我們可以聯想到，在周所生活的五四文化——一種積極建構的現代性神話中，周是如何努力想要將這種「原始」的東西與新發明的文學概念相聯通。然而，無法注意到此中奧秘的、「外部」的視點，能夠看到的，只是周對日本文化的迷戀。

因此，「我們所思考的客體化了的『兒童』在某個時期以前是不存在的。問題不在於有關兒童的心理學探索弄清楚了什麼，而在於『孩子』這個觀念遮蔽了什麼。」(《起源》，頁 114)

還是在換喻的意義上，柄谷將浪漫主義和自然主義的問題與成人禮儀式和「孩子與大人」的分割放在一起思考。從兒童到成人，從浪漫主義到自然主義，看起來是「斷裂」、是「轉折」的，所標明的卻是進化式的連續性：同一個「我」由青澀到成熟。對這個連續不變、一以貫之的「我」的執著，正是佛教唯識論所謂「人我執」。事實上，從生到死，形體外貌，思想認識，無一不在時刻改變，那個可以名之為「我」的東西究竟是什麼呢？《金剛經》有言：「譬如人身長大。佛說非大身，是名大身」。然而，人們總是認為這期間有個東西沒有變，能貫穿始終，長高了是「我」長高了，變老了是「我」變老了，即使相信有輪迴，也是「我」死後投生，「我」升天入地，始終認為有一個固定不變的實體作為主人公，幹什麼事都圍繞著這個中心，這就是「人我」。

3. 法我執 V.S.西鶴・能劇：作為顯性因素的「佛教」傳統

在透視法已經成為常識的視域中回顧過去的文學，江戶時期的大作家井原西鶴（1642-1693）的小說和近松門左衛門（1653-1724）的戲劇是「現實主義」的，他們的作品即是描摹町人（商業城市的小市民）生活的畫卷。松尾芭蕉（1644-1694）在行旅中寫出的俳諧（如《奧之細道》）則對自然的風景進行了傳神的「寫生」。對此，柄谷說，芭蕉也好西鶴也好，並沒有「描寫」，「看似『描寫』之物亦非『描寫』」(《起源》，頁 11)。看的不是「風景」，

寫的不是「町人」，而是理念，是語言本身。風景是以「語言」的
形式出現的[39]。井原西鶴與莎士比亞一樣，「是在先驗的道德論框
架內，以古典論為基礎來創作的」（《起源》，頁 11）。而他的「現
實主義」，是在否定瀧澤馬琴的過程中，在近代日本的「寫實主義」
建立的潮流中被「發現」的。這裏的「道德論」「古典論」所指
何在？

　　事實上，需要對柄谷的描述加以補充的，正是作為顯性因素、
而不是「背景」的佛教空觀對日本平安時代以來的文化的持續作
用。與中國古典小說的「佛教世俗化」的趨向以儒學為主的情況
不同，日本古典文學和藝術，從物語、和歌俳句、小說，能劇、
歌舞伎淨琉璃的藝術風格的倫理基礎，即柄谷所說的「古典論」
和「先驗的道德論」，乃是以佛教經義為基底的[40]。日本中世和近
世文學就是佛教觀的世俗形態。當坪內逍遙以文藝理論家之姿為
日本的文學賦予意義的時候即談到，「人情即人的情欲，所謂百八
煩惱是也。」在中國的世情小說中，「因果報應」「六道輪回」等
觀念是以勸諫諷喻、「講道理」的方式，而井原西鶴的小說和近松
門左衛門的戲劇卻並不將「因果」作為情節的推力。因果是非是
空性的，具有在「多樣化的並立中轉身」，使之透出令人背脊發涼
的「浮世」感。正是這一點，令西鶴與近松的藝術成就常與莎士
比亞相提並論。芭蕉的俳句理據亦然：不是個人在觀察事物（主

---

[39]　我們試行在腦中止息思想─語言，哪怕一刻都很難。正是在意識到這一點
　　的當下，「風景」的語言本質會清晰地浮現出來。
[40]　參見（日）梅原猛《地獄的思想》，劉瑞芝、卞立強譯，四川人民出版社，
　　2005 年。（日）古屋安雄等《日本神學史》，陸若水、劉國鵬譯，上海三
　　聯書店，2002 年。

體在觀察客體），而是顯示出主客體未分的混沌、粘黏狀態。（強調混沌與粘黏，是由於「超越論式的場」這一術語可能會帶來沙化的印象。）一些中國學者在對正岡子規和與謝蕪村進行審美批評時[41]談到，子規認為芭蕉是消極之美──蒼古──中世的代表，而蕪村是積極之美──壯麗，客觀──近代的代表。顯然，這種解讀即是一種「詞物分立」的方式：從「場」將其「氣氛」提取出來，與「古代」「近代」的時間概念直接對應，人們早已遺忘了，「蒼古」是由何而來的？

　　因此，不論「前現代」的日本人究竟是如何生活的，有一點可以明確：只有意識到佛教對日本的深刻影響，才可能在不同於現代人類學的視角理解松尾芭蕉「前文學的」題詠、井原西鶴與近松門左衛門的町人文學和「蒼古」的能劇。

　　井原西鶴寫於 17 世紀的風流名著《好色一代女》（1686 年），故事情節是：一個老年尼僧為前來求取「色」之奧秘的男子們講述她在「色道」中波瀾壯闊的一生。每一個人生片段都是這位女性的所見所聞，所歷所感，然而通篇看去，卻並沒有一個「背後的超越論式的自我」，「固定不變的實體」的「我」在支撐。「我」的確長大、變老、變醜，由一個人人稱羨的美人變成在街頭賣淫亦無人問津的老嫗，然而它所展現的並非連續性的主體，而是一個個社會斷層。我們可以看到的是「變化」，而不是主人公。「我」從這裏走到那裏，從青樓走到船塢，「我」的顯現和隱沒如「波濤」

---

[41] 參見周海《與謝蕪村俳句的近代性》，《日語學習與研究》，2008 年第 5 期。

一般。當女人垂垂老矣，將五百羅漢看成一生中所禦之男性，她證悟了「空性」：所有發生過的一切都在當下：歷時也就是共時[42]。

當柄谷以日本鹿鳴館時代第 7 代市川團十郎、河竹默阿彌的戲劇改良為例來討論其與「言文一致」同構的「所謂『內面』之發現」時，其潛在的對話者是傳統能樂、歌舞伎等戲劇形式。自 8 世紀以來，能樂基本上被用來表現佛理的苦、空、無常。在現代戲劇改良之前，能劇奉行室町時代觀阿彌、世阿彌父子從佛教中汲取的心髓「風姿花傳」，表示風過花開、四季輪轉，方寸天地之間無不是應答消息，因此具有「高度的象徵性」。

如果說，中國川劇中的「變臉」是面具的「跳躍」，是徹底轉變帶來的驚異，而能劇依靠演員身體角度的微妙變動——俯、仰、微側等，使從觀眾視點看到的面具發生表情改變。其意義不

---

[42] 共時與歷時的關係，或轉世輪迴的關係，佛教也只在相對層面上展開討論。在《般若經》當中，佛陀提到，他告訴一位即將證得初地的弟子（菩薩證得初地算是一種很高的境界）他於二大劫、無數生之中累積了許多福德，並且清淨了所有染汙。然而這位菩薩心生嘀咕說：「二大劫、幾百萬次的轉世再轉世，這真是久啊！」佛陀回答：「別擔心，當你證得初地，你會發現，所有這些轉世、新年、國籍變換、轉化為各類眾生——有時在天上飛、有時水裏遊，這些全都發生在火花迸裂又熄滅的剎那之間。」佛陀又說：「而後當你證得十地，回首發現自己已然渡化了無量無邊的有情眾生。」佛陀對這位菩薩說：」如果一位菩薩認為自己已經渡了無量眾生，這就像一隻螢火蟲認為自己點亮了全世界一樣。」佛然後接著說：「當你一旦成佛，將會發現自己從未曾是眾生、從未曾努力修行、也從未自始即受苦，你那時甚至也不是佛。」上述三段話讓我們洞悉大乘佛教令人驚歎的觀點。第一段話當中，佛打破了時間的概念，如果沒有時間，又如何會有轉世來生？第二段話，佛打破空間的概念。在第三段話裏面，佛打破道、果的整個概念。所以轉世只存在於時間概念的背景之下。從昨天到今天我持續著，這種相續是我唯一擁有並且能指稱為轉世再生的東西。這種相續的經驗會一直持續下去，直到碰到阻礙為止。參見宗薩欽哲仁波切《中陰教法》。

在面具之後的「演員」，意義就在表面。如果瞭解面具特定的運行方式，你就懂得將跟它保持什麼樣的距離，它就不再攜帶危險，而是安慰。不瞭解這一點的人，才會看到面具後面的「人」。正如希臘古典時期那個經典的「畫布」故事：掀開畫布打算看裏面，畫布卻破了——畫布就是畫的「內容」，真正的欺騙就在表面。誠如福柯所言：「最深的是皮膚」人的皮、肉、骨，對於主體而言都可能是陌生之物。能劇表演者為觀眾設下的秘密，在他自身那裏表現為另一種形態：在僅以細長的眼窗孔洞視物的面具後面，他幾乎看不到舞臺與觀眾。如前所述，人的「世界」其實只有前部視野，「後面」對於它來說是一種禁令，能劇表演的嚴格限定，從根本上呼應了「人的有限性」這個主題——肉眼所見性境，見近不見遠，見此不見彼，見著不見微，見通不見塞，見明不見暗，見現在不見過去未來。演員需要憑藉對舞臺的熟悉和與面具「融為一體」的神秘體認才能使表演成立。因此，在能劇表演行內，向面具祈禱是必要的場前準備。能劇演員不是面具的「內面」，毋寧說，他是一種特殊的動物，同時既是他自己也是面具。他不能失去面具。他被迫通過它的眼睛觀看，卻使它的他異性強化到不可承受的地步。能劇演員所佔據的是這樣一個位置，他佔據了虛空凝視主體的不可能之點，你無法在拿下面具後，與「虛空」的奇異性正面遭遇。因為我們其實就是它。能劇表演的終極秘密是：「之外」自身是空洞的，沒有靈魂的深度，它就是活死人／怪物／機器的凝視。我們不能向它籲請，這才是人生真正的恐怖。深度自身是無船體的潛望鏡，是幕布，是表面——鏡像的幻覺效應。

　　能劇觀眾與京劇觀眾一樣喜捧「名角」，他們真正享受的從來不是「演員」，而是一種「場」的資訊。這種資訊，是觀眾與表演者共同分享的。面具是形式和距離的固定不變，這是它誘人特質的核心。面具有「性」，人則有「情」。一旦去掉面具，展現「性情中人」之時，有著「內面」的「我相」就創生了。當人們描述一種「日本性」時，總要提到日本人是「隱忍的」，然而如上可知，試圖在隱忍的「裸顏」上尋找「深度」，只是一種「顛倒」而已。

　　就此而言，柄谷指出，二葉亭四迷（1864-1909）的小說《浮雲》還有著江戶的瀧澤馬琴甚至井原西鶴的影子：儘管主人公青年已經是一個「心理苦悶」的人，但他們被結構進浮世的嘲謔、浮世的嬉笑怒罵之中，面具還未摘，裸顏還未露，主人公知識分子的痛苦仍然是能劇表演式的。而與二葉亭同樣描寫「二層樓上的寄宿人的故事的田山花袋，其《蒲團》（又譯《棉被》）已經完全是透視性的了。在「內面之發現」裏，柄谷花了大量的篇幅對比早期森鷗外「言文一致」的著作《舞姬》與二葉亭的《浮雲》，他認為，二者「空間場景」描寫的不同，發現後者的符號的形象性是不能「翻譯」的（《起源》，頁 39-40）。這種符號形象就是「能面」，也是典型的井原西鶴的浮世主義。符號（面具）本身的形象，使人們注意到，悲歡離合乃是一種造作表演造成的，因而不會在根本上「沉溺」下去。面具形成的距離，抗拒著把「內心」視為真理實體而忽視一切的「透明性」。而《舞姬》的描寫則是透視法式的：彷彿語言在這裏已經不重要，重要的是我們已經「身臨其境」。

每一種陌生的語言都是聽覺面具。從前，意義就是面具，現在，人們需要從裸顏背後尋找意義。言文一致，正如市川團十郎將面具從演員身上取下一樣，他取消的乃是世界之於觀眾的距離，意欲展現真實，卻忘記了面具的警告：真實不生亦不滅，本不可得。裸顏一經展露，便被當成透明之物，它本身不能產生新的意義，它只能暗示一個「深度」：「通過……反映了……」而當和漢假名混合體進一步向由平假名書寫的文章完善，使文字在聲音中找到了它的能動之時，文字（面孔）就消失了。這個被創造出來的「深度」，就是現代性的面孔。

正如尼采說，「閃電」並不存在，是從「打閃」這一現象中被提取出來的「命名」。同樣，病，是一種從「苦」這一述行的現象中被提取出來的，是一種脫離經驗的「社會制度」。現代疾病「以某種分類表、符號論式的體系存在者」（《起源》，頁 103），對客體——「病原體」思想來源於主體——「健康的幻想」：有一個健康的「我」存在。在「所謂病之意義」這一章中，柄谷引用了尼采的洞見：「人與微生物的鬥爭」這一呈現乃是神學式的。微生物在這裏被呈現為「所」知的客體化的客體物。

當我們說，將戲劇當作生活的「反映」，將兒童當作「向大人」發展的前史，將心理當作被表現的「內心」，將病當作鬥爭的對象，都是「人我執」，也都是「神學」。真正的「神學」也許不僅是相信絕對之神的存在，而是相信「我」的絕對性恥辱在。神學是設置禁令性的「起源」：要有光！人為地設置「開頭」和結尾，也就是將開頭之前和結尾之後，視為斷滅之「虛無」。這無異於說：人生不具因果，是一個實實在在的「線段」。

（二）善惡、種子與現行：現代之毒

　　拋開學術和文學術語，從通俗的意義上來說：「我執」有什麼害處？倘若認為，能指的建立本身是有害的，就已經進入了現代性的「圈套」之中。善惡只由因緣生。但，不能不說，現代性乃是生產「我執」的新方式，這種方式與其他因素的化合，往往生成了現代之毒。

1. 兒童：令人戰慄的格林童話

　　在文化主義廣泛流行的今天，出現了各種各樣「另類」歷史：小麥與歐洲史、如廁的歷史、垃圾的歷史……等等。這其中，也有出現了對格林、豪夫等中世紀以來的歐洲童話的追溯。其要旨在於「發現」本應天真無邪的童話其實處處是血腥、暴力、陰謀和野蠻。無論「小紅帽」和「大力士」皆是如此。

　　這種「另類」歷史表面上是對「正統」歷史的一種戲謔，然而，其問題卻正是「正統」歷史本身以文化多元主義的面目所出現的「變體」。這種「發現」的快感和驚悚感之所以能夠成立，其前提並非人們對「暴力」的長期無視，也不在於這些童話的讀者並不是「兒童」，而在於上述在「顛倒」的視域內，將兒童圈定在「天真無邪」的幼年期中的一整套方法。

　　因此，重要的不是看到童話中具有的「原始性」的野蠻或「成人」的黑暗的一面」，而是看到那個使童話變得「純潔」的話語。發明這套話語的現代的成人們，不僅在新的意義上發明瞭格林童

話，也同時發明瞭「原始的野蠻」與「純潔」這兩條「看」的路徑。今日對「野蠻」的呈現，是所謂「政治正確」的「快感」本身，它昭示著今天的後現代主義世俗化的過程中那吞吃一切的文化多元主義分外龐大的胃口；彼時對純潔的需要，一方面乃是不斷消化著新生的現代性的成人們的「排斥反應」。這就是為什麼柄谷說，「可以說，大概只有卡夫卡那樣的達到了寫實主義極致的作家才能再現『童話』」。(《起源》頁 123)另一方面，則是建構現代民族國家經濟和文化基礎的需要：

1.1 分配兒童——半吃人

柄谷行人指出，柳田國男的觀察具有重要意義：與「大孩子照顧小孩子」的過去時代的「教育」不同，現代義務教育則依年齡將孩子們隔絕開。地方上曾經對徵兵制進行抵抗，卻對學制的正當性沒有太多懷疑，這是因為，他們忽略了兩個制度同時出現的意義乃是現代性國家的動力機制——創造抽象的、均質的作為國民的「人」。正是發明瞭「兒童」和與之相配的分類系統的現代教育，將孩子與青年從地方性家庭中奪走，使固有的生產方式被破壞。現代教育的「素質教育」廢黜了傳統的手工藝，在明治二十年後的社會上風行硯友社和幸田露伴小說的「紅露時代」以及後來的大正時代，幸田露伴、泉鏡花、樋口一葉和永井荷風等人的小說裏都大量存在著對日益衰微的傳統手工業的「挽歌」。

兒童的發現乃是「資本的原始積累」，事關教育、軍事與「國民」的生產，也就事關「資本＝民族＝國家」三位一體之圓環[43]。

---

[43] 在《馬克思，其可能性的中心》裏，柄谷亦是以這種方式思考「商品」生

1.2 醫治兒童：「教育」之「病」

現代教育體制與醫療體制密不可分。福柯著名的論斷是，現代醫學製造了疾病，不僅僅是在隱喻的意義上，更是在實體性的身體的意義上。現代醫學在治療痛苦前，先發明痛苦。（而佛教認為，所有的痛苦都是自我的發明。）

柄谷在這一點上完全走福柯與尼采的路線——「精神分析本身廣泛地造出了疾病。」

福柯：「現代教育學以保護孩子不參與大人的矛盾糾葛這一無可非議的願望為目的發展至今。……但是，按照上述做法……反而使他們有了遭受遇到這種大的糾葛的危險。進而言之，內在於文化中的各種各樣的矛盾未能如實直接地反映在教育制度中，而是通過各種各樣的神話這些矛盾成了被間接反映的東西……一個社會是在教育學中夢想自己的黃金時代……固執或退返於幼年期這種現象只有在某種文化中才有可能發生。另外，我們也會明白：在清算過去使過去同化於現在的經驗不為現有的社會形態所允許的情況下，相應地會多發這種固執或退返幼年期現象。退返所引起的神經症並不是在顯示幼年時代具有未被證明神經症的性質，而是在告發有關幼年時代的諸種制度使人變成具有未開化性質的東西。」「神經症乃是受到隔離與保護的『幼年期』的產物，只有在這樣的文化中才可能發生，這一論述十分重要。」（《起源》，頁

産和流通的奧秘。即重要的不是「制度」的內容，而是「制度」這一「能指」。他解讀馬克思和佛洛德的方法，就是首先論斷他們不是在「發現深層」，而是注視表層。

126）「與其說我們因了被隔離的幼年期而無法成熟，不如說因為執著追求成熟而未能成熟。」（《起源》，頁127）

這也就是說，在「兒童時期」「少年時期」處於隔離社會的「真空」狀態，因而走上社會就會遇到「矛盾」，所謂青春期正是「這種矛盾意識」。

相反，「江戶時代武士的兒童所接受的『忠孝』教育則更為具體而形象化。」（《起源》，頁132）如泉鏡花的小說《高野聖僧》中所謂神秘的「魔性」，不過是家庭和環境薰染的結果，是環境的粒子在人身上的漫延。又如柳田國男所講述的日本傳統家庭中兒童的情形，是大孩子小孩子玩在一起，可以說，在傳統日本，「忠孝」觀念不是作為一種「教育學」而「教給」孩子的，它乃是一種氛圍，是環境本身。柄谷「光譜」正向的年輕女作家樋口一葉，即是從非「兒童文學」的裝置內寫了「童心」。樋口英年早逝，在少女時期就獨自承擔全家的生活，她所書寫的只是在應對各種事件中的「兒童」。在她的描寫裏，有著無法用「封建思想」加以提取的「忠孝」與「童心」。如果以現代教育視點來看，只能說一葉表現的是「小大人」的形象，或者說是「封建思想」與「天真幼稚」的兒童雜交的怪物。這就是顛倒。除了與周圍人們的交際中，從虛擬的「外部」（上帝）視點是看不到「孩子」的。而一葉死去之後，以「兒童文學」張目的青踏派和描寫「下層疾苦」白樺派，卻已經處於「上帝」視野之內了。

當福柯以盧梭的《愛彌兒》為例闡述上述論點時，柄谷指出，即使福柯也可能存在著誤讀：他把《愛彌兒》作為一部教育學著作來閱讀了。這與後現代的多元文化主義者重讀格林童話相似。

「同樣的情況也可以用來說明佛洛德。在佛洛德的思考中，不是幼年期裏有什麼外傷經驗而產生神經症，相反，是當神經症發生的時候，一定在幼年期裏有其問題的根源。」(《起源》，頁 127)即，在精神分析產生之初，對它的顛倒就已經開始了。顛倒本身即是時態悖論。

　　兒童與疾病的關係，亦是現代科學話語與權力的關係。醫學即是政治，與「文學即是政治」類似，「這個社會是病態的，必須加以治療這一『政治思想』亦由此而產生。『政治與文學』不是什麼古來對立的普遍性問題，而是相互關聯的『醫學式』的思想。」(《起源》，頁 108)

　　換句話說，醫學建立起一套清潔的、中性的表述，而人們忘記了「中性」本身乃是一種政治，而，「這正是現代科學自身的本質。如胡塞爾在《歐洲諸科學的危機與超越論現象學》中所指明的那樣，始於伽利略的『純粹科學』正因為本來是無目的的，故可以和任何目的結合在一起。……胡塞爾所意識到的『危機』在於人們忘記其科學之歷史性。」(《起源》，頁 128)

　　本文已多次提到「人與病菌的鬥爭」的表述乃是神學式的發明，它的形成是思想史上一個重要的傳奇，是權力能動性的本來模式。權力依照功能序列劃分萬物的等級秩序，獨裁者將人降級為動物，為此他只學習如何統治人，他將所有不適於被統治的人降為有害小動物，最終將它們大批消滅。

2. 基督教、陰暗心理與權力

2.1 內村鑑三：解放與專制

比之面對充滿矛盾而令人無所適從的世界，服從唯一神無疑是更容易做到的事。這就是曾影響了志賀直哉的內村鑑三從信奉日本原有的神道教而皈依基督教的緣起。就內村的自訴來說，多神教在生活中處處設置禁忌，令他感到無時不在的拘束。而轉向基督教，皈依唯一神，使他獲得了無比的解放感：「又可以……又可以……了。」

柄谷寫道，內村「通過服從於唯一一神而獲得了絕對的『主體性』。」正是這種絕對性，產生了「泛神論」：「內村文章中對『自然之神』的讚歌幾乎都是泛神論式的」（《起源》，頁83）。

既然皈依了基督，為何又會讚美「自然之神」呢？事實上，通常對於「泛神論」的誤解，乃在於將它看成是「多神論」的。而「泛神」是只有專制性的一神教的「壓抑」下產生的名相。

表面上看起來，內村的行為是勇敢的：他在明治基督教徒中皈依得「最為徹底」，排除了國家和教會的「仲介」，而直接與「上帝」相感通。其信仰的堅毅，值得敬佩。然而，柄谷要說的是，在與漱石、直哉、鷗外等人相反的意義上，內村在內心放棄了真正的難題。也就是說，通過一個絕對點的設置，使一切失敗轉換為勝利，從而避免了漱石「蜘蛛的困惑」與森鷗外的「中心的沈默」：除上帝之外，我已無所畏懼。

與內村正好相反，志賀直哉受到內村的影響放棄了使自己愉快的「多樣性的」「肉體性的」體育運動，正正經經地「壓抑」自

己，做起學問來了。然而，由於志賀不具備內村在享受「專制主義」時的輕鬆感，他能夠感受到的只有以壓力的方式呈現的「專制」。內村之所以會「專制」起來，那正是出於「解放」的「便利」，其方式非常近似於在日本淨土真宗被庸俗化的情況。日本社會存在著僧眾飲酒吃肉、結婚生子並由後代繼承寺廟的現象。其理念正在於相信只須念佛即可往生西方。

相信「一」而放棄「多」，與相信「一」同時實踐「多」，是同一種「我執」的變相。太平洋戰爭之始，經過此番「現代性」洗禮的日本宗教界積極配合，其影響可見一斑。

2.2 流暢的痛苦與性之「潔癖」

田山花袋的小說《蒲團》（中譯《棉被》）描寫一名教師暗戀寄居在自家二樓上的女學生的故事。雖然二人並未有染，教師內心卻起伏波動。在學生回到家鄉後，他來到樓上，嗅聞學生棉被上的氣息。

這部小說被譽為自然主義「私小說」的代表作，與中國五四時期鬱達夫、郭沫若等人的自白主義、心理主義作品有著一脈之緣。然而，柄谷一針見血地指出，田山內心「激烈鬥爭」的結果，乃是在小說中自白出來的「無足輕重」的事。教師的心理鬥爭，也就是被壓抑了的性懺悔，乃是基督教式的「自白制度」的產物。

花袋的自白是真誠的，但，對這樣的「真誠」，齊澤克會說，這太假了。因為，這裏的問題是「能述位置」的問題，是知識與行為之間的錯位——既然主體能夠這樣去「懺悔」，他就不會已經在述行上這樣去做了。這同樣可以用雨果的浪漫主義作品《巴黎

聖母院》中的情節來解釋：愛上了吉普賽女郎的神父的確是虛偽的，然而他的虛偽，不在於他對艾絲美拉達動了情欲，而在於他對此的「認識」，他的真誠的「懺悔」。神父的「充分自白」表明，他具有一個純結的自我，就棲息在「墮落」之前。因此，這裏的「虛偽」是根木性的，它最終要說的是尼采的話──「能被思考的東西必定是虛構的東西。」

　　加藤周一在《日本文學史序說》中不無諷刺地指出，田山花袋主張廢黜小說的「技巧」，也就是說，廢黜泉鏡花式的「美文」（要模仿它，必須要有江戶文學的豐富教養），而主張大眾的口語體（言文一致）小說，「全面」地描寫內心世界，他儘管也主張學習二葉亭四迷的口語體，卻並不具備其江戶文學的根底，更不具備二葉亭在「口語」中顯示出的俄語與法語的素養。於是，可以說，花袋開創的是「人人都能寫小說」的時代[44]。

　　語言具有不可述行性。這大抵也是佛教不依賴於語言的理由之一。認為語言可以通向真理──實存的人，乃是進入了「所知障」。對比一下漱石在《路邊草》即知，花袋的懺悔乃是忘卻了「面具」，直入「內心」的懺悔。而漱石意識到，所謂「自己」除了在與周圍人的關係中才能體現外，別處則「一無所有」，同時，「知識分子」的「我」卻總想獨立出來，漱石的痛苦便是對「我執」展開的戰鬥。而花袋相反：他的懺悔是從一個透明而又堅固的「我」出發的。對此，尼采的警告是：「主觀直接探究有關主觀

---

[44] 參見加藤周一，《日本文學史序說》下冊，唐月梅、葉渭渠譯，開明出版社 1995 年，第 330 頁。

的問題以及精神上的所有自我反省都是危險的事情，這種危險在於將自己偽裝起來進行解釋」（《起源》，頁88）。

這不僅是田山花袋的問題，實際上也是許多思辨型作家的問題。早在其發出疑問之初，真正痛苦的部分就被隱去了。那就是「實在界之僵局」。能夠暴露在外的，能夠發出的，已經是可以操作──表演的部分。所以其痛苦非常流暢──梅洛－龐蒂說：我們不是只回答了自己能夠解決的問題嗎？

在卡內蒂的「五十種人格發明」中，有一種叫「遺失大爺」。他總是在遺失東西，他很沮喪，但，他的沮喪也就是他的快感之來源：有那麼多可供遺失的呢！原來，遺失大爺製造出許多東西，然後將它們「遺失」掉。若用佛教理論來觀照，遺失大爺就是抹殺「能認識」與「所認識」之間的差別，執空為空，表面上是喪失了，其實正是耽溺於「有」。在花袋那裏，被發明出來的乃是「肉體」。這一發明是為了懺悔的需要，而對於福柯來說，基督教對性的懺悔同時是對「性快感」的發明──「據說這是人們的隱私。然而，萬一與此相反，這個性會不會是由完全特殊的方式作為人們告白的東西而存在的呢？」（《起源》，頁73）

遺失大爺的創造「遺失」，與製造出可供治療的疾病一樣。在「內面的人」的視野中，出現了許多可供懺悔的東西，與之相比，傳統時代的小說是多麼粗糙啊！這就是彼時在日本文壇空氣中彌漫的腔調。因此，森鷗外的《阿部一族》對無深度的人物的描寫，志賀直哉的無主體的人物視點，就成為了「異質性」的存在。

「我」乃是一個症候，細究起來，這個「我」是不成立的，然而，文本總是無意識地為「我」提供理由。

　　事實上，拉康和齊澤克一直在問的問題是：性快感如何是可能的？毋寧說，在「生物／文化」的二元關係中，文化總已是「過度決定」之物：如果不在文化上為性快感尋找定義，如果性快感不是天然地具備了文化想像的內涵，你如果解釋那個實體的「性」呢？

　　傳統日本的「色道」，也是一種對「性快感」的發明，而二十世紀初花袋的發明則是現代性之「性」的新生事物。其後，在六十年代老年谷崎潤一郎的《鍵》和《瘋癲老人日記》中，在文化上發明性快感已經成為了小說的顯在主題，它同時是小說瘋狂加速與無限延緩的描寫的內在動力。谷崎與花袋的差別在於，他對「發明」的裝置性特徵毫不隱喻，而花袋的自白卻掩蓋了「裝置」，顯示出他的「本性」之「純潔」。就此，柄谷寫道：「自然主義者大肆揭發的那個肉體，已是存在於『肉體的壓抑』之下的『肉體』了。」（《起源》，頁72）「明治20到30年代初具有基督教背景的人們，不久紛紛轉向了自然主義並不奇怪，因為他們所發現的肉體或慾望，乃是存在於『肉體的壓抑』之下的」。

　　有趣的是，儘管花袋「大肆揭發了肉體」，對花袋的批評仍然集中於「肉體」的不夠「堅實」。柄谷引用島村抱月的話，說花袋私小說的弊病，在於寫「心」未寫「事」。這無異於說，這樣的私小說不具有堅實的、吸引人的情節。「堅實的情節」，恰恰是谷崎潤一郎批判日本小說時所採用的修辭。從而我們看到，肉體化、堅實、結實這樣的辭彙，本身就是人們對自我身體的實在性的一再肯定、反覆確認的產物。因此，「堅實」成為了文學的道德判斷的武器，就如同「中性的」的醫學辭彙一般，被不同的意識形態「採用」，在不同的意義上與「情節」「結構」勾聯起來。

　　按照島村的邏輯，花袋是「走偏了」的自然主義。那麼，「正統」的自然主義，就應該是描寫結實之「事」的自然主義。而柄谷早已指出，從來沒有「實體」之事。在柄谷的價值光譜上，古典時期的芭蕉與西鶴，是作為與「透視法裝置」的同等地位提出的。易言之，柄谷要反撥的是將古典時期作為進化論低級階段、現代的「準備」階段的那套話語：自白制度使人發現了性。

　　在佛教勸諭故事中，老和尚背一少婦過河。小和尚說：師父怎不遵佛制？老和尚說：我已把她放下，你怎麼還沒放？

　　所謂「放下」，並非放下一個實實在在的女性的肉體，而是同時放下「人我執」與「法我執」。「法相」實際上只存在於「自白這一制度」中的「肉體」。這與「穿腸過，心中留」有著根本的區別。

　　「自白、真理、性」被結合在一起。將這一「起源」揭發，最終仍是為了講述「權力」。有了自白制度，第一塊石頭就可以向「不懺悔」的蕩婦投擲出去，因為懺悔使犯罪者成為無冕之王。

2.3 弱者與權力：武士的心理陰影

　　因此，「我執」不僅創造出「有」，還創造出「無」。私小說的自白主義所能自白得出來的東西，乃是一種「流暢的痛苦」：為了避免與實在界相遭遇，把最關痛癢之物隱藏得很好。那麼，對於私小說作家來說，對於內村鑑三等轉向基督教的人來說，何謂「最關痛癢之物」？如果說，漱石也好，鷗外也好，有著他們自身「身世」的特殊性，那麼我們可以轉頭來看，是哪些人最先傾向於接受基督教？

　　事實上，「如果沒有等待影響之精神狀態則所謂影響是不可能存在的。」（《起源》，頁 77）柄谷的批判劍鋒所指，在於基督教式的精神革命的「源起」是某種「陰暗心理」。「『時代之下』即充滿抑鬱情結的陰暗心性。談論『愛』正是從持有這種陰暗心性的人們那裏開始的。……為什麼總是失敗者自白而支配者不自白呢？原因在於自白是另一種扭曲了的權力意志。自白決非悔過，自白是以柔弱的姿態試圖獲得『主體』即支配力量。」（《起源》，頁 79-80）

　　要澄清這種「權力意志」的扭出過程，就需從外部看基督教與日本現代國體創生之不可分割的關係。事實上，把宗教問題排除而談中日兩國的現代性起源問題是成問題的。眾所周知，日本的「明六社」對梁啟超等維新派曾有巨大影響，而明六社是以基督信仰為其共識的。在日本，轉向基督教的，正是武家後裔。武士道以「主從關係」作為其倫理框架，顯然，這是可以使用黑格爾的「主奴辯證法」淋漓演繹一番的。要言之，對主奴雙方而言，「我是……」這一主謂結構，即意味著對於他人而言我是什麼，意味著必須時刻處於他人的凝視之中。而幕府的解體，意味著「武士」這一「我相」主體所依賴的主人「參照系」的崩潰，武士末裔們唯有尋找新的有效的價值體系：建立新的「主體性」必須攀附於「新主」。

　　與言文一致的消化過程一致，武士們對基督教的接受是基於自己的心態條件而權衡、修訂的。如田村直臣所言，「只是基督教是文明國家的宗教，神道、佛教自然不行，如果不是基督教就不能成為歐美那樣的文明國家，只是這一點吸引了我。多少有些神

的觀念，但基督或基督的拯救之類的問題，一點也不能佔據我的心。」[45]因此，「他們並非被基督宗教層面，而是被其倫理層面、文化層面所深深吸引。」「試圖用儒教話語解釋基督教」，「那時候的儒教是指不同於朱子學的陽明學。陽明學重視內部倫理性，在這點上與基督教的倫理結構相通……」

可以說，在審慎地選擇基督教為「新主」的過程中，鷗美傳教士起到了重要的「仲介」作用。

> 對於維新前後的武士階層來說，如果從作為忠誠對象的藩轉移到國家是主要問題之一，那麼強調對於日本人來說是對日本忠誠的傳教士和教師，就不期觸摸及到聽眾最敏感的地方了。而且傳教士（至少是部分的）顯然很清廉，富於克己心，也很勇敢。南北戰爭後邀請來的教師中，甚至有好幾個人有上戰場的經驗，因此他們的人格和生活態度，給本來是武士的子弟以強烈的印象，這是毫不奇怪的。[46]
> （加藤周一）

其時，反基督教的思想有兩股：東京帝國大學的教授，政府高官、天皇近側。「小崎弘道說：『只是令人奇怪的是，反基督教思想與其說是自古以來我國的宗教道德思想，反倒多是從歐洲各

---

[45]　肖霞著，《日本近代浪漫主義文學與基督教》山東大學出版社 2007 年，第 26 頁。

[46]　同上，第 318-320 頁。

國輸入的東西。第一是科學與基督教的衝突論，主要表現在進化論方面。」（加藤周一）[47]

可見，反對基督教的力量並沒有看到接受基督教的真正「心理」，於是出現了芥川與谷崎論爭的「似異實同」的局面。

內村鑒三認為，與基督教相似的思想成為重建日本的力量源泉，這是日本歷史上特殊的事實。自明治 10 年（1877）前後大約十年間，是自由民權運動的時期，「這一時期，國民最關心政治，被稱為『政治的狂熱時代』……思想成為政治運動的思想依據，基督教的倫理層面強烈地吸引著力求改革的日本人。」[48]

可見，基督教確實幫助內村這樣的愛國者建立起了社會正義的價值所依賴的新框架。然而，「吞下基督教的是充滿了無力感覺和怨恨的內心。」（《起源》，頁 79）這就是「種子」。爆發太平洋戰爭的「心理」儲備，並非一朝一夕而成。

基督教如何與處於「權力心態」下的人們相關？這可以在受基督教影響的白樺派有島武郎的作品《葉子》（1919 年）中管窺一斑。這部描寫「時代新女性形象」的小說，是一部完全由眼睛──目光結構的作品。貴族後裔的新女性葉子為了個人的自由和獨立，與家族、社會上的各派勢力頑強戰鬥。然而，一方面，這裏實際上沒有任何「人物」，只有「眼睛」──在沒有他人「目光」的存在或對他人目光的回憶和想像的情況下的「葉子」一次也不曾存在，即使在獨處之時，她也在「回憶」他人的目光。所有的情節都是以目光所展示的力量與挑釁、回擊和目光在場面中的分

---

[47] 同上。
[48] 同上，第 26 頁。

配組成的。「看」是組織恥感和罪感以及對它們的反抗的重要形式。另一方面，依「能述位置」而言，敘述者卻理所當然地認為，葉子的一切行為都是她的「自由選擇」。這一撕裂的悖論在強勢的客觀主義的敘述下被彌合了。目光使葉子一次又一次地誕生。葉子的行動由他人的目光所決定，她的一切自由行為都對他人的目光的回應和挑戰而產生的過度的、過激的行動。葉子就如同所謂「青春期」的少女一般，受到刺激便要反彈，走上了歇斯底里的毀滅道路。葉子的反抗表明，我們的的確確是在權力結構中，因為對它的過度反抗收到的是相反的效果：它的最終懲罰就是「我」的反抗，「我」短期內就耗盡了能量，死亡是必然的、迅速來到的結局。在這裏，目光是權力，亦是制度。深度僅出現在景象本身緩慢地將其陰影轉向人和開始注目人的時刻。與志賀直哉充滿了「留白」的敘事空間不同，目光是有島真正的主人公，它以它的重量和數額填滿了整個畫面。在文本敘述中，人只要有目光就有權力[49]。因此，儘管有島武郎中途拋棄了「基督教」，事實上，這層「殼」已經不需要了。既然新的「主奴辯證法」已經使「奴隸」從目光中汲取了「權力」。

---

[49] 對身體的意義要求更為嚴苛的是宗教。在日本「自然主義流派」具有宗教背景的作家那裏（島崎藤村、正宗白鳥、有島武郎、田山花袋等），恥、罪與身體的關係的考察，往往會誕生風格獨特的小說。在《葉子》中，這種聯繫變成了結構作品的獨特的視覺形式：詹姆遜說，「只要我們確定並重複那種觀念活動，那種常常屬於極其特殊而又有局限的觀念活動，即產生風格本身的觀念活動，每一部作品都是清晰的。」（《批評理論和敘事闡釋》之《元評論》）

3. 熱情、孤獨還是冷漠：國木田獨步與他者之謎

　　他人之謎，是主體也是外在的「世界」之謎，同時是二者的關係之謎。許多作者是出於對神秘他者的困惑而提筆的：他們的快感從何而來？為什麼他們像動物一樣生活？森鷗外曾經為自己不具有西方人的「自我意識」而痛苦（後者認為日本人不怕死乃是出於野蠻人的劣根性），國木田獨步則因參不透他人的不透明的內心世界而感到憤怒。事實上，我們可以將小說中主體對他者──客體的困惑作為一個主題來談論。對他人的困惑被轉換成價值判斷，同時也構造了自我倫理的合法性。在我看來，「文學」等級的分叉口就在隨之而來的寫作述行：作者們是如何處理與判斷自己的困惑的？

　　在夏目漱石的長篇《從此以後》（それから）中，貴冑之後的青年主人公觀察與思考著照顧他的學徒門野：他是如何活著的？這一存在論式的疑問一經產生，主體在對它的後溯性闡發中總是得到一種隱秘的認知，或是滿足，或是厭惡，或是憤怒、恐懼。那些不談「意義」的人們，那些「不寫的人們」，總是令他們悚然起敬。他們若在遠處，似乎就是一些「貧困」的點，像毛玻璃一樣曖昧不清。若在近處，則難免令他人不快。總的來說，這就是「意義的快感」。它一方面來自於對存在的真理性闡釋，另一方面來自實在的神秘性實存及其運動。

　　就「他者之謎」的問題，柄谷常舉繪畫和戲劇為例，因其可以有效地說明，世界和他人是以什麼樣的方式被呈現、被分類、被指認。眼前呈現的任何形態都不是「客觀」的，它們是創造「相」

之思考方式的變化在不同「媒介」中的刻印。中國的工筆劃體現了對花朵在植物學意義上的佔有與褻玩，那是一種專注的乞巧心理下才能呈現的「客體」。而在山水文人畫中的星星點點則是對「一沙一世界」的相對觀念的肯定。正是：「心外無物」，萬法唯識。

　　就此，柄谷討論了國木田獨步之於「日本」「近代」「民族國家」「文學」的意義。國木田獨步在柄谷「光譜」上的位相約與盧梭相同。對於「日本現代文學的起源」來說，他的主要意義在於「最早來到新的地平線上」，是他，發現了那個「內面的」「透明」。在日本，是獨步發現了崇高的武藏野，也是獨步注意到與自己毫無關聯的、出現在視野平線上的「大眾」。這種發現有時關乎華茲華斯式的避世主義的抒發情懷與讚美自然，有時則的確是「自我」無關緊要的閒適罷了。柄谷指出，問題在於，與其說獨步發現的是「人」，不如說發現的是「風景」。如前所述，「他人」登記在我們視野中的方式不同。獨步的「大眾」，是一些模糊的身影，既無名字又無面孔。他不能也不欲瞭解他們，但他讚歎他們頑強的存在，正如讚歎「武藏野」。而風景的發現，與內心狀態的孤獨緊密相聯。「對無所謂的他人感到了『無我無他』的一體感，但也可以說他對眼前的他者表示的是冷淡。」（《起源》，頁 15）

　　「冷淡」這一主觀描述是柄谷進行批判的又一個關鍵字。下面一段對解釋「冷淡」具有重要意義：柄谷指出，從二葉亭四迷、森鷗外到獨步，也就是言文一致和「內面的人」從創生到自然化、內在化，是有一個過程的。鷗外在國外多年，與漱石發現「英國文學」與「日本文學」根本上就不具有能以不言自明的「文學」概念進行比較的異質性一樣，鷗外發現，西方人與日本人也不能

以「人」這一概念為基礎進行比較。西方人指責日本人的不怕死「乃是野蠻人的特性」，表面上是出於他們對武士道的理解，事實上，是一種對「不透明的他者」的憤怒[50]。鷗外清楚地認識到自己不具有西方式的「自我觀」，也就是無法以這種自我觀來區分「野蠻與文明」。鷗外對於西方人的憤怒感到痛苦，鷗外的痛苦，乃是既希望獲得這種觀念、又根本無法消化它的「吞咽」的痛苦。因此，這是一種「薄膜」一樣的東西。而對獨步來說，吞咽階段已經過去，這種「薄膜」已是「內在」的消化過程。

> 醫生對死極為冷淡，諸位朋友亦不過是五十步笑百步，我們如果懂得了由生至死的物質過程，那麼死便不再是不可思議的了。知道了自殺之原因時，自殺也不再是不可思議的事了。如此思考起來，我便漸漸感到彷彿完全被封閉在一種薄膜之中，對於天地萬物的感覺好像是隔著一層皮似的而無法忍受。（國木田獨步，《死》，1898 年，轉引自《起源》，頁 60-61）

這一段引文，是「實在界遭遇」的精確對應物。我們看到，西方人對日本人憤怒之後，輪到獨步對「他人」的神秘感到憤怒了。「正是這個時候，『內面』開始作為直接的顯現於眼前的東西而自立起來。」（《起源》，頁 60-61）可以說，透明與對不透明之物的憤怒（他者），即拋棄了符號本身的物質性。獨步與前述田山花袋一樣，只聽「內面的聲音」。這是「主體與語言不再相互外在」

---

[50] 與其說，他者是不可理解的，不如說，主體要成立，必須將他者預先判斷為「不透明」。

之「新的結合」。這意味著，在心理描寫的後面取消了那個「我」的有限視點，因為「我」──主體，也就是我所描寫的這個「內心世界」。主體、感動和語言就此成為一體。而不透明的他人，不是要放在遠處作為「風景」，就是可用以唾棄和鄙夷的存在──他人是動物一樣沒有思維的人，他們不去反省，他們沒有「深度」。他們是值得「羞恥」的存在。（羞恥總是意味著「替人羞恥」。就像基督教的不可姦淫一樣：「你為什麼不知羞恥」乃是投石的理由。）事實上，誰擁有「內心世界」，誰就擁有「權力」。以內心世界涵蓋了「世界」之真實性的人，並不知道自己陷入了康得「萬有宇宙」的悖論之中。在永井荷風一系列著名的風塵小說中，逛青樓的男性可以容忍他們所包養的女子為了金錢而偷情，卻無法容忍一個不為錢財名利、只是「天性淫蕩」的女人。因為前者可以理解，而後者則是難於在邏輯上進行解釋的。於是，這樣的女人成為惡魔一樣的存在。這正是「他者之謎」與權力關係的生例。

一方面，「不可理解的」他者要被打壓，另一方面，上帝、家族、愛情、風景、兒童……這些「不可理解」之物的非自然性，要被「遺忘」。所謂「私小說」，用山路昭譯的《透明與障礙》的話來說，就是「文學作品不再謀求讀者對介於作家與一般大眾之間的真實的贊同，而是謀求對作家通過作品展示自我，即個人體驗的真實之贊同」。（《起源》，頁60）

新的「不可姦淫」乃是對「十誡」的再闡釋，通過發明瞭一整套「性」制度而使最初的對多神論的壓抑即對「肉體」的壓抑和「單純的肉體」之發現。獨步的發現他者，也正是庫切所嘲諷的那種「發現」：這是一隻斷了腿的狗。正是從獨步對「大眾」與

「風景」的發現抽取出來的田山花袋等人的「自然主義」，構成了此後日本文學的主流。

在獨步發現了「大眾」後，一個「inner world」打開了，另一個世界——「外部」的世界、「符號的世界」、與他者溝通的世界就關閉了。柄谷的潛臺詞是，對「風景」大眾的發現，是以大眾之名來行「冷漠」之實的根據。無論是北海道的開發還是後來的太平洋戰爭，不以「全民」為後盾是不行的。在對大眾進行言說、以大眾為名進行言說時，被遺忘的乃是「眼前的他者」，或佛教直截了常的說法：我苦。「大眾」從誕生開始，就是一種與其本身無關的風景——語言。大眾是一個「詞」，它從其「本體自在」——「物」之上被剝離下來。然而，在「實在界」為這一象徵界的發明付出代價的，卻是以其本體自在承受了痛苦的「大眾」。

結語　批判的歸宿與相對層面的時態悖論：顛倒、涅槃與短路

（一）一沙一世界：結構主義的夢想

為了給開頭和結尾以意義，為了心安理得地生活在「滴」與「答」之「間」，我們簡直是喪心病狂地掙扎，掙扎出如許精美絕倫的「文化」來。在我執的現代幻象中，最輝煌的就莫過於「現代性與民族國家」。

　　《起源》的結構本身是「可替換性的」：反神學「無因論」，並非以此創建新的「起源」論，這意味著「永遠歷史化」的歷史「還原」工作，必然是尋找碎片，「不做綜合貫穿」。正因為柄谷——發掘的「種子」並非「實體」，而是引起「實體幻覺」的鎖鑰，他才能在馬克思的《資本論》、葬禮、文學等看似完全不能通約的領域內穿梭，也正因為此，柄谷所選擇的事件既是「隨機的」，又時時在其標靶的正中。

　　然而，在柄谷行人的「永遠歷史化」當中有某種非歷史的、共時性的結構主義的陰影：《起源》中的可替換性的結構太過「整齊」，這也是《歷史與反覆》中的歷史輪迴觀的要點所在。它不僅存在於「體言」和「名相」之中，也存在於「用言」之中。從大的事件到「小」的修辭，每一個「個體行為」都與「時代氣候」有著隱秘的聯結，這顯示了後結構主義者柄谷行人強烈的「結構主義」情結（這也可以說是柄谷的「政治無意識」）：不入流的演員「市川團十郎」與寫不好文章開始的二葉亭四迷，芥川龍之介與谷崎潤一郎的論爭，在同一相位上也就是柳田國男與田山花袋……它們同時是柄谷所「發現」的歷史事件，也同時是柄谷所講述的「起源」故事，作為一個規律性的要素，對偶一般地出現。一切靜態與動態都可以找到「相同」的結構。

　　結構主義的夢想是從門把手到國家的建設都可以在一小塊碎片中撿拾起來。從表面上看，這非常近似於佛教的「一沙一世界」。然而，進行這種簡單的等同，仍然是犯了「全能神」的邏輯錯誤。這種效果並非柄谷的本意。但柄谷的結構主義暗斑很容易使我們對他的解讀滑入多元文化主義的危險，這也正是德勒茲與巴什拉

所力圖避免的東西。也是因為這一點，柄谷雖然在康得對笛卡爾和休謨的批判中獲益良多，然而對福柯和尼采在形式上過於倚重，使他只能在「數量」上解決「打破三位一體圓環」的問題：以地域多樣性來拒絕民族國家範圍內的流通過程的拒絕。

　　恰恰在這裏，柄谷的缺陷在於其缺少一個「短路」，一個增補點，齊澤克在《視差之見》（《The Parallax View》[51]）中對柄谷的康得和黑格爾分析亦有微辭：

> Kant's stance is thus to see things neither from his own viewpoint, nor from the viewpoint of others, but to face the reality that is exposed through difference（parallax）.

　　這裏，齊澤克反對的是，柄谷將「先驗主體」直接等同為「先驗幻象」，這不精確。在齊看來，兩者的區別是：

> The parallel between the void of the transcendental subject（S /）and the void of the transcendental object, the inaccessible X that causes our perceptions, is misleading here: the transcendental object is the void beyond phenomenal appearances, while the transcendental subject already appears as a void.

　　齊澤克認為，在解構主義理論中常被默默忽略掉的一個部分是：唯一造成拆分的事物是縫合。就此，他舉了「國王」作為縫合點拆分了其他所有主體的例子。他所重視的不是國王的象徵

51　Slavoj Zizek: The Parallax View The MIT Press, 2006.

性，而正是國王的「肉體」這一多餘之物。與柄谷行人的「現代國家起源論」直接相關的一個更重要的例子是，在 nation（國家）作為縫合點時，一定要注意：一方面，個體確實基於國家之名從宗教的／行業的／……各團體中被拆離（正如本文在第三部分的「1.1 兒童──羊吃人」描述的），作為抽象公民組織進新的共同體中，另一方面，國家不僅僅是抽象的象徵關係網，而一定要依賴於實在界的剩餘物：鮮血／土壤等偶然的物質性（與柄谷的避實就虛相反，像和遷史郎的《風土》那樣直接從物質性切入，則會帶來避虛就實的危險。）「國家是前現代的剩餘物，充當著現代性本身的內在條件，也是推動其發展的內在動力。」[52]

在上述引文中的「void」，其實就接近於佛教的「空性」。事實上，柄谷不斷地以「顛倒」「扭曲的時態」投擲到它的邊線，卻無法談及它。然而，在柄谷（以至通常的後學理論）一定會站住的地方，齊澤克狂傲地伸出了手。他不斷地重講拉康，乃在於打破最後一層關於「身體」的幻覺，承認「空」即是一無所有。然而，在語言這一「有」之內要解釋「空」是不得要領的。齊澤克也只能以各種令人眼花繚亂的譬喻在這一點上跳腳而已。因為，這也是一切以語言為母體的理論必須止步的地方。從根本上講，那就是「破我執」如何處理身體意義上的「我」？看到、感到、觸到──執著於這個身體，可以名之為一種「罪」。為何有罪？整個世界正是為我們的凝視而上演的。這就是「原罪」。[53]

---

[52] 齊澤克，《他們並不知道他們所做的──政治因素的享樂》，郭英劍等譯，江蘇人民出版社，2007 年，第 26 頁。

[53] 唯識宗也只能在「辨名相」的意義上權且解釋這個問題。感覺以似乎非常

（二）視差與「always already」／總是已經……

> 「漱石發現自己已經做出了選擇。」
>
> ——柄谷行人

在《起源》中，「總是已經」是俯拾皆是的。在「所謂病之意義」裏，現代史上著名的「七里浜事件」並不僅僅作為一個神話後來被創建，而是在構成這一事件的「起源」中，一開始就有「文學」在！漢文學的「意識」亦然，我們總是已經在用現代意識來回溯性地看待漢文學，而傳統也總是已經失落。但凡有此一問，已是落入「言筌」。此問必然已在「裝置」的「內部」，才能向「外部」提問。

當柄谷說，追溯「起源」，「不能走得太遠」時，當「現代文學」作為問題浮現出來時，我們發現所有的概念裝置都早已是問題，而它們造成了「視差」——它們實際上是非常近的，卻又「早已」存在。然而，我們需要把柄谷的話再扭轉一次：在他所運用的西學理論中，「顛倒」同樣在發生。在「拿來」的東西裏，已經

堅固實有的面貌出現，是在長期的「習氣」中逐漸形成的。舉一個形象的例子：在凱撒保彥的科幻推理小說《神的邏輯，人的魔法》裏，主人公進行了一個大膽的實臉：將幾個患有嚴重老年癡呆的老人集中在一處與世隔絕的「學校」裏，為他們重新設置人生：你們是 13 歲的小學生……這個看上去荒謬絕倫的實驗，卻在沒有任何「科技手段」為輔助的條件下，就以人的「我執」心理展開，居然在小範圍內成功了……「小學生」的主體建立起來。然而，問題在於：如果增加人數，這種認同還會「穩固」嗎？每當新來一個「學生」（他者）時，由於肉體本身的不諧合性，「小學生」老人的「主體」的內心深處的不協調感就會爆發。但，有趣的是，這種爆發的方式不是對自己的懷疑，而是對那個「新來者」——他人的懷疑。這就是我執掙扎的客體化的陰暗之處。

包含了詭異的結構。文化、理論、文學之旅行，是層層疊加著「顛倒」的旅行，因而，在柄谷行人看來，這種情況會在非西方國家裏得到更加戲劇性的展示，不必到「起源國」去「追本溯源」。因為所謂「發現」，不過是遭遇了已知。

　　這裏，涉及到的是時間的空間化問題，也就是時間的結構形態問題。

　　對於柄谷對「先驗」的簡化問題的解決，在齊澤克看來，「先驗主體」與先驗「客體」之間存在著區別，正在於：先驗客體是超越於現象的「虛空」，而先驗主體已經表現為「虛空」本身。"顛倒「不是空間的，而是時間的顛倒。當你能夠言說時，它已離去。這也是魯迅的「絕望」：為什麼我們「總是已經」……？

　　因此，顛倒是一種時間曲率。與 Always Already 相對應的是「尚未」。顛倒的曲率真理記錄了主體從未在他的真實時間中生活。從這一點來說，佛學的「過去不思，未來不引，了知當下」具有重要意義。儘管主體時刻要「重新開始生活」，而一旦接近了「未知物」，它就展示為「現實的」對立面：死亡。

（三）身體與時態：因地與果地

> 「若以相見我，以音聲求我，是人著邪見，不能見如來。」
> 「過去心不可得，現在心不可得，未來心不可得」
>
> ──《金剛經》

　　時態與身體，其實是一個問題。佛教的文字經驗所顯現的，就是這一「身體──時態」的悖論：菩薩總是早已成佛，然為度眾生，

示現為菩薩。這是因地與果地的概念：佛菩薩在因地發大願，發願當時，便有殊勝景象，諸天印證。這意味著發願即＝滿願。因為，只有在這願望（必將）實現之時，才能有此印證。主體以誠心發願，是當下已經證得其未來的結果。因此，地藏菩薩的誓願「地獄不空，誓不成佛」。但，必須意識到，地藏菩薩在發願的同時，已經成佛。在果地上，誓願的實現，意味著眾生早已渡盡。（這不正是關於遙遠的已死的恒星所發出的光到達我們的肉眼的時差嗎？）既然如此，我們——正在受苦的眾生的意義又是什麼？

　　如果離開「相對層面」，我們就無法理解的，正是「因地與果地」乃是同一的這一事實，正因為無法理解，它扭曲為「顛倒」和「視差」。

　　涅槃已體現在菩薩中，而眾生解放則意味著一種永遠延遲的可能性。這就是 deadlock 之所在[54]。當然，我們可以說，時態不同：菩薩在果地，眾生在因地。這並不意味著取消當下，而是意味著，直接的二重鏡像之顛倒是無效的。因為，個體直接退出幻覺世界是不可能的，還是那句話：能夠消失的，就不是幻覺了。這裏，不正是需要一個反思點來建立起這種視角的轉換嗎？[55]

---

[54] 齊澤克也論述了這個佛教的「間隔」：「在辯證的過程中，事情是在其真正發生之前就發生了的……所以，最後調解的話語只是個形式，僅僅是對已經發生過的事情的陳述。也許，有關這一間隔最微妙的例子，就是黑格爾在《精神現象學》中對啟蒙支動與迷信之間的鬥爭的論述。

[55] 任何佛造像都有雙重性：一，它就是木石，二，它是真佛（你須將它視同真佛）。這兩個意義都是充分成立的：在前者而言，你須不執著於形質；在後者而言，你須將其視為本。兩個意義終歸是一個意義：萬物皆有（無）佛性。是心是佛。再回到齊澤克的說法：「一代替無」，不是「一代替一」。一方面，是轉喻（生產作為一個成分同時替代整個過程），另一方面，是隱喻（填充實體的虛空部分）。而，拉康關於主體的定義正在於，這裏的

　　在馬克思那裏，商品問題，也是這樣一個時態問題。由一的特殊立場而得以整體化的連續領域。重要的就是那個使視角急劇轉換的「點」。

　　同樣，黑格爾的命題是，「正是因為罪行沒有本體論的一致性，才必須要與罪行進行鬥爭。」（齊澤克，《意識形態的崇高客體》，頁79）因此，一方面，我們的存在就是「原罪」，另一方面，罪本不是罪，暫名之「罪」而已。然而，這一命名行為卻十分重要。它也就是柄谷行人「批判的歸宿」之所在：批判，一定落實在道德層面，而這個道德也就是我們的本體生存。也就是說，必須要建立的是對生存本身的恥感。

　　在禪宗的偈子中，每一段談空說有，都是拉康的大他者的凝視，卡爾維諾能「看」的虛空，關於知識與行為之間的悖論，關於「因緣和合」與「起源」之謎，關於二元論的無奈的呈現。

　　諸佛不真實，說法度群生；菩薩有智慧，見性不分明。白雲無心意，灑為世間雨。大地不含情。能長諸草木。若也會得。猶有知解。若也不會。墮在無記。去此二途。如何即是。海闊難藏月，山深分外寒[56]。

　　解：若也會得，說明必然仍在一套「知識框架」之內，必然落入「所知障」；若也不會，則是蚰蜒走路而已。

　　去此二途，如何即是？末位二句，即是「成佛」。

　　轉喻即是隱喻的一個種類：一（能指的特性）代替零──void，借此行動（體／用），零被看作一。某物代替無物，這是我對佛像意義的理解。進而言之，這個濁世亦是如此。主體心造此幻象，將其作為無的代替物。
[56] 宋・釋普濟，《五燈會元》第十八卷，重慶出版社，2008年，第647頁。

下篇

想像的日本性

肆、「想像」三輯

　　如同日本「慾望」著中國，中國人也內在地「慾望」著日本。「新時期」和「解嚴」以來，兩岸文學、文化界對日本的情感模式也在發生變化。這裏選擇兩岸不同的文化和文學文本進行比量參照，從點到面地考察其在不同的表意系統（聚合關係）中生成的各種「日本幻想式」，討論兩岸的歷史和文化主體，如何在講述日本時回望「自我」，或在講述自我時，下意識地露出「日本表情」。

　　「想像」三輯，選擇兩岸三組散文作品進行文本細讀，橫向的「微觀調查」來燭照主體背後幽微的「政治意識」。如果說，第一輯中的旅行作家——臺灣的雷驤和大陸的李銳踏上異國土地，是為了與共通的精神偶像魯迅在日本這一「歷史現場」實現「精神的對話」，那麼在第二輯的「學者之旅」中，陳平原與林文月則以在某種程度上共用的知識資源——古典和近現代的中日文學、文化來「檢驗」日本「現場」，其中，學者、知識、日本，既是主體——媒介——客體的關係，又彼此爭賓奪主，相互修正、增補、形塑；而第三輯中，出身大陸的毛丹青和集聚著大陸、臺灣、美國多重文化身分的張燕淳在日本的旅居生活，則顯示了一個全球化時代的「文化適應」的問題：在與他者的「長期相處」中，主體怎樣進行「自我的再生產」？

　　總的來說，這三組主體都把「日本」作為歷史與人文精神的
意義的載體，傾向於以客觀謙和的態度處理遭遇「日本」時的癥
結，其文本也有著近似的題材、風格和價值取向，然而，兩岸文
學的不同之處，有時正體現在「微差」之中。儘管寫作主體在職
業眼光、社會背景和文本主題、內容等方面均形成了一種富於意
味的「應和」，而在其各自的知識與情感結構中，「日本」所承擔
的角色和功能仍不盡相同，在其向大眾言說的公共姿態之中，彷
彿總有一些「多餘」或「不足」，暗示著主體的「身世」。

　　關於為何以散文、以這樣幾位作家和學者作為考察的對象，
有幾點原因要說明：

　　首先，兩岸學界以日本為媒介的文化意識形態的比較研究，
多以小說作為主要素材，而本文則從考察散文入手，因散文往往
強調「寫實」的因素，對於「想像日本」的課題，比起宣揚虛構
精神的小說來，不但可以見出文本背後觀念形態和文化語境的微
妙差異，亦可與以更多地小說、詩歌等體裁為對象的「文化研究」
形成參照。在此，我所致力於考察的是，這些以「客觀」為旗幟
的目擊性經驗，是否糅入了某種先在的認識與想像，而這種認識
與「兩岸」的文化特徵有多大的相關性？兩岸文化人切入日本的
途徑有哪些？在他們想像「日本」時，將什麼作為主語？

　　其次，關於本文考察的作者主體──雷驤、陳平原、林文月、
張燕淳，多數並非兩岸當代文學創作的主流人物，何以選取他們
進行「想像日本」的研究，這裏有文本之「事」和文本之「理」
之間、乃至事、理和選題間的因緣際會（如雷驤與李銳「魯迅追
蹤」事件的種種呼應，陳與林、張與毛某些故事、敘境和情節的

驚人神似等），也有學術上的考量：特定的文體會誘發特定的主體形態，並引發不同的倫理和意識形態後果。本文選取的是寫作主體的中間姿態、或自我標識為「中間態」的寫作者。可以說，這些散文作品亦皆是學者、畫家、職業設計師在卸下其職業武裝的放鬆狀態下，流露出的所謂「紙背後的心情」，而這一「背後心情」，往往又被重新納入其職業眼光中進行梳理和編輯。

此外還要強調的是，兩岸三組作家均以文本中成熟的文化形象示人，因而本文在比照中並不強調代際差異，而關注於文本寫作和面世的時間所引發的閱讀效應。其次，從寫作主體來看，考察寫作者身分中的不同維度和其對日本「涉入」的程度深淺，如旅行者或居住者，暫住者或長住者，與其職業／副業——作家、學者、畫家、攝影師、主婦，與他們作為「書寫主體」時的認同有怎樣的關係、以及在不同的知識背景下、以不同的職業眼光所攝取的同一個「日本」，會有怎樣的差異，亦是本文試圖加以考量的要點。

本文的問題是：這裏所討論的文本的「個性」如何與「共性」相關？散文的個人風格，如何與主體、與意識形態話語相聯？如何表述非本質化的「臺灣性」「大陸性」或「日本性」？事實上，尋找個體與集體相聯結的方式，同時存在於本文的論述對象和本報告自身的建構之中。就此而言，本文尚未完成詹姆遜式的政治「預設」。

一、作家之旅──追跡「魯迅」：雷驤／李銳

主要文本：《文學漂鳥：雷驤的日本追蹤》[1]之〈仙台追跡〉，雷驤，臺灣遠流出版社，2000 年第 1 版；（下文中一般簡稱《漂鳥》）；《燒夢──李銳日本演講紀行》之〈李銳・毛丹青對話（二）魯迅：中國文化向死而生的里程碑〉，載李銳、毛丹青著，廣西師範大學出版社，2009 年 1 月第 1 版（下文中簡稱《燒夢》）。

　　魯迅、周作人、鬱達夫、楊逵等人，連結著明治／晚清以降的中日歷史，時常成為兩岸中國當代作家想像現代日本的仲介。反之，日本亦時常在人們對這些作家的想像圖譜中佔有一席之地。在此，本文將臺灣的雷驤和大陸的李銳的日本行旅文本並置一處，追蹤他們的「追蹤」，來重新審視「日本－仙台－魯迅－中國現代文學史」的關係式是如何建構的。

　　「故地重遊」，總是意味著要賦予一個地理空間以強烈的戲劇性。兩組人馬攜帶「文學」意圖的追索之旅，雖相隔十餘年，卻

---

[1]　雷驤的「文學追蹤」歷時五年，共追蹤了魯迅、鬱達夫、郭沫若、楊逵四位作家的日本印痕。其中，追蹤楊逵一文應對闡發本文論點有所助益，憾本文寫作之時，使用的是臺灣高雄市立圖書館依原書製作的電子版本，除正文外，增加了作家影像訪談，而正文部分僅節選了〈尋找魯迅的足跡──仙台之旅〉和〈函館之雪〉兩篇文章，且無緣得見原書中雷所作的行旅素描。雷作大陸簡體版由吉林出版有限公司於 2011 年 8 月出版，然本文修訂匆忙，仍未及翻閱全書，特補記於此。

構成了富於意味的對話關係。他們的「故地追尋」是如此神似，包括對現場細節、季節、景色、時間的關注，都有諸多巧合，然而文本孕育出的卻是完全不同的魯迅故事，背後則隱藏著完全不同的「情感結構」（Structures of Feeling，Raymond Williams）。大陸作家求索魯迅於日本者，代不乏人。20 世紀 80 年代去日本訪「魯迅」的大陸作家和學者，如蕭軍、林非[2]等，將意義與現實無縫焊接，其「意識形態」的指向和強度，自然無須多言。90 年代「新時期」以後，大陸作家開始對「攜意義而就現實」的旅行多生警惕，如本文中李銳、毛丹青共同執筆策劃的《燒夢——李銳日本演講紀行》（2007 年）之中，可以明顯看到作者下筆的進退，這不能不說是大陸社會文化和學界思想轉向的一個側影。比之李銳，臺灣知名作家、畫家雷驤出版於 2000 年的《文學漂鳥：雷驤的日本追蹤》，則更加「疏淡」，究竟是作者性情風格之故，還是另有索解之處？

　　先來看一下兩組旅行在緣起上的相似與相異：首先，旅行和文本，都是某種團隊策劃的結果：2007 年秋天，李銳在旅日作家、朋友毛丹青的引介下，受日本國際交流基金會的邀請出訪日本，在大阪、京都、仙台等地的大學進行一系列題為《中國與我的文學道路》的系列演講活動[3]，受到廣泛好評。同時在旅途上，兩位

---

[2] 如林非的散文《尋找魯迅的足跡——仙台之旅》，刻印著鮮明的楊朔風格。在大陸 50 到 70 年代文學史中，這種風格曾是彼時大陸 50 到 70 年代社會主義現實主義文學意識形態的典型代表。有趣的是，在仙台引領他參觀的當地人，也正是引導雷驤的魯迅研究專家阿部兼也。而兩文筆觸所及，阿部教授幾乎判若兩人。見林非，《尋找魯迅的足跡——仙台之旅》，季羨林編：《百年美文・遊記卷》，2009 年.

[3] 需要注意的是，定居日本的毛丹青不僅是李銳日本行的導遊，為他和日本

中國作家多次交談，其中很多內容涉及日本文化，演講內容、兩人的心得感悟和幾次交流共同結集為《燒夢》。顯然出於經濟考量，李銳的旅行活動安排緊湊，在有限的時間內，以作家的眼光去「看」「日本的隱私」，尋找其民族文化符號的獨道之處。其中，仙台之行就李銳本人的文學氣質與思想傾向而言，無疑構成了意義之旅的重心。

雷驤的日本追蹤，則緣起於年輕編輯的構想。[4]動機很簡單：「想出一本跟文學、跟作家有關的旅行書。」由於雷驤此前做過《作家身影》的紀錄片，編輯帶著策劃找上門來，竟至成功。網路書評人小約寫道：

> 《文學漂鳥：雷驤的日本追蹤》是一九九五年三月，雷驤藉友人，文學碑，與深植的閱讀情感，為魯迅、周作人、鬱達夫、楊逵彙集影像資料一路寫下的字與素描的畫。

對於本書，策劃人蠹魚頭的評論是：

> 在臺灣，關於作家的書籍，可說絕無僅有，少數幾本，也多半強調『客觀、旁觀』，儘量不涉入其中地介紹作家。雷驤老師的這本「旅行書」，則一反常態，從臺北、台中、福岡、下關、京都、名古屋、東京、仙台、函館一路追索，

的中國文學研究者、翻譯家「牽線」，也是《燒夢》文本的編輯和寫作者之一。毛丹青在與李銳的多次對話中，領起不同的話題，從各種側面積極建構著文本中文學與地理、認知與啟蒙的意義網路。其所扮演的「在日中國人」的「橋樑」角色，在下文第三節的分析中還會敘及，此處暫且不表。
4　參見小約：《讀書便是旅途有事：雷驤：文學漂鳥──雷驤的日本追蹤》，http://book.douban.com/review/1062976/。

> 憑藉著點滴遺跡景略，進出消逝的時代，主動涉入魯迅、
> 周作人、鬱達夫、楊逵等人的內心世界，讓天地悠悠的思
> 古懷人之情，不顯而自顯了。[5]

　　雷驤攜策劃團隊，一路繪畫、攝影、採訪、紀錄，「文學之旅」
斷斷續續，歷時五年，筆者雖未見《漂鳥》全書原貌，權由文章
的長度和作者先後三次訪仙台的記敘來推測，仙台之行的分量在
這本著作中，當是很重的。

　　其次，兩組文本之內，都含有豐富的內文本：李、毛的《燒
夢》是一個體裁混雜的文本，作為「紀行」，由李銳面向日本聽眾
的文學演講稿、二人各自的旅行隨筆和於日本各地的幾次主題對
話共同組成，這種資料堆積式的、狀似不修「邊幅」的編輯法，
卻形成了從不同角度「包抄」同一個話題、一個細節的方式，如
給了李銳極大震撼的大阪小巷中「拒絕被標準化的民間信仰」，因
路人澆水祈福而長滿青苔的「活的佛像」、東京與仙台之間的新幹
線、魯迅仙台校址的紅葉……在文本中，這些文化地標都反覆地
被不同的人物以不同方式多次講述。其中，對仙台之旅的記述，
主要由兩層「內文本」──《李銳・毛丹青對話（二）魯迅：中
國文化向死而生的里程碑》和李銳隨筆《燒夢》組成。相比之下，
雷驤的仙台之旅雖只有一篇文章，卻記述了作者於數年間的三次
仙台行，同樣形成一個立體、豐富的套層結構。

---

[5]　參見遠流博識網 http://www.ylib.com/default.asp，蠹魚頭，《「很想做」竟
　　然也就「做到了」的〈文學漂鳥〉》。

　　再次，兩組人馬的旅行大主題均是：「時空置換，文學遠行」
這種疏闊的抒情，而一具體至「魯迅」，意味就變得綿細深長起來。
由於兩岸文化人共用著所謂「魯迅──中國現代文學的開端」這
一巨大的神話敘述，在文本寫作的時代回首這個神話，既有信仰，
也有距離。「朝聖」之旅中，便有著太多欲語還休的曖昧情感，而
詹姆遜所稱「政治無意識」的症候，亦絲絲縷縷滲透出來。那便
是：如何處理想像與實地的關係？

　　大陸的李銳寫道：

> 我來仙台當然是為了魯迅。可我也知道，當年在仙台的魯
> 迅還是一個滿懷夢想的青年。何況我一直不大喜歡所謂的
> 作家故居。⋯⋯作家之所以永遠活著，是因為他們留下了
> 可以被人反覆閱讀的文字，而不是留下了空無一人的故
> 居。(《燒夢》，頁 87-88)

　　而臺灣的雷驤，則在東京赴仙台路上「兵荒馬亂」的行程中，
即感到一種無形的不適：

> 我自己感到一種失望，起因雖然不很清楚，就結果來看，
> 日本的中國現代文學研究者們拙劣的漢語，面對鏡頭長時
> 間的支吾，感到夢魘般的阻擋，該是其中之一吧。另外，
> 幾乎每一位研究者的動機，皆都出自對鄰國（中國），「社
> 會和政治的關心」，好作日本社會發展的一種借鑒，大抵如
> 此，這一點也是始料未及的。(《漂鳥》，頁 22)

當然，我也應有「文學」在這一面的認識，但不免與我個
人秉持的文學創作觀大相徑庭（《漂鳥》，頁 23）

　　由引文可見，無論是出於知識分子主體的訓練還是經驗，二
人均與「現場」保持某種距離。當他們以自身的「介入」來重組
歷史和記憶之時，由其出發點和方式的殊異，產生了一系列的「微
差」。這種「微差」，以及質疑、警惕與沉迷的情緒，形成了怎樣
的文本張力？本文將追蹤兩組人馬，一片片分敘「仙台」、「魯迅」、
「現場：魯迅在仙台」，最後拼成一副完整的「故事」。

　　作為一個情感狀態上的「引子」，先來看評者小約對雷文的
褒揚：

　　這樣的寫作，跟「書話」有些相似。用唐弢先生的說法，
　　需要「一點事實、一點掌故、一點觀點、一點抒情的氣息」；
　　用時髦的話來說，需要 Hyper，要在時間、空間、人物、
　　事件、感情、文字……之中不斷的跳躍穿梭，最後卻能『寓
　　理帥氣』，冷靜地以一己的『識見』將之貫串書寫出來。這
　　種寫法，分寸拿捏，至為重要，常見的失敗，總是敗在過
　　度濫情，讓古人、讓場景成了自己情感發洩的陪葬品。但
　　見愴然而涕下，卻不見天地悠悠了[6]。

　　就此，小約說雷文「入而能返，涉而不淹。」而無獨有偶，
小約以反諷之意改寫的陳子昂名句，卻是「大陸人馬」的李銳之

[6]　參見小約：《讀書便是旅途有事：雷驤：文學漂鳥——雷驤的日本追蹤》，http://book.douban.com/review/1062976/。

最愛，是他在「大」、「小」《燒夢》中最常引用的詩句，也是他用來自比情懷、遙想魯迅的「文眼」之一。在某種意義上，這恰恰構成了兩者不同的行文風格和情感姿態：雷文默然而溫暖，「乍看浪浪，實則深婉」（小約語），李文雖不欲「入」卻不知「歸」，不欲涉卻早已為情感所淹。

先來看「仙台」。從東京到仙台，這是魯迅當年的留學路線，也是兩組追尋者的路線。對此，李銳在隨筆《燒夢》中講了一個穿越黑暗的故事。新幹線上，是「沉甸甸的四百公里的距離和空間」，黑夜入仙台，過了一個富於歷史象徵意味的站牌：「日暮裏」，遙想青年魯迅在那篇著名的回憶文章《藤野先生》中，用淡淡的口吻提到這個蕭索而富詩意的地名，李銳不能不有所感慨：

> 那是一次真正的天涯孤旅。而這樣的天涯孤旅就是他的目的，是他的有意為之。或者說，那根本就是一次心定如鐵的自我放逐。（《燒夢》，頁 83）

在《對話》裏，毛丹青開場即以口語體補說了李銳的「天涯孤旅」：「我們從東京坐新幹線過來，你當時就說：『當年魯迅先生來的時候，他花了多大的勁兒啊！』」（《燒夢》，頁 53）

從東京到仙台的距離，「跨越了繁華與偏僻」──這是一次將心比心的想像性體驗，成為李銳想像作為「一個巨大的文化存在」的魯迅的初始程式。在雷、李的文本中，仙台事實上一直在幾組聚合關係中遊移：之於日本（特別是大都市東京），它是邊荒之地；之於魯迅，可謂青少年時期充滿無意識和震驚感的迷夢；之於中國現代（文學）史，則是一個史前的舞臺，一個「開端」。無疑，

在三重意義上，吸引兩位作家的仙台，是一個於彼時充滿選擇、方向不明的前定之地、混沌之土，如同「前文學」時期的魯迅。

就此，李文與雷文都談到魯迅為何選擇仙台醫專。答案是一致的：為了躲開他所熟悉的那個文化氣氛和那群人。然而，唯李文一再濃墨重彩地塗畫這段距離。他說，「留洋」這個詞裏「有巨大的空間」。同樣是「洋」，內在的差異，何止天壤。因此不難想像，彼時的魯迅，經歷了一個怎樣的時空的「落差」：

> 在這裏留下的這個空間和這個跨度，其實就是他當時精神處境的一個非常形象的寫照。（《燒夢》，頁 57）

因此，對李銳來說，追尋魯迅的「現場」，即不必去「看哪把桌椅是他的」，而是關照「這個空間和距離的跨度，」「魯迅先生心裏的這個落差和空間是可以被我們體會到的，哪怕坐新幹線兩個多小時過來也還是能體會到的。」（《燒夢》，頁 57）

描述了那駛向「日暮裏」的航線後，李銳即從國族的視角，用極短的篇幅，文情並茂地講述了一個關於仙台——古時「陸奧」地區的歷史梗概。仙台始終處於二項式中的一個極項：偏僻、狹窄、貧困、野蠻。相形之下，雷文的「仙台」，卻並不那麼容易一筆括之。同樣從東京而往仙台，不同於李銳象徵性的「日暮裏」，雷驤筆下顯現的是攝製組一路顛簸的瑣碎的困頓、仙台站臺寂寥的雕塑、以及在此次仙台之旅中充當導遊的作者的老朋友、魯迅研究專家阿部先生的音容笑貌。同樣敘寫仙台的歷史，不同於李銳直接作「比」，雷驤則是即「賦」即「興」，詳鈎歷史之時，不忘敘寫自己與友人穿街過巷的「現實情境」。雷一邊與他的嚮導兼

好友阿部兼也聊天，一邊不緊不慢地向讀者講述自伊達政宗活躍
的時代開始的「簡明仙台史」。其中，他特別提到，仙台與江戶幕
府之間，有著一段由親至疏的不愉快經歷，從近代內戰中的保皇
派而倒戈，不期然間在明治以後的日本，成為一個曖昧的被密切
監控之地。而政府監視的方式，一是派兵，一是辦學。進而，本
地的學風、民風漸漸形成了魯迅到來時的樣態：「那就是魯迅來到
仙台時的大環境」。

　　到得仙台，李銳直奔目的地──現名東北大學的仙台醫專而
去。雷驤則在阿部先生引領下，漫步仙台市內，移步換景，辨認
「魯迅」的痕跡。在雷驤眼中，圍繞著「魯迅」的這個仙台，並
不僅僅是魯迅這個主語的謂項，它本具的人間氣息，與魯迅具有
同等重要的地位。他以六根攝六塵，賦予了仙台以鮮明的視覺形
貌和聲音效果，虛擬了一個可感可觸的仙台。這其間，阿部不時
絮絮講述魯迅當年走過的街道，而雷驤則以攝影師和畫家的目
光，將視線投向那些生活在仙台的「現在時」中的人們。當地人
過節般的氣氛、仙台政府為迎接 1998 年 11 月當時的中華人民共
和國國家主席江澤民的訪問而不無諂媚地對「魯迅」相關事景的
安排佈置，與此同時，在「大橋」下廣瀨川的河岸，遠遠地，有
看不清形貌的人在餵鷹……凡此，雷文用散點透視的敘事法，自
然地並置了日常生活場景和富含政治氣息的場景，卻點到為止，
言有盡而意無窮。那些在魯迅雕像頭上飛過的烏鴉，在李銳的文
中一閃而過，卻被雷驤拿來精描細寫。可以說，李銳的目光始終
圍繞著魯迅，阿部先生這個「引導者」的形象，在《燒夢》裏是
由毛丹青擔任的，而李、毛二人對於日本方面的工作人員的描述，

只備寥寥數筆。即使是二人之間，也忙於相互對話，將眼光投向其主題和目標，而甚少談論彼此。而雷驤卻抓住同行的阿部先生不放，時而繪其貌，時而述其行，時而以他為引，帶出江澤民來訪、藤野先生故鄉等「魯迅研究餘事」。凡此「看似浪浪」的瑣筆，卻見出雷驤彰顯其內在意圖的本領：

> 在小酒館裏談到魯迅故居時，阿部講到，比他資格更老的一位魯迅專家的去世，恐令魯迅故居難保。因為這研究者是個有勢力的地方人士，而新的市長，「年輕人，你知道的，什麼文學啦魯迅啦，是一概不通的」。此時的阿部喝多了酒，語氣失去了優雅。他像提及親密老友一般歡息：魯迅他這個人哪……

雷驤寫道，老先生談到他多年研究的魯迅之時，語調之親昵，猶如老友，令人感動，讓他想到在三峽鎮的老街口看到的兩位老人說過的關於「死」的「無厘頭」的話。「於我，在仙台廣瀨川河岸散步的時候，無端的想起故鄉的陌生老人。」（《漂鳥》，頁67）

顯然，明講阿部，實從不離魯迅：雷引用阿部也引用魯迅，讓讀者意識到，其三次追跡中交織在一起的仙台，同時是魯迅筆下的仙台。然，逝者如斯夫，「魯迅」正在仙台當地淡出，阿部先生老衰的身影，與作者此前造訪仙台的回憶交錯，不露聲色之中，勾勒出時光流逝、諸行無常的黯淡線條。

仙台，在雷驤那裏，最終落實為一個充溢著人間煙火、可觸可感亦可視的地理空間，它跟魯迅有關，但並不專屬於魯迅。文章臨近結末，雷驤總結三度造訪，花費一整頁，為整個仙台勾勒

出一個「地理的簡略方位」，一個俯瞰圖：廣瀬川有如一張弓，而
那無數的街道則如箭矢……（《漂鳥》，頁 64）

　　然而，值得注意的是，雷驤的「客觀」敘述實際上具有「選
擇性」：從文本內部來看，雷驤與阿部是親密好友，他們之間是沒
有翻譯跟著的。然而，他們究竟是用中文還是日文交談？小酒館
一段曾談及，阿部先生果斷地「用日文」點菜，回頭向我用中文
說道「魯迅他這個人哪……」然而，此段與上下文之間的聯繫是
鬆散的，全文始終沒有標明清楚，二人大段的「中文」對話的「實
際情況」：究竟是日語還是中文？敘述的不可靠性與其客觀意向所
形成的「盲區」，提醒我們注意：這樣的仙台，也只是仙台之一種。

　　仙台，在李銳的版圖中，則始終是魯迅的舞臺。李銳強調魯
迅的「知識分子的承擔」，不僅是「不避利害地說真話」，更是對
「幻滅」的承擔。（《燒夢》，頁 61）魯迅離開傳統、歷史、自己
的族群，走向日暮裏──「他鄉中的他鄉」。仙台是一個最初的「無
物之陣」，與後來的廈門、北平、上海一樣，是魯迅承擔「幻滅」
和「虛無」的無數「現場」之一。李銳歎道：「這深不可測的黑暗
裏，有多少是日本給他的鄙視，又有多少是日本給他的滋養？」
（《燒夢，頁 87）

　　再來看「魯迅」：

　　「讓已故者在我心中思想」是一個迷人的主題，已死的作者
與他依然生機盎然的文字，二者的矛盾就構成了「歷史」的吸引
力。前文提到，儘管李銳明白「意義」的危險而兩次強調「我知
道，那時的魯迅，還是一個滿懷夢想的青年」，然而他敘境中的魯
迅，更多的時候，卻仍是一個超越了年齡的、共時性的「巨大的

文化存在」。當毛丹青詢問李銳，怎樣體會仙台這個「現場」時，李銳的回答是：體會魯迅所感到的「落差」。

> 已經變成銅像的魯迅，那個落差已經消失了。不是一種流著眼淚的悲傷，而是「憂傷」。（《燒夢》，頁 61）

究竟是誰體會到這種「憂傷」？顯然是李銳本人。他引用香港作家黃燦然的話，說「中國大陸的知識精英們太容易在嚴酷的條件下讓自己舒服起來」（《燒夢》，頁 61）；

> 我發現現在的中國作家很多人沒有精神困境，沒有精神痛苦，故事編得生龍活虎，枝葉飽滿，恨不得橫流，渾身流水，但當你讀完了這些故事，根本感受不到那種精神上的痛苦。（《燒夢》頁 46）

李銳感言，正是這種不負責任的國民性，造成了使魯迅「幻滅」的大環境，進而，他又將論述聯通到了文革。對這場「浩劫」的憤慨，也可另見《燒夢》中收錄的李銳在日本東京的演講內容，他向日本的文學研究者談到，自己的文學之路起始於「抗爭」。他描述了一個在大陸的「文化大革命」中家破人亡在對荒謬的絕望中，無意間走上「文學」之路的年輕的知識青年形象。

李銳憤慨的所指，到了這裏，由泛然而變得豁然：談魯迅，原是給自己畫像，那個始終憤怒、絕望、委屈的自己。他將個人對命運的抗爭與人與歷史、天道的抗爭融合在一起，在「反抗」軸線的極端，正站著他的魯迅。對李銳來說，魯迅和他自己所反抗的對象可以是任何不公，是革命或革命的悖反面，是當下中國

依然令人不滿的「現實」，比如那些靠研究魯迅維生、卻在不斷質疑魯迅的人。他說，「我最反感人人都是受害者」。

然而，這樣言說著的作者，卻是以一個受害者的姿態來講述這番話語的。以一種悲憤蒼涼的心情，他將陳子昂、魯迅聯通為同一個精神體，肉體的、歷時的差異消失了，從過去到現在的中國，無非是壓迫與反抗、虛偽與真誠、啟蒙與混沌。

至此，李銳已經將魯迅本質化了。與其說他反抗和質疑著一切正統價值，不是如說他既是反抗、亦是意義和價值本身[7]。

相對的，臺灣的雷驤卻時刻提醒人們注意，魯迅是一位死者。生者的「招魂」，只能憑附他物。

年輕的魯迅從東京到仙台，李銳精煉地將之表述為「換夢」。相比於這種迅捷的價值判斷，雷驤的重述則極為緩慢，淅淅瀝瀝地將一切相關材料攏在一起，努力「接近」這個為躲開「東京那一群人」，來到陌生之地的少年。雷大段引用魯迅當年的原文，與現時仙台的街貌、阿部先生的講解、江澤民的仙台行等穿插敘述，甚至詳述幾年前魯迅與藤野先生的故鄉如何聯合錄製兩人的紀錄片，為藤野先生的晚年追加「注疏」。對於魯迅仙台生活的「日常」，雷驤興致頗濃。顯然，這裏有一種「Discovery」節目式的路數：

---

[7] 值得一書的是，李銳在中國大陸當代文學史的敘述中，以「知青作家」和「鄉土作家」的身份而佔有一席之地，海外中國學者王德威卻在《當代小說 20 家》中專章論述其作品並予以極高的評價。王指出，李銳的小說作品（如描寫辛亥革命前後的《銀城故事》具有尖銳的批判性，刨出革命與啟蒙非理性的層面（參見王德威《當代小說二十家》，生活・讀書・新知三聯書店 2006 年，第 197 頁。）。反抗理性，是 80 年代中後期大陸作家群的主流傾向。然而，後現代的內爆，歷史結論的漫然和空無，卻抵制不住其「理性」的幽靈。

採訪者不斷提出各種設問，然後實地「解謎」。如：當年的季節怎麼會有蚊子、關幻燈片事件的幾種索解、而魯迅當年被同學懷疑「作弊」的成績竟然平平？……

懷著這樣「生活化」的問題去追蹤魯迅的蹤跡，找到的自然也是一個有血有肉的凡人魯迅：一個跑去看歌舞伎時被同學發現的魯迅，一個「不客氣」地將學校退回的學費換成懷錶進兜的魯迅，一個年少而敏感，不耐緊張課業的魯迅……這與李銳版本的「精神虛構體」魯迅，已有天淵之別。

當雷驤回憶，幾年前他為了拍魯迅的紀錄片，爬上仙台故居取遠景，看到汨汨流淌的廣瀨川時，他提配讀者：別忘了，當年的魯迅，還是一個在仙台平淡的四季中過了兩年忙碌而盲目的日子的少年。你只能通過時間、空間方位、畫框、角度這些參照系來捕捉和標識他。然而，這塊土地本身曾標記過多少死者？比起那些「身與名俱滅」的人，魯迅唯一的不同，在於有許多人前來指認他的標記，使他「不廢江河萬古流」：構造魯迅的是我們。

而李銳，卻在幻燈片事件發生的階梯教室中，寫下「三千年第一傷心人」這個標題[8]，對此，毛丹青在「對話」中談到：「我們今天坐的地方畢竟還有一種歷史的沉重感，地板畢竟還在咯吱咯吱作響，我看你剛才寫這行字的時候還是思考了一會兒的。」（《燒夢》頁57）

李銳表示，他不願像此前來參觀過的人那樣，寫下那些「正面、道德性」的結論，而更願意從藝術家、詩人、小說家的層面

---

[8]　從李銳的上下文看，似乎每個來訪的文人騷客都會被邀請題字，李銳本人就找到了蕭軍的題字。此事雷驤並未談及。

來理解魯迅。然而，在他的講述中，沒有賦予這個「詩人、藝術家、小說家」以任何可視性。

相反，雷驤卻一再描述仙台的各種「影像魯迅」：博物館裏，有中國畫家裘沙創作的魯迅與藤野先生的「合成照片」，圓了二人「未有一張合照」的憾事，此外，還有分別立在東北大學和仙台市立紀念館前的空地上的魯迅雕像。雷驤詳細地介紹了雕像的文化背景：前者是由中國當代雕塑家塑的正面胸像，而後者是側臉浮雕，作者是仙台當地的老雕塑家。值得注意的是，雷驤對二雕像的觀感是：

> 雖然台基不高——大約普通人可以平視，好像頗能親近人的樣子，表情一種憂國的氣概，當靠近的時候，卻感覺一股斥人的凜然。
>
> 用了粗獷的手法，塑出魯迅晚年疲極憔悴的樣子，卻不減減對人間熾熱的心。這也可見兩國人對魯迅的看法迴異來，我私心傾向後者。中國呢，猶不能免於當前的意識形態。以是之故，依我看，那神貌並不全然屬於先生自己了。（《漂鳥》，頁 51-52）

雷驤自己，則這樣描述青年魯迅的相貌：

> 魯迅在仙台時年紀二十三、四歲，找來彼時的照相看，與日後成為吾人印象中「定型樣貌」，確乎全不相同，臉龐圓潤白皙，濃眉細眼間雖然是未來的基本形，但神氣清爽。

到後，兩頰消乏下去，鼻形逐顯出個性來，那「隸書體的
一字鬚」，把焦點集中起來……（《漂鳥》，頁 52）

相對的，《燒夢》卻對魯迅雕像的因由沒有任何描述，只附有
一張李銳在東北大學園內魯迅像前的照片。對比雷驤所見到的魯
迅照片，毛丹青和李銳的描述如下：

剛才我們在紀念館裏看到了一張老照片，一水兒的當時的
校服，你問我，「這裏頭誰是魯迅啊？」是的，他孤身一人，
站在其他人之中，歷史也許就是這樣選擇了一個人來「承
擔」。（《燒夢》，頁 64）

至此，雷驤的「寫實魯迅」，與李銳的「精神魯迅」之間的差
異，躍然紙上。

第三，「現場：魯迅在仙台」

魯迅對在日留學生活的追溯，和追跡者的追溯，使仙台成為
一個產生回聲的系統。在《對話》中，毛丹青精心引出一個關於
「現場」的講述：

這個東北大學今年正好是校慶 100 周年，而魯迅是當時到
這兒來的第一號清國留學生。今天的話題讓我們從類似這
樣的現場說起吧。（《燒夢》，頁 54）

他首先指出，李銳在日本的演講題目之一——「永遠的和消
失的」，一定要在仙台講。顯然，在《燒夢》兩位作者心中，仙台
是一個負載著歷史、文學；屈辱與青春的現場。

毛丹青的敘述突顯了這個現場乃是一個時光膠囊一樣的「裝置」：

> 如果我們沒有任何現場的依託，只是憑藉先人的記述，同時也發揮我們（的想像），按照自己的思路去想，跟今天我們到了階梯教室，還有那座變成了廢墟的水泥房的感覺是不一樣的……
>
> 看得出來，教室是被封了門的，眼下大都為了尋訪魯迅遺跡（的遊客）而開放，時光的印跡很強！……所以，像這樣一個現場的裝置，我覺得對你，對一個中國作家來說，它給你的感想只是其一，但實際上也有時光的流逝。……（《燒夢》，頁 63-64）

對此，雷驤也有近似的認識，特別是對於那個開啟了中國現代文學的階梯教室。他描述它的突兀：這座房屋在周圍「永久性」的大廈中間十分奇怪，好像根本沒有地基似的，「架在什麼輪軸上咕較咕嚕推進到這個地方，停住了，就久遠留了下來……」（《漂鳥》，頁 59）

追跡者們如何面對這樣一個已經與時代氣氛不符、突兀如戲臺一樣的「現場」？

也許是由於情境的不同，李銳在《對話》中對「現場」的態度，與隨筆《燒夢》中的描述稍有出入。《燒夢》中對於階梯教室本身的態度只能是漠然，而《對話》中的他卻反應熱烈：我一向反感「故居」，因為人去樓空，氣場已不在，而「這回不一樣」，

讓他感到，魯迅「留下的不是一個故居，而是一個是巨大的空間」。
──現場，是可以在各種心境中重組的。

雷驤的做法則十分有趣：他回顧了自己第二次來訪仙台時，則導演過「魯迅在仙台」的戲劇：如果說，階梯教室本身就像一個舞臺佈景，那麼就在這舞臺上演出吧。

演戲，當然也是為了使階梯教室脫去「故居」的檔案性質，而成為一種活生生的記憶，成為李銳所說的「巨大空間」。對此，雷驤的敘述頗富戲劇性：對於這場「戲」，對於阿部教授幫他找來的扮演魯迅同學的日本學生，他本不抱什麼希望：

> ──審視他們的臉，擔心即使是同一個日本民族，明治時代的臉顏已不可能在這批當代青年身上複現，迥異的滋養與思想，造形了這些後輩們的廓貌與表情肌肉，疏離了不到一世紀的精神，努力回溯也捕捉不到一點點──我當時覺得。（《漂鳥》，頁 58-59）

然而，到了實地拍攝之時，「陰晦的天氣，從數學教授研究室拉了五十公尺的延長線，燃著二千瓦的燈，略為提高這些醫學生臉上因為燈片投影而增加的照度：在此一刻，不知不覺中，明治年代的光，爬上這些年輕的臉上……（《漂鳥》，頁 59-60）

對於扮演魯迅的那學生，「稍前 M 為他整髮的時候，為了適當的高度，他毫無遲疑的當街跪下了──就在故居『佐藤屋』前邊，令我感動。那緊閉的雙唇，在逆風中彷彿隱含著憂懷的細細的眼睛……」（《漂鳥》，頁 60）

顯然，使「現場」溫暖起來的，仍然是這些「與明治相隔甚遠」的當地的年輕人。而這種戲劇性的情景，在李文中同樣有重要的一筆：

> 四壁蕭然，偶爾有一兩處滲漏留下的水漬。秋天的陽光從窗戶裏斜射進來，把時間定格在此時此刻。教室裏彌漫著木頭發出的微微的潮濕氣味，陳舊的木地板在腳底下咯吱咯吱地歎息著。不錯，一切都像預想的那樣，很難再多得到些什麼。讓我心存感激的是，仙台人這麼念舊，他們把魯迅當作自己的光榮。（《燒夢》，頁 88）

由於旅途匆忙，李銳沒有機會與「人」接觸太多，他只有點到為止。然而，在他仍然滿懷心事，意猶未盡時，恰有一重要的景色來彌補心中的缺憾：由於此前的夏天太熱，樹葉提前被烤乾，作者在日本一路行來，都沒有看到紅葉。

> 就在我已不抱希望的時候，卻突然意外地在魯迅先生的教室外邊看見了一片氣勢恢宏的紅葉。……意想不到的是，整整一面舊樓的牆壁都被茂盛的枝藤緊緊地包裹起來，紅葉像瀑布一樣從樓頂傾瀉而下。如水的秋陽，透徹，清亮，灑滿在紅葉上，瀑布就變成了火焰的峭壁，一場沖天大火在眼前翻卷，升騰，盤繞，幻化，閃耀……整座樓都在燦爛的火焰裏燃燒、歡呼。彷彿能聽見從火焰裏傳出的狂歌和浩歎……（全文完）

「小結：一個故事」

　　至此，雷驤與李銳，一個在以現代技術手段再現「現場」、以「寫實」而曲折的筆調描述種種感動，一個則始終在「意念的現場」上與偉人的「精神」展開對話，在現實與想像的迷離參差之中，在意義失落與重塑的軸線上，交替滑動著兩位作者的失望和驚喜。我們可以試著總結，兩組人馬各自講出一個怎樣的故事。

　　李銳說，魯迅來到了僻遠的仙台，是想要逃出「歷史」，而幻燈片事件，卻使他發現自己依然被「歷史」所裹挾。於是，日本仙台，成就了「承擔虛無」的鬥士命運。在李銳看來，中國有一個穩定的歷史，只要是中國人，便很難將時間與空間分開，逃出歷史的負荷。對此，李銳以仙台的魯迅澆自己之塊壘，駁斥的是那些國內的「意識形態原教旨者」們——那些總是不去承擔歷史的中國的知識分子。不論這是夢魘還是宿命，這負擔，既是他的，也是魯迅的。

　　雷驤抵達他結論的過程，則更加曲折。一直以來，他的旅程似乎只是扛著攝影機下意識地遊走，散點透視，精細卻缺乏焦點和中心。然而，像任何「不經意」的紀錄片一樣，需要到結尾，才找到意義的「回流」路徑，從而瞭解到，行文的不經意，與作者——讀者尋找意義的渴求，其實殊途同歸。

　　在為廣瀨川描繪了一個想像中的「弓形圖」之後，作者來到魯迅故居附近的「文學散步道」，想像魯迅從宿處出來，走向廣瀨川岸邊，將如何思接千里。然而，這是一個無主語的敘述，雷驤暗示，這種想像的主體，顯然是那些命名者和這一命名的「理想讀者」們。他本人則對於這條路線是否能夠通向「魯迅——文學」

表示質疑：在本應於散步道上「思接千里」之際，他卻引起魯迅寫給許廣平的信來：「我天生面對自然風景很難引起什麼感動⋯⋯」。

於是作者猜測，魯迅對於「這川流河岸從未踏臨過也未可知」。（《漂鳥》，頁 68）

這一次的質疑和拉開距離，是否又是「先抑後揚」？雷驤並未重複拍戲獲得的戲劇性感動，卻達到了另一種「轉折」：

> 然而，我恍然可見那一張尚且白皙柔軟的少年臉龐，從賃屋的二樓木格窗玻璃映出了臉面，而不變的川流水聲，古早必也傳送進那裏去的。
>
> 這一切的紀念，因為是從事情的末尾倒推上去，所有當其時的空泛，而後都有了意義。『當人在生活時，什麼事也沒發生。佈景換了，人進人出，如此罷了。從未有何起始。日子一天又一天的過去，無緣無故，這是無止盡而單調沉悶的加法。⋯⋯這就是生活。可是在敘述生活時，一切都不一樣了⋯⋯。（沙特，《嘔吐》）
>
> 沙特說：「端看你的選擇，要生活還是要述說。」
>
> 仙台地方確乎將魯迅列為當地偉人，因為魯迅日後所選擇的生活，恰恰是「述說」。
>
> （1998，12，15，仙台）

原來，順著這個「然而」，雷驤引領讀者一氣抵達了整個旅程的終點：意義＝回溯。旅程的真正目的，唯有在它逐漸消失衰亡之時，才顯出自身的存在。雷驤的結論是：意義總是後設性的，

正如文章本身的漂移無定，正如魯迅後來選擇了「述說」。然而歷史的要害，永遠在於它已經發生過，且只發生過一次。選擇與命定之間的種種驚險，其距離和差異，如同星光才達我們的人眼，發出這光的恒星，卻早已於人類誕生之前死去。

對於雷驤來說，歷史，在其發生的現場，是偶然的產物。唯有在後設性的回溯中，意義才充盈。而李銳卻預先設定了歷史的「意義」，並將其貫穿始終。仙台、魯迅、現場，乃至日本，一直是某種對立項的一端，其真正的歸結點，是那個在文革中受盡委屈，因而終生都要自警的自我。可以說，李銳的「燒夢」，從開始就燒盡了他自己所稱的那個時空的「落差」。在想像中，魯迅與他站在同一個位置上。而雷驤的「漂鳥」，寫出的是淡然，是「耄老」。日本與四季、魯迅與仙台，是同等的轉義項，意義的有無，恰如季節的輪轉，無常不定。

《燒夢》從始至終都飽含激情。李銳善用濃縮的象徵，犀利而熾熱，亦如他想像中的魯迅。李的散文、對話和演講中，處處可見這樣的標語──「魯迅是一個巨大的文化存在」「三千年第一傷心人」「雙向的煎熬」「文學來自於最直接的生命體驗」，等等。在某種意義上，雷驤對大陸雕塑家所塑的魯迅像的不滿態度，與李銳的激情恰形成對照。與其說這是個人氣質所致，不如說，某種「大陸性」，某種「臺灣性」，就此顯出端倪。兩岸的政治、社會、文化的歷史脈絡是如此的不同，以致在同屬一代人的作家在面對其共用的精神資源時，情感的走向亦千差萬別，無須騰挪，文本的並置，自行呈現出一個「現場」。就此，甚至可以設置一個交叉二元的意義矩陣。

　　時空－魯迅－日本：雷驤實（仙台的人與事），李銳虛（「虛無之陣」）

　　歷史－魯迅－日本：雷驤虛（對話者：無所不在的蒼老，死亡），李銳實（對話者：國內知識界）。

　　值得注意的是，兩個文本相距十年之久，但從「後來者」李銳的描述中，看不到仙台的任何「變化」。仙台——日本，在李銳的眼裏，是一個共時的、凝固的象徵。

　　依照齊澤克的觀點，回溯性乃是建構意義的唯一方式，在雷驤的世界裏，與魯迅的「相遇」正是一種由回溯造成的「短路」。比起文本顯示出的「時空錯亂」，實際上，雷驤「現在時」的行旅線路其實是簡單明瞭的，文本中所疊加的「過去幾次」探訪仙台的回憶宛如層積岩「堆積」在「現在」之上。如僅僅通過打亂敘述時序來建構一個「穿越時空」的文本是容易的，然而，雷驤的這種「堆積法」卻構造出某種拓撲學的空間結構：「我」走在這個平面上，一下子遇到了魯迅，而這時，「我」已不在原本的位置上，魯迅與「我」，都已改變。雷驤所極力捕捉的真正的「現場氣氛」，實際上是一種沒有辦法與意義相遇的「尷尬」。儘管就雷驤自身的意願來說，與其說他在追蹤魯迅，不如說是在追蹤時光本身：在時光中漠漠老去的是人。然而，真正使他尷尬的，卻並不是這種線性的時光流逝所帶來的「人事已非」，是直接面對自身闡釋魯迅這段歷史時所用方法的尷尬：「採訪」、「追跡」、拍戲、取景——凡此種種，本身就在戲裏，而除了歷史這齣戲劇而外，我們又如何生活？

　　這種尷尬沒有以直接對立的姿態呈現，反而成為文本的微妙之處：作者知道自己無法從「意義」的先在性中抽取出來，一方

面，他追溯意義的建構過程，指出「回溯」，另一方面，他自己仍然在進行以「先在意義」來指導行動的行為。相比之下，與其說李銳時刻遭遇到魯迅，不如說魯迅、陳子昂乃至「中國」就在李銳自身之中。大陸學界的歷史轉向在很大程度上並未影響一代人整體上理解世界的方式，他們懷疑某種意義，而無法徹底地懷疑意義本身。「意義」體現為某種超歷史性。而是否可以說，在解嚴以後的臺灣，「意義」不總是那麼理所當然的事情？

二、學者之旅──原鄉・傳統：林文月／陳平原

> 主要文本：林文月《京都一年》，生活・讀書・新知三聯書店，2006 年第一版（下文中簡稱《一年》）；陳平原《閱讀日本》，遼寧教育出版社，1996 年第一版（下文中簡稱《日本》）。

臺灣中日古典文學學者、散文家、畫家林文月與北京大學現代文學學者、散文家陳平原，分別於 1969 年和 1995 年，將在日本短期訪學的經歷寫成系列散文，是為《京都一年》（1970）與《閱讀日本》（1996）。

本文再次將兩個寫作年代相差甚遠的文本並置在一起，其因有二：一是，從共時與歷時的角度來說，出版的「時差」拉齊了大陸讀者的閱讀時間，造成了新舊文本的「倒置」（感覺上，陳平原的文本較舊，而林文月的卻較新：大陸出版年份相差 10 年）；同時，這兩位學者，亦是貫通兩岸的某種「學院派神話」的主人

公和締造者，而「日本想像」，也在這種神話中扮演了某種角色；
二是借二位作者的學者身分、治學眼光、文化趣味、訪學經歷的
相似性，來考察在人文知識分子的價值取向「趨同」的情況下，
在情感結構中滲透出的「微差」，如何形成了兩種不同的主體域，
而主體的不同結構與兩岸的歷史脈絡，又可能有何種因緣？

（一）林文月：時差與學院派神話──形塑一種東方形象

　　《京都一年》這個三十年前的「舊」文本，對於中國大陸讀
者而言，其實是很「新」的：大陸於 2006 年方出簡體版。而寫作
年代與出版年代的差距，卻可能極大地影響兩岸讀者心中的「日
本形象」[9]。書籍的裝幀、出版時間，往往讓人忽略了它的實際寫
作時間，特別是京都作為日本這一「符號帝國」最為突出的文化
標誌區，一直予人以古老、凝固的印象，同時，號稱融合古今的
京都，也是最適合發出「人世無常」之感歎的地區。在〈京都茶
會記〉中，林文月筆下修習茶藝的女孩，雖然衣著與身姿都展現
純和風，但其化妝卻是極現代的，「甚至有一位極可愛的女孩，把
那一頭鬈曲的短髮染成了棕紅色。在她身上，我似乎看到今日的
京都──一個極力想保持傳統，卻又不可避免地接受現代文明的
都市。」（《一年》，頁 18）

---

[9]　類似的情況，如 2006 年商務印書館出版的和辻哲郎的《風土》和三聯書
　　店的柄谷行人的《日本現代文學的起源》，前者寫作於二十世紀初，而在
　　大陸以裝幀一新的形象面世，後者是由年代相隔甚遠的一系列修訂文章結
　　集而成，而大陸的普通讀者對於二者的接受則是同時的。

　　這樣的京都，似與近年在中國大陸引起關注、號稱中日「文化橋樑」的日本翻譯家、散文作家和批評家茂呂美耶（Moro Miya）筆下的情形別無二致。今日大陸，染髮早已是日常之舉，林文中的類似資訊不會引起任何陌生感。然而，偶思及這是 1969 年的京都，就會明白其中隱含的另一種「時差」。兩種時差，使變與不變的相對性被轉換了：事實上，茂呂的日本與林文月的日本已大不相同，然而，對如京都、茶藝、賞櫻等「大塊」的文化符號的書寫，仍使讀者極易忽略某些細微但重要的「變遷」。儘管「家庭主婦」的時代早已過去，但當林文月與京都的中產階級有閒婦人在茶會中相互寒暄的優雅情態和茂呂美耶那一下班就耗盡能量躺倒在床上、化為死魚般的「乾物女」同時以嶄新的裝幀呈現於中國讀者眼前時，受眾也許很難覺察到，他們所閱讀的「日本」，早已在時空的「穿越」中面目全非。以「京都」為例，讀者將不會去辨析它在歷史進程中的差異，而以「既傳統又現代」作為它不變的文化標識。這種後現代式的閱讀，在京都與東京之間、京都與中國之間，形成了錯綜複雜的印象隔膜。

　　講述一個城市，是否能形成一個主謂句，實際上意味著這一城市是否建立起一個文化標籤───一組意義聚合關係。不憚於創新而又保留傳統，經歷時間而互古不變，這不僅是京都的文化標籤，同時也是林文月自身形象的標籤。於是，從書寫者與書寫內容的關係，我們來到另一種「時差」：林文月本以日本古典文學的翻譯知名，其治學、繪畫和散文創作的成就在大陸影響，更地多局限於學者圈內。散文集《風之花》（1993）與《夏天的會話》（1997）於大陸出版，但未見影響。然而，隨著近年現代以來著名大學歷

史傳統和學者傳奇在文化界成其氣候，台大中文系的「四才子」之一、最優秀的學生和老師林文月，隨著周作人、豐子愷、台靜農一脈精神譜系，漸漸成為兩岸大學中文系傳奇偶像。林文月之受追捧，除其橫超翻譯家、畫家、散文家的文化姿態，不斷內煉、提升但又未經「雜染」的「滿載」的學術人生，更在於其人其文，極具「典正」的「東方特色」。從《京都一年》和此後記敘日本的散文來看，亦可見出論者所言非虛。在日本的這個「我」，面對長輩，是女兒姿態（《京都一年》之〈我所認識的三位京都女性〉），面對友人，是良友，對方涉隱私，即陪同感慨（《夏天的會話》之〈風之花〉、〈雨游石山寺〉），面對日本的洗浴文化，則表現出不能適應的「羞澀」（（《京都一年》，〈京都「湯屋趣談」〉）。在各種身分之間，秉持完美的東方女性形象。在〈訪桂離宮及修學院離宮〉一文中，作者與一位「朋友的朋友」，在故鄉未能相識，卻在他鄉京都相認，二人引為奇緣，於是放棄了圖書館讀書，結伴「壯遊」京都，「讀萬卷書固然可貴，行萬裏路也很重要，我們是理直氣壯的」（《一年》，頁40）。林通日語，友具方向感，互為喉舌和羅盤，「勝過一個普通日本人」，開始了京都「冒險」。從這些可見出，其時已38歲的林，兼具書生意氣和女孩氣，這種語調和姿態，構成了某種「純潔的學院派」氣度，令許多文化人唏籲不已。

　　截止至2011年春，以林文月為主題的文章，大多屬於「學人懷舊」的類型。如朱航滿《小識林文月》等文章，以及百度百科「中「林文月」的介紹文字，皆強調她是集才女與美女一身的林徽因式人物；據說，她的同事和學生都認為「她永遠是一位美人」。而林本人流傳於大陸網關內的形象，配合著文字上的懷舊和迷戀

的氣息，亦多是年輕和中年時代的照片。如《京都一年》中的照片皆為訪學期間拍攝、中年而少相的文雅形象，與其筆卜豐美典麗的京都和諧一致。

而在林本人作為學院派神話被敘述的過程中，其在日本的經歷具有重要的意義。柯慶明在《我所不知道的林文月》[10]中寫道：

> 一九六九年得國科會補助前往日本京都大學人文科學研究所任研修員，無疑是林文月先生一生事業的轉捩點：她因而寫出《京都一年》，走上了漫長的散文創作之路；她因此走向唐代對日本平安朝影響的比較文學研究，因而開始了《源氏物語》等日本古典文學的翻譯工作——從前我們總以為這是她小時候在上海日租界受的是日文教育的結果。看到展出的這時期她在京都寫給臺靜農老師的書信，才知道臺老師竟是背後的推手，連正倉院都是他託友人帶她去的！

林文月與其畢生研究對象之間「宿命」的相遇，實際上形成了完美主體與完美客體的圓環：「典雅×典雅」。林的形象，大大提升了日本的文化強度，從讀者反映的角度來講，林文月與京都是一體的，而對日本的印象中，不能不滲入由作者的「東方性」所攜帶的資訊與氣息。這正是本文強調作者「學院派形象」的原因。

因之，林筆下的京都風貌，更具有不可動搖的「客觀性」：如工筆劃詳鉤細描，無論寫景寫人、敘境敘史，皆按照時空順序，有條不紊，精雕細刻，末了，則落在「優美」「令人心動」「別有

10　參見《聯合報》第 37 版，2001 年 4 月 11 日。

一番風流情致」「令人徒生感慨」之類中庸的感歎之上，交付給讀者的，則是滿溢的、詳實的資訊。然而，任何一種觀照都可以自稱是「體貼入微」的，如參照別種觀照日本的方式，就會發現「入微」的相對性、「自然」的「不自然」之處。同樣迷戀日本的外國人──法國符號學批評家羅蘭‧巴特（Roland Barthes）對日本人的觀察角度便極為不同。他的「入微」，強調的是日本的符號學特徵，如：「1，聲音：禮儀和情緒混合在一起，一種輕微的狂熱，輕微突發性的兒童似的說話方式，大量的表示贊同的標記；2，表情：沒有表情特徵，但目光極具表現力，形成一種短暫的波紋效果……」[11]可見，以「客觀」「寫實」這樣籠統的概念來單純地談論文體風格，總是會漏掉一些資訊。與雷驤一樣，由於「面向讀者」，林文中的日語被自然轉換成中文，而不見「翻譯」的痕跡。而與雷文不同的是，林文更以轉述真實日本為目標，因而，抹消「翻譯」痕跡，造成了更有力的「轉移注意」的效果：日本作為一個充足自然的文化主體，不存在任何交流的「障礙」，你只能看到作為「自然人」的日本人、作為文化風景、被保存完好的名勝古跡。儘管極盡謹慎客觀之功，所有描述最終到達的仍是這樣一些能指──「文化」「審美」「優雅」「高尚」「深邃」，它們本身在文中封閉而自足，就像作者本人在文中呈現的形象一樣。駐足於這些詞，讀者既無法抵達作者思想和性情的其他層面，亦難以開拓想像日本的另類空間。

---

[11]　（法）羅蘭‧巴特著，孫乃修譯，《符號帝國》，商務印書館 1994 年。第56 頁。

就此，作者本人和相關論者都曾提及，《京都一年》因是散文處女作，難免旅遊者的好奇之心[12]，偏於直陳，而這種大賦般的信息量，也與彼時臺灣人出國不易，作者欲盡可能傳遞彼地人情典故、歷史淵源有關[13]。後來的歲月裏，林文月增加了全球旅遊的經驗，且產生了「散文」的寫作意識，風格趨向多樣化。此後，在《雨游石山寺》、《風之花》、《關於秋天》等文中，從「內面」與「側面」重提京都的人事，已於《 一年》中的靜觀大不相同。然而，究其本，其在「中日古典文學」的專業框架內「煉就」的主體性思維絲毫未變。關於此，可參照林文月在《你的心情──致〈枕草子作者〉》中，與日本平安時代的女作家清少納言所作的「精神對話」。在這篇散文中，作為讀者和譯者的林，自認有足夠資格承當那位千年前女流作家的知音：

> 你的心情，我明白。你愛慕定子皇后的博學多識饒情采，而她也賞識你的博學多識饒情采。你們相對的時候，好比雙珠連璧，光芒四射，你們相吸引的道理在於此。不要責怪那些輕率的學者。其實，人間世相並沒有改變多少，我這個時代和你那個時代一樣，到處充斥自以為是的人啊。[14]

在「我」一廂情願的「獨白」之中，將「我」和「你」的關係，比作「你」和你的知己「定子皇后」之間的「心有靈犀」。為

---

[12] 參見林文月著：《夏天的會話》百花文藝出版社，1997 年 8 月。第 2 頁。
[13] 《回首‧京都‧我心靈的故鄉》，《夏天的會話》第 51 頁
[14] 轉引自林譯《枕草子》，清少納言著，譯林出版社，2011 年 7 月。

表達這靈犀，林更使用了一連串「我知道你⋯⋯」來迴旋詠歎，
字裏行間，充滿惺惺相惜意。

　　召喚「作者」的返回，本是一種常抒情方式和文章風格，重
要的是，這個「返回」的作者是否被客體化了？這是一種笛卡爾
式的「我思」，一咱「主體性」的邏各斯。作者與作品的「自我」，
是一種旋轉門的關係，而主體化－客體化，則是一種簡化和扭曲
的形態。然而，從「客體」中升騰出一個完整的作者人格、一種
人文精神，並將之自然化，正是林文月所秉持的學術態度。因此，
林文中的日本料理、京都藝伎、櫻花，總是「恰到好處地」融入
當今兩岸「文化日本」的敘述之中，而絲毫不露其「古早」的出
身。事實上，這樣的日本想像，直接與一種「無可指摘」的「傳
統的」治學方式本身相連──一種自我標識為至高無上的人生想
像與學術想像。而一個有趣的現像是：恰恰在今日的商品拜物教
的社會裏，這種學院派的神話才成其氣候。

（二）林文月：文化與自我的「無國界」

　　林文月的客觀敘述所成就的，不僅是一個日本的「幻想式」，
而且也是一種學院派神話的敘述體，這種敘述體的基本結構，是
以「文化」為主語的。如收入《一年》中的〈鑒真與唐招提寺〉
一文，介紹對日本佛教做出重要貢獻的唐高僧鑒真如何歷盡艱
辛，六次東渡日本宏法、終於成功的歷史故事，之後敘述鑒真遺
跡唐招提寺的建築風貌。全文中敘述、考證、感喟相穿插，是《京
都一年》中最能體現林文月敘述功力和學術能力的一篇。作者巧

引史料，於細微處見褒貶，有意展現鑒真的博大胸襟。其克制與平和的敘述，隨著鑒真受挫東渡「失敗」次數的增加，而逐漸攀升為一氣勢雄渾的「穿越國界」之宣言：

> 「桃李不言，下自成蹊」，千二百餘年來，日本男女，無論佛徒與否，對於我國這位不畏艱難，東渡弘法的大德，由衷感佩，故不分晴雨，墓前永遠有憑弔者流連徘徊……時間與事實證明，他辛勤的播種，終於開花結果在每一個日本人的心上。今日，到唐招提寺來參觀的人，將不只看到眼前座座的伽藍，他所感受到的是一種高度文化的偉人影響力；而對於鑒真其人的憧憬，也實在是超越了狹隘民族觀念的誠摯感情。（《一年》，頁128）

文化無國界，這是林文月的學術與道德理想，也是支撐其日本敘述的核心。同樣的例證，可參見〈歲末京都歌舞伎觀賞記〉中作者對初次觀看歌舞伎之情景的描述：

> 有一場平氏老臣誤責源氏嗣主，並深悔自己因救人而害及主家滅亡的戲，那老演員熱烈的演技，及有力的獨白，深扣人心，令我感動得幾乎不能安於坐席，心中激蕩不已；而當最後，源氏功臣熊谷將軍有感於人世無常，捐棄功名，落髮為僧，披袈裟，持斗笠，幕落後，猶獨自長歎：「十六年如一瞬，夢也！」然後從觀眾席間的花道奔入門裏，更是印象深刻。看完時，我滿眶淚水已忍不住沿頰而下了。燈光再亮時，秋道太太擦乾她自己的眼淚，轉過頭來看到

> 我的眼淚，她大為驚訝，為什麼一個第一次看歌舞會的外
> 國人會如此體會劇情？我沒有向她解說，但是我深信，只
> 要有一顆善感的心，無論哪一國的藝術都可以使你感動
> 的，文學、藝術，原是不分國界的啊！（《一年》，頁36）

　　由幾段引文可見，林文月早已據持一穩定的價值系統，對「無
國界」的文化，播撒均等的博愛，因而可以隨時「靜觀」和「感
動」。在她看來，沉迷於藝術，歸根結底乃是陶醉於「人生」本身。
因此，行文中雖偶而提及「我們的文化要到他國去觀賞」這樣「頗
為遺憾的事」，卻是「就事論事」，而並不耽溺於「大國心態」。其
審視、批判的視角，多從「文化」出發，對故鄉與異鄉「一視同
仁」。比如作者評價修學院離宮的導遊不修邊幅、英語生硬，實在
不具專業水準，雖剛剛讚歎日本官方做事「往往是一絲不苟的」，
此時亦不客氣地批評：

> 日本官方對於重要觀光區嚮導人員的語言及外表如此不經
> 挑選，不能不說是一大疏忽。這又使我想起，我們故宮博
> 物院中那些穿著漂亮制服，操著流利英、法語的嚮導人員。
> （《一年》，頁44）

　　這種去政治的「政治」態度，在十餘年後的《意奧邊境一瞥》
中有更明確的表達。作者的旅遊車來到意奧邊境，牛馬、草和風
都不知自己已經「越境」了。「土地原本是完整的，人類卻劃地自
限，而且越劃越瑣碎了！」接著，她「多管閒事的黑眼睛」，偶然
看見一個忘記帶護照的女孩，以狀似護照的巧克力來給警衛「過

關」，這小小的溫馨的「犯規」，令作者感動不已（《夏天的會話》，頁 273）；在 1984 年的《知床旅記》中，她在日本北海道極東端的「知床」眺望鄂霍次克海，感歎在「地之極」，人也在「生活」：「從天涯走到海角，所看見的無非是人在生活，使我感覺溫馨的，也就是這些看似不同之中的相同。這是一個多麼熟悉的地方，知床半島，鄂霍次克海。」（《夏天的會話》，頁 246）

　　「文化無國界」即「自我無國界」。作為另一種身分意識的表達，自我與他者的區分在「藝術和偉大精神」的主體中融為一體了。

　　在這樣一種無差別的「世界主義」的主體意識之下，「日本」之於林文月的特殊之處，似乎僅在於其專業上的因緣。然而，本文先擺出的結論是：林文月的「世界主義」，是以其上海人、外省人的「飄零」身分為基礎的，而所謂「世界」，其實恰恰在古典漢語所輻輳的「東亞文化圈」這一系統之內。依「東方」而立身，才是「世界文化」整體主義構圖邏輯必不可少的部分。就此而言，日本成為這個無所依託的文化主體所暫附的「肉身」，成為飄零者的「精神原鄉」。面對這看似矛盾的悖論，本文將引出大陸學者陳平原以為參照。

（三）原鄉與「活的傳統」：主體話語的同與異

　　林文月與陳平原同以對文化的自覺意識著稱，從意義所指來看，林文月的「無國界」的文化意識與陳平原經常稱道的「活的傳統」並無本質差異。事實上，追求「活的傳統」，是本文視域內

的兩岸作家、學者共有的意義歸著點。筆者試推測，儘管存在「時差」，當代大陸與臺灣的知識者，仍然分享著某種共同的現代人的疏離經驗，因而對於日本保存「傳統」的方式，有很大的好感。

在《燒夢》中，李銳與毛丹青數次寫到「活的佛像」：李銳自言，作為一個老道的旅遊者，他對旅遊城市那副笑臉迎人的面孔總是心存顧慮的，只有探尋其「背面」鄙陋街巷中的「人間煙火」，才能窺見到一種文化、一個民族的「隱私」。持有這種心態的李銳，果然「發現」了巷中一個小小的佛堂，內中佛像竟長滿了青苔，生動而莊嚴。同行者毛丹青解釋說，這是因為當地居民每路過即向佛像上灑水祈福的緣故。對此，毛丹青在這個多層次的文本的另一處提到，熟悉當地環境的他，其實「知道」李銳一定會對佛像感興趣，因而不斷觀察默默地注視佛像的李銳。

類似這樣的細節表明，如果說李銳更注意傳統的「結果」，那麼毛丹青則更注重傳統中儀式感的生成過程。對此有自覺意識的毛丹青如何創造他自己的「日本幻想」，本文將在下節說明。准此，「活的傳統」乃是一個錯動的儀式「現場」，是文化主體努力經營的結果。而日本在這方面的表現無疑是出色的。於是，臺灣的詹宏志在日本猜謎和療傷，朱天心以「告解者」（陳芳明語）的姿態在京都徜徉，以此為精神暫寄之依歸，而朱天文則一次次感歎，這個每年消耗最多的森林、卻又製作出讓人愛不釋手的包裝的日本，「實在是一個令人又愛又恨的國家[15]」。

---

[15]　《下午茶話題》之朱天文〈再談日本〉，龍門書局，2010 年第一版，第143 頁。

　　設在路邊的神像，同樣打動了陳平原。初到日本，他即對周作人所稱道的日本的「人性美」有了實地的體認。在《東京的古寺》裏，當他想「追尋江戶時代的面影」之時，想到與其到博物館，他更願意到香煙繚繞的寺廟邊，撫摸長滿青苔的石碑，似乎只有那樣才能真正感覺到『歷史』的存在：

> 「東京寺廟之所以讓我流連忘返，很大程度正是這種充溢其間的人情，不管是大名鼎鼎的淺草寺、增上寺，還是我居住的白金台附近的若干『無名』小寺，都是有信徒、有香火、有佛事，因而有生命的『活寺』。」（《日本》，頁 21）

　　在《伊豆行》中，作者參觀熱海的人工海灘，感慨中國歷史總是書寫「地大物博」，而日本自古即強調資源不足危機四伏。「初來日本，看不慣其風景的人工化，以為未免『小家子氣』。逐漸理解這種古已有之的危機感，體貼其於有限中追求無限的心情，方能欣賞在人造沙灘上撒貝殼這樣不太自然，但卻相當優雅的心情。」（《日本》，頁 43）

　　日本土地上這種刻意營造的「人工化」，亦即毛丹青所言日本人的「儀式感」，不僅是陳平原認同「活的傳統」的定義，而且也成為他參與建構「活傳統」時使用的手法和理念。在《神輿競演》中，他認同周作人的觀點——瞭解日本人的感情，應自宗教入手，然而打動了他的，卻並非此「通則」，「而是日本人的崇拜儀式中往往顯出『神憑』或『神人和融』的狀態，」（《日本》，頁 61）而當他在抬神輿的現場，發現這種神聖的儀式已不可避免地民俗化——商業化時，「不禁惘然。」同樣，林文月在《櫻花時節觀都

舞》一文裏，也對導遊不顧歌舞伎的表演禮節、在演出未完時當
著藝伎的面催促客人們趕赴下一場的商業行為深感痛心（《一
年》，頁 94）；在游京都石山寺時，聽導遊講紫式部面對一池美景，
凝神思慮，進而靈感迸發，成就千古名作《源氏物語》的故事，
她也歡唱「好一個美麗的穿鑿附會」，言語下卻又極為認同：

> 這次來詣石山寺，不就是要放任想像，一如平安朝廷的人
> 物那樣虔誠膜拜嗎？文學的信仰也應該跟宗教的信仰一
> 樣。需先誠其意，則神便在心中，紫式部便在我心中，雖
> 歷千年，則猶可神交。（《夏天的會話》之〈雨游石山寺〉，
> 頁 219）

「活的傳統」，意圖表明記憶與歷史的不同。記憶流動而有
情，而歷史則只是無生命的檔案。在這種文化意識中，生命是一
個無所不能的詞。需要尋找的，只是那個能開啟歷史機關、放出
情感的「記憶樞紐」（陳平原語）。顯然，這不僅是日本人的任務，
更有賴於在場的中國觀察者的主動參與，在新時代使舊符碼復蘇
還魂，而又不失其本旨。比起對於故事的虛構性之警醒，他們更
願意參與這虛構——這乃是他們的文化生涯的題中應有之義。

然而，正是在這裏，林文月與陳平原，展示出兩種不同形態
的「主體性」，其間的微妙差異，恰恰指向兩岸歷史的不同面容。

1. 原鄉與故鄉

林文月對日本的情感，是一個「迂迴」：在《一年》的序言中，
作者自言，作為一個「一向順遂」的女性，孤身一人離開家庭、

學校、家鄉，在六席大的租屋裏，濃濃鄉愁，實難自抑。於是，旅行和寫作，成為移轉愁苦的代償法。「我寫些什麼呢？慶倖自己選擇了京都這個羅曼蒂克的古城，她四季有那樣多的風貌，終年有那樣豐盛的節目。」（《一年》自序，頁10）

初時不過聊以自遣，隨後一月一篇的持續創作，卻被臺灣文壇「老前輩」林海音「逼出來」一系列散文。林海音約林文月為《純文學》雜誌定期寫稿，「這樣也免得你寂寞想家想孩子」。對林文月來說，寫作誠「治癒了我的思鄉病！」（《京都一年》自序，頁10）作者更自評，「說實在的，我個人覺得在這本遊記所用的心思，絕不下於正業《唐代文化對日本平安文壇的影響》。」（《夏天的會話》之〈我的三種文筆〉，頁46）

林文月的散文寫作，自此一發不可收拾。一些臺灣研究者對其散文的研究著眼於作品風格本身[16]，而甚少關注京都在她精神地圖中這個「戲劇性的」回轉：她本攜著鄉愁而來，別後，卻不由產生了新的鄉愁：京都成為另一處精神原鄉。

京都總是與記憶與相關。「京都一年」後的十年、二十年，林都曾重返故地，並寫出與《一年》風格迥異的散文。從〈深秋再訪京都——《京都一年》代序〉（1995）、〈自序〉（1997），到〈風之花〉（1991）〈雨游石山寺〉（1993），斷斷續續的京都記憶，形成了深深淺淺的溝壑與回路。在這些文章中，那些在《一年》的描述中僅予以一瞥的勤奮、樂觀、優雅、謙和特徵的日本友人們，始現其種種幽微的內心世界，而作者更將難以

---

[16] 如莊若江《情美理豐，學者風範——林文月散文創作論》；台港女作家林文月／小思合論，杭州師範學院學報，1991年第1期，陳星。

言說的原鄉之惆悵，移情到日本友人與自己年邁的指導教師的
「不倫」之戀中。在《風之花》中，她和友人步上「哲學之道」
（李銳、毛丹青、陳平原均寫過此「道」），參訪了谷崎潤一郎
的墓碑，特別提到這位大文豪生前最轟動的讓妻事件。「然則，
生時的盛名與愛恨葛藤種種，最後只餘『空寂』二字嗎？」（《夏
天的會話》，頁 234）顯然，作者寫這段典故，暗指身邊友人的
不倫情事。回過頭方才領悟在《一年》的「代序」中，淡淡兩筆，
描述那位指導教授——友人的情人逝世時的悵惘之心情。彼
時，斯人尚在此城，而作者與友人，雖然走著同樣的文學道，卻
是各自的心路，尋常的漫談銜接。友人綿軟的京都腔，和著那時
節的特有的飄雨一樣的「風之花」，如同作者的日本情結，忽近
忽遠，似有若無。

　　這個「似有若無」的「下面」其實是沒有什麼的：友人的低
語於作者而言只在其「京都腔」，而不在其內容——只是「京都」
的標誌，也只是作者心馳萬里時的「背景」罷了。日本的美景和
語言不變，但肉身卻歷盡滄桑、衰老、死亡。之所以視而不見，
聽而不聞，因為，無論風之花、京都腔、還是花下的法然院，在
某種意義上都是作者自己——身歷時光流逝，人事已非的自己。
而自己，不也早已是境中一道風景？因此，這是無須交流而自足
的「原鄉」，表徵著「時光」「無常」「空寂」。

　　在林文月的書寫語境中，儘管整個世界都能在文化中「大
同」，而日本卻是除了她的兩個故鄉——上海和臺灣之外，另外一
個在文本牽扯出如此多的「時間感」的地方。日本；對京都腔的
描述，記錄著一種雙重的缺失：在本國時，她擁有日本的文字而

無「身體」，而當她與日本的「身體」相遇，卻又對它產生了難以言述的懷戀感。

這種迂回的「原鄉」感，在筆者所接觸的大陸作家的旅日隨筆中是很鮮見的。即使那些在日本結結實實的紮根定居者，如感性的毛丹青，老道的李長聲，熱絡調侃的薩蘇，在對日本物事如數家珍的鋪陳之中，卻別無此滿懷失落與惆悵的淡淡戀情般的「原鄉」之意。

與林文月初到異地的不安與惶然相比，陳平原一開始便親切地稱他東京的臨時居所為「家」。(《閱讀日本》之〈窗外的風景〉)這種隨遇而安的態度，雖有一個原因是「妻也快來了」，更主要的原因，則在於學術趣味與性格的結合，形成一種穩定的觀照系統：其基礎層面，是名士風的「既來之，則安之」，最高的層面，則是積極、主動地考察一地一域的人文風情，以納入自己的「學術－人生」視野。在這兩個層面之間的「彈性」觀照，形成了陳平原對日本的審美態度。《閱讀日本》首篇即是《窗外的風景》，寫他抵達「東京的家」時已是深夜，未及細察周圍環境，第二天始發現窗外是一片鮮有人跡的小樹林。而由於大學的研究者多無埋首工作無心前往，陳遂時常散步於中，以不枉好風好景。

林文月雖攜著滿滿鄉愁，秉筆直書日本時卻極為投入，甚少「回望」家鄉。而陳平原卻經常將故鄉潮州拈來與日本的風景民俗作比。在《「初詣」》中，作者像小孩子一般作興，趕赴東京新年參拜神社祈福的「初詣」，向俗是瞧熱鬧，向雅則是文化比較(《閱讀日本》，頁 23-24)；《木屐》則寫在北京無處可踩、只好默默死亡的木屐，如何驚現東京街頭，一路念佛的日人僧人腳下；

而《煙雨佛寺》裏，文革對故鄉文化的破壞，又一次在「遠來的和尚會念經」的指引下，在異國的佛寺中得到了補償……如是這般，廟會與古寺、木屐與街巷，都有了家鄉版與日本版。就像將兩隻木屐擺在一處參詳，這種文化眼光，完全是「外部」的，並不攜帶記憶和感傷，即便惆悵，也總有「出處」，或來自魯迅，或來自黃遵憲筆下中日兩國歷史中的名相煙雲。《閱讀日本》中，談及歷史的重要篇章，有〈招魂〉、〈西鄉銅像〉、〈文學碑〉、〈湯島梅花〉等，本文限於篇幅，無法一一贅述，但見其雙重懷古、考較兩國歷史的心事，尤以黃遵憲詩為仲介，大發從「和魂漢才」到「和魂洋才」之感慨。

由是，在陳平原那裏，日本不過是為擴大其早已成竹於胸的文化、歷史政治版圖而探討的諸多版塊之一。儘管「家鄉」感不時在東京的街頭巷尾浮現，卻是源於作者對「活的傳統」的推崇，他思考「傳統」的基準在潮州——只有在此一固有的地名之上，一切「傳統」的復活才有所附麗。對此，可引「知日家」李長聲的評論以為側應：

> 春夏秋冬，陰晴圓缺，徘徊於西鄉銅像之下，令我感慨不已的是，日本人對其開國元勳兼叛軍首領的態度竟如此豁達——記起幾年前陳平原在《閱讀日本》的隨筆裏寫過「西鄉銅像」，是因為讀井澤元彥的著書《逆說日本史》，他的「怨靈」之說或可解釋這種「豁達」現象。陳平原在〈西鄉銅像〉一文的附記中就提及：「據柳田國男稱，在日本，作為個人而享受祭祀，除了德高望重，還必須是悲劇性死

亡。而新政權為與政敵實現某種程度的和解，有必要通過
祭祀的方式，安撫失敗者的心靈。」但他沒有特別從這一
角度閱讀西鄉銅像，可能因其意在「藉日本閱讀中國」[17]。
（《四貼半閒話》，頁 24）

2. 畫與入畫：搭配客體 V.S.調適自我

　　儘管林與陳均以文化為導向去觀照「日本」，但，旅行者與異
鄉的關係是動態的，當客體與自我的感官和倫理經驗難於合拍之
時，當如何自處？無獨有偶，本文視域中的臺灣作者都有較資深
的畫家背景，林文月和雷驤及下文要提及的張燕淳，均可謂職業
水準的畫家，而三位大陸的作者——李銳、陳平原和毛丹青，對
於所敘客體的配搭和選擇的「裁剪」意識，卻遠比這三位臺灣畫
手要強烈。他們的敘述更具有故事性與象徵的意味，有著明確的
取捨意識，而那些「畫家」則相對而言更加「客觀」（儘管這「客
觀」下隱藏著敘述的自動裝置），努力要將視覺的、感官的印象完
整地傳達出來。

　　就陳、林二位來說，可表述為「繪畫」與「入畫」，隱喻和轉
喻的差異。

　　參考《踏雪訪梅》所敘，陳平原亦曾有繪畫經歷，但自嘲所
畫梅花肥大，因此對於「有梅無雪」和「有雪無梅」的缺憾，並
無至深體驗。然而，不具畫家之眼，卻具畫家之筆：「我本南人，

---

[17] 李長聲：《四怗半閒話》，春風文藝出版社，2003 年 1 月。

卻要像魯迅所說的，用『北方的眼睛』，來閱讀並驚歎『江南的雪』，而且還必須借助此異國的紅梅。」(《閱讀日本》，頁44)

來到日本這個充滿文化意象的「符號帝國」，陳始終興味盎然，希望以其慧眼所觀，考察日本人的內心世界(《文學碑》)，不像林文月還背負著向臺灣讀者「知識介紹」的重擔，他更加輕鬆地揀擇、配搭「日本素材」，目之所及，一切景象，都經過一番取捨，上下古今，聯類思考，方可入己之畫。與古老的京都相比，陳平原並不嫌東京太「新」。在《東京的古寺》中，陳先抑後揚，認同考古學家的說法——東京「無古寺」，但「如果換一個角度，不從『考古』而從歷史，不從『藝術』而從『人情』來品讀，東京其實不乏值得一游的『古寺』。」(《日本》，頁29)

在《初詣》中，他輕巧地調整著與日本參拜者的距離：有的儀式，不敢貿然參與，只是默默旁觀；而飲屠蘇酒之般家鄉傳統，「這我倒不妨參加」。抽籤不吉時，會說「真掃興」，看到日本人在祈福的繪馬上心願都寫，又不由莞爾於「日本人超越世俗生活的強烈願望」。在《神輿競演》中，無神社和佛寺為背景，少了虔誠；《踏雪訪梅》裏，不僅預設有雪無梅和有梅無雪兩種情態，包抄尋找梅雪之精魂。且絲毫毫不掩飾其探尋意義的目的：一個細節是，他與妻子的眼睛太過「詩意」，竟然將一個落雪的廢棄輪胎看成是花圈，白白驚喜了一番。直到真賞了梅，「忽想起魯迅留學東京時，不知是否也有踏雪訪梅的雅興。之所以有此聯想，就因為《野草》中有一則……」參照上文中的雷驤，同樣引用魯迅，得出的結論卻大相徑庭，可見引用「原典」，是多麼「自由」且「自我」地建構意義的一種方式。

　　這就是陳所打造的「畫框內」的日本，「繪畫者」隨時準備著學識與心情，尋找最恰當的時機，來投入一場場意義之旅。他要體驗，要參加，要入戲，但所有的「計畫」都在「畫外」，屬於一個「希望爭分奪秒『閱讀東京』的『異鄉人』」，他看海灘，訪佛寺，捫石碑。如上文所言，他對意義營構的預設性，有著相當程度的認知，如《文學碑》中，對於參訪小林多喜二的墓碑，他早有「預謀」，知識和心情的準備充足，是圓夢亦是還願，而與石川啄木之碑的相遇，則有些猝不及防，心緒難言。總而言之，他既是觀者亦是畫者，心態是放鬆的，神智是清醒的，無法融入之時（如《新年音樂會》，《東京之「行」》現代人懷古的尷尬），便表示尷尬和遺憾，作禮而退，如是而已。

　　反觀林文月，這位客觀到不無刻板的畫家的「客觀性」，卻十分矛盾地表現為一種全情投入的「主觀」。試以陳的《伊豆行》和林的《步過天城隧道》[18]（《午後書房》，頁 20）為例。伊豆天城隧道，因川端康成和松本清張的作品而聞名。林陳二人的「隧道懷古」，恰成映照。陳和友人在「在陰冷的隧道裏唱歌，回聲效果很好。」而林則用互文寫法，融入二位作家的小說劇情之中，穿插元文本，放任想像，創造亦真亦幻的效果。二人還不約而同地以腳步丈量隧道長度，得出不同結論：一個數了一千二百步，一個數了六百五十步，約合四百五十米。出了隧道，陳平原看藍天白雲，唏囑一番，林文月則「了悟古今如夢的道理」。見了「新天城隧道」的牌子，陷入迷惘，我走的是「新天城」隧道吧？這戲

---

[18]　林文月：《午後書房》，洪範書店，1986 年 2 月。

劇性的探訪,都有一個附帶說明,陳一行後來在餐館點了名為「舞女」的套餐,又貴又不好。而林文月則走了太長的路,索性脫下兩隻皮鞋,提在手中,灑脫地走向車站。

陳的外部視角和林刻意為之內視野,以其不同的戲劇化手法,點出了名與實之間的棘手關係,出戲入戲之間,如何把握分寸,同樣是上文二人雷驤和李銳所面對的問題:隧道,何嘗不是對歷史與現實、文本與主體之「穿越」?面對日本,二者同因專業之故而生親切之感,林文月因通日語的關係,涉入自然要深得多。對於日本,她好比先聞其聲,後睹其貌。相比之下,陳平原用周作人、黃遵憲之典,總需考察日本之實地實情,而林文月則在任何情境中自由聯想、天馬行空,暢引日本文學。她始終維持著主體的獨立性,卻是一個全情投入客體、「物我合一」的主體,在「隧道」中,她自我演繹,物我無間,然而,畢竟異國他鄉,總有產生文化距離之時。此時當如何?

林的「對治」是:要麼將自我風景化(《風之花》),要麼「調整自我」,以進入對方的「話語系統」。在〈歲末京都歌舞伎觀賞記〉中,她對武士男角類似「吹須瞪眼」的表情,「初看頗覺怪異,然而此表情一出,每每能贏得全場喝彩。後來我體會到,這是歌舞伎的特色,我們無論看西洋歌劇或京戲,都要超越現實的觀念,將自己融入那古典氣氛裏,接受那特有的誇張情調,而後始能欣賞其美,看歌舞伎又何嘗不然呢。於是,我暫時設法忘記自己是外國人,儘量用日本人的眼光去觀看舞臺,果然這一努力,使我逐漸能接受臺上的表演,而不再感覺怪異不自然了。」(《一年》,頁34)

　　儘量用他者的眼光去觀看，本是很平常的事。而如將作者對臺灣老家的原鄉回憶和對日本的回憶加以比照，則可見出其中的「深意」。

　　林文月父系老家在臺灣北斗鎮，返台後住在臺北，很少歸鄉。因此，作者「過北斗」，替父親追懷鄉土，在與當地人打交道時，「努力不讓鄉音走調」：

> 　　林家在鎮上是一個大姓，族人應該不少，可惜連我自己也弄不清自己到底是怎樣的輩分關係，故爾放棄了尋訪親人的念頭。就算真的找到了什麼親戚，事隔多年，又如何從頭解釋自己的來歷呢？……跟我擦身而過的那些人當中，可能竟有些是我們族人嗎？這想法似乎有點荒謬，然而並非絕無可能之事，遂覺得有一股溫暖在心底，不知該說是此地包容了我呢？還是我包容了此地？
>
> 　　鎮中心有一個古老的廟，廟前是吃食攤販麇集的地方。我們無所事事地穿梭在各種小攤子之間，看東又看西。一個賣肉圓的人對我說：『來吃北斗肉圓啦！真好吃哦！』何必對北斗人說明他賣的是北斗肉圓呢？顯然他是把我當做外地遊客看待。然而既沒有背旅行包，又沒有帶照相機，是什麼原因使這個生意人誤以為我是個外鄉人？我很想同他講：我也是北斗人啊，和你一樣的，也許你自己反倒是在此做買賣的外鄉人，而我才是本地人哩。但是，所謂本地人和外鄉人，應該用什麼準則來區別呢？然而，我恐怕是沒有資格大模大樣地說自己是屬於此地了，正像我曾住

過上海而不是上海人，住過東京而不是東京人，住在臺北
而不是臺北人。我到底應該算是哪裏的人才對？心中忽然
覺得很不踏實──到處都是過客。好吧，北斗肉圓就北斗
肉圓……。（《夏天的會話》，〈過北斗〉，頁 238-239）

　　之所以引這長長的一段，因這一文本點出了「原鄉」的關鍵
之處。它揭示了作者的臺灣身分，從而解釋了林文月的「原鄉感」
和一再強調「文化無國界」的內在動力。在《上海故宅》（1981）
中，作者重由江灣路原日租界的上海故居，回憶年幼時舉家返回
臺灣時的情景：

　　　　那些一向對『支那人』作威作福的日本人，忽然惶惶
遽遽，有若喪家之犬，深居簡出，等候撤退的安排，不過，
有些當地的不肖分子，卻趁勢報復。他們肆意侵襲日人住
宅，搶劫毆打凌辱人。我們看到鄰居們的傢俱衣物被亂民
奪取搬走，全家人蜷縮在屋隅跪拜求饒，其中也有平日與
我們共同戲耍的好朋友。
　　　　我家門口飄揚著一面簇新的青天白日滿地紅的旗幟
──我們忽然由戰敗國的日本人變回了戰勝國的中國人。在
虹口的臺灣同胞都分到一面國旗，以保障安全；可是，安全
並沒有維持多久。情況實在紊亂，彷彿一切都失去了秩序。
當地的地痞流氓於洗劫日本人後，目標竟轉移到臺胞居民
來，指稱我們是『東洋鬼子的走狗』。我們有口莫辯，而局
勢越來越危險，為了保護家人安全，父親毅然做出了返歸臺
灣的決定。（《夏天的會話》之〈上海故居〉，頁 77-78）。

　　作者在《京都一年》中「並不厚此薄彼」的寬和心態，由這被重述了的童年經驗中，可窺得一二。同時可見，臺灣於林，始終是「陌生的故鄉」。而上海雖然銘刻了童年最初也最深的記憶，卻因時間久遠而永遠失落於烏有鄉。同時，童年時所居的上海，還是林文月初習日語之處。在上引各文集中，她數次提到，京都的秋景讓她想哭——它有與臺灣有相似的山景。在《臥病》中，作者到京都暫住時不意染病，她在日式公寓房間裏忙於照撫自己，直到在日式被爐中昏沉醒來，聽到窗外日本母親喚孩子的名字時，想住在漢堡居住時，也有同樣的經歷：德國母親呼喚著德國名字。這時，作者才意識到，這裏原是異鄉。「我的耳朵忽然辨認出其中幾個日本名字，遂突然有一種深沉的身在異鄉的感受。奇怪，這塌塌米、這棉被子、這屋宇的一切，方才我在走動忙碌時，並沒有給我如許強烈的感受啊！」（《夏天的會話》，頁228）——日本，究竟是原鄉還是異鄉？

　　如果說，陳平原作為男性中國學者的自我意識十分明確——將中國與日本放在天平兩端考察、衡量，而林文月的「文化無國界」和對日本情有獨鍾的「原鄉意識」，卻從兩個極端填滿了這個永遠陌生的家鄉人。內中差別，不僅在同途異夢的天城隧道中可見一斑，在上文提到的陳的〈煙雨佛寺〉與林的〈雨中石山寺〉中亦然。陳文依然是講究最佳效果的佈景搭配：「遠方」的寺廟會顯靈，顯的是「歷史、文化、藝術」的靈。「寺廟的魅力離不開煙雨」「我只是欣賞這種幽玄的情調」。煙雨使人忽略了新建建築的「造作」，而能專注於「隱隱傳來的梵鍾」。而林文月的雨中石山寺，同行者的心境和自己的悵然，都令她迷惑萬千。林也在布拉

格等地居住過，在〈翡冷翠在下雨〉等為人稱道的名篇中，但見美景，卻不見此迷惑悵惘之隱情。——時光在哪裏都流逝，為何獨到了日本，才意識到它的無情？

聯繫作者在〈奈良正倉院展參觀記〉一文結尾的心境：當作者參觀一天，路途勞頓，被「文化」填滿的心一下子空了下來，

> 走進六席的房間，有一股深秋的寒意襲人。這兒不是我的家，這裏在面沒有親愛的家人在微黃的燈下等待著我。我孤孤單單地聽著自己的腳步聲，登上這二樓的小房間。但是扭開了那四十燭光的日光燈，心裏卻意外地有一種安慰的感覺。人總是要有一個屬於自己的小小的巢啊！（《一年》，頁 14）

在這裏，語言（日語和漢語）的連通與疏異，與文化上的聯通與疏異，終於在一個物理空間的「家」中得以安置。在林無國界的原鄉地理空間中，唯有日本能夠在某些時刻、某些情境中，將懷鄉主體的多重身分彙聚在一起。文化、孤獨感與「家」的關係是如此地緊密，不論如何忘言和忌言於國族和歷史這些「能指」，從北斗肉圓到京都風景，無國界的文化，一切都聯通某種無法到達的身分。正因異鄉，才是原鄉。

陳平原與林文月在寫作中的主體性意識均十分強烈，這與其謙和的寫作語調並不矛盾，毋寧說，正是這種謙和，為某種個人性的文化眼光賦予了客觀性權威。在文化眼光的投射下，無論他者還是自我都無疑是賞心悅目的。90 年代以後，大陸訪日學者、作家如葉永烈、孫郁、邱華棟、靳飛、都有著大致相同的採樣「文

化日本」的眼光，儘管內中心境，常常別有曲折。就陳平原和林文月來說，其主體邏輯的微差，顯示了兩岸相對隔絕的歷史作用在個體身上的「印痕」。

精神原鄉與活的傳統是一種共同的意向，只是在陳平原、李銳這樣的大陸人那裏，比照不同時間段落中的中日歷史和文化的意識更加明確，日本並不更多地與「時光」本身搭配，「活的傳統」更多的是一種技巧，體現著保存、記錄、經營歷史的水準。而對於雷驤、林文月來說，日本總是能喚起「過多」的悵惘之情。彷彿只有這裏，方記載著成長、衰老的「心事」。

對於這些大陸學者而言，對象——日本往往是隱喻的，它內在地指向「中國」，而對於林文月這樣「無根」的臺灣人，主體本身卻是「轉喻」的，可置換的。因此，儘管林「原鄉」與陳「活的傳統」的差異並不大，卻蘊含著兩岸文化背景的某種「微差」。

三、羈留者言——人情日本：毛丹青／張燕淳

主要文本：《狂走日本》上海文藝出版社，2004 年；《閒走日本》，上海文藝出版社，2006 年，毛丹青；（下文中簡稱《狂走》、《閒走》）；《日本四季》生活‧讀書‧新知三聯書店，2008 年，張燕淳。（下文中簡稱《四季》）。

如果說，采風數日、訪學半載，尚屬浮光掠影，那麼大陸的毛丹青與臺北的張燕淳，則以普通居住者的姿態在日言口。毛丹

青的隨筆集《狂走日本》、《閒走日本》，張燕淳的《日本四季》，
皆在網路與紙媒中獲得讀者好評。相對而言，其意向和語調，既
不同於李長聲、薩蘇、劉檸等作意創制日本人論的知識體系的大
陸「知日派」，與橫跨兩岸三地的文化旅情書寫亦保持一定距離。
像雷驤、林文月一樣，他們的日本以情節曲致的紀實隨筆為主，
且「圖文並茂」：美術專業出身、從事首飾設計的張燕淳為每篇文
章親手刻印浮世繪風格的版畫，毛丹青配合文章情節的照片，雖
有編輯過程中的拼貼剪接之嫌，斧鑿之跡頗重，卻張張美侖美奐，
這一點，又符合商業化的日本旅情書寫的宗旨。

　　二者的主要相似之處，在於同以大眾文化的審美和趣味取
向，書寫「人情日本」。作為居住者與外來戶，他們在與異民族身
體和倫理的日常遭遇中，記錄了許多點滴「感動」的瞬間，單篇
看來，極為神似：

　　　　「先抑後揚」的驚喜──張作《五味的鯉魚》，寫鄰居
　　一臉凶相的男主人五味先生半夜折騰出噪音，原是為了給
　　兒子過端午節掛「鯉幟」；毛作《防府站的落葉》，寫找零
　　太慢而耽誤「我」上車的邊遠小站站務員，其實有著閃光
　　的品質；

　　　　日本的「匠人傳奇」和手工藝傳統的日漸凋敝──張
　　作《木曾》，寫臨離日本之際從一位被政府「冊封」為「日
　　本文化財」的老藝人手中購置朱漆缽；毛作《花訊》中，
　　以雙手測量櫻花樹「體溫」來報「花訊」的老園藝師，神
　　准遠非「天氣預報」可比；

日本人的緊張、勞累與壓抑——張作《紅葉狩》，與日本友人在楓葉飄舞中短暫放鬆，盡情狂舞，毛作《東京歸途》，寫一位前來搭車的德國街頭藝人，為堵車長隊彈唱，讓疲憊的心靈暫獲休息；

日本老人的夕陽晚照和「溫情脈脈」的田園風光——張作《浮柿繪》，一對曬乾柿的善良老夫婦，令她想起自己的父親；毛作《近鄰之旅》，不經意中找到了送報老人心中的「神社」——一個小小的木屋；

普通人「愛別離」的悲情——毛旁觀一位悲傷的日本父親為將病逝的女兒撿拾櫻花瓣（《落櫻》），女兒仍然撒手人間，張作則更代入自己，為祈求兒子病癒，親手折千枚代替「千紙鶴」的「手裏劍」，在異國他鄉演繹了一出母子溫情的感人劇（《千枚手裏劍》）

……

這些文章顯然集成了一個煽情版的日本：一個「先進、清潔、舒適、精緻、古老、溫情」的日本，富於戲劇性、舉重若「輕」。普通人的人情溫暖與家常中的傳奇，無不是在日本色彩濃豔的四季風光中演繹的。這樣的「日本」似乎並不新鮮——回過頭來看，毛與張的文章所展現的，乃是活脫脫的日劇場景、主題和情態。以毛丹青來說，他在日本以雙語寫作「糊口」，自然要迎合日本的大眾文化路線；而張燕淳因家族卻是日軍侵華的受害者，對日本並無好感。然而，在她的書寫中，仍然下意識地呈露出某些「日本表情」。是否可以說，這種受日本模式影響反過來演繹日本的

方式，已經形成了某種產業化的鏈條，呼應著日本源源不斷的動漫、流行音樂等亞文化的東亞「輸出」，在兩岸三地造成趨同化的日本印象？此一論斷尚有待於考察，亦並非本文此處並置這兩位作家的目標。本文旨在指出，與林文月和陳平原相似，在這種不無模式化的書寫中，張毛二者的差異主要不在於性別、經歷，而在於寫作邏輯的內在秩序。

　　所有旅日中國人的寫作，都包含一個文化適應的副題，也就是自我再生產的過程。就張、毛二人而言，一方面，日本的符號體系在他們的表述中十分穩定和堅固，另一方面，「人情日本」又意味著，這一體系仍是具有彈性的，可以部分地吸納「他者」。於是，本文的注意力就轉向：如何改變自己以「適應」這一符號系統？還是那個老問題：在與他者的遭遇中如何回望自己？

（一）臺灣土地日本表情

　　張燕淳 1956 年生於臺北，大學畢業後又赴美留學，從事首飾設計。因其文筆清新，也在臺灣的報章雜誌上辟有專欄。張本長居美國結婚生子，已是半個美國人，90 年代初卻因丈夫工作需要，不得不攜兩子隨行，搬到日本內陸長野縣諏訪湖旅居三年。雖然毛丹青、林文月去日本時都頗有一番躊躇，卻仍是出於事業的考慮主動選擇的結果，而張燕淳與日本的相遇可謂不甘不願、猝不及防。丈夫去工作，她卻要在日本的鄉野小鎮當家庭主婦。幸而，三年之後，他們又重回紐約「文明社會」。多年後，作者整理旅日時的筆記和物品，感到懷念，在其世伯、臺灣原中央社社長黃天

才的鼓勵下將筆記整理出來，打亂單篇文章的書寫時間，改按日本的四季稱謂排列，並親手刻制浮世風的版畫，寫意與寫實並舉，以複現記憶中的情景。舊的文字，新的版畫，現在時的語氣——時空錯層的回憶。

在兩岸三地頗為雷同的日本旅情書寫中，《日本四季》因此成為一個相對獨特的文本。其主婦視角和對日本中部保守鄉鎮的描述，使讀者覺得新鮮[19]。另一方面，首飾設計師出身的她，來到以細物著稱的日本，縱然有著藝術家的敏感好奇，卻既不同於直接開赴東京、大阪、京都的旅遊者，亦不同於那些下意識地涉入、預設、撇清中日「歷史」的「知日者」，她坦然呈露自己初到異地的驚惶無措，難掩親睹日本的種種「國民性」傳說時的錯愕。當作者於「shock」之中「振奮」起來，自取綽號「凡事問子」，努力適應、融入當地的生活之時，她體會到人情之美，卻不可避免地衍生出一種別樣的心緒。

在《三月的眼淚》中，張燕淳參加「母親茶會」，恰逢兒子所在的「聖母幼稚園」的教師因結婚要離職，茶會原來還內含著送

---

[19] 參見田新彬 1996 年 6 月寫於臺北的訪談文章《日本旅情——訪張燕淳》：張燕淳「千禧年暫別珠寶設計工作，執筆將她十多年前在日本居住三年的所見所思，寫成一篇篇散文投寄到世界副刊發表，不僅編者為之驚艷，讀者也紛紛來信表示欣賞。因為這些篇章不是遊記式浮光掠影的描述，而是對日本民情風俗、文化、生活的深入觀察與體會。更難得的是，她還為每篇文章親繪仿版畫風格的插圖，兩相搭配，更為文字增添了魅力。」轉引自網路版 http://ocl.shu.edu.tw/wcldbnewf/V/05000401.pdf。另見豆瓣網友評論本書：「既有中國人對日本歷史的耿耿於懷，也有西方世界對東方智慧的瞠目結舌。」（網友「已註銷」）看這本書時總覺得很有人情味，該笑的地方就笑，該溫暖的地方就覺得溫暖，從國家政治歷史的高姿態上，回歸人情冷暖，其實都是人嘛，日本人看看也挺可愛的～～～～（「網友蕉下客 no 漫遊祭」）http://book.douban.com/subject/3267934/。

別會。令作者感到驚訝的是，所有的婦女都要一一發表臨別贈言，並痛哭流涕。其激動的程度，遠遠超過了作者所能理解的感情閾限。「這種突來的狀況讓我很緊張，全身僵著，只有眼珠子敢轉動。但見周圍的媽媽們，不知何時手上都多了條白手絹兒。她們優雅小心地擤鼻涕、擦眼淚，一時只見滿場小白影上下晃動，甚是壯觀，至於我，本來已身形高大，現在正襟危坐，天下皆哭，唯我不動，似乎不大對勁，但我既沒眼淚，也沒準備手帕，我，實在是來喝茶的啊！」「我緩緩地將身子壓低，著實為哭不出來懊惱著。驚奇、尷尬、不知所措的心情交替：真沒料到，大和民族的團體感情竟如此脆弱，又──如此強烈。」

　　輪到作者發言時，所有的目光齊刷刷轉向她。在這「千鈞一髮」的時刻：「想到自己離開繁華的紐約，流落在這日本山野小鎮，言語不通，沒有朋友，開車時開錯邊，買菜還得帶字典，今天特別打扮了來喝茶的，怎曉得要帶那杯子盤子，還有那白手絹兒……一切可真夠委曲，夠淒苦。」於是，歪打正著，她哭了出來。（《四季》，頁20）

　　類似這種滑稽尷尬的場面，在《四季》中屢屢發生。在這裏，日本並不以其現代化的面貌示人，而是一個小而緊密的「村落」、一個在具有紐約經驗的張燕淳眼中古樸拙怪的「鄉野」。然而這並非日本的「一個側面」，它反過來加深了日本作為「單一民族」的「內聚──排他」印象，對於「外人」來說，比之「現代化」，這種「大和民族性」，甚至是更為「本質」的。

　　不同於短期訪學的林文月──後者不需要大規模地「改變自己」，況以學問為目的和橋樑，林文月在日本其實是「如魚得水」

的，無論如何「孤獨寂寞」，她得以始終維持旅遊者的觀賞姿態，以「文化」填補心靈之不足。而張燕淳，一個成功的、美式的職業女性，到了日本卻無奈地放棄一技之長，將「妻子和母親」作為身分的中心。為照顧兩個幼小孩子在當地順利上學，作者必須試作一個普通村民，完全投入到以「家庭主婦」為中心的社區生活中去，培養自己與世界角力的「變速」才能。她的努力融入，「是上進也是不得已而為之」。她從未把日本當成故鄉，是準備隨時一走了之的。就作者而言，這是一種典型的主體「文化適應」經驗。她與「世界」的銳利鋒刃進行搏鬥，而這「世界」既是高度穩定的中下層社區，又包括她在遭遇「異己」時所再次重組的自己的「後方」：父母親族的大陸記憶、臺灣的童年與青少年時代、美國的事業與婚姻生活。也就是說，身分的陡然「內向化」與單一化，成為一個契機，一個在人生中很難到來的靈啟時刻——作為一個「臺灣生臺灣長，美國留學做事成家的中國基督徒」，自己對臺灣人、外省人、中國人、美國人的「國族身分」的整理和回顧。

　　住在日本，許多日本人喜歡把我和他們感興趣的「阿美利加」連在一起，常忽略這個由紐約搬去的人，還有個中國大陸、臺灣背景，所以當著我的面，並不特別掩飾自己對兩岸真正的感覺。他們多知道中國地大物博文化深，與自己的源頭有些關係，提到了都有點兒尊敬，甚至還隱隱存著防禦「睡獅」的敵意。而說起曾為日本殖民地的「臺灣」時，卻是客氣裏，仍流露出由上看下，主子的表情。

> 他們因中國而壯大，卻侵略中國，統治臺灣。
>
> 我，夾在一個微妙關係間，中國是母親，臺灣是家，負有上一輩的抗日情結，又有對自己所學竟全是日本那一套心有不甘……怎麼想，怎麼說，我都覺得日本，對不起我。(《米澤小學校》，頁 35)

這是一段直白淺顯的發言，值得注意的是，這亦是一種回溯性的認知。初到日本，作者還是個日本盲，經常處於失語的狀態。她寫道，初聽「哈哈」（母親）時，「哈哈哈哈個沒完，覺得太好笑了。」而兒子 Peter 第一天上學就被老師同學按照日語的英語發音叫成「P 大」，更令作母親的十分不適。顯然。這位 90 年代的時尚人士，對今天在兩岸都較為普及的日本日常用語一竅不通，對日本的知識亦貧乏可笑：

> 到日本之前，日本，是魚池石燈塌塌米，是壽司麻薯長崎糕。但它——也是使書頁淌血的「南京大屠殺」，是父親口裏炮火逼身，令他十三歲棄一切於河灘，渡黃河永遠離家的元兇。(《米澤小學校》，頁 35)

然而，她在東北日據時期長大的母親卻說得一口好日語。顯然，父母並沒有「灌輸」仇恨給她，而僅止於一些遙遠的、間接的、定型化的書面印象。她童年所受的家庭教育，與其說是仇日，不如說是某種隔絕、遺忘和諱莫如深。張燕淳成長的年代，正是國民黨「去日化」的時代，對於大陸讀者來說，結合作者的家庭背景，或可探知外省人家庭教育的某一側面。

　　背負這樣的家族史，卻無切身體驗的張燕淳，乃是經由此番前往日本的經歷，才發現臺灣土地上早已是日本表情：

> 揚的學校新鮮事，竟全是伴我成長的老經驗：……就像滾開水裏的水泡，一個個熱烈地冒出來，緊催我思前想後，兩相印證。

> 三四十年前的臺灣，在我念過的兩個小學裏，都有幾位這樣的同學：功課好，打扮整潔，女孩的百褶裙和男孩的小短褲下，常是白色及膝長襪，和我們身上「孔雀行」（臺北童裝店名）的土產很不一樣……

> ……純真的小朋友們不懂崇洋媚外，也還沒有歷史政治的愛恨區分，只對他們各方面的優越，尤其是擁有坊間買不到的日式文具薄本，好奇又羨慕。

> 有一次，我到這些同學中一位名叫「秀玲」的圓臉女孩兒家玩，聽她的家人都大聲小聲地喊她「令狗」，我傻傻地問她為什麼叫這個名字，她理所當然地說：因為大家都說我的臉像「令狗」嘛。

> 三十多年後，在日本，我站在菜市中央，恍然大悟又歎息地解開了這個塵封的謎——日文中的蘋果，發音如lingo，正是我記憶中的「令狗」啊。（《米澤小學校》，頁26）

　　這個極富意味的「解開謎團」的場景，顯示了回溯性的「再啟蒙」如何作為主體「文化適應」的後果之一，在一瞬間刷新了舊的記憶，賦予「自我」以一個前所未聞的向度：我所不知道的我的記憶，還可能是什麼。

　　而當有了旅日經歷的作者再訪故鄉之時，發現臺灣已有了新
的日本表情：

> 佇立臺北街頭，舉目四望。
>
> 為什麼，我們的天空很──日本？
>
> 不懂日文的人，喜歡那個「祭」字嗎？又為什麼不用
> 「煙火」這個詞了啊？
>
> 在僑居地苦學勤用當地語文，是上進努力，也是不得
> 已；回到人親土親的家鄉，卻見自己寶貝的中文胡摻著日
> 語，甚至社會文化也得意洋洋地招搖日本風情時，如何能
> 不感歎。
>
> 看那五百多個「隱性日化」名詞的前例，我不是硬要
> 拿老牌民族大義來對抗「世界文化村」的新潮流，實在只
> 擔心，有一天──那首婉轉動聽、慰我鄉愁的歌，會變成
> 「……臺北の天空，有私の年輕の笑容，還有私達休息と
> 共用の角落……」（《漢字難兩立》，頁 195-196）

　　如果說，過去作者意識中的日本，只是「知識」的、間接的、
書面的，雖在身邊卻「視而不見」的，如今，一種自己的故鄉是
「二手的」委屈心態，在經歷了文化衝擊之後，開始從「內在」生
髮出來。個人家族史、臺灣和中國的歷史以及在紐約的現代性經
驗，在作者的認知系統中的所指並無變化，卻改變了位置和結構，
以前所未有的強度浮現出來。於是，張燕淳那大眾化的「人情日
本」書寫中，內涵著一個「臺灣特色」的棘手問題，即如何與這樣
一個被重新激發的自我身分相處、與這樣的「大和民族」共存。

應該說，作者是焦慮的：

> 淺野太太很歡喜，撫著圍巾，零星認出一些漢字，她
> 興味極高：「偶那機」（ounaji）……偶那機……日本漢字偶
> 那機！偶那機……日本人中國人也偶那機哎……
> 發「偶那機」音的這個日本字，就是「相同」的意思。
> 不能相同，歷史上寫得明明白白不相同啊。
> 我望著操場上空的日本國旗，著急地想，再不搞清楚，
> 我們就要跟他們「偶那機」了，怎麼辦？（《米澤小學校》，
> 頁 30）

用推理小說的情感三元素：震驚（shock）、恐懼（thrill）、懸疑（suspense）來描述被裹脅入這個具有強大吸力和排斥力的社區生活中的作者，是毫不誇張的。在她所在的鄉鎮，常為人所津津樂道的日本國民性似乎保留得完整、充沛。比上文《三月的眼淚》強數倍的震體驗，在文中比比皆是：小學運動會遇雨，母親們為讓孩子們順利跳開場舞，竟「與天爭地」，拼命擦乾地面，其異想天開和瘋狂的行動主義，堪比「神風特攻隊」。在《漢字兩難立》中，作者拼命消化著「暴戾悲壯」的日文：滿街的「最終出血大處分」（應為日文繁體形）其實只是「清倉」，「激安」和「割引」只是「特便宜」和「折扣」，郵票是「切手」，「一生懸命」則與上吊無關、閃電結婚原來是「電擊結婚」、感覺是「氣持」，一絲不苟是「真劍」，不論何種問題一律叫「質問」……加之她更無法適應的日本人「過度」的儀式化，鄉裏間無窮無盡的送禮循環，使她疲於奔命，大作版畫以感歎之……

　　然而，日本的人情卻又是溫暖的：除上文所引用的例子外，鄰家太太們對張燕淳的關愛，超出她的想像。包括她抱怨她家廁所有點「kusai」（難聞）的事，都引起這些太太長達一周的嚴肅討論，並一再前來幫忙「解決」。她想學做壽司的消息傳出去後，媽媽群很快約集了一個「壽司 Party」，大夥帶了道具材料，嘻嘻哈哈煮出一大鍋香米飯，又搧又拌，又卷又壓的教她；兒子入幼稚園頂一位即將出國的小朋友缺，孩子的母親竟在上飛機的前一天，親自上門將自己孩子的書本、文具以及洗得乾乾淨淨的制服送來給她。這些都讓她感動莫名，由是，張不能不感歎：「陷在尋常生活中，人，常常沒有國族，只是個人。」

　　一方面，是定型化的書本觀念與實際經驗的博弈，是在日常接觸中逐漸體會到的人性溫暖，另一方面，這種溫暖中永遠有某種作者自身的不適、不耐和拒絕。在這種文化體驗中攜帶的東西，是某種更深層的歷史恐懼。類似的「日本印象」並不少見，如曹又方在著名散文《日本情結》中寫日本美食，亦表達了對日本「愛恨交織的情事」：

　　　　不過在腦海中留下揮之不去深刻印象的卻不是那肉質富有彈性的鮮美魚味，而是日本人冷靜而具有高度藝術性的斬殺和驚人的刀法，不禁為之悚然。

　　對這種「深層恐懼」，張燕淳有獨特的「中性」的表達複雜心態的方法：為表達她對「日本漢字」的「thrill」，她半開玩笑地寫道：

　　　　「電擊刺身日本生命頑張暴走族」

「真劍切手東京火災邪魔大丈夫」

少了橫批嗎？就來個「撲滅妖精急宅便」吧！（《漢字難兩立》，頁 195-196）

在日本，她與丈夫使用四種語言：純中文、英文；對懂「日式英語」的日本人說的「日－英」文，在夫妻之間和通日、中雙語的中國人那裏說的「密碼中文」。本來日本平假名的漢字，會帶來一種只有懂日語的中國人才會有的「表達」密碼，相反，學外語時常用的「諧音法」，則是要為「平假名」找漢字，怎樣的漢字，就見出了作者的心情：如「主人」在日語中發音為「xiujin」，意為「丈夫」，作者找的「諧音字」卻是「休禁」，又如「原來如此」──「哪路紅豆」[20]。

此外，作者的「黑白版畫」，以另一種方式傳達出這種複雜心態。與毛丹青文本中色彩鮮豔得過分的日本相比，其古樸的粗礪感，傳達出某種錯位、疏離和溫情交錯的「shock」心情。作者刻下這些版畫之時，已去日多年，這種複雜的視覺效果當中，顯然包括對那時的自我──「努力著的年輕母親」的懷念。

返美後，過了一年，朋友才寄來照片。我坐在新澤西的家裏，反覆地看信封一角小小的日本郵票、與我原來的家只差門牌號碼的地址、信頁間已顯生疏的日文，和照片中我身上的杏灰和服。

---

[20] 張燕淳和丈夫在家中練習日文時，兩種說法都用，一個說，家裏亂七入糟，說「滅茶苦茶」（諧音），而另一個說「平氣，平氣」（日文漢字，意為「沒事」或「放輕鬆」），聽得日本人、中國人都不明究裏。

　　　　我的日本回憶，因這些和服照片而豐富。那幾件和服
　　　如今多半還在某處衣櫃中，而幾個於不同年紀穿不同和服
　　　的我，曾在照片中各擁天地、各懷心思的我，卻永遠不會
　　　回來──人生路上，我們常回頭去尋找難忘的時空片斷，
　　　捨不得當時的人、地、事、物。其實，最捨不得的，或許
　　　還是流失歲月裏的自己吧。」（《和服》，頁 93）

　　《日本四季》的封面版畫，即是張燕淳配合此文繪出的，穿
著現代裝的自己，照出和服裝的「鏡像」。

（二）「蟲眼」與「政治『有』意識」

　　正是這種反觀自我的文本姿態，使張燕淳與毛丹青的文本「形
似神異」。已在日本定居多年的毛丹青，早已過了「愣怔期」，是
以下比起張的力不從心，下筆更游刃有餘，態度更嫻熟而悠然。然
而，從文本的邏輯來看，這種悠閒似乎並不盡來自於「老江湖」的
在日經驗。要問的是：如果說與他者的遭遇最終總聯通著「自我」
的重新確認，那麼毛丹青在日本這個鏡像中，看到了怎樣的自己？

　　毛丹青被藤井省三譽為「繼魯迅、周作人以來最富感性與悟
性的知日派作家。」在他筆下，呈現的是一個在道德、倫理、美
學上絕少違和之處、有著純美的文化與人情的日本。在隨筆集《狂
走日本》與《閒走日本》中呈露的人事風景，不僅是優美、溫暖
而感人的，作者更標榜以「蟲眼」觀日本。《閒走日本》的封面題
辭寫道：

　　許多人都說日本人做事細，但我偏用蟲眼看他們，這
樣就可以看得更細，細到爛的地步。

　　「閒走」之於蟲子來說，應該是他們的屬性，慢慢地，
不慌不忙，跟人比起來，似乎大度得多。不過，蟲子的眼
睛應該是敏銳的，看什麼都看得非常狠。

　　事實上，毛丹青的所謂「細」，乃是直接攝取那些「精彩瞬
間」，所謂「狠」，乃是狠狠地煽情——突顯那些「動人」的日本
情調。全心相信導盲犬、在車水馬龍的大街上閒庭信步的盲女、
叼來樹葉與蛇向作者「報恩」的野貓、普通而敬業的甜點師、有
浩然氣、具快哉風的真言宗大和尚……與張燕淳一樣，這是一個
心存善意，也願意發現生活中美好瞬間的居住者的眼光，也是「抒
情小品」文體形式本身的潛在意識形態——與世界的和解態度。

　　但，如果說，《日本四季》的主語是「我的記憶」，以回憶來
撫慰歲月流逝中的「我」，在這個前提下，無論是困惑還是感動，
都只是這個「我」的謂語的話，那麼，在毛丹青那裏，主語卻始
終是一種看似所屬不明的「人情」。也許是專欄作者的習慣，毛形
成了固定的抒情手法——將高度的象徵性落實於文章的「最後一
句」上。如，在《賣天島和金槍魚的眼睛》裏，漁民捕殺金槍魚
回港後，舔了魚的眼睛，文章結尾寫道：「據說用舌頭舔東西是日
本土著人阿伊努族表達感情最常用的方式」，《青蛙祀》講作者神
戶出發，在某鄉村（刻意不強調具體的地點）遭遇了鄉人神秘的
原始祭祀，「我猜想，傳說中的青蛙該是一群美麗的精靈」。（《閒
走》，頁 46-47）

　　「蟲眼」並非「不經意的一瞥」，而是精心策劃的「發現」，被攝入蟲眼的瞬間，被寄予了某種人生某一時刻的「至高期待」。從《燒夢》等一系列文本都可看出毛丹青將日本戲劇化的傾向：日本是一個舞臺，其上演出著日本人的悲歡離合。「蟲眼」本是複眼，是多角度觀照世界的態度和方法，而在毛那裏，豐富多彩的題材、形形色色的「遭遇」，卻始終只有同一種取景法則。

　　無疑，美麗而富人情的日本，也是一種簡化體的想像方式。與這種抒情公式十分相近的是電影《非誠勿擾1》。當敘事中的輔助人物「鄔桑」在北海道色彩絢爛的公路上，手撫方向盤哭泣時，一種被商業所染色的日本想像之中內，「人類共用的」記憶、滄桑、溫暖、感動的所指內容呼之欲出。如果說，這種表達在《非誠1》裏還使人覺得莫名和隔膜，《閒走日本》如同文字版的「非城勿擾」。在《閒走日本》的「卷首語」中，作者復述了19世紀日本作家泉鏡花《高野聖僧》的故事。這部名著的經典之處，恰恰在於十九世紀的日在轉型期無所適從的曖昧性，以佛教修道的主題鋪展，故事中的婦人，是「人」而非妖，這種設定隱含了「中觀」派的救世主義。而在毛丹青筆下，故事被改寫為一個僋俗的「聊齋新編」──女妖惑人，且發生在作者對高野山這一朝拜聖地的描述中，其塑造某種定型化日本想像的效應是十分強烈的。

　　本文並非意在批評作者的「模式化」手法，而是關注這種「單一性」所牽連的問題，乃是在整個寫作的規劃中處理「日本性」的方式。「蟲眼」，不僅標榜細緻與豐富，其核心的意義，指稱的是其「下降」視角──從歷史、國族的大概念中下降。作者寫道：

「蟲子雖然有時眼界會高，但常態是地下的，低的。」(《閒走》卷首語)

　　前文提到，毛丹青擔負著某種「中日文學交流大使」的職能，他憑藉個人關係，為兩國作家「牽線搭橋」，正是他介紹莫言、李銳與大江健三郎其日譯者和研究者見面，並擔任其對日旅遊的翻譯，同時對這些會面進行編撰。莫言在《狂走日本》的序言《你是一條魚》中談道，自己受邀參加東京的北京同鄉會，發表了一通「魚蝦歪論」，「要點」是：

> 在日本生活著成千上萬中國人，他們基本上已能混同於日本人。……但跟他們一接觸，就感到他們內心深處有一種情緒，或者說是一種牢騷，一種對於日本人的不滿。這牢騷這情緒這不滿往積極的方面說是愛國，但似乎又不大像，因為他們對中國同樣的有情緒同樣的有牢騷同樣的有不滿。如果日本人是一群魚，那我們這些兄弟姐妹就像魚群裏的一些蝦。蝦也可以在水裏游泳、覓食，但與魚總是格格不入。
>
> 我說大家既然來到了人家的國土，而且也根本沒打算回去報效祖國，那就應該把日本人當兄弟姐妹看待，這樣說會讓人聯想到許多事情，弄不好還會被人說成是漢奸，但我認為這種態度沒有大錯。……一個日本人坑了你一次，你應該把這看成是你倆個人之間的事，沒有必要上升到國家與國家之間的矛盾，同樣，一個日本人對你好，你也應該把這看成你們之間的私事，同樣沒有必要把它說成是中日兩國友誼的象徵。(《狂走日本》，頁8)

在此，莫言以一個作家的幽默感，對在日中國人提出了富有勸服力的建議：將人情與國族分開。在他的魚蝦理論中，毛丹青顯然是莫言所欣賞的典型：一條游刃有餘的「魚」。

然而，無論其姿態如何「個人」，當作者以國族為題目，以記實為「軸線」之時，他顯然需要和已經對其題目中的「國族想像」擔負著公共責任。順著莫言的思路走下去，則大江健三郎所持續關注的戰爭與戰敗問題就是無意義的。對此，寫作家族史的莫言應該比任何人都清楚，作為這本名為「狂走日本」的散文集的序言，其個人與集體二分法的論調，恰恰成為這種隱含的「國族」書寫的技巧模式：無可否認的是，毛筆下所有的「人情」與「人性」，都同時是對「日本性」的書寫，而且是著意的書寫。在《蜂巢》中，作者與鄰居河田夫婦共同對付院子裏的馬峰，故事進程極其緊張，而作者卻強調，整個「戰鬥」過程中，自己始終關注著那闖禍捅了蜂巢的河田家的小兒子的表現。在筆者看來，這種關注完全來自於寫作姿態的某種「後設性」。故事的最後，小河田狠狠瞪了殺死大量馬蜂的父親，跑回屋裏去哭了。文章結尾寫道：「我感到震驚，因為，他只是一個不到五周歲的日本孩子。」（《閒走》，頁67）

小河田是個日本孩子，正如這裏所有的瞬間都屬於「日本」一樣。儘管不去言說「日本……」，但整個文本無不指向「這就是日本」的斷言。這樣一個經過高度「過濾」和「提純」的日本所映照出的，是否亦是一個被「提純」的自我？

比較毛丹青與張燕淳對最富「日本」國民特徵的賞櫻的描寫，即可見出「自我」詮釋姿態之「微差」：

國人對於櫻花之美，總有不以為然之處，對於櫻花下卸去平日的嚴肅、狂歌痛飲、陶醉萬端的日本人，則始終不乏人類學觀察的興趣。日本民族的過勞與壓抑，是毛丹青筆下的日本唯一呈現出的負面樣貌。於是就有了太多大叔醉後失態、下班後扶柱狂吐、第二天仍然整潔有禮的「傳說中的日常」。而張燕淳對於這種「機器人傳說」卻不無懷疑。她筆下的賞櫻，寫出了一般國人敘述中罕見的「賞櫻軼事」──「為賞櫻而搶席」。能否為集體搶到最好的賞櫻地，甚至還成為各公司單位考驗新進男員工的試煉場。與這種「去魅描寫」相對，毛丹青在《夜山櫻》一文中卻寫出一則櫻花傳奇：作者遭遇了一個癡迷於製作櫻花酒而失去一切的落魄男子，這名男子先是在賞櫻會中喃喃吟詩，舉止奇特，後來人群散去，二人「狹路相逢」，引為知己。男子告訴「我」，他還要去富士山採集櫻花瓣，發誓完成夙願。幾年後，作者聽說富士山中有一具屍體，將這部傳奇再次「推向高潮」。作者寫道：「我的目光，月夜和櫻花不分你我地交彙在一起，像一陣熔煉的循環」（《閒走》，游刃200）。

在張文中，與這「循環」相映的，乃是張用來配文的一幅圓形的版畫。與毛文的照片和文字之搭配所衍生的迷離之美相比，這幅版畫所傳遞的資訊是一種日常的「點趣」。此外，張燕淳也在賞櫻會上遇見一個忘形的大叔，不過要「家常」得多，他只是一首接一首地「卡拉ok」，唱功極佳。這裏的戲劇性情節是：第二天作者開車去加油，卻發現加油的員工正是昨日的「歌王」。

　　作者見到大叔果然不苟言笑，一臉公事公辦的態度，不禁感歎「機器人傳說」是真的。當她為脫口而出的讚語「您唱得真好」而後悔時，「歌王」卻返身回去，拿出一個「普來震鬥」（「禮物」）給她！於是，作者釋然了：「不是每個人都能一抹臉，就能換出戲唱，往事全非。」（《四季》，頁48）

　　比起毛丹青，相似的背景，相似的人物，卻是另一種戲劇性，一種由「震驚」下降的趨勢，它不導向「傳奇」而導向「日常」，使張燕淳在不安與委屈之中，暫時獲得了與「他者」和睦相處的「客觀謙和」的態度。

　　相反，毛丹青的戲劇性卻是「上升」的，由日常而達至傳奇，某種強迫症式的「過度」的文化主義，最終是「自我」的上升──攜帶著背後仍然存在的「中國」。與其說，與處處「完美」的日本相對的，是「我們」──中國人的種種「隨便」、不細緻、缺乏溫情與體貼，不如說，是一個可以融入、可以溝通、可以隨時發現美好的中國人：我。這是一個可以由哲學而商人，由商人而作家的我，一個在東京和北京自由穿梭的我，一個以日本鮭魚回游的奇景為「誘餌」將妻子從「另一個戰敗國」德國「釣來」的我（《閒走》之〈紅點鮭〉），一個在半天之中倒立獲得禪定妙悟的我（《閒走》之〈風鈴抄〉），一個面對身殘志堅的日本學生，深情寫下「我想把理論講在秋天，而故事則講在冬天」的我（《閒走》之〈一位日本輪椅生與我〉）。這個「我」不僅通情達理，而且富於情趣──沒有比這個「我」更善於製造「戲劇」的了。用莫言的話說，這個「我」，是一條魚，而莫言的「魚蝦理論」，不正是要以這條魚給所有的中國人樹立「典範」？

可以清晰地看到，張燕淳被人性與日本性的「分類」方式本身所困擾，她無法以一個固定的「文化」姿態將其理順、統合，在日本的經驗，「令我時而驚奇，時而迷惘」（《四季》，頁64）而「日常」正是攜帶著歷史記憶的她暫時棲身的場所。而毛丹青則自然地將二者分開。與其說，日本性是「人性」的缺席在場，不如說，「我」才是「人性的」。表面上，「蟲眼」是一種從大歷史中的降落，實際上，國族卻被提升了：無論「狂走」還是「閒走」，無論是「蟲眼」還是「人眼」，並不指向「日本如何美好」，而是提供以「我」為榜樣與「日本」相處的法則。這種口吻，跟和日本女性結婚的另一位知日派作家薩蘇的「分門別類」法則相近：—— 老婆是老婆，鬼子是鬼子，或曰，「人是人，鬼子是鬼子」[21]。這種態度，將歷史與現實、人情與國情放入不同的抽屜裏。是否可以說，這是具有某種代表性的大陸式的區隔姿態？抑或這裏有更明顯的性別因素？

事實上，張燕淳「在日本當主婦」的視角在文本中的獨特表現是十分豐富的，本文無法一一盡述，僅舉一例：當家家戶戶按季節在陽臺晾曬衣被，形成小鎮的「另一種風景，另一種月曆」之時，她家的陽臺卻空空如也。為了幫助她解決苦惱，義勇歐巴桑翩然而至，其勞作效率之高，令作者瞠目。日本家庭主婦認命而達觀的生存狀態，常讓「自由主義」的美國作風的作者震驚。在這裏，張燕淳的主婦視角，實際上標識著一種不無辛酸感的「小鎮和東京的距離，」而毛丹青寫日本國民性的「疲累」，卻是以「大城市」覆蓋

21　參見薩蘇：《與「鬼」為鄰：一個駐日中國工程師眼中的日本和日本人》，文匯出版社，2009年。

了全日本。他筆下日本人的「過勞」，只是一種國民性的「想不開」。
與其說，這裏的差異是身分（主婦與作家）和性別的差異，不如說，
仍是自我設下的「距離」所致：在一個造夢工廠裏，過多的「日常」
將是一種不優雅的破壞。一旦投入一種意義聯結中，「過濾」就成
為文本下意識的舉動。毛丹青筆下的日本是詩情畫意的，既無「原
鄉」之味，亦無李長聲的「冷眼」與距離。具有陳平原的自信，卻
別無後者的自省：「景」是搭出來的，「人」又何嘗不是？

結語　家園與畫面

　　儘管在各自的知識與情感結構中「日本」所承擔的角色和功
能不盡相同，意義生成的過程亦大異其趣，然，通達在民族、歷
史、文化中的「人」的精神，仍是我所選擇的兩岸幾組作家、學
者的共同主題。不論是以文化為主語還是以人情為導向「趣入」
日本，都傾向於以客觀謙和的態度處理可能存在的癥結。但，在
其向大眾言說的公共姿態之中，似乎仍有一些「超出」個人風格
的「微差」，彷彿暗示著主體的「身世」。令人遙見兩岸文化歷史
的微弱姿影。只是不知我勉強的引用與分析，是否能讓讀者「感
知」到個中差別。

　　相對而言，這三組文本中，大陸文本中的日本是一個意義充
盈的地方：李銳在其結實的文學願景內部尋獲他想要的風景；在
毛丹青那裏，每一塊筆下的土地，都經過充分的「編碼」，而編碼
的過程卻被刻意隱去了，陳平原則暴露預設的目地與手段，突出

「選擇」性，講究畫面搭配。而對於三位臺灣作家，同樣的意義之旅，卻有著不同程度的「留白」：雷驤找到了某種用語言保持緘默的方式，他與林文月以其「客觀」的態度掩蓋了轉譯特徵，其實是具有「選擇性」的；而張燕淳則書寫了許多懸而未決的情感，將預設與實際之間的「不適」盡可能地描述出來。加之他們或多或少比大陸作家有著更多的表達方式——繪畫，從而有了兩種觀照日本的碼頭。也許不無性別差異的元素：無論如何融合，張燕淳與林文月都有不願去「適應」的推拒感，然而，最後產生了感動與懷念的，對日本念念不忘的正是他們，而陳平原與毛丹青則始終十分自信，他們採擷「日本」的原材料，精心裁剪排布，安置於文章的畫框中。此外，臺灣作家的日本是具象的，意義卻不甚明朗，而大陸作家的日本卻有著充分而明確的意義所指；臺灣作家的「日本」聯結著某種精神原鄉，而後者積極地觀照、攝取，日本卻更像一片風景，而從不是「家園」。

橋樑與印象聯盟：全球化與後現代[1]

　　從跨文化、全球化的當代視角，借鑒文化研究的方法，宏觀、粗略地考察在日本文化意符旅行中國的過程中，哪些人扮演了重要的紹介角色，其文化姿態與政治姿態，如何與網路、報刊的媒體「平臺」、動漫文化等「亞文化」結合在一起，使日本以一種不同於以往的「登陸」方式——「印象聯盟」的方式，建構著 80 後及 90 後年輕人的「日本幻想式」。

　　本文將「時差」（time-leg）與「回溯」作為關鍵字，關聯著看似相同的內容物何以形成了「微差」。概言之，與其說本文關注「日本」，不如說關注主體在這個詞時所喚起的反應：在不同的主體想像「日本」時，將什麼作為主語？如「文化日本」與「政治日本」，是否能夠同時在我們頭腦中呈現？如同看紅色、看藍色，最終卻會看到「補色」，文字，圖像，聲色，土地，口語，這些微妙的因素配搭在一起，幻化出「千差萬別」的日本。而這些「日本」，又往往有著將自身正當化——客觀化的趨向。或許，我們應該為「日本」尋找更恰當的名字。

---

[1]　邱雯語，參見〈文化想像：日本偶像劇在臺灣〉（《日本流行文化在臺灣與亞洲（1）》,《媒介擬想》雜誌，本期主編李天鐸，2002 年，臺灣遠流，第 59 頁。

1. 微差：本文選取的文本，皆有著近似的題材、風格和價值取向，然而，兩岸文學的不同之處，有時正體現在「微差」之中。如同看紅色、看藍色，最終卻會看到「補色」——這些微妙的因素配搭在一起，幻化出「千差萬別」的日本。而這些「日本」，又往往有著將自身正當化——客觀化的趨向。事實上，當我們頭腦中浮現「日本」的相關物時，日本其實有著不同的存在形態。如「日語」與「國土」即「日本」存在的不同形態，學習日語甚至研究日本，而尚未有機會踏足日本的作家、學者，在兩岸都不乏其人。而語言、土地，文字、聲色，是否能合成同一個「日本」？

2. 時差（time-leg）：有兩種釋義，一是較淺顯的由翻譯、傳播帶來的時差：翻譯是形成日本想像最重要的媒介[2]。報告中的文本的書寫年代往往間隔巨大，最早的臺灣文本是 1969 年的作品，最晚的卻是 2000 年以後的，而在內容上卻形成了某種「共時性」，這一方面體現了兩岸的現代性差距，另一方面，大陸翻譯的滯後性，也造成了一些舊文本以「新面目」出現，對大陸讀者日本印象的形成起到了重要的作用。二是「隱性」與「顯性」的時差：在臺灣，

---

[2] 由於本文作者對日本文化的愛好，所以會特別關注任何介紹日本情況的文字出版情況。我注意到大陸出版界對日本讀物的翻譯都較為滯後。就此，我曾當面請教過文學翻譯家許金龍先生，他簡述了日本文學出版界的困難情況，除版權問題外，亦有經濟上的原因和譯者心理的浮躁。比如輕小說好譯，容易拿錢，從而導致片山恭一、青山七惠等輕小說作品長期佔據大陸書店裏日本文學的主流。

日本的「內在性」已經是共識，而對於大陸，日本似乎更多地是「他者」。作為 80 後，我認為並不儘然：在大陸，日本作為隱性的文化符號和顯性的歷史侵略者這一格局的形成，在當代青年頭腦中製造了「文化日本」與「政治日本」的區隔，而由於大陸缺乏對日本文化符號的公共定位，使大陸的「日本表情」，長期以來並未被命名和指認。今天，隨著 80 後在社會上獲得表達機會和文化研究的盛行，也使這種日本表情開始被指認出來，並借助新的媒介語言被重新編碼消費（懷舊消費等）。而這種「滯後性」當中隱藏的與臺灣之間的「時差」卻被掩蓋了──「哈日族」經常被作為同一群體看待。

3. 共時／歷時：與上述兩個關鍵字相關：對微差的忽略、對時差的突顯或掩蓋，將會帶來日本想像中「共時」和「歷時」效果的不同。事實上，「日本人如何如何……」即是容忽略時間差的共時句式。將日本「簡化」的方法，往往是以複雜化的面貌出現的。不能不說，在全球化的今天，兩岸亞文化中的「日本」正迅速拉平，時差逐漸讓位給共時性的日本消費。另一方面，「知日者」良莠不齊的大量生產，造成了文化印象的凝固化。

4. 回溯性：主要強調「意義」的後設和倒流的本質，如何「刷新」和「重組」了主體的個人記憶。（詳見報告中「雷驤」、「張燕淳／毛丹青」和「80 後」等部分）

80 年代的出國熱之後，大陸「日本人論」隨之風行。坊間大量出版的「日本研究」，「文化」意向逐漸突出，在《菊與刀》等

「日本書」的影響下，介於文化與政治之間、研究與創作之間的「文化人類學」出版物成為主流，儘管由國人寫來，仍不免一副剛硬嚴肅的面孔。進入 21 世紀，當周作人、豐子愷、鬱達夫等名人與日本的因緣糾纏逐漸大眾化之時，「日本」出版物的「氣氛」也發生了變化。與此同時，全球化時代的到來、代際關係的轉換，使大陸與日本的「文化」聯結呈現出空前複雜的面貌：一方面，「日本三書」等研究日本的經典被一版再版，「三書」之外，更添「四書五經」，魚龍混雜；一些在日旅居有年的學者作家，形成「知日派」，以紙媒為中心，批量生產文化隨筆，成為日本言說的最大「股東」，另一方面，兩岸三地均出現了一批以網路為平臺書寫速食性日本文化的「橋樑」作家，他們的年齡層與「知日派」大概相仿，卻有著更加「平民化」的書寫姿態，對於不常讀書的大眾的日本想像的建構有著不可忽視的作用。與此相關的是，以上這些層次不同的「言日」者不可忽視的讀者群，是「80 後」一代的兩岸讀者，包括「哈日族」。哈日族並非一個統一的整體，其「哈日」的情感邏輯，如大陸在改革開放後在日本動漫影響下成長起來的一代人，與臺灣同代人接受日本文化產品，便有著管道與方式的「時差」。然而，全球化卻具有抹平時差的功能，從對某些日本文化文本的認同來看，「全球化」側面反映出兩岸、中日之間青年共處的某種「後現代處境」。此外，這些讀者同時也是作者，他們不再被動接受日本文化產品和前代作家的敘述，而是積極參與和表達，所有這一切，使得當代文學的日本想像在短暫的時間裏迅速「分化」，「日本想像」之間的裂痕之大，是此前半個世紀的大陸文學難於容受的。

　　本節不側重於得出確定結論，而是泛列言日者的文化姿態，借用文化研究的視域，來考察：有哪幾種「資源」，以何種形式，悄悄形塑著全球化時代兩岸讀者空前複雜的日本想像模式。

一、橋樑：大陸「知日派」的文化姿態

（一）「半」學術隨筆的「空隙」

　　儘管因客觀條件限制，本文搜尋到的相關資料有限，在對「日本」主題出版物的持續關注中，仍不免形成這樣一個印象：對於「日本」，大陸論述者多，翻譯者少，臺灣則正相反。對比各大書店的「日本文學」專櫃中長年不變擺放著渡邊淳一和村上春樹、而「知日派」的日本書話中卻赫然羅列著遠為豐富的當代日本文學作品的情況，可見中國翻譯界對日本文學的譯介是有限而滯後的[3]。然而，一手資料鮮見，旅日學者、文化人的二手材料卻汗牛充棟：《哈，日本》、《冰眼看日本》、《你以為你懂日本嗎》、《看不透的日本：中國文化精英眼中的日本》、《撥雲見日》、《梅紅櫻粉》、《櫻雪鴻泥》、《與「鬼」為鄰》……

　　從這些富有「意味」的標題中，不難揣摩出編輯者（不一定是作者）的某種「噱頭」心態。以劉檸《「下流」の日本》為例，此「下流」，乃為取日文中的漢字意思，然而，需要在這個名字上

製造磕絆的意圖顯然不言自明。其所試圖標識的，正是一種中國人的身分規定：面對「日本」時，我們應該具有某種複雜心境。在舊歷史的陰影下，我們內在地需要言說日本，無論視其為友邦抑或對手。當「知日文叢」主編秦嵐委婉地說「這個小國在相當長的時間內占儘先機」，蓋因其研究中國很透徹時，言下之意：該是我們佔據先機的時候了。這貌似很平常的話，卻代表了中國大陸研究日本的特色心理。

從文化角度言說日本，時常成為政治壓力的隱喻和轉移的對象，同時，這一角度，也常常是使問題激增的關鍵領域[4]。

正是這種言說日本的需要，促進了「知日派」的誕生。以「知日文叢」的李長聲、張石、王中枕、劉曉峰為代表，加之劉檸、李兆忠、董炳月、靳飛、趙京華等人，他們的言日姿態，與電視媒體人白岩松、香港的蔡瀾、湯禎兆等相似，卻具有更強的「文學」自覺意識，即標榜其論說的「厚重」與專業性。以「清華東亞文化講座」編輯的「東亞人文」系列叢書為例。這套叢書包括學術研究、典籍資料、文化譯叢等，「知日文叢」是其中有關日本的文化隨筆系列。編者強調：

---

[4] 筆者認為，日本論在臺灣的缺失恰恰是此前大陸與臺灣「時差」的一個反映。新世紀以前，中國大陸對日本的書寫仍然有著比臺灣更多的「顧應」，而臺灣的日語譯者又較大陸「勤舊」。坊間談日本的作品在大陸汗牛充棟，而日本文學、文化、歷史、政治的原著翻譯卻乏善可陳。這些「知日者」的轉譯對於塑造日本形象有著至關重要的作用，他們向讀者傳遞了大量的日本「資訊」，而文化隨筆和網路平臺本身的性質，又極大地掩蓋了這種「傳遞」過程中的「翻譯機制」。與此相對的，臺灣人的日本「論」，似多見於對一手資料的翻譯和介紹。如果要探知臺灣人自己的觀點，則不妨翻閱各類翻譯書籍中的「序言」。

> 我們深知，如何對待歷史，如何面對今天，如何面向未來，
> 這些存在於中日之間的大問題，並不是這套「知日文叢」
> 能夠解決的，我們只是期望這套叢書的編輯和出版，能夠
> 給願意思考這些問題的讀者朋友提供一些新的思路和參
> 考。（秦嵐：《「東亞人文‧知日文叢」緣起》[5]）

　　依編者所言，這些提供了「新思路」的「知日者」的特色，
在於學有專攻，看世界已各有視角，且在日時日長，將目光對準
日本本身，而不是緣日而看西洋。

　　事實上，「知日文叢」中的作者的文化姿態不盡相同，如張石
的《櫻雪鴻泥》，情感論的傾向頗重，動輒以小事而直接掛鈎「國民
性」，先入為主的預設姿態較為明顯。相較而言，客觀嚴謹又詼諧
幽默的李長聲無疑是「知日派」的重鎮人物，花城出版社的《日下
散記》的書封宣傳語，稱之為「北京到上海廣州東京一路開專欄／
最有人氣的旅日華人隨筆作家」。相比於毛丹青，留日更早的李長聲
不願造「神話」，卻願造「書話」。《日下閒談》開篇，即說逛東京
的胡同是隨筆，而繁華的表面則是散文。李本人無疑是以隨筆自居
的。從《東遊西話》、《浮世物語》、《櫻下漫讀》、《日知漫錄》、《日
下書》到《日邊瞻日本》的一系列隨筆中，以《四貼半閒話》最為
厚重，而《日下閒談》等則較為輕鬆，形成一種獨到的「說書人文
體」，內中既有對日本「彈丸之地」的調侃：「大寶元年，參照中國
律令制定了大寶律令，從此確立中央集權體制，小帝國像模像樣
了。信心滿滿，於是時隔33年重新派出遣唐使。「「辨正的詩寫得挺

5　轉引自李長聲，《日邊瞻日本》，中央編譯出版社，2007年，第4頁。

傷感，好像有家難歸、報國無門似的。」（〈日本的國號〉）中國從古至今的大而化之、外交氣度，「日本人似乎從古至今也不曾領會」。

亦有對自己「大國心態」的輕嘲：

> 日本有一句諺語：梅與櫻，兩全其美。如果讓我從中選一個來愛，那我還是選中梅花。因為它不僅可觀，而且可食——中國人到底是講究實用的。「西鄉反政府不反天皇，大概從來沒想過烏皇帝人人做得。（〈梅花與梅乾〉）

戲仿俳句，「話再回到蒼蠅上來，我最喜歡這句歇後語：蒼蠅叮在玻璃上：有光明沒前途。似乎可以作成一首漢俳，試之：光明燦燦呀，蒼蠅叮在玻璃上，前途幾萬裏。」

形成一種微言大意的態勢：「以夏目漱石為例，似乎我們更多些理由厭惡日本，當然也可能出於自卑感。說不定因此能確保不當周作人，只是別忘記，對英國的反感使夏目漱石成其為夏目漱石。」（〈作家的自卑〉）

這是一種鬆緊有度的彈性語調，比起毛丹青的刻意和網路作家薩蘇的隨意來說，更符合國人欲「知日」和「言日」的微妙心理。與李長聲語調相類的還有深意見人劉檸，在《南方週末》、《南方都市報》、《鳳凰週刊》、《南風窗》等報章上開設專欄，著書撰文，受到廣泛的好評。李長聲褒贊其《穿越想像的異邦——布衣日本散論》（浙江大學出版社，2009 年）：

> 這個集子不是小說家的浪漫遊記，不是近乎鑽牛角尖的學者論文，其特色有三：布衣的立場、散論的廣度、穿越了

想像的真知灼見。沒有國人談日本所慣見的幸災樂禍、嬉
皮笑臉，對世態人情的關注是熱誠的，對政經及政策的批
評充滿了善意。他，自稱一布衣，走筆非遊戲；不忘所來
路，更為友邦計；立言有根本，眼界寬無際，穿越想像處，
四海皆兄弟。

　　這段文字極其精到，可謂「知日派」的宣言[6]。這種客觀公正、
平等博愛的語調和姿態，使言說者獲得了更大的自由度。事實上，
文化隨筆這種既「嚴謹」又「放鬆」的文體，有一種天然的「盲
點」，即其引用材料和觀點的方式，較學術批評要靈活得多。特別
是討論那些「標誌性」的日本文化主題，如藝妓、櫻花、過勞……
之時，經驗材料、二手甚至三手的材料，或隱或顯地穿梭於中，
難免魚龍混雜。如董炳月、劉檸和劉曉峰論藝妓的文章中，均借
章子怡主演的電影之風潮，引用了電影改編原著──美國記者高
頓的紀實文學《藝妓回憶錄》[7]。他們引用其「二手」的日本讀解，

---

[6]　劉檸本人的言論與此呼應。《南方週末》曾以「假如中國失去日本」、「假
　　如日本失去中國」為命題，請兩國學者加以描述。劉檸說：「對上個世紀
　　30 年代初到 40 年代中的中國來說，失去疑是天大的幸事」，但在今天「中
　　國經濟失去日本是無法想像的」，文化上「中國失去日本，至少會少一些
　　趣味、精緻和異國情調的夢幻，或許還會失去可資參考，並有可能孕育本
　　土創意產業商機的彌足珍貴的參照物。」他認為：「惟其東鄰有日本的存
　　在，中國對外部世界的想像才不至完全落空，雖然有誤讀的成分，有基於
　　誤讀的情緒性發洩，但隨著雙方溝通的日益頻密，理解的加強，一個對異
　　邦的想像會漸漸逼真起來，離事實越來越近，這將有助於中國學習接受並
　　心平氣和地與一個現狀的日本相處。」參見《南方週末》2008 年 5 月 7
　　日第 11 版：〈日本在中國的真實存在：假如中國失去日本〉，2008 年 5 月
　　7 日第 11 版。
[7]　全文參見董炳月載於 2000.9 月刊《讀書》的〈藝妓之藝〉一文。

並節選日本文學片段為證，認為這些外國學者發掘到了日本文化的深層。董炳月寫道：

> 中國人與日本人有許多差異，性心理和性道德觀的差異正是
> 主要差異之一。日本人似乎依然保持著原始時代對「性」這種
> 生命本能所懷有的質樸的感覺和坦然、從容的態度，並將這感
> 覺藝術化。在這個意義上，「藝伎」就是「藝術化的妓女」。

事實上，為說明這種「情色」乃是日本文化中的典型特徵而引用的高頓文本本身，事實上受到了其受訪「原型」——岩崎峰子的激烈批駁，並告上公堂。峰子更借勢寫出「真正的」《藝妓回憶錄》，極力強調藝妓與「娼妓」無關，乃是一個貴族化的艱苦行業，根本不涉及性權力。比起「日本是一個性開放的國家」，這才是日本人更加希望樹立的國際形象。不論這種反駁是否符合「實況」，至少代表了一種有別於「中國式理解」的向度，和文化隨筆的某種話語「空隙」。

（二）調侃中生產的「短語日本」

薩蘇是一個更為「民間」的「知日派」。豆瓣網友評論道：

> 有才的薩蘇本人兼具多重身分：留日十年的中國工程師和
> 外企管理層；在日本娶妻生女落戶的北京侃爺；相當有研
> 究的軍事迷。一看便知是《環球時報》風味兒的兼職駐日
> 記者，哈哈。

　　本書概述了日本的醫療系統運作方式，政治選舉的世襲裙帶特點，鄰裏街坊的交往風格，公司文化與等級制度，男女角色的固定，色情業的瘋狂和循規蹈矩，軍事地位上作為一個民族的隱痛和煩惱，頗有資訊含量，難得的是觀察視角誠懇客觀，相當值得一讀。讀完掩卷便能收到作者如此細細道來的苦心，「我需要把這些告訴我的國人，日本只有一條值得我們學習的——他們立了規矩，就是為了守的。除此，無足道哉。」[8]

　　由於這種多重寫作身分，薩蘇既有《國破山河在——從史料中揭秘日本抗戰》的血淚控訴之作，又有《與「鬼」為鄰》等對「日本日常生活」的評價。將政治日本與日常日本分開，將個人與集體分開，將歷史與現在分開，是薩蘇最得意的姿態。在筆者看來，薩蘇筆下的「日本」充滿了他的主觀意識判斷和權威的經驗者語調[9]，是一種典型的「支配話語」（羅蘭・巴特語）。他創作出一種「短語式」的平面日本，如「一根筋」，「內向拘謹」，「上品」曖昧的性格，等等。其幽默調侃之中，往往有一種不無「小惡」的揶揄口吻。薩蘇樂於書寫文化差異中日本人鬧的各種「笑

---

[8]　薩蘇，《與「鬼」為鄰：一個駐日中國工程師眼中的日本和日本人》，文匯出版社，2009年。

[9]　感性地說，筆者頗能認同網友「熊貓懶得打架」的評價：「竊以為寫的最好的是第一部分，寫家庭，寫生活，淡淡的描寫，淡淡的調侃，總覺得讓人忍俊不禁。第二部分寫工作，也還好，但總以為把日本人平面化了。總是從『軸』入手，然後不痛不癢的調侃幾句。結束。第三部分開始進入日本的社會層面，拿幾個日本首相講故事，終於覺得有點道聽塗說的蒼白。覺得有點讀不下去。總的來說，作者的文字沒有太多起伏，一個個白描的故事，起承轉合，相似之中給人以莞爾一笑的快樂。消遣而已……如果認真去讀恐怕要把日本給誤讀了。」《家事，公司，社會事，事事關心》，2009年，http://book.douban.com/review/2050704/。

話」，與李長聲的嘲弄與自嘲不同，他當然也調侃自己、調侃中國人[10]，然而其調侃的性質和面向卻並不平衡。他筆下的「小日本」，很像中國北方小品中的東北人：自身嚴肅，卻引人發笑。

　　一些讀者卻認為，日本的國民性，唯薩蘇這樣「深入日常生活」，才能從本質上揭示。不能不說，類似薩蘇這種先「博客」、後紙媒的日趨流行的文學生產模式，對於建構某種「速食化」卻並不能輕易「降解」的日本形象，有著不容忽視的作用。然，值得注意的是，「文化日本」的寫作姿態本身具有一個「左右逢源」的位置：當國內的「民族主義」熾盛之時，便集「文化」以緩解之，對於日本這個太過符號化的國家，「飲食」之或「文學」之，既容易使人暫時擱置歷史和現實的政治糾葛，將目光對準那個「先進、清潔、舒適、精緻、古老、溫情」的日本，也很容易將這些對文化的形容再次接駁回某種具有敵意的情緒埠上：未免「太先進」、「太清潔」、「太舒適」、太「精緻」、太「溫情」了吧？一句話——「小日本兒變態嘛！」

10　如：「無奈日本同事多半不通中文，而薩當時的日語辭彙，也就是「老頭，八路地，有？」這種水準，因此雙方的交流不一會兒就冷了場。」我的日語水準通過提高，已經達到了「老頭，土八路地，大大地有？」

二、日本人？臺灣人？茂呂美耶與新井一二三的 全球化背景

　　隨著日本電影《陰陽師》（2001 年）在東亞的大熱，奇幻怪談 類系列小說《陰陽師》亦借此宣傳之勢在大陸出版。作者夢枕貘「唯 一信任」的譯者茂呂美耶（Moro Miya）的名字亦開始為大陸讀者 所知曉。媒體稱之為「作家傅月庵、導演吳念真感慨力薦的日本文 化達人」。現已年過半百的茂呂是日本崎玉縣人，母親是臺灣人， 在臺灣高雄市出生，直至國中畢業之前，一直是個土生土長的高雄 姑娘。初中畢業後回日本定居，除翻譯大量日本推理、文化、輕小 說外，茂呂亦以獨立作家的身分在兩岸出版日本歷史文化系列叢 書，如《物語日本》、《江戶日本》、《平安日本》、《傳說日本》以及 《字解日本》等，被譽為「走進日本文化的第一書。」她在新浪、 等網站上開設博客，在「遠流部落格：日本文化物語」「豆瓣小站」 上貼自己正在趕寫的新書文章，以輕鬆易讀的文字向國人介紹日本 歷史和文化，解讀「泡沫後世代」、「巢籠男子」（不同於「御宅族」）、 禦宅爸爸、森林女孩等最新名詞，時時與讀者、不時與媒體互動， 為兩岸讀者「答疑解惑」，提供最新日本資訊，「修正」中國讀者的 日本印象。她筆下的日本也許更加「正確」，卻更加缺乏「深度」， 具有明顯的「平面化」的特徵。相比於林文月以知音的身分與清少 納言「神交」的高蹈姿態，茂呂則在《平安日本》中，以戲謔的筆 觸，讓清少納言以第一人稱「站出來」講述平安時代的日本歷史。

　　隨著知名度的擴大，茂呂逐漸被認為是與李長聲等齊名的溝通中日文化的「橋樑」。[11]其輕鬆、友好、平易的「鄰家大姐」姿態，吸引了許多中國讀者。大陸媒體稱茂呂為「奇女子」，其無不噱頭的「生平」描述：「20 歲為愛走天涯隻身歸國」、「離婚後帶著兩個幼小的孩子赴中國內陸河南省鄭州大學留學讀書」，「年輕失意時憑藉中國話的優勢在臺灣人的日本酒館裏打工」、如今在日本過著「與五隻貓同居的單身生活」等等經歷的「邊角」，不斷地吸引人們注意其跨文化身分中的戲劇性與傳奇性[12]。

----

[11] 關於茂呂「修正」國人日本想像的「功能」，以下資料可引為參考：

　　（1）申江服務報導，《茂呂美耶：日本年輕人，比你想像的更保守》，2010.10.13。

　　（2）2010 年，茂呂來到北京接受採訪。中國記者問了許多關於「日本」印象的典型問題，如「媽媽還會給孩子做那種非常好看的便當麼？我們一直都有一個觀念，日本人比較大男子主義。丈夫下班回來，妻子要給他放洗澡水打洗腳水。現在日本男女關係是什麼樣呢？」「這幾年中國引進了許多日本 80 後作家的書，比如說《一個人的好天氣》、《裂舌》等，他們在身上刺青、穿洞，給我們的感覺是，日本的年輕一代都很古怪，所謂日系就是古怪。是不是存在一些妖魔化的問題？」又如，現在大陸很流行的青山七穗之類的年輕作家，在日本知名度如何等。茂呂一一作答，她特別提到翻譯作品的問題：「聽說《一個人的好天氣》在華語區非常流行，但是在日本似乎沒有什麼影響力。」此外，茂呂和李長聲在 2010 年理想國文化沙龍中對談（http://moromiya.blog.so-net.ne.jp/2010-10-17#more），主題是「茂呂美耶 VS 李長聲—你所不瞭解的日本」。談到軍國主義和靖國神社這樣敏感的問題，茂呂說，「其實（現在）沒有軍國主義」「靖國神社已經被國家放棄了，主要是靠很老的遺族在捐款。只是一個神社」。當二人被問到色情文化的問題，都說是中國人自己捧出來的。網友評論說，發言被整理後發表出來，內容大部分被「過濾」了。

[12] 有人就此建議她寫自傳。茂呂回答：「我還不到寫自傳的年齡吧！我如果寫出來，真的全是傷感、孤獨、哀戚、落寞的經歷，而且不是我個性憂鬱的關係，我算是相當樂天派的人，經歷的全是現實環境造成的事實。所以，我在自己的書中很少提到自己的過去。因為我的過去是悲哀勝過歡樂，我不太想寫這種書。不過，也許某天會寫。到時候會用另一種比較不會傷害到目前仍在世的人的寫法來寫。畢竟如果要寫自傳，一定會提到很多目前

　　無論有意與否，茂呂跨越兩岸三地的個人經歷，對讀者構成一種「時隱時現」的身分「誘惑」：不斷有人在部落格上表明自己的臺灣人身分，並進行討論。2011 年日本大地震後，茂呂在個人網頁上放上在七十年代短暫活躍的神秘民謠歌手藤田童子的 CD 封面和《我們的失敗》等歌曲，將地震後的國人心態，類比於 70 年代的日本年輕人的悵惘失落的，卻引起當今許多人中國年輕人的共鳴。在聊天、回覆留言、家居生活、照片、參與時事等網路交流中，作者與讀者，共同形塑著一種新的書寫和想像日本的方式。

　　全球化時代的特徵之一，正是一種在前臺運作的「背景」、一種輕鬆的「穿越」氣氛，對於茂呂來說，中文和日語都是母語。她自言「閩南話講得最好，普通話也很好。」她的好友吳念真說，「這人，怎麼能把我們自己的話說得那麼好？」值得注意的是，她與吳念真等臺灣文化人有許多交流互動，卻鮮少談及談臺灣時事，在網路上，她是避免紛爭的和平主義者，多次表示對臺灣的「顏色」不感興趣，對有可能語涉爭議的話題避而不談（包括有網友詢問「郭敬明在日本的銷路如何」）。由於新浪網上曾經出現網友辱罵的行為，茂呂關閉了最早在新浪的博客，這是基於現實環境的一種書寫策略。

　　在寫作身分和文化姿態上與茂呂相似的，是主要活躍在港臺報刊專欄的新井一二三。這又是一個擁有「全球化」的遊歷經驗、持雙語寫作的日本人。新井八十年代曾經在北京、廣州留過學，

　　仍在世的人。」然而，作者又會偶爾提及在臺灣與大陸的生活經歷：如姐弟倆報復罵他們是「雜種囝仔的面攤老闆娘，而被父親懲罰的故事。」見「日本文化物語：http://blog.ylib.com/miya」。

1987年移居加拿大，做自由撰稿人，1994年搬去香港，開始為中文報紙寫專欄，1997年回歸日本，目前擔任明治大學講師，定居東京，專職於中文寫作。她的散文集《新井，心井》、《東京人》、《可愛日本人》、《讀日派》、《123 成人式》、《東京時刻八點四十五》、《我和閱讀談戀愛》等，大多以飲食、旅遊、娛樂等為主題的輕鬆隨筆。媒體描述新井「筆下看似清淺，但背後關注的卻是廣泛的社會批評和文化思考。行文卻以私人記憶為主，過濾後的情感不溫不火，被人譽為『有智識和情感上的誠實』，是我們觀察當代日本，乃至這個時代的文字參照。」[13]

　　《東京的女兒》是自由時報副刊專欄集結成書。新井一二三專職於中文寫作，她獨道的思路與文字魅力，使她在自由時報的專欄大受歡迎，新井更三度受中國時報副刊邀請，在「三少四狀集」專欄寫作，這是連國內作家都鮮少發生的事。新井一二三文字影響力，在華文市場正加速擴大，越來越多死忠讀者，指定閱讀新井一二三的作品。

　　與茂呂諱莫如深的姿態不同，新井卻被認為是敢於大膽運用當代中文辭彙的「冒險家」。關於此，她的幾則文章在網路上廣泛流傳[14]，如在香港吃當地速食車仔面的時候，看著其中的牛腩、豬腸、豬紅、魚丸、蘿蔔等等配料，她寫道：

13　轉引自《文匯讀書週報》，小草：《新井一二三訪華比較中日文化》，2012年3月16日刊。
　　如《深圳晚報》2011年7月2日《新井一二三：用中文寫日本》；中廣網：中廣評論：楊春陽《新井一二三、中日共識及其他》，2008年5月12日等。

這些都是應該迴避的脂肪、碳水化合物等等「壞蛋」。車仔
麵一看就知道是很不健康的，是「政治上不正確」的。可
是禁果總是更加甜。

在中國留學時一次去東北旅行，在夜行的列車上，人們知道
她是日本人的時候，幾十個旅客圍著她並責備日本侵華的歷史，
無論她怎麼解釋，乘客就是不願散去。她說：「那天晚上是我這輩
子最長的一夜。」。

在散文《做日本人難》裏寫道：「我承認五十年前侵略中國是
日本恥辱的歷史，教科書問題又是日本官僚愚蠢的表現。但我自己
並不是天皇的女兒，也不是首相的愛人，能負得起什麼責任呢？」

不論新井還是茂呂，不論回應不回應「歷史問題」，都有一種
「全球化時代」的寫作姿態，帶給人一種強烈的感覺：在強大的
商業媒介裏挾下，數十年來「國族符號」的剛硬面孔軟化了，面
對一個會唱「遊擊隊歌」之類「紅色歌曲」的日本發燒友，「禁果」
和「政治正確」不再具有殺傷力，卻被吸入後者的結構中，有了
新的「銷路」。

三、文化主權政治：兩岸「80後」的日本文化印象聯盟

（一）現在時：富於意味的中日合作文化：《搞笑漫畫日和》

在新井、茂呂等「平面化」的全球背景文化人的「滋養」下，
在後現代式的奇幻圖景中，「自我」與「他者」、讀者與作者的界

限皆已模糊。即將成為「新的中日關係承擔主體」的 80 後年輕一代，開始以戲仿、改寫、寄生的方式，利用新的傳媒平臺，打造一種新型的「日本文化符號學」。

2005 年，著名漫畫《搞笑漫畫日和》（原著：增田幸助）的動畫化，在日本國內引發巨大反響，隨後，中國動漫愛好者，特別是北京、上海等地一些受日本「聲優」文化影響的大學生[15]，以配音為主，重新打造這部動畫的中文版，在內地大城市的高校中，掀起了小型的「大話西遊」熱[16]。中國原創動漫一向被指為「垃圾」，完全無法與日本的水準相比，但對這部動畫的「再創作」，從臺詞到情感，卻獲得了極高的好評，中日不同版本的「搞笑日和」，一時間成為各大高校、白領的熱門話題。這些「再創作者」當中，有的是傳媒學院的在校生，借此成功地實現了「當聲優」的夢想，有的已是專業的配音演員。

之所以要在「文學想像」的主題下討論一部動畫的「民間改寫」，原因在於，就「日本想像」的構成趨向和途徑而言，在當代中國，僅僅討論傳統的文學形式已經無法具有說服力。一方面，日本想像的主要來源從來就不在於紙媒文學；另一方面，從紙媒中「輸出」的日本符號，也往往在其他媒介中被重組和過濾。可以說，當代中國的日本想像，比之此前近一個世紀以來，最大的變化是符

---

[15] 日本聲優文化近年來迅速感染了中國，並促成國內配音界的行業轉型，亦是「80 後」童年時代起的日本想像「現實化」的例證。

[16] 1994 年香港導演周星馳的電影《大話西遊》自 90 年代末以來在內地引起了熱烈反響，特別是受到了北京大學等內地高校的大學生的熱捧，周也被尊為「後現代主義喜劇」的代表導演。2007 年周星馳的「北大之行」，使這部十幾午前的電影再一次成為一個炙手可熱的文化現象。

號資訊輸入和輸出的「埠」的複雜化——想像的主體與客體,是以某種超越媒介的「印象聯盟」(image alliance)的方式建構起來的。

此外,《搞笑漫畫日和》的各種中文改寫版,不僅顯示了中日「民間」合作式建構日本想像的趨向,而且透露出一種中日青年人之間對「實在界」(拉康語)生存處境的高度認同。這透露出這部徹底顛覆的惡搞動漫中的某種「意涵」:一方面,它抵制任何深度的解讀,另一方面,它在智識上卻有著高度自覺的選擇。那就是,在橫向上將一切通過日本動漫等文化軟體向世界輸送的各個領域的「日本印象」全部搜羅、戲仿,從縱向上,將一切日本教科書上的日本歷史、文化、科學的「正史」完全顛覆。無論是近代的「黑船事件」,還是聖德太子出使隋朝的「日出處天子」的故事,亦或是日本俳聖松尾芭蕉,都是日本「面向世界」、「面向中國」提供的符碼。而本文在上文中所呈現的一切作者意向:戲劇化的日常生活的溫暖、活的傳統、歷史的沉重、身分的焦慮……所有一本正經的面孔,都被這部黑洞一般的動畫吸納,只是稍稍改變了語調和姿態,就面目全非。

這種後現代式的「拼貼」亦是對此前歷史的一種回溯性的「總結」,從這一意義上,就代際關係而言,即使日本想像的「內容」沒有太大變化,但形式的重組、符號的排列方式、語氣語調的「變奏」,形成了對某種定型化的日本表情的根本的顛覆。如其中一期的片頭曲《希望の宇宙の(即「希望的宇宙的」)》歌詞如下:

> 仆(ぼく)らの明日(あした)の光(ひかり)の先(さき)の瞳(ひとみ)の奥(おく)の大空(おおぞら)

の下（した）の夢（ゆめ）の扉（とびら）の輝（かがや）
きの涙（なみだ）の力（ちから）の心（こころ）の鍵（か
ぎ）の永遠（とお）の自由（じゆう）の果（は）ての約
束（やくそく）の手（て）の油（あぶら）ギャグマンガ
日和（ひより）

　　中譯為：我們的明天的光的前方的眼眸的深處的廣空
下的夢想之門的光輝一定淚水的力量的內心的力量一定永
遠的自由的盡頭的約定的手上的油漬，搞笑漫畫日和！

　　標題中的第二個「的」字是其顛覆的關鍵所在。它甚至調侃
了日語喜用長定語的語法形式本身。用這種語法的申聯，將 70 年
代以來日本動漫作品中喜用的「勵志」符號串連起來，最後聯通
到「手上的油漬」。

　　值得注意的是，中國「粉絲」對人物臺詞的翻譯，是完全中
國式的網路語言，卻與原著的情感趨向意外地貼合，被網路風傳
一時，冠名為「日和體」。如「可惡，炫耀帝。」「妥妥兒的～」
「給您添蘑菇了！」「帶感」「造型略顯犀利」「我嘞」等等。

　　我要指出的是，這種「合作」意味著某種共時性的處境：當
日本進入長期的衰退，當臺灣持續著「政治亂象」，當中國在為高
速發展付出各種代價之時，同處於某種後現代處境內的中國和日
本，對「無奈」與「荒謬」的感受是如此地相近。這部娛樂漫畫
裏的沉重與心酸的「無厘頭」處境，為中國青年心領神會。這就
是為什麼當茂呂美耶將藤田童子 70 年代的歌曲《我們的失敗》掛
到博客上，回顧她 20 歲時的打工經歷，日本年輕人的心酸和迷惘

326 否定的日本——日本想像在兩岸當代文學／文化中的知識考掘學

之時，立即博得了兩岸中國網友的一片眼淚。不同的情感結構，卻在某種既是全球化的、也是亞洲的共有時態中，調整出一個相似的頻率而得以無縫銜接，一種新的觀照自我的方式，與他者成為真正認同的客體，這無疑是一個值得回味的現象。

（二）過去時：認識你、表達你

能接受、理解《搞笑漫畫日和》的中國人，基本上是「80後」到「90初」一代人。因為，漫畫中傳遞出的複雜的互文關係，不僅需要對日本文化符號的長期熏習才能理解，更需要內在於對這些符號的偏離和懷疑的處境中才能實現。正如禪宗講「心外無物」，主體與客體，能看到與所看到的必然一致——這部動漫所呈現的是那個特殊形態的「日本」，恰好是這一代人站在一個特定的時間樞紐上所「看到的」。何等樣人，即能看到何等樣的「日本」——這可以說是屬於一代人的「情感結構」。

之所以強調日本動漫等「亞文化」在「80後」日本想像中的作用，一個重要原因是，隨著「80後」逐漸成長為社會的中堅力量，他們將是承擔中日關係的主體，因此，其「私領域」的「愛好」與「想像」都將日趨「公共化」，如兩岸對李登輝的表白「20歲以前是日本人」不盡相同的反應可看出，社會主體需要為自己的「個人想像」擔負社會責任。指出日本動漫與80後「青春期」的淵源，原因亦在此。就大陸「80後」來說，他們是今天國內日本出版物的重要讀者群，其閱讀範圍跨越輕、軟、小的茂呂美耶、薩蘇和厚重的「知日派」。在成長期與在成人期接受的截然不同的

「日本」，又會對他們的閱讀和書寫造成怎樣的影響？由於臺灣方面的資料相對缺乏，本文試圖從討論臺灣研究者的文章開始，來簡述大陸 80 後與日本動漫「因緣際會」的成長史。

中野嘉子、梁安玉、潘予翎、李楚成的《中國大陸對外開放政策第一代青年人眼中的日本》[17]一文，以對北京、上海、南京等大陸重要城市「80 後」年輕人的調查為基礎寫就。其基本結論是，「80 後」的大陸青年，很少有人是無理性的「哈日族」和「仇日族」。部分原因是，他們大多是看著 80 年代後期輸入中國的日本動漫成長起來的，作為第一批獨生子女，動漫支撐了他們相對孤獨的童年時光，在他們的童年記憶中佔有重要位置。由是，他們如何面對國族歷史與自己珍惜的童年記憶之間的「鴻溝」？

一個被調查的南京大學生談到，他在看日本動畫《灌籃高手》時，絕不會想到南京大屠殺。就同為 80 後的筆者的個人經驗來說，這種想法具有一定的普遍性。從童年到少年，他們對不同形態的「日本」的接受亦有一個「時差」：比起動漫來，「中日關係的歷史」是「後」進入記憶的，可以說，與動漫式日本的表意系統相接觸的時間段，大多是在他們生理成長過程中的「前表達階段」，或青春期意識升起，欲表達而無從表達的階段。而「中日」「正統」的歷史，則是與一整套知識系統、與對「語言表述」的要求本身同時降臨的。於是，在「動漫」與「歷史」、「想像」與「真實」之間，形成了一個小小的回溯性的「漩渦」。有一部分青年被「分流」出去，因為他們接受了「正史」之中對殘忍與暴力

---

[17] 參見《媒介擬想》雜誌，本期主編李天鐸，臺灣遠流出版社 2002 年，第 109-127 頁。

的敘述,回過頭來,他們在動漫之中,辨識出了這些暴力符號的影子(類似於張燕淳的「震驚」)。如《聖鬥士星矢》、《鋼彈系列》等。但,對於大多數動漫愛好者來說,這種情懷依然難於割捨。與其說,他們將正史與動漫看成日本的「兩種語言」,不如說,對他們來說,存在著兩個對象──文化日本與政治日本。結合上文,比較類似於薩蘇式的「歷史是歷史」、「老婆是老婆」,這一代大陸青年亦有著「天然」將日本區隔看待的傾向,其文化消費者認同與民族國家身分認同是界限分明的,因此,與薩蘇的敘述難免一拍即合。

比照臺灣,一個可能的情況是:兩岸青年接收日本文化資訊的環境條件之殊異,可能導致趨同的「迷戀」表像下內在「情結」的不同。上文的調查顯示,許多「哈日」的內地學生都與日本沒有任何關係──沒有接觸過實地的日本,所學專業亦與日本無關。這一情況可謂「80後」一代的普遍經歷。在他們最渴望瞭解那個「夢幻國度」的少年時代,很少有人能得到動漫本身以外的資訊。而今日,不僅當年望而不得的幕後與「周邊」──聲優、動漫配樂、歌曲、廣播劇等,以「爆炸」式的方式湧向中國,而且,他們已有太多的機會,可以與日本「肌膚相親」[18]。而當一首動漫配樂可以輕易地在網上找到,甚至那些被視為神秘得遠在天邊的聲優頻頻來訪中國時,那時的熱情早已不復存在。

---

[18] 如筆者小時候就對動畫片中的配樂非常感興趣,但沒有任何管道可以瞭解它們的背景資料,後來瞭解到,與筆者一樣,許多同齡人都有在鋼琴上試奏曲譜的經驗,甚至許多人的樂器演奏生涯依靠動漫堅持下來的。

　　從某種程度上，諮訊的缺乏與過剩，在大陸，造成了「80後」與「90後」的不同，如果說，兩岸80後的日本想像可能內涵著「時間差」，而兩岸90後卻可能具有「拉平時間差」的共時性趨向。

　　不論如何，「前表達階段」所形成的「欲壑」，現在要通過另一種管道來填滿[19]：動漫背後的日本是怎樣的？這裏有這樣一種不無慚愧的心態：日本，畢竟是一個給中國帶來深重苦難的國家。於是，他們對日本的興趣，也轉為對其政治、經濟、文化、歷史的「全面補課」階段。無獨有偶，出版界迎合（或錯過了）這些對認識和表達日本的需求。於是，作為讀者，出現了老一輩的知日派寫作、出版，而「80後」「圍觀」的現象。而60後、70後的情感結構是相對穩定的，他們對於「動漫文化」不聽、不看、不聞者，以及不聽不看而隨意想像者不在少數，於是，對日本的書寫與閱讀，形成了某種錯層：「80後」的接受範圍，從亞文化到

---

[19] 豆瓣網友糖多莉安說：「我們80後這一代，是看日本漫畫度過青春期，看日劇進入成人期的，Ayumi聽十年，J家美少年愛一堆，自以為對和式符號文化和精緻美學取向吸收了個八九不離十，但虛構漫畫畢竟是理想化幻想化的日人生活；宅向同人向的東西更是因其小眾的特別表達方式而受中國孩子們歡迎；偶像是娛樂業打造的梳粧檯上的小神像；我們怪日劇節奏偏緩，想來和這個文化的節奏息息相關——有太多微妙的東西，非親身體驗不能盡數，cultural difference比我們想像的要宏大得多。看薩蘇，我個人印象比較深的是，寫鄰家高中男生和青梅竹馬的同學談戀愛那篇：幾十年來，中國教育界和家長一直當「早戀」作政治不正確的逆天行為，而日本人卻從高中時期就正式嘗試男女之情甚至考慮未來。因為就業競爭相對中國沒那麼激烈，高考壓力不大，畢業後要面對封閉機械的公司生活，二八年華成了最好的擇偶時機——這也是為什麼我們看到的一切青春少女少男漫畫主角，全部是中學生——當年中學生的我們，只能靠這些來滿足青春期幻想啊。」《鬼話連篇接著興致盎然》，2009 年 http://book.douban.com/review/2091743/。

主流文化，無所不包。作為作者，一方面，如春樹、郭敬明這樣
的年輕作家，將其日本動漫「資源」浮泛地表達出來，而獲得了
大批支持者，此外，還有一些年輕作家，雖不在寫作中直接表現
「日本」內容，但其行文風格以及文本所建構的文化氛圍，卻受
到童年的「日本」潛移默化的影響。在筆者看來，今天網路上通
行表情符等，乃是最初出現在大陸的日本動漫（如高橋留美子的
《亂馬》、《城市獵人》）裏的幽默意指符，甚至在漢語中不合語法
的「被動句」，如「被出國」等，其實也是「日式」的。這是一個
相當滯後、難於覺察的、隱型的日本表情的顯影。

　　從日本這一方來看，日本軟文化在兩岸「登錄」的方式，自
然是日本想像差異的重要因素，在這方面，筆者尚未找到充足的
臺灣方面的資料，且來談談大陸的情況。一個重要的因素是「知
識產權」：改革開放之初，大陸對「日本」的定式觀念仍然堅固的，
然而，在「利益」驅動下，日本文化產品依然以各種管道輸入中
國。這裏存在著雙方的「不公」：一方面，中國的廉價勞工是日本
動漫產業的最大加工者，另一方面，由於盜版猖獗，以及大陸文
化界的「動漫是一種低幼的兒童文化」的根深蒂固的觀念，使在
日本動漫中那些優秀的配樂、臺詞、故事情節等各種「創意」被
國人隨意「盜取」[20]。

　　經過近十年的「潛伏期」，這種「盜版」已經逐漸浮出水面。
在 80 後開始為自己的童年進行懷舊巡禮時，日本的文化符碼以一

---

[20] 筆者本人經常看到許多電視節目濫用日本動畫的配樂和臺詞。而大規模的
　　「盜取」，則是長篇電視連續劇《少年包青天》對《名偵探柯南》、《金田
　　一少年事件簿》的抄襲，以及青年作家郭敬明的抄襲事件等。

種新的方式出現，在終於可以與客體「近距離接觸」的情況下，當穿越、耽美這些青春期內在的心理幻想被社會、媒體公開命名，成為廣為人知的次文化時，他們卻再也找不到童年的味道。

　　不論如何，80後的崛起意味著其想像日本的方式將與此前時代大陸作家「愛恨分明」的他者化姿態決然不同，而與臺灣滲入式的日本表情有了某種程度的接近。大陸的文化產品——小說、詩歌、音樂、戲劇的生產，其中含有多少淵源自日本的「元素」[21]，而創作者和研究者們，是否意識到和提及這些元素的存在，是一個值得探究的題目。

　　遺憾的是，筆者找不到更多的臺灣方面的資料。然而，從一個側面可以反映出，無論大陸還是臺灣，某些日本文化的研究者，雖然有時以哈日族為研究對象，卻始終對其所迷戀的事物本身缺乏瞭解，或存在偏見。如邱雯的〈文化想像：日本偶像劇在臺灣〉一文，以不無厭惡的口吻，分析並抨擊臺灣的哈日族及哈日書寫者。作者指出：

> 以「日本偶像劇」之名透過漫畫、電視、電影、唱片、電玩、偶像明星、與偶像明星有關的所有衣食住行娛樂等種種周邊產品的印象聯盟（image alliance）以排山倒海之勢

---

21 我將日本動漫精神稱為「pose」文化。以影響最大的「國民漫畫」柯南，和影響了中國80後一代人的「灌籃高手」「網球王子」等為例，均可看到日本與美國不同的文化姿態正在於對「pose」的運用上。羅蘭・巴特作為一個不懂日語的人，也發現日語有太多的「情緒」。為了體現這種「情緒」，中國的日語譯製片配音誇張地表現日本的「氣聲」。這也可以說是「微型文化」的一種。Pose 文化同時具有誇張和無限細分的因素，在中文網路中流行的表情符號，如汗滴、黑線等，最早都是來自日本漫畫。

　　席捲了臺灣的影視娛樂、都會粉領族文化、青少年次文化、以及形塑了特定族群對於日本的另類文化想像。說它「另類」那是因為在臺灣除了仇日、恐日、恨日，以及某些政治人物或曾受日本教育及殖民地生活經驗的本省籍人士之日本情結外，日本偶像劇的出現帶動了另一波對於日本不同的文化想像，那就是：媚日、崇日與哈日。（《媒介擬想》，頁 59）

　　作者在「殖民／壓迫」的概念框架中考量哈日現象，認為他們自覺不自覺地與日本「再殖民」的心態相共謀。她強調，哈日書寫者不做或無能對日劇原創者意圖透露的日本社會內在、深層、幽微的文化內涵做任何解讀，而只做曲解的、唯美的解讀。（《媒介擬想》，頁 62）在鋪天蓋地的《行樂日本》（林嘉翔）、《戀物日本》（哈日杏子）之中，日本，變成了美麗的朝聖之地。她更引用陳芳明《殖民地摩登：現代性與臺灣史觀》一書，說明新世代的臺灣知識分子需要面對各樣複數殖民者，遠比日拒時代複雜得多。

　　本文部分地認同邱的觀點，從張燕淳等人的書寫、從荊子馨等人關於日台關係的分析中亦可看出，日本對臺灣的某種殖民歧視並未消除，且在新的歷史條件下有了不同的表現形態。然而，單純依靠「殖民／壓迫」論述框架，仍然反映了研究方式及研究者的問題，一方面，是殖民、後殖民、再殖民、新殖民（neo-colonialism）等概念的衍生繁殖和「擴散」所導致的無力化，削弱了其本身的所指強度，另一方面，研究者缺乏對於哈日族成長、生存狀態的深入瞭解，以及對於「日本」在想像中的存在形態的理解。事實上，

在作為一種商品的文化想像之中，和作為一種歷史的政治想像中的日本的存在形態是完全不同的，這正是本文對大陸 80 後的分析所意圖表達的──說出來的不等於「想說的」。如從這篇文章中，儘管羅列了哈日族的種種追星、戀物的舉動，卻看不到對這一代臺灣青年接收日本偶像文化的「緣起」的描述，筆者也無從將之與大陸同代人的「日本想像」相比較。

在筆者看來，文中所指的哈日族寫作者如「哈日杏子」（筆名）的「我要去日本」以及「前世是日本人」的論述，雖然令人反感，卻可能是某種現實壓抑的直接表達。這關聯著論文內部一個根本的裂隙：一方面，論文作者不斷指出，這些「哈日族」很難會對日本進行「理智消費」，對日本殖民臺灣的歷史進行深入思考，另一方面，在下結論時，作者又號召哈日族去進行此類思考。事實上，對研究對象的根本的歧視態度使文章的分析陷於無力，也不可能與「哈日族」形成所謂的「交流」。重要的是，「哈日族」這一精神族群的自滿自足自戀的心態，在很大程度上正源於這個前定的前提：我們本來就是不被（你們）所能瞭解和願意傾聽的。這一點，在《搞笑漫畫日和》裏面有著深刻的表達。

從這部集子中數篇文章的行文來看，作者們顯然對於研究對象缺乏瞭解，甚至於反感日本流行文化產品。這讓我反過來看到，對對象的不瞭解和自身原本所持的立場，會極大地影響文章的論述和結論。對於臺灣的不瞭解，同樣使我這篇文章面臨極大的困難。這不僅反映出主流文化對於「流行文化」的輕蔑，在學院派對流行文化的研究中，更存在著「二次壓抑」。本文旨在指出：如果研究者一方面要考察當下「日本想像」的書寫形式，另一方面

又對日本書寫中傳播較廣、影響力較大的部分執有先入為主的觀念，那麼不難想像，在研究中建構出來的「日本想像」，已經通過了幾道「過濾」？

結語　夢魘與夢幻

我們的「兩岸」，對日本有著強烈而曖昧的情感。文化與知識，「溫情」或「客觀」，都無以掩蔽這種複雜的心情。無論談飲食、描風景、歎人情，即使說者「無心」，聽者卻有意。今天，兩岸與日本「冤孽糾纏」的歷史，早已被納入商業運作的體系，夢魘與夢幻狹路相逢，構成了想像自我／他者的「後現代形式」。這些「日本想像」在其心態已與大陸的「抗戰時期──50 到 70 年代」不甚相關，與臺灣「日治時期」亦存在著深刻的斷裂。在研究中，即使今天已經我們都小心翼翼地使用著比「文化」與「政治」複雜得多的概念，每當討論國人對日本的態度時，「愛其文化，恨其政治」的組合仍然是最有效的。葉維廉在評述皇民文學時，就用了「愛恨交加」這個詞。而在今天的大陸，我們仍然可以看到一方面自覺和不自覺地使用著日式舶來品的技術、辭彙、產品、故事，一方面提到「日本」就聲色厲荏的年輕人。儘管人們在談論一國家共同體時從未有過一致的結論，但像談論日本那樣，在我們各自不同的立場、情感和想像中持續地產生又不斷地撫平「干擾」的情況，卻實不多見。也許，這仍然是一種兩岸皆具的「中國特色」。

參考文獻

1. 薛毅、孫曉忠編，魯迅與竹內好【C】，上海書店出版社，2008 年。
2. （日）竹內好著，李冬木、趙京華、孫歌譯，近代的超克【C】，生活‧讀書‧新知三聯書店，2005 年。
3. 魯迅全集第八卷【M】，人民文學出版社，2005 年。
4. 鐘叔河編，周作人散文全集第五卷、第六卷【M】，廣西師範大學出版社，2009 年。
5. 王德威著，想像中國的方法，【M】，生活‧讀書‧新知三聯書店，1998 年。
6. 王德威著，宋偉傑譯，被壓抑的現代性——晚清小說新論【M】，北京：北京大學出版社，2005 年。
7. （清）吳趼人著，二十年目睹之怪現狀【M】，人民文學出版社，1959 年。
8. （清）吳趼人著，恨海‧劫餘灰‧情變【M】，百花洲文藝出版社，2011 年。
9. （清）李涵秋著，廣陵潮，北岳文藝出版社【M】，1995 年。
10. 阿英編，晚清文學叢鈔：小說一卷【M】，中華書局，1980 年。
11. （清）曾樸著，孽海花【M】，上海古籍出版社，1980 年。
12. （清）韓邦慶著，海上花列傳【M】，人民文學出版社，2006 年。
13. 冒鶴亭、陳子善編，孽海花閒話【M】，海豚出版社，2010 年。
14. 魏紹昌編，吳趼人研究資料【C】，上海古籍出版社，1980 年。
15. （清）劉鶚著，陳翔鶴校、戴鴻森注，老殘遊記【M】，人民文學出版社，1982 年。
16. （清）佚名著，平山冷燕，馮偉民校點【M】，人民文學出版社，2006 年。
17. （清）蘇曼殊全集【M】，當代中國出版社，2007 年。
18. （英）弗蘭克‧克默德著，劉建華譯，結尾的意義【M】，遼寧教育出版社、牛津大學出版社，2000 年。

19. （愛爾蘭）葉芝著，西蒙譯，幻象：生命的闡釋【M】，作家出版社，2006 年。
20. （匈）阿格妮絲・赫勒著，衣俊卿譯，日常生活【M】，重慶出版社，2010 年。
21. 胡蘭成著，禪是一枝花【M】，上海社會科學院出版社，2004 年。
22. （日）伊藤虎丸著，李冬木等譯，魯迅、創造社與日本文學【M】，北京大學出版社，2005 年。
23. （日）木山英雄，趙京華譯，文學復古與文學革命【M】：木山英雄中國現代文學思想論集【M】，北京大學出版社，2004 年。
24. （日）木山英雄著，趙京華譯，北京苦住庵記──日中戰爭時代的周作人【M】，生活・讀書・新知三聯書店，2008 年
25. 張旭東著，全球化時代的文化認同【M】，北京大學出版社，2005 年。
26. （日）柄谷行人著，趙京華譯，日本現代文學的起源【M】，北京：三聯書店，2003 年。
27. （日）柄谷行人著，中田友美譯，馬克思其可能性的中心【M】，中央編譯出版社，2006 年。
28. （日）柄谷行人著，趙京華主編，柄谷行人文集Ⅲ，王成譯，歷史與反復【M】，中央編譯出版社，2011 年。
29. (日)柄谷行人著，趙京華主編，柄谷行人文集Ⅱ，趙京華譯，跨越性批判──康得與馬克思【M】，中央編譯出版社，2011 年。
30. (日)柄谷行人著，趙京華主編，柄谷行人文集Ⅰ，應傑譯，作為隱喻的建築【M】，中央編譯出版社，2011 年。
31. （日）柄谷行人著，趙京華主編，柄谷行人文集，趙京華譯，世界史的構造【M】，中央編譯出版社，2012 年。
32. （日）柄谷行人、小嵐九八郎著，林暉鈞譯，柄谷行人談政治【M】，心靈工坊，2011 年。
33. （日）小森陽一著，陳多友譯，天皇的玉音放送【M】，生活・讀書・新知三聯書店，2004 年。
34. （斯洛文尼亞）齊澤克著，季廣茂譯，意識形態的崇高客體【M】，中央編譯出版社，2002 年。
35. （斯洛文尼亞）齊澤克著，郭英劍譯，因為他們並不知道他們所做的──政治因素的享樂【M】，江蘇人民出版社，2007 年。
36. （斯洛文尼亞）齊澤克著，應奇等譯，敏感的主體──政治本體論的缺席中心【M】，江蘇人民出版社，2006 年。

37.　（斯洛文尼亞）齊澤克著，胡大平等譯，快感大轉移——婦女和因果性六論【M】江蘇人民出版社，2004 年。

38.　（法）羅蘭・巴爾特，張祖建譯，中性【M】，中國人民大學出版社，2010 年。

39.　區域：亞洲研究論叢第二輯【J】，清華大學出版社，2012 年。

40.　（美）弗雷德里克・詹姆遜著，錢佼汝、李自修譯，語言的牢籠：馬克思主義與形式【M】，百花洲文藝出版社，2010 年。

41.　（美）弗雷德里克・詹姆遜著，王逢振主編，詹姆遜文集（第 2 卷）批評理論與敘事闡釋【M】，人民大學出版社，2004 年。

42.　（美）弗雷德里克・詹姆遜著，王逢振主編，詹姆遜文集（第 3 卷）文化研究和政治意識【M】，人民大學出版社，2004 年。

43.　（日）高阪史朗著，吳光輝譯，近代之挫折：東亞社會與西方文明的碰撞【M】河北人民出版社，2006 年。

44.　林少陽著，「文」與日本的現代性【M】，中央編譯出版社，2004 年。

45.　劉正著，京都學派：中外史學流派【M】，中華書局，2009 年。

46.　吳汝鈞著，絕對無的哲學：京都學派哲學導論【M】，臺灣商務印書館，1998 年。

47.　林鎮國著，空性與現代性：從京都學派、新儒家到多音的佛教詮釋學【M】，1999 年。

48.　許倬雲著，我者與他者：中國歷史上的內外分際【M】，香港中文大學出版社，2008 年。

49.　（美）愛德華・薩義德著，李琨譯，文化與帝國主義【M】，生活・讀書・新知三聯書店，2003 年。

50.　（美）愛德華・薩義德著，王宇根譯，東方學【M】，生活・讀書・新知三聯書店，2007 年。

51.　（日）溝口雄三著，孫軍悅譯，作為方法的中國【M】生活・讀書・新知三聯書店，2011 年。

52.　曾倚萃著，溝口雄三的中國方法：超克亞洲的知識脈絡【M】，台大政治系中國中心，2008 年。

53.　陳光興、孫歌、劉雅芳編，重新思考中國革命：溝口雄三的思想方法【M】，臺灣社會研究雜誌社，2010 年。

54.　賀照田著，當代中國的知識感覺與觀念感覺【M】，臺灣社會研究雜誌社，2006 年。

55. （英）朱利安‧沃爾弗雷斯編著，張瓊、張沖譯，21 世紀批評述介【C】，南京大學出版社，2009 年。

56. 汪暉著，現代中國思想的興起【M】，生活‧讀書‧新知三聯書店，2004 年。

57. 鳩摩羅什譯，金剛般若波羅蜜經【M】。

58. （唐）玄奘譯，金剛般若波羅蜜多心經【M】。

59. （印）龍樹著，七十空性論【M】。

60. （不丹）宗薩欽哲仁波切著，馬君美譯，佛教的見地與修道【M】，甘肅人民出版社，2006 年。

61. 吳信如，法相奧義【M】，中國藏學出版社，2006 年。

62. （宋）釋普濟，五燈會元，重慶出版社，2008 年。

63. （法）加斯東‧巴什拉著，杜小真、顧嘉琛譯，火的精神分析【M】，嶽麓出版社，2005 年。

64. （德）本雅明著，漢娜‧阿倫特編，張旭東、王斑譯，啟迪——本雅明文選【M】，北京：三聯書店，2008 年。

65. （南非）庫切者，文敏譯，凶年紀事【M】，浙江文藝出版社，2008 年。

66. （英）卡內蒂著，沙儒彬、羅丹霞譯，耳證人【M】，北京：三聯書店，1989 年。

67. （法）德勒茲、瓜塔里著，陳永國譯，遊牧思想【M】，吉林人民出版社，2003 年。

68. （法）梅洛-龐蒂著，楊大春譯，眼與心【M】，商務印書館，2007 年。

69. （美）史萊因著，吳伯譯，藝術與物理學——時空和光的藝術觀與物理觀【M】，吉林人民出版社，2000 年。

70. （日）梅原猛著，雷慧英、卞立強譯，佛教十二講【M】，四川人民出版社，2008 年。

71. （日）梅原猛著，劉瑞芝、卞立強譯，地獄的思想【M】，四川人民出版社，2005 年。

72. （日）古屋安雄著，陸若水、劉國鵬譯，日本神學史【M】，上海三聯書店，2002 年。

73. （日）川田稔著，郭連友等譯，柳田國男描繪的日本——民俗學與社會構想【M】，外語教學與研究出版社，2008 年。

74. （日）加藤週一著，唐月梅、葉渭渠譯，日本文學史序說【M】，開明出版社，1995 年。

75. （日）加藤週一著，彭曦譯，日本文化中的時間與空間【M】，南京大學出版社，2010 年。

76. （日）小泉八雲著，胡山源譯，日本與日本人【M】，九洲出版社，2005 年。

77. （日）村上隆著，藝術戰鬥論【M】，長安靜美譯，時代文藝出版社，2011 年。

78. （日）村上隆著，藝術創業論【M】，江明玉譯，中信出版社，2011 年。

79. 海洋堂與禦宅族文化：欲望與消費【M】，臺北市立美術館，2007 年。

80. （日）岡田鬥司夫著，談璞譯，阿宅，你已經死了！【M】時報文化出版社，2009 年。

81. 肖霞著，日本近代浪漫主義文學與基督教【M】，山東大學出版社，2007 年。

82. 郭勇著，他者的表像──日本現代文學研究【M】，上海交通大學出版社，2009 年。

83. 唐月梅、葉渭渠，日本文學史（古代卷）【M】，昆侖出版社，2004 年。

84. 芥川龍之介，芥川龍之介全集【M】，山東大學出版社，2005 年。

85. （日）岡倉天心著，蔡春華譯，中國的美術及其他【M】，中華書局，2009 年。

86. （日）三島由紀夫作品集【M】，葉渭渠、唐月梅主編，中國文聯出版社，1999 年。

87. （日）森鷗外著，隋玉林譯，舞姬（小說集）【M】，浙江文藝出版社，1983 年。

88. （日）泉鏡花著，文潔若譯，高野聖僧【M】，重慶出版社，2009 年

89. （日）井原西鶴著，王啟倫、李正元譯，好色一代女【M】，中國電影出版社，2004 年

90. （日）志賀直哉著，孫日明等譯，暗夜行路【M】，灕江出版社，1985 年。

91. （日）志賀直哉著，樓適夷譯，牽牛花（小說集）【M】，湖南人民出版社，1981 年。

92. （日）國木田獨步，國木田獨步選集【M】，北京：人民文學出版社，1978 年。

93. （日）田山花袋著，黃鳳英譯，棉被【M】，江蘇人民出版社，1987 年。

94. （日）二葉亭四迷著，鞏長金、石堅白譯，二葉亭四迷小說集【M】，人民文學出版社，1961 年。

95. （日）有島武郎著，謝宜鵬譯，葉子【M】，湖南人民出版社，1984 年。

96. （日）樋口一葉著，蕭蕭譯，樋口一葉選集，北京：人民文學出版社，1962 年。

97. （法）福柯，錢翰譯，不正常的人【M】，上海人民出版社，2003 年。

98. （日）杉浦日向子著，劉瑋譯，百物語【M】，南海出版社，2008 年。

99. （英）齊格蒙德・鮑曼著，楊渝東譯，現代性與大屠殺【M】，譯林出版社，2002 年。

100. （英）威廉・比斯利著，張光、湯金旭譯，明治維新【M】，江蘇人民出版社，2012 年。

101. （美）瑪麗琳・艾維著，牟學苑、油小麗譯，消逝的話語：現代性、幻象、日本【M】，江蘇人民出版社，2012 年。

102. （美）澀澤尚子著，牟學苑、油小麗譯，美國的藝伎盟友：重新想像敵國日本【M】，江蘇人民出版社，2011 年。

103. （美）蘿拉・赫茵、馬克・塞爾登編，聶露譯，審查歷史：日本、德國和美國的公民身份與記憶【M】，社會科學文獻出版社，2012 年。

104. （日）堀幸雄著，戰前日本國家主義運動史【M】，社會科學文獻出版社，2010 年。

105. 李纓著，神魂顛倒日本國「《靖國》騷動」的浪尖與潛流【M】，中國青年出版社，2011 年。

106. （日）高橋哲哉著，戰後責任論【M】，社會科學文獻出版社，2010 年。

107. 賀照田主編，學術思想評論第七輯，東亞現代性的曲折與展開【J】，吉林人民出版社，2002 年。

108. （日）義江彰夫著，陸晚霞譯，日本的佛教與神祇信仰【M】，商務印書館，2010 年。

109. （日）內藤湖南著，劉克申譯，日本歷史與日本文化【M】，商務印書館，2012 年。

110. 雷驤著，文學漂鳥：雷驤的日本追蹤【M】，臺灣遠流出版社，2000 年。

111. 雷驤著，行旅畫帖【M】，馬可孛羅，2002 年。

112. 李銳、毛丹青著：燒夢——李銳日本演講紀行【M】，廣西師範大學，2009 年。

113. 王德威著，當代小說二十家【M】，生活・讀書・新知三聯書店，2006 年。

114. 林文月著，京都一年【M】，生活・讀書・新知三聯書店，2006 年。

115. 陳平原著，閱讀日本【M】，遼寧教育出版社，1996 年。

116. 陳平原著，讀書的「風景」【M】，北京大學出版社，2012 年。
117. 清少納言著，林文月譯，枕草子【M】，譯林出版社，2011 年。
118. 毛丹青著，狂走日本【M】，上海文藝出版社，2004 年。
119. 毛丹青著，閑走日本【M】，上海文藝出版社 2006 年。
120. 毛丹青著，日本的七顆銅豌豆【M】，中國青年出版社，2009 年。
121. 毛丹青著，日本蟲子・日本人【M】，花城出版社，2001 年。
122. 張燕淳著，日本四季【M】，生活・讀書・新知三聯書店，2008 年。
123. （日）又吉盛清著，魏廷朝譯，日本殖民下的臺灣與沖繩【M】，前衛出版社，1997 年。
124. （日）鈴木大拙著，陶剛譯，禪與日本文化【M】，生活・讀書・新知三聯書店，1989 年。
125. （美）阮斐娜著，吳佩珍譯，帝國的太陽下：日本的台灣及南方殖民地文學【M】，麥田出版社，2010 年。
126. 廖炳惠，黃英哲，吳介民，吳叡人著，重建想像共同體-國家、族群、敘述【M】，行政院文化建設委員會。
127. （日）東浩紀著，褚炫初譯，動物化的後現代：禦宅族如何影響日本社會【M】，大鴻藝術股份有限公司，2012 年。
128. 李天鐸主編，媒介擬想【J】，臺灣遠流出版社，2002 年。
129. 李天鐸主編，日本流行文化在台灣與亞洲(I)【J】，臺灣遠流出版社，2002 年。
130. 王芸生著，六十年來中國與日本，生活・讀書・新知三聯書店，2005 年。
131. 秦嵐主編，「東亞人文・知日文叢」，中央編譯出版社，2007 年。
132. 蘇靜、毛丹青、吳偉明、李清志主編：「知日書刊」，北方婦女兒童出版社、遼寧教育出版社、鳳凰出版社、中信出版社，2011 年至今。
133. 薩蘇著，與「鬼」為鄰：一個駐日中國工程師眼中的日本和日本人【M】，文匯出版社 2009 年
134. 李長聲作品：日邊瞻日本【M】，中央編譯出版社，2007 年。
溫酒話東鄰【M】，上海書店出版社 2012 年。
浮世物語【M】，上海書店出版社 2007 年。
東居閒話【M】，生活・讀書・新知三聯書店 2010 年。
東遊西話【M】，遼寧教育出版社 2000 年。
枕日閒談【M】，中華書局 2010 年。
135. 「茂呂美耶・日本系列叢書」廣西師範大學，2006 年-2010 年。

136. 新井一二三文集【M】，上海譯文出版社，2011-2012 年。

137. 董炳月著，茫然草——日本人文風景【M】，生活・讀書・新知三聯書店，2009 年。

138. 王向遠著，日本對中國的文化侵略：學者、文化人的侵華戰爭【M】，昆侖出版社，2005 年。

139. （日）藤本箕山、九鬼周造、阿部次郎著，王向遠譯，日本意氣，吉林出版集團，2012 年。

140. 房遠著，當我們聊起日本時【M】，2011 年。

141. 蘇言、唐靜松著，日本，我誤解你了嗎？【M】江蘇人民出版社，2011 年。

142. 劉檸著，穿越想像的異邦——布衣日本散論【M】，浙江大學出版社，2009 年。

143. （日）川本三郎著，賴明珠譯，我愛過的那個時代：當時，我們以為可以改變世界【M】，新經典，2011 年。

144. （日）津田道夫著，南京大屠殺與日本人的精神構造【M】，程兆奇、劉燕譯，新星出版社，2005 年。

145. 李常慶著，日本動漫產業與動漫文化研究【M】，北京大學出版社，2011 年。

146. （日）津堅信之著，秦剛、趙峻譯，日本動畫的力量：手塚治蟲與宮崎駿的歷史縱貫線【M】，社會科學文獻出版社，2011 年。

147. （日）中野晴行著，動漫創意產業論【M】，甄西譯，中國傳媒大學出版社，2007 年。

148. （日）夏目房之介著，日本漫畫為什麼有趣——表現和「文法」【M】，潘鬱紅譯，新星出版社，2012 年。

149. （日）內田樹著，日本邊境論【M】，上海文化出版社，2012 年。

150. （日）舞城王太郎、佐藤友哉、西尾維新等著，尖端編輯部譯，浮文誌 1【J】，尖端出版社，2006 年。

151. （日）夢枕貘著，林皎碧譯，鬼譚草紙【M】，遠流出版社，2009 年。

外國

152. （日）竹內好全集【M】，築摩書房，1981 年。
153. （日）浅利誠著，日本語と日本思想：本居宣長・西田幾多郎・三
　　　上章・柄谷行人【M】，藤原书店，2008 年。
154. （日）藤田正勝著，西田幾多郎の思索世界：純粋経験から世界認
　　　識へ【M】，岩波书店，2011 年。
155. （日）西田幾多郎哲學論集Ⅲ【M】，岩波书店，1989 年。
156. （日）藤田正勝著，西田幾多郎：生きることと哲学【M】，岩波书
　　　店，2007 年。
157. （日）川本三郎著，大正幻影【M】，岩波书店，2008 年。
158. （日）川本三郎著，荷風と東京—「断腸亭日乘」私註【M】，都市
　　　出版，1996 年。
159. （日）小田切進編，昭和文學史論【C】，小學館，1999 年。
160. （日）植樹和秀：「日本」への問いをめぐる闘争—京都学派と原理
　　　日本社（パルマケイア叢書 22）【M】，柏书房，2007 年。
161. （日）竹田篤司著，物語「京都學派」【M】，中央公論新社，2001 年。
162. （日）柄谷行人、小森陽一、亀井俊介、小池清治、芳賀徹著：漱
　　　石をよむ【Z】，岩波书店，1994 年。
163. （日）和田正人著，吉本隆明と柄谷行人【M】，PHP 新书，2011 年。
164. （日）柄谷行人著，近代文学の終り—柄谷行人の現在【M】，イン
　　　スクリプト，2005 年。
165. （日）久本福子著，柄谷行人論【M】，葦書房，2000 年。
166. （日）山口昌男著，「挫折」の昭和史（上下）【M】，岩波书店，
　　　2005 年。
167. （日）黑沼克史著，逆立ちする「有名人」【M】，文藝春秋，1991 年。
168. （日）菅野昭正編，九鬼周造隨筆集【M】，岩波书店，1991 年。
169. （日）松本哉著，永井荷風の東京空間【M】，河出书房新社，1992 年。
170. M・韋伯著，木全德雄譯，儒教和道教【M】，創文社，1997 年。
171. 劉岸偉著，東洋人的悲哀【M】，河出书房，1991 年。

172.（日）內藤湖南著，日本文化史研究【M】，講談社昭和 52 年。

173.（日）喜田川守貞著，近代風俗志【M】，岩波書店，2003 年。

174.（日）尾崎久彌著，江戶軟派雜考【M】，東京春陽堂大正 14 年。

175.（日）津田左右吉著，國民思想之研究【M】，岩波書店昭和 26 年。

176.（日）田山花袋著，近代之小說【M】，明治大正文學回想集成，日本圖書中心，1999 年。

177.（日）泉鏡太郎著，新編泉鏡花集【M】，岩波書店，2003 年。

178.（日）島崎藤村著，島崎藤村・德田秋聲・泉鏡花・正宗白鳥【C】，小學館，1988 年。

179.（日）吉田精一著，明治大正文學史【M】，角川書店昭和 47 年。

180.日本童話作家【C】，日本儿童文学学会编，ほるぷ出版，1971 年。

181.（日）坪內逍遙著，家庭用兒童劇【M】，早稻田大學出版部大正 11 年。

182.（日）中川右介著，昭和 45 年 11 月 25 日：三島由紀夫自決、日本が受けた衝擊【M】，幻冬舍，2010 年。

183.（日）三島由紀夫著，英霊の声【M】，河出书房新社，1990 年。

184.（日）三島由紀夫著，作家論【M】，中央公論新社，1974 年。

185.（日）三島由紀夫著，文化防衛論【M】，築摩書房，2006 年。

186.（日）林房雄、三島由紀夫著，對話：日本人論【M】，IPS（日販），2002 年。

187.（日）坪內逍遙、二葉亭四迷等著，現代日本文學大系 1・政治小説・坪內逍遙・二葉亭四迷・他集，築摩書房，2010 年。

188.（日）柳田國男著，遠野物語【M】，新潮社昭和 61 年。

189.（日）柳田國男著，幼小者之聲・其他，柳田國男全集（二十二）【M】，築摩書房 1990 年。

190.（日）池田沼著，民俗中的兒童諸相【M】，近代文藝社，1993 年。

191.（日）高木敏雄著，童話之研究（上下）【M】，婦人文庫刊行會大正 5 年。

192.（日）小森陽一著，記憶せよ、抗議せよ、そして、生き延びよ——小森陽一対談集【M】，シネ・フロント社，2010 年。

193.（日）小森陽一著，日本語の近代【M】，岩波书店，2000 年。

194.戴季陶著，市川宏譯、竹內好解說，日本論【M】，社會思想社，1972 年。

195. 毛丹青著，にっぽん虫の眼紀行：中国人青年が見た「日本の心」
【M】，文春文庫，2001 年。

196. （日）伊東一夫著，日本近代文學思潮史序說【M】，櫻楓社昭和
45 年。

197. （日）片倉佳史著，臺灣土地日本表情【M】，玉山社，2004 年。

198. （日）宮崎駿著，宮崎駿の雑想ノート【Z】，大日本绘画，1997 年。

199. （日）東浩紀著，文学環境論集　東浩紀コレクションL【M】，講
談社，2007 年。

200. 吳密察、黃英哲、垂水千恵著，记忆する台湾【M】，东京大学出版
会，2005 年。

201. OTACOOL: OTACOOL WORLDWIDE OTAKU ROOMS（単行本（ソ
フトカバー）），新紀元社，2009 年。

202. Ashis Nandy,The Illegitimacy of Nationalism.Robind ranate Tagore and
the Politics of Self. "The Journal of Asian Studies", Vol.54. No.3 (Aug.,
1995)

203. Zizek，The Parallax View，The MIT Press，　2006

204. Fabio Vighi, Heiko Feldner, Žižek Beyond Foucault, Palgrave Macmillan,
2007.

205. Adam Roberts, Fredric Jameson (Routledge Critical Thinkers) Routledge,
2000.

文學視界 51　PG1125

否定的日本
──日本想像在兩岸當代文學／文化中的知識考掘學

作　　者 / 盧　冶
責任編輯 / 林泰宏
圖文排版 / 陳彥廷
封面設計 / 秦禎翊

發 行 人 / 宋政坤
法律顧問 / 毛國樑　律師
出版發行 / 秀威資訊科技股份有限公司
　　　　　114 台北市內湖區瑞光路 76 巷 65 號 1 樓
　　　　　電話：+886-2-2796-3638　傳真：+886-2-2796-1377
　　　　　http://www.showwe.com.tw
劃撥帳號 / 19563868　戶名：秀威資訊科技股份有限公司
　　　　　讀者服務信箱：service@showwe.com.tw
展售門市 / 國家書店（松江門市）
　　　　　104 台北市中山區松江路 209 號 1 樓
　　　　　電話：+886-2-2518-0207　傳真：+886-2-2518-0778
網路訂購 / 秀威網路書店：http://www.bodbooks.com.tw
　　　　　國家網路書店：http://www.govbooks.com.tw

2014 年 2 月　BOD 一版
定價：420 元
版權所有　翻印必究
本書如有缺頁、破損或裝訂錯誤，請寄回更換

國家圖書館出版品預行編目

否定的日本：日本想像在兩岸當代文學／文化中的知識考掘
　學／盧冶著. -- 一版. -- 臺北市：秀威資訊科技,
　2014.02
　　面；　公分. -- (文學視界；PG1125)
　BOD 版
　ISBN 978-986-326-221-3 (平裝)

　1. 中國文學　2. 中國文化　3. 文學評論　4. 文化評論

820.908   103000283

讀 者 回 函 卡

感謝您購買本書，為提升服務品質，請填妥以下資料，將讀者回函卡直接寄回或傳真本公司，收到您的寶貴意見後，我們會收藏記錄及檢討，謝謝！如您需要了解本公司最新出版書目、購書優惠或企劃活動，歡迎您上網查詢或下載相關資料：http:// www.showwe.com.tw

您購買的書名：＿＿＿＿＿＿＿＿＿＿＿＿＿＿＿＿＿＿＿＿＿＿

出生日期：＿＿＿＿＿年＿＿＿＿＿月＿＿＿＿日

學歷：□高中 (含) 以下　□大專　　□研究所 (含) 以上

職業：□製造業　□金融業　□資訊業　□軍警　□傳播業　□自由業
　　　□服務業　□公務員　□教職　　□學生　□家管　□其它＿＿＿

購書地點：□網路書店　□實體書店　□書展　□郵購　□贈閱　□其他

您從何得知本書的消息？

　　□網路書店　□實體書店　□網路搜尋　□電子報　□書訊　□雜誌
　　□傳播媒體　□親友推薦　□網站推薦　□部落格　□其他＿＿＿＿＿

您對本書的評價：（請填代號　1.非常滿意　2.滿意　3.尚可　4.再改進）
　　封面設計＿＿　版面編排＿＿　內容＿＿　文／譯筆＿＿　價格＿＿

讀完書後您覺得：

　　□很有收穫　□有收穫　□收穫不多　□沒收穫

對我們的建議：＿＿＿＿＿＿＿＿＿＿＿＿＿＿＿＿＿＿＿＿＿＿＿

＿＿＿＿＿＿＿＿＿＿＿＿＿＿＿＿＿＿＿＿＿＿＿＿＿＿＿＿＿＿＿

＿＿＿＿＿＿＿＿＿＿＿＿＿＿＿＿＿＿＿＿＿＿＿＿＿＿＿＿＿＿＿

11466
台北市內湖區瑞光路 76 巷 65 號 1 樓

秀威資訊科技股份有限公司　　　收

BOD 數位出版事業部

∙∙

（請沿線對折寄回，謝謝！）

姓　　名：_____　年齡：_____　性別：□女　□男

郵遞區號：□□□□□

地　　址：_____

聯絡電話：(日)_____ (夜)_____

E-mail：_____